Nacht an der Donau

Hilde Artmeier wurde 1964 in Oberbayern geboren. Nach einem Studium der Biologie an der Universität Regensburg und einer Ausbildung zur Fremdsprachlichen Wirtschaftskorrespondentin folgten berufliche Stationen in der Pharmaindustrie, im weltweiten Export und als Übersetzerin wissenschaftlicher Fachtexte. Seit dreißig Jahren lebt die Mutter von zwei Kindern in und um Regensburg und arbeitet heute wieder im fremdsprachlich-kaufmännischen Bereich und seit 2000 als freie Schriftstellerin. Hilde Artmeier schuf die erste Regensburger Krimireihe, die in der Presse große Beachtung fand. Nach ihrem Debütroman »Drachenfrau« (Gmeiner, 2004) erschienen mehrere Kurzgeschichten und fünf Kriminalromane, zuletzt »Die Tote im Regen« (Piper, 2010), der erste Band ihrer Reihe um die italienischstämmige Privatermittlerin und Expolizistin Anna di Santosa.
Nähere Informationen unter www.hildegunde-artmeier.de.

HILDE ARTMEIER

Nacht an der Donau

KRIMINALROMAN

emons:

Bibliografische Information der Deutschen Nationalbibliothek
Die Deutsche Nationalbibliothek verzeichnet diese Publikation
in der Deutschen Nationalbibliografie; detaillierte bibliografische
Daten sind im Internet über http://dnb.d-nb.de abrufbar.

Cäcilienstraße 48, 50667 Köln
info@emons-verlag.de

Umschlagmotiv: © mauritius images/imageBROKER/Bahnmueller
Umschlaggestaltung: Tobias Doetsch
Gestaltung Innenteil: César Satz & Grafik GmbH, Köln
Lektorat: Susann Säuberlich, Neubiberg
Druck und Bindung: Books on Demand GmbH, Norderstedt
Printed in Germany
Erstausgabe 2014
ISBN 978-3-95451-354-3
Aktualisierte Neuauflage März 2016

Dieser Roman wurde vermittelt durch die Buchplanung Dirk R. Meynecke, Clenze, sowie die Dörnersche Verlagsgesellschaft mbH, Reinbek.

Für Sebastian

PROLOG

Freitag, 5. Juni, 21.34 Uhr

Ich will nicht sterben.
Ich habe noch nicht genug gelebt.
Vincenzo. Er braucht doch seine Mutter.
Und Maximilian. Auch er braucht mich …
Dort in der Ecke. Dieser leblose Körper.
Überall das viele Blut.
Wer hilft uns?
Wer nur?
Die scharfe Klinge kommt näher.
Sie zittert kein bisschen.
Nur diese irren Augen über mir flackern.
Aber sie kennen kein Erbarmen.
Sekunden, Minuten, Stunden. Tage und Nächte – alles zuckt durch meinen Kopf.
Auch jene Nacht, als alles begann.

1

Sonntag, 31. Mai, 21.22 Uhr

»Heute wieder mal die Einfahrt fremder Leute zugeparkt?«, fragte ich die junge Frau über die Schulter an jenem ungewöhnlich warmen Sonntagabend Ende Mai und trabte zügig an ihr vorbei.

Mein Ton war angriffslustiger als beabsichtigt. Wenn ich gewusst hätte, dass die flachsblonde, viel zu dünne Frau kaum eine Stunde später tot sein würde und meine Hände rot von ihrem Blut gefärbt sein sollten, wäre ich versöhnlicher gewesen.

Ihren energischen Schritten und dem stur nach vorn gerichteten Blick nach zu urteilen, hatte die Frau, die als Anwältin in der Kanzlei neben meinem Haus arbeitete, achtlos an mir vorbeistöckeln wollen. Jetzt aber konnte sie nicht mehr so tun, als hätte sie mich nicht bemerkt. Abrupt blieb sie stehen und wandte sich um. Auch ich hielt inne.

»Tut mir leid«, sagte sie unerwartet zerknirscht. »Ich hatte es wirklich eilig letzten Freitag. Ein dringender Termin im Amtsgericht. Eigentlich wollte ich den Wagen noch wegfahren, damit er nicht Ihre Einfahrt blockiert. Aber dann war es so hektisch, und ich habe es einfach vergessen.«

Ihr Termin hatte vier Stunden gedauert. Anfangs hatte ich in Einklang mit meinem toskanischen Erbe erst einmal gewartet – was machte eine Viertelstunde hin oder her schließlich aus? Zwanzig Minuten und eine Kanne Tee später war aber auch mir der Geduldsfaden gerissen. Vier große Kartons, randvoll mit neuer Kommissionsware, warteten darauf, in meine Boutique befördert zu werden – und zwar bevor der umsatzstarke Freitag vorbei war. Also hatte ich in der Kanzlei Sturm geläutet. Eine gelangweilte Sekretärin hatte mir die kalte Schulter gezeigt.

»Sie hätten Ihrer unverschämten Kollegin den Schlüssel dalassen können«, entgegnete ich. »Dann hätte ich mir den Anruf beim Abschleppdienst gespart.«

»Und ich mir hundertfünfzig Euro.«

Ich hob die Augenbrauen und musterte die junge Anwältin kühl. Sie wich meinem Blick aus, schien aber immerhin zu begreifen, dass ihre Bemerkung unangebracht war. Schließlich war es nicht das erste Mal gewesen, dass ihr silberfischchenfarbener Golf die Zufahrt zu meiner Einfahrt versperrte.

»Kommt nicht wieder vor«, versprach sie und nickte betreten. Dann sah sie mich mit ihren großen schokoladenfarbenen Augen an, mit einem Mal ohne Scheu und entwaffnend offen.

Wir standen in der Prebrunnallee gegenüber dem Regensburger Herzogspark, unter dicht belaubten Bäumen und nur wenige Meter entfernt von meinem Haus. Seit es so warm geworden war, nutzte ich jeden Abend, um mich sportlich wieder fit zu machen. Die Sonne war schon seit geraumer Zeit untergegangen und der Himmel voller Abendrot. Die Luft roch nach Jasmin, verblühtem Flieder und einer lauen Frühsommernacht.

»Bin im Moment etwas neben der Spur – hab an jeder Front nur Stress«, erklärte mein Gegenüber mit gepresst klingender Stimme.

Sie war so konzentriert auf unser Gespräch, dass sie kaum bemerkte, wie ein plötzlicher lauer Windstoß ihren perfekt geschnittenen Bob durcheinanderbrachte. Ich hob den Kopf. Zwischen dem dichten Blätterwerk sah ich Wolken aufziehen.

»Stress mit meinem Freund, das heißt Exfreund, und im Job auch«, fuhr sie fort. »Meine Probezeit ist bald zu Ende, und ich weiß immer noch nicht, ob ich übernommen werde. Da will man natürlich alles zweihundertprozentig erledigen. Sogar wenn so ein komischer Klient am Sonntagabend anruft, wie heute. Ein Spezi vom Chef. Morgen fliegt er in die USA, deshalb diese unmögliche Uhrzeit.«

Mit einem Mal tat sie mir leid. Ich wollte etwas sagen, aber da fuhr sie schon mit leicht verstellter Stimme fort: »*Geduld, meine liebe Frau Maikammer, Sie erfahren es früh genug.* Das ist alles, was mein Chef dazu sagt. *Meine liebe Frau Maikammer* – dass ich nicht lache.« Sie biss sich auf die Unterlippe, kratzte sich an der zu groß geratenen Nase. »Aber, das ist natürlich nicht Ihr Problem. In Zukunft parke ich den Wagen jedenfalls nicht mehr vor Ihrer Einfahrt. Fest versprochen.«

Unentwegt trat sie von einem Fuß auf den anderen. Auf ihren

zehn Zentimeter hohen Stöckelschuhen mit aufgenähter Rosette und in ihrem akkurat gebügelten anthrazitgrauen Kostüm, die Aktentasche verkrampft unter den Arm geklemmt, wirkte sie mit ihren siebenundzwanzig, achtundzwanzig Jahren mit einem Mal erschreckend verletzlich. Wie eine Seiltänzerin, jung und unerfahren, die im frisch gestärkten Tutu und voller Erwartung über ein fast unsichtbares Seil balancierte, der Abgrund darunter beängstigend tief. Nur ein falscher Schritt, und schon war alles vorbei.

»Dann wünsche ich Ihnen, dass Sie bald eine gute Nachricht von Ihrem Chef bekommen.« Ich versuchte, so aufmunternd wie möglich zu klingen, und streckte ihr lächelnd die Hand entgegen. »Ich heiße übrigens Anna.«

Überrascht ergriff sie meine Rechte. Ihr Händedruck war kurz und fest. »Freut mich. Britt Maikammer.«

»Also, dann – schönen Abend, Britt.« Ich zwinkerte ihr zu. »Und viel Erfolg mit Ihrem komischen Klienten.«

Ich wandte mich um und lief weiter in Richtung Donau.

»Danke schön!«, hörte ich sie mir nachrufen.

Im Laufen drehte ich mich um und sah, wie sie mir zulachte, mit einem Mal ganz unbeschwert. Dann verschwand sie hinter der schweren Eichentür, die in die Kanzlei führte.

Das war das letzte Mal, dass ich sie lebend sah.

Eine gute Stunde, zwanzig Minuten länger als sonst, lief ich am Donauufer entlang, vorbei am denkmalgeschützten Salzstadel, einem Lagerhaus aus dem 17. Jahrhundert, über die achthundert Jahre alte Steinerne Brücke, die noch immer renoviert wurde, hinunter in die Badstraße auf der Wöhrdinsel und weiter über den Eisernen Steg mit seinen unzähligen Liebesschlössern am Geländer.

Überall traf ich auf Spaziergänger, mit und ohne Hund, gut gelaunte Jugendliche auf dem Weg zum Donauufer, eine Bierflasche oder Cola-Dose in der Hand, schick zurechtgemachte Frauen und Männer, die auf dem Bismarckplatz den schwülwarmen Abend genießen und anderen Flanierenden nachsehen würden, so wie sie ihrerseits begutachtet wurden. Sehen und gesehen werden – das gleiche Motto wie in Italien, meiner alten Heimat.

Als ich in die abseits gelegene Lederergasse einbog, war es

schon lang dunkel und ein Gewitter im Anmarsch. Bereits auf meinem Weg zur Steinernen Brücke waren die Wolken immer dichter geworden, irgendwann verschluckten sie den letzten Rest Dämmerung, auch der Wind wurde von Minute zu Minute stärker. Aber jetzt hatte ich es zum Glück nicht mehr weit.

Beim Naturkundemuseum und im dahinterliegenden Renaissancegarten war es um diese Uhrzeit wie immer ruhig und in der Prebrunnallee, an deren Ende sich mein Haus befand, gewohnt menschenleer. Bis auf den Verkehrslärm in der Ferne und meinen eigenen, inzwischen etwas aus dem Takt geratenen Atem hörte ich nur eine einzige unbeirrbare Amsel, die noch immer sang. Der Herzogspark zu meiner Rechten, der sich an den Renaissancegarten anschloss, lag dunkel und verlassen da. Inzwischen war es nach halb elf, und der idyllisch angelegte Park mit seinen teils einheimischen, teils exotischen Baumriesen hatte schon lang seine Pforten geschlossen.

Ich hatte nur noch wenige Meter bis nach Hause. Im ersten Stock, in Vincenzos Zimmer, brannte Licht, offenbar hatte er seine Hausaufgaben wieder einmal bis zur letzten Sekunde aufgeschoben. Auch in der Küche hatte ich die Lampe angelassen. Die Laubkronen der Ahornbäume waren aber so dicht, dass sowohl der Lichtschein aus meinem Zuhause als auch der der einzigen Laterne hier in der Allee nicht bis zu mir drangen. Ich freute mich auf ein großes Glas Wasser und eine kalte Dusche und spürte den ersten Regentropfen.

Das Bürogebäude, in dem sich die Anwaltskanzlei befand, ragte schwarz und düster in den Nachthimmel. Also ist auch Britt endlich auf dem Weg in den verdienten Feierabend, dachte ich noch, als mein Fuß plötzlich gegen etwas Weiches stieß. Eine Katze, war mein erster Gedanke.

Ich versuchte, etwas in der Dunkelheit zu erkennen. Neben mir parkte ein Lieferwagen, der zusätzlich die Sicht auf den Gehweg versperrte. Nur auf die Motorhaube und den Grünstreifen zwischen Gehweg und Straße fiel ein schwacher Lichtschein. Auf dem Grünstreifen lag etwas. Ein Frauenschuh mit hohem Absatz und etwas Rundem auf der Spitze – eine aufgenähte Rosette.

Ich bückte mich, tastete nach dem Hindernis. Ein Körper. Reglos und schwer lag er auf dem Boden. Im Schatten des Lieferwagens und der Bäume sah ich kaum etwas, aber doch so viel, dass ich im nächsten Moment die groben Umrisse eines Menschen erkennen konnte.

»Können Sie mich hören?«, fragte ich. »Haben Sie sich verletzt?«

Keine Reaktion.

Ich tastete weiter. Der Kopf lag mit dem Gesicht nach unten, verborgen unter seidigem Haar, das Einzige, was mir in der Dunkelheit hell entgegenschimmerte. Die Arme waren unter dem Gewicht des schlaffen Körpers begraben, die Beine seitlich verkrümmt. Ich fühlte verklebten Stoff, an manchen Stellen offenbar feucht, vor allem im oberen Brustbereich. Ein süßlicher, Übelkeit erregender Geruch stieg mir in die Nase. Mit einem Mal wurde mir bewusst, dass ich in einer schwarzen, ebenfalls klebrigen Lache kniete.

Wieder ein Regentropfen.

Jemand stöhnte.

Das musste ich gewesen sein.

Ich versuchte festzustellen, ob Britt – inzwischen war ich sicher, dass dieses reglose Bündel vor mir Britt war – noch atmete, konnte aber weder etwas fühlen noch hören. Ich fasste nach ihrem Hals.

Kein Puls.

Ihr Körper war noch warm.

Plötzlich ein leises Geräusch schräg hinter mir.

Ich fuhr in die Höhe, lauschte, nur einen Wimpernschlag lang, sprang sofort zur Seite, duckte mich hinter den Lieferwagen.

Wieder dieses feine, schnelle Geräusch, das ich nicht einordnen konnte.

Ob er noch da war?

Britts Mörder?

Ich atmete flach und so leise wie möglich, während ich meinte, mein Atem, stampfend und dröhnend, wäre noch in zehn Metern Entfernung zu hören.

Nichts geschah.

Nur in der Ferne das eine oder andere vorbeifahrende Auto, Musikfetzen wehten von irgendwoher in die schwarze Allee, vereinzelt klopften Regentropfen auf die Motorhaube des Lieferwagens, Donner grollte.

Dann hörte ich es erneut.

Und jetzt erst verstand ich, was es war: das leise Trippeln winziger Füße, die in Windeseile über den Asphalt sausten, zum Stillstand kamen, unter den Bäumen verschwanden.

Eine Ratte.

Vielleicht auch ein Eichhörnchen.

Laut atmete ich aus. Mein Herz hämmerte gegen den Brustkorb. Dann zog ich das Handy aus der Tasche der Laufhose und tippte mit Blut an den Händen die Notrufnummer ein.

2

Sonntag, 31. Mai, 23.57 Uhr

»Du hast also noch mit ihr gesprochen?«, fragte mich Paolo mehr als eine Stunde später halb ungläubig, halb irritiert und schickte den auf eine Anweisung wartenden Streifenpolizisten mit wenigen, aber präzisen Worten nach draußen.

Paolo hieß eigentlich Paul Wolf, war Kriminalhauptkommissar bei der Kripo Regensburg und im Moment alles andere als erfreut, ausgerechnet seine geschiedene Frau als Zeugin in einem Mordfall vernehmen zu müssen. Das Trillern seines Handys hatte ihn aus einer feuchtfröhlichen Geburtstagsfeier gerissen, wie er mir vor wenigen Minuten mürrisch erklärt hatte. Lilo, seine Lebensgefährtin, war nicht begeistert gewesen, den restlichen Abend ohne ihn verbringen zu müssen.

Dass Britt Maikammer einem gewaltsamen Tod zum Opfer gefallen war, hatte schon die kurze Untersuchung des Notarztes ergeben. Dem ersten Anschein nach ein einziger gezielter Schnitt durch die Kehle. Sie war sofort tot gewesen, so die Einschätzung des Arztes, ein Hüne Ende vierzig, mit grotesk abstehenden Ohren und traurigen Hundeaugen.

Zumindest hat sie nicht leiden müssen, dachte ich immer wieder, wie ein lautloses Gebet wiederholte ich stumm diese Worte. Ich sah sie vor mir, wie sie mir zum Abschied zugelacht hatte: eine junge Frau, voller Zweifel und Hoffnung, das Leben lag noch vor ihr. Und von einer Sekunde auf die andere war nichts mehr übrig von diesem zu kurzen Leben. Außer einem verrenkten Bündel aus Armen und Beinen, besudelt mit dem eigenen Blut, weggeworfen wie ein Sack Müll.

Benommen nippte ich an meinem Tee. Die Tasse aus dünnwandigem Porzellan war übersät mit lilafarbenen Blümchen. Das heiße Getränk wärmte mich. Denn trotz der noch immer lauen Nacht war mir eiskalt. Wieder grollte der Donner, inzwischen ganz nah, Wetterleuchten kündigte schon seit einiger Zeit das Gewitter an. Aber mehr als ein paar Tropfen Regen hatte es bisher nicht gegeben.

Mein Exmann und ich saßen in der Küche meiner Jugendstilvilla, die ich wie das Porzellan und die Möbel von meiner italienischen Großmutter geerbt hatte. Vincenzo, unser gemeinsamer zwölfjähriger Sohn, rumorte im ersten Stockwerk. Er fand alles, was sich draußen abspielte, mega aufregend, und an Schlaf war natürlich nicht zu denken. Das Aufgebot an Einsatzfahrzeugen, Notarzt- und Rettungswagen hielt ihn wach, ständig flammte irgendwo Scheinwerferlicht auf, ein unaufhörliches Kommen und Gehen und von den Polizeikameras ein ständiges Blitzlichtgewitter. Unser Sprössling war so oft an der Küchentür vorbeigelaufen, jedes Mal auf dem Weg zu einem anderen Fenster mit womöglich noch besserem Blick und in der Hoffnung, von unserem Gespräch so viel wie möglich aufzuschnappen, dass wir ihn schließlich genervt nach oben verbannt hatten.

»Was hat die Maikammer gesagt?«, hakte Paolo wieder nach, als ich nach mehreren Schlucken Tee noch immer keine Antwort gegeben hatte.

»Sie hat sich bei mir entschuldigt«, antwortete ich schließlich und erzählte ihm von der lästigen Angewohnheit der jungen Anwältin, immer wieder vor meiner Einfahrt zu parken, gleichgültig, wie lang ihre Auswärtstermine dauerten. Und dass ich vergangenen Freitag schließlich die Geduld verloren und den Abschleppdienst angerufen hatte.

»Sie hatte heute Abend noch einen Termin«, fiel mir plötzlich ein. Kerzengerade richtete ich mich auf. »Mit einem Klienten.«

»Sonntagabend?«

»Ja, komisch, nicht? Das hat sie auch selbst so formuliert, aber er war offenbar ein Freund von ihrem Chef.« Ich versuchte, mich an den genauen Wortlaut von Britt Maikammers Erklärung zu erinnern. »Der Klient muss sie kurz zuvor angerufen haben. Morgen fliegt er in die USA, hat sie gesagt, deshalb hat er auf den späten Termin bestanden.«

»Wann genau hast du sie getroffen?«

»Kurz vor halb zehn.«

»Weißt du den Namen des Klienten?«

»*Madonna, chi è la polizia – tu oppure io?*« Ich verdrehte die Augen. »Du bist doch der Bulle. Streng dich an und find es raus, *Signor Commissario*.«

Er schnaubte, machte sich aber gehorsam eine Notiz.

»Sie hatte eine Aktentasche dabei.« Gedankenverloren wickelte ich mir eine meiner langen tizianroten Haarsträhnen um den Zeigefinger. »Vielleicht ist da was drin, was Aufschluss über diesen Klienten geben könnte.«

»Die haben wir gefunden, neben der Leiche. Netbook, Handy, Papiere, Geldbeutel, Notizblock, war alles da. Die Auswertung der Geräte und Unterlagen wird ein wenig dauern.« Wieder schrieb er etwas auf seinen Block. »Vielleicht weiß ja ihr Chef, wer sie angerufen und in die Kanzlei bestellt hat. Sonst noch was?«

»Sie hatte Stress mit ihrem Freund. Nein, Exfreund, hat sie gesagt.«

»Name?«

Ich stöhnte nur und sparte mir meinen Kommentar.

»Hast du was gehört, bevor du in die Allee gebogen bist?« Paolo fuhr sich durch die kurzen schwarzen Haare und musterte mich mit seinen fast ebenso dunklen Augen angespannt. Mit seiner sommers wie winters gebräunten Haut sah er im Gegensatz zu mir wie ein waschechter Italiener aus. »Schreie, Stimmen, Geräusche? Oder irgendwas beobachtet?«

Ich überlegte, versuchte, mich an jedes Detail der wenigen Momente zu erinnern, während ich ahnungslos in Richtung der Toten gejoggt war. War mir nicht in einer der Gassen vor dem Naturkundemuseum jemand begegnet? Dann aber schüttelte ich entschieden den Kopf.

Es stand zwar noch nicht eindeutig fest, ob der Fundort der Leiche auch der Tatort war, so wusste ich von Paolo. Erst die Arbeit der Spurensicherung und die gerichtsmedizinischen Untersuchungen würden diese Frage endgültig klären. Doch allein die Unmengen an Blut, in denen Britt gelegen hatte, legten diesen Schluss nahe.

»War was im Geldbeutel?«, fragte ich.

»An die zweihundert Euro.«

»Also kein Raubmord.«

»Bisher scheint auch kein sexuelles Motiv vorzuliegen. Zumindest, wenn man vom Zustand ihrer Kleidung ausgeht. Genaues wissen wir natürlich erst nach der Obduktion.«

Von draußen hörte man Männer rufen, und nun klatschten doch immer mehr Regentropfen auf das Fensterbrett. Im Moment untersuchten Spezialisten der Spurensicherung jeden Millimeter der Toten und des Fundorts fieberhaft nach möglichen Indizien. Man hatte bereits zwei Zelte aufgebaut. Aber sobald das Gewitter richtig losbrach, würde der Regen dennoch Spuren vernichten. Ansonsten herrschte das geordnete Durcheinander aus Sanitätern, Streifenpolizisten und Paolos sonstigen Kollegen, das ich aus meiner Zeit als Schutzpolizistin noch gut kannte. Auch heute Abend waren es sicher die Schaulustigen, angelockt durch das Aufgebot an Einsatzfahrzeugen, die für mehr Wirbel sorgten als alle anderen. Manche der Sensationslustigen wollten sich nichts entgehen lassen. Sie würden versuchen, den in weißen Overalls steckenden Beamten vom Erkennungsdienst auf die Finger zu schauen, wie sie Blutspuren und unsichtbares Beweismaterial in kleine Plastiktüten verpackten.

»Es muss doch irgendwem etwas aufgefallen sein«, überlegte ich. »Hast du Leute rausgeschickt, die mit den Anwohnern in den umliegenden Straßen reden?«

An Paolos rechter Schläfe zuckte ein Muskel. Mein Ex hatte es noch nie leiden können, wenn ich ihm sagte, wie er seine Arbeit zu erledigen hatte.

»Weißt du schon was über die Tatwaffe?«

Dieses Mal reagierte Paolo nicht gereizt, sondern seufzte kaum hörbar. »Dem ersten Anschein nach könnte es sich um dasselbe Messer handeln wie bei der Toten am Dom. Ihr hat man übrigens auch die Kehle durchgeschnitten.«

Wortlos sahen wir uns an.

Natürlich hatte auch ich von Anfang an daran gedacht, schon als ich Britts Leiche fand, und ich wusste genau, was jetzt durch Paolos Kopf geisterte: *Zweite Frauenleiche gefunden – Serienmörder in der Domstadt?* Diese oder eine ähnliche Schlagzeile würde spätestens übermorgen das Titelblatt der Mittelbayerischen Zeitung zieren und meinem Ex das Leben schwer machen. Was in einer solchen Situation zählte, waren Ergebnisse. Und zwar sofortige und vor allem solche, die sowohl die aufgebrachte Bevölkerung als auch die Staatsanwaltschaft beruhigten.

Am vergangenen Wochenende hatte ein Angestellter der Dombauhütte im Domgarten, einer kleinen Gasse zwischen dem weltberühmten Dom St. Peter und der Dombauhütte, eine Regensburger Geschäftsfrau gefunden, mit einem Messer getötet. Mitten am helllichten Tag war der Mann, der an diesem Samstagnachmittag am Arbeitsplatz sein vergessenes Handy holen wollte, buchstäblich über die beim Tor liegende Leiche gestolpert. Sie musste unmittelbar vor dem Eintreffen des Arbeiters an Ort und Stelle ermordet worden sein. Die auch tagsüber erstaunlich ruhige Gasse – obwohl sie eine zentrale Lage hatte, war sie doch sehr versteckt gelegen – war zu diesem Zeitpunkt menschenleer. Ich kannte die Gegend gut. Florian, Vincenzos bester Freund, wohnte nur wenige Ecken weiter in der Lindnergasse im obersten Stock eines alten Patrizierhauses mit direktem Blick auf Donau und Steinerne Brücke.

Trotz unermüdlicher Ermittlungsarbeit und vermutlich schon jetzt unzähliger Überstunden der Soko-Mitglieder gab es noch immer keinen Hinweis auf den Täter. Keiner der wenigen Anwohner im Domgarten hatte etwas gehört oder beobachtet. Auch die bisherigen Ermittlungen im persönlichen und beruflichen Umfeld der Geschäftsfrau hatten keinen Anhaltspunkt auf den Täter geliefert, wie ich aus der Zeitung wusste.

»Gibt es sonst irgendwelche Gemeinsamkeiten bei den beiden Opfern?«, fragte ich meinen Ex.

»Im Gegenteil. Die Anwältin war noch nicht mal dreißig, das erste Opfer Anfang fünfzig. Auch vom Aussehen her sind sie völlig verschieden, die eine spindeldürr und blond, die andere eher mollig und dunkelhaarig.« Paolo massierte sich die Schläfen und betrachtete mich hoffnungsvoll. »Vielleicht stellt sich bei der Obduktion raus, dass es sich doch um verschiedene Tatwaffen handelt, und die beiden Fälle haben gar nichts miteinander zu tun.«

»Du denkst an einen Trittbrettfahrer? In der Zeitung hat aber doch nichts darüber gestanden, wie die Tote beim Dom ermordet worden ist.«

Mein Ex nickte. »Trotzdem kann immer was durchsickern.«

»Oder der Täter hatte, falls es doch derselbe sein sollte, eine persönliche Beziehung zu seinen Opfern.«

Wieder sah ich das lachende Gesicht der jungen Anwältin vor mir. Noch keine drei Stunden war es her, dass sie die Kanzlei nebenan betreten hatte. Ich trank einen Schluck. Mit einem Mal schmeckte der Tee schal. Und obwohl mir vor wenigen Minuten noch kalt gewesen war, raubte die schwüle Hitze, die in der Küche hing, mir jetzt fast den Atem. Aber es war nicht die Hitze. Ich hatte noch immer damit zu kämpfen, dass ausgerechnet ich Britts Leiche gefunden hatte. Dass die junge Frau plötzlich tot war.

Ermordet.

Direkt vor meinem Haus.

Ich schob die Tasse zur Seite, stand auf, öffnete die Tür zur Veranda noch weiter. Inzwischen hatte sich der leichte Wind in stoßartige Böen verwandelt, doch sie kühlten kaum. Es donnerte, dieses Mal noch näher. Der Regen wurde stärker.

Ich ging zur Spüle, drehte den Wasserhahn auf, klatschte mir Wasser auf Stirn und Hals. Und auch wenn an meinen Händen schon lang keine Blutspuren mehr festzustellen waren, seifte ich sie wieder gründlich ein und hielt sie ausgiebig unter den kalten Strahl. Dann öffnete ich den Kühlschrank, holte eine Flasche gut gekühlten italienischen Weißwein heraus und goss mir ein Glas ein.

»Willst du auch?«, fragte ich. Dabei wusste ich genau, dass Paolo ablehnen würde. Schließlich war er im Dienst.

Plötzlich stand Vincenzo in der Tür.

»Super, dass morgen Montag ist«, verkündete er gut gelaunt und fuhr sich durch die borstigen schwarzen Haare, die er wie die zu jeder Jahreszeit gebräunte Haut von seinem Vater geerbt hatte. Normalerweise verabscheute unser Sohn Montage aus tiefster Seele.

»Der Florian wird Augen machen, wenn er hört, was bei uns heut los ist«, fuhr er aufgekratzt fort, zog das Smartphone aus der Tasche und fing sofort an, wie wild darauf herumzutippen.

»Untersteh dich!«, wies ich ihn sofort zurecht. »Heute Abend hast du Handyverbot.«

Ich wusste genau, was er sonst seinem Busenfreund noch heute Abend über WhatsApp oder Facebook mitteilen würde. Und noch etlichen anderen sogenannten Freunden, die wiederum ihrerseits alle nahen und fernen Facebook-Bekanntschaften über sein aufregendes Erlebnis informieren würden.

Paolos Handy trillerte. Mit einem Seitenblick auf unseren Sprössling verließ er die Küche und nahm das Gespräch im Flur an. Wir hörten ihn leise Anweisungen in das Gerät murmeln. Wenige Sekunden später, während deren Vincenzos Ohren länger und länger zu werden schienen, steckte er den Kopf zur Tür herein.

»Ich muss raus, die brauchen mich, gleich geht das Gewitter los. Deine Aussage hat Zeit bis morgen. Am besten, du kommst am Vormittag ins Büro«, sagte er in meine Richtung und klang plötzlich besorgt. »Soll ich nicht doch einen von den Sanis reinschicken, Prinzessin?«

Vermutlich würde sich mein Ex dieses Kosewort nie abgewöhnen. Ich entstamme einer alten toskanischen Adelsfamilie und darf mich zwar eine *Contessa* nennen, keinesfalls aber eine *Principessa*. Schon immer hatte Paolo mich mit dieser liebevollen Übertreibung genervt, irgendwann hatte ich sie stillschweigend akzeptiert. Alles vergeht, aber Paolos Angewohnheiten bleiben, dachte ich dankbar, während ich gleichzeitig den Kopf schüttelte. Dann trank ich einen großen Schluck Weißwein. Ich hatte ihn bitter nötig. Ich stand noch immer unter Schock.

»Und du«, Paolos Blick heftete sich auf Vincenzo, der unschlüssig auf sein Handy starrte, »hast ja gehört, was deine Mutter gesagt hat. Schließlich ist das eine ultrageheime Polizeiermittlung. Ich zähle auf dich. Kein Wort zu niemandem, verstanden?«

Unser Sohn nickte verschwörerisch. Paolo klopfte ihm auf die Schulter und verschwand.

Ich setzte mich wieder, stellte das Glas vor mich auf den Tisch und überlegte, ob ich Maximilian anrufen sollte, meinen Geliebten. Gegen acht hatten wir kurz miteinander telefoniert, er war auf dem Weg zu einem Abendessen mit Kollegen gewesen. Im Moment aber war ich zu aufgewühlt. Ich würde ihm später eine SMS schreiben.

Zu Vincenzos Überraschung schickte ich ihn nicht ins Bett. Keiner von uns hätte jetzt Schlaf gefunden, wenn auch aus unterschiedlichen Gründen.

Es donnerte schon wieder. Der Regen platschte nun auch auf

die Verandafliesen vor der geöffneten Tür, irgendwo zuckte ein Blitz, dann krachte es direkt über uns.

Mein Sohn quetschte sich neben mich auf die Eckbank und griff nach meiner Hand.

»Alles wird gut, Mama«, sagte er sanft. »Morgen geht's dir viel besser.«

Einmal, als Vincenzo vom Baum gefallen war, und ein anderes Mal, als er sich beim Spielen böse das Knie aufgeschlagen hatte, waren neben einer zärtlichen Umarmung genau diese Worte das Einzige gewesen, was ihn trösten konnte.

Com'è cresciuto, il mio piccolino, dachte ich und drückte seine Hand. Wie groß mein Kleiner doch geworden war.

3

Montag, 1. Juni, 7.02 Uhr

Am nächsten Morgen kam Vincenzo nicht aus den Federn. Ich musste ihn vier Mal wecken. Während er im Bad lärmte, brühte ich Tee auf, den schweren Assam, den ich so liebte, und richtete das Pausenbrot für ihn. Nicht einmal für ein Glas Saft hatte er Zeit, bevor er zur Bushaltestelle rannte.

Ich folgte ihm nach draußen und sah ihm nach, vom Jugendstilportal meiner Villa aus, das mich immer wieder an einen Pariser Metro-Eingang erinnerte. Seine Jeans hingen fast in den Kniekehlen, während er an den weißen Zelten vorbeischoss, die den Fundort der Leiche markierten. Fast die ganze Nacht über waren Beamte im Einsatz gewesen, teilweise in strömendem Regen und tosenden Windböen. Wie befürchtet hatten die Zelte die Wassermassen kaum abhalten können, und inzwischen waren alle Spuren, die man nicht vor Beginn des Gewitters gesichert hatte, schon lang weggespült.

Wieder war ein sonnenheller Frühsommermorgen, der kaum noch ahnen ließ, dass hier in der vergangenen Nacht ein so heftiger Sturm wie seit Langem nicht mehr gewütet hatte. Nur noch in den Baumkronen hing ein wenig Feuchtigkeit, und trotz der zunehmenden Hitze roch es noch immer wie frisch gewaschen. Ein Trupp Spatzen lärmte aufgeregt vor den Rosenbüschen, die den Kiesweg vom Portal bis zum Gartentor säumten.

Ich sperrte den verschnörkelten schmiedeeisernen Briefkasten auf, ein Originalimport aus Florenz, der an einer Säule neben der Eingangstür hing. Die Zeitung fiel mir entgegen. An diesem Morgen würde es noch keinen Artikel zu den Vorkommnissen vom vergangenen Abend geben. Dennoch überflog ich die Schlagzeilen. Die Bewohner in Norditalien litten unter starken Regenfällen, in Griechenland zeigten die anhaltenden Sparmaßnahmen noch immer nicht die gewünschten Erfolge, die Enttäuschung der Regensburger über den Abstieg des SV Jahn und der damit verbundene

Ärger in der Chefriege waren der Hoffnung gewichen, bald wieder in die Zweite Bundesliga aufzusteigen. Im Lokalteil, weit nach hinten abgerutscht, schließlich eine Reihe von Spekulationen über den sogenannten Dom-Mörder und zu seinem Motiv, manche davon geradezu haarsträubend. Wollte der Täter mit der direkten Nähe zu Regensburgs größtem Gotteshaus etwa ein blasphemisches Zeichen setzen und dem Bischof oder der Stadt selbst, deren Geschichte seit Jahrhunderten untrennbar mit dieser gotischen Kathedrale verwoben war, einen Dolchstoß versetzen?

Eine Frage stellte sich allerdings nicht nur der phantasiebegabte Redakteur, sondern auch ich mir: Wie kaltblütig musste man sein, um an einem Samstagnachmittag mitten in der Altstadt eine solche Tat zu begehen, während in einer Entfernung von nur wenigen Metern Busladungen von Touristen und Trauben von Einkaufsbummlern vorbeiströmten?

Ich blätterte weiter. Wann wohl die Reporter meine Adresse herausfinden und mich belagern würden – die bisher einzige Zeugin einer weiteren Schreckenstat, die vielleicht auf das Konto desselben Täters ging?

Ich hatte eine unruhige Nacht verbracht und kaum geschlafen, aber nicht nur wegen des lang kreisenden Gewitters. Unentwegt rief ich mir den Ablauf des Abends ins Gedächtnis, die wenigen Worte, die ich mit Britt Maikammer gewechselt hatte, die Details am Tatort. War mir auf dem Rückweg, wenige Meter vor dem Naturkundemuseum, nicht doch jemand begegnet?, überlegte ich immer wieder. Ein Mann? Vielleicht. Vielleicht aber auch nicht. Auch der Gedanke, dass alles anders gekommen wäre, wenn ich an diesem Abend nicht zwanzig Minuten länger als sonst gelaufen wäre, kam mir immer wieder in den Sinn. Hätte ich die junge Anwältin vielleicht retten können? Oder hätte der Täter dann mir aufgelauert, wäre ich sein nächstes Opfer gewesen?

»Sie müssen Melissa finden!«, hörte ich plötzlich eine atemlose Stimme hinter mir.

Zu Tode erschrocken wandte ich mich um. Vor mir stand eine Frau, aufgetaucht wie aus dem Nichts, und trotz der unübersehbaren Beule an der Stirn die vielleicht schönste Frau, der ich je begegnet war. Alabasterfarbene Haut, Schwanenhals, locker über die Schultern fallendes Haar und noch länger als meines, golden funkelte es in der Morgensonne.

»Wer ist Melissa?«, fragte ich und riss mich vom Anblick ihrer vollen roten Lippen los, deren Sinnlichkeit mich verwirrte. »Betreten Sie immer die Privatgrundstücke fremder Leute, ohne zu läuten?«

»Bitte, Sie müssen mir helfen! Sie ist verschwunden, einfach so, ich weiß nicht, wo ich noch suchen soll …«

Ihre ohnehin schon großen Augen wurden noch größer. Jetzt sah ich, dass auch ihre linke Wange geschwollen und das Kinn aufgeschürft waren.

»Sie sind doch Anna di Santosa, die Privatdetektivin?«

Mit einer heftigen Bewegung fuhr sie sich über die Stirn und die perfekt geschwungenen Augenbrauen in einem dunklen Weizengelb, verkrampfte dann die feingliedrigen Finger fest ineinander, musterte mich angespannt. Sie musste in meinem Alter sein, also Mitte dreißig.

Erst im Winter vor einem halben Jahr hatte ich meinen ersten Auftrag als Privatermittlerin übernommen. Einen sehr persönlichen Auftrag: Jemand hatte versucht, meinen früheren Liebhaber zu töten, der dadurch ins Koma gefallen war. Damals hatte ich mir das Honorar noch selbst bezahlt und keinen Cent dabei verdient. Inzwischen aber hatte sich der Name meiner Detektei herumgesprochen. Seit Kurzem dachte ich sogar darüber nach, eine Aushilfskraft für die Büroarbeiten einzustellen. Von den Honoraren und den monatlichen Einnahmen aus dem BellaDonna, meiner Boutique für hochwertige Second-Hand-Mode und erschwingliche Designermodelle aus Italien, konnten Vincenzo und ich bisher unbeschwert leben. Ein hundert Jahre altes Haus mit an die zwanzig Zimmer zu unterhalten, war allerdings eine besondere Herausforderung. Die Ersparnisse, die mir Nonna Emilia zusammen mit der damals schon renovierungsbedürftigen Villa hinterlassen hatte, würden nicht ewig ausreichen.

Ich nickte, klemmte mir die Zeitung unter den Arm und klappte den Deckel des Briefkastens zu, während ich meinen unerwarteten Besuch weiterhin aufmerksam betrachtete.

»Wie heißen Sie? Und wer ist Melissa?«

»Ach so, ja. Entschuldigen Sie bitte, ich habe mich noch gar nicht vorgestellt.« Ihre Mundwinkel zitterten, sie schluckte angestrengt. »Braun, Sara Braun. Meine Tochter ist verschwunden. Melissa. Gestern Abend, da war sie mit ihrer Freundin auf dieser Feier, und eigentlich sollte sie um zehn zu Hause sein. Aber heute Morgen, als ich sie wecken wollte, war sie nicht in ihrem Bett. Und der Roller ist auch weg.«

»Wie alt ist Ihre Tochter?«

»Sechzehn. Vor zwei Wochen hatte sie Geburtstag.«

»Vielleicht ist sie bei ihrer Freundin geblieben?«

»Dann hätte sie mich angerufen, und Chiara hat ja auch gesagt, dass Melissa nicht bei ihr ist und …«

Sie beendete den Satz nicht, sah mich nur an aus ihren riesigen schilfgrünen Augen.

Hilflos.

So unendlich hilflos.

»Am besten, Sie kommen erst mal mit.« Sanft berührte ich ihren Arm, fühlte, wie sie bebte. »Was halten Sie von einer schönen Tasse Tee?«

Ich wartete ihre Antwort nicht ab, sondern schob sie ins Hausinnere. Ihr Parfüm war sehr dezent und duftete nach irgendetwas Blumigem, vielleicht Magnolie.

Nach der Hitze auf der Veranda – schon vor acht Uhr morgens war die Temperatur auf fast fünfundzwanzig Grad gestiegen – empfand ich die Kühle in dem alten Haus als wohltuend. Ich führte meinen unangemeldeten Besuch in die Küche und setzte Teewasser auf. Normalerweise brachte ich potenzielle Klienten direkt in die Bibliothek und kümmerte mich dann um die Bewirtung. Aber ich wollte die verstörte Frau nicht allein lassen.

»Ich hoffe, Sie mögen Schwarztee.« Ich deutete auf die Holzbank mit den bunt gemusterten Polstern aus Lucca, einer Kleinstadt in meiner alten Heimat, in der ich gern Shoppen ging. »Oder lieber original italienischen Espresso?«

Sara Braun setzte sich. »Tee ist okay. Ich habe heute noch gar nichts getrunken.«

Sie sprach mit tiefer Tonlage und einem sehr weichen Akzent. Dem Anschein nach stammte sie aus Österreich, lebte aber schon so lang in Deutschland, dass ihre Herkunft nur noch zu erahnen war. Aus den Augenwinkeln sah ich, dass sie unruhig am Kragen ihrer hochgeschlossenen, langärmeligen Bluse zupfte, feinstes Crêpe de Chine. Im Gegensatz zu mir, die ich mich heute für ein luftiges Sommerkleid entschlossen hatte, trug sie trotz der Wärme eine lange Hose aus Leinen.

»Brauchen Sie eine Salbe für Ihr Gesicht?«, fragte ich und löffelte die Teeblätter in das Sieb.

»Wie? Nein, nein, halb so wild.« Flüchtig berührte sie ihr aufgeschürftes Kinn. Der feine Parfümduft wehte in meine Richtung. »Ich bin gestolpert und habe mich gestoßen.«

Ich warf ihr einen zweifelnden Blick zu. Die Verletzungen waren nicht so harmlos, wie sie behauptete. Die Beule an der Stirn sah böse aus, und die aufgeschürfte Stelle schien zu nässen.

»Wann ist das passiert?«

»Vergangene Nacht. Als ich nach Hause gekommen bin.« Sie räusperte sich unbehaglich. »Ich war müde und habe nicht aufgepasst auf der Treppe, es war ja schon so spät – unterwegs war ein Stau. Das war auch der Grund, warum ich nicht nach Melissa gesehen habe. Sonst gehe ich nach der Arbeit nämlich immer in ihr Zimmer.«

Sie hustete, verschluckte sich, hustete wieder. Ich holte zwei Tassen und Löffel aus dem Küchenbüffet, dazu die mit bunten Lilien verzierte Zuckerdose, den Wappenblumen der Toskana, und stellte alles auf den Tisch.

»Melissa wollte mit Chiara auf eine Party«, fügte sie mit rauer Stimme hinzu. »In Stadtamhof. Irgendeine Freundin von Chiara hatte Geburtstag.«

Der Kessel summte. Ich nahm ihn vom Herd und goss das Wasser in die Kanne aus ziseliertem Silber. Dann setzte ich mich auf den Polsterstuhl meiner Besucherin gegenüber.

»Ja, und heute Morgen war Melissas Bett leer«, fuhr sie gepresst fort, klang aber nicht mehr so aufgewühlt wie zuvor. »Da habe ich es sofort auf ihrem Handy probiert, ich weiß nicht, wie oft. Aber es war immer aus. Und als ich bei Chiara angerufen habe, wusste die gar nicht, was ich von ihr wollte.« Ihre Finger klopften in einem unruhigen Takt auf die Tischplatte. »Zumindest hat sie so getan. Was für eine Geburtstagsfeier?, meinte sie genervt, und angeblich habe sie keine Ahnung, wo Melissa sein könnte. Dann hat sie aufgelegt.« Der Rhythmus ihres Trommelns wurde schneller, ging über in ein fiebriges Hämmern. »Die beiden sind seit Jahren die besten Freundinnen – sie muss doch wissen, wo meine Tochter steckt!«

Sara Braun sprang auf, so plötzlich, dass sie gegen den Tisch stieß. Die Tischbeine kratzten über den Dielenboden.

»Sie müssen mit Chiara reden! Sie will mir nicht sagen, wo Melissa sich versteckt hat. Bitte, ich muss wissen, wo mein Kind …«

Ein unkontrolliertes Zittern ging durch ihren Körper. Sie hielt sich am Tisch fest.

»Warum sollte Ihre Tochter sich verstecken?« Ich wollte ihr eine Hand auf den Arm legen, doch etwas hielt mich zurück. »Hat sie etwas ausgefressen?«

Sie antwortete nicht, blickte an mir vorbei.

»Hatten Sie Streit?«

Sarah Braun starrte durch die Verandatür nach draußen. Ich war sicher, dass sie weder die sattgrünen Rhododendronbüsche noch das schimmernde Perlmutt der Pfingstrosen sah.

»Natürlich nicht«, sagte sie erst nach einer Weile und fiel schwer zurück auf die Bank.

Der Tee hatte lang genug gezogen. Während ich die Kanne und das Milchkännchen zum Tisch brachte, sagte meine Besucherin kein Wort. Eine fast greifbare Spannung lag in der Luft. Ich goss beide Tassen voll, gab einen Schuss Milch für mich dazu, setzte mich wieder, wartete.

»Mein Gott, die Schule, ja.« Sie holte tief Luft. »Es gibt Probleme. Melissa ist in einem schwierigen Alter. Aber das ist ja in vielen Familien so. Wenn Sie Kinder haben, wissen Sie, wovon ich rede.«

Ich dachte an Vincenzos Fünf in Mathe und die Mitteilung seiner Lehrerin, dass er einen Verweis bekommen würde, wenn sie ihn wieder beim Rauchen erwischte.

»Noch lang nicht erwachsen, aber auch kein Kind mehr«, sagte ich.

Sara Braun reagierte nicht, fixierte nur ihre Tasse.

»Was für Probleme?«, hakte ich nach.

»Der Druck auf die Kinder ist enorm, das G8 ein absoluter Reinfall – diese ewige Lernerei und viel zu früh die Entscheidung, was mache ich nach dem Abitur.« Ihre Stimme klang so, als hätte sie das alles auswendig gelernt. Mit einer fahrigen Geste fuhr sie sich über die Stirn. »Dabei sind so viele andere Dinge wichtiger, wenn die Hormone verrücktspielen.«

Plötzlich sackte sie in sich zusammen, bedeckte das Gesicht mit beiden Händen, begann lautlos zu weinen. Ihre Schultern zuckten, Tränen strömten zwischen den feingliedrigen Fingern hervor, über ihren langen, schlanken Hals, versickerten in der Bluse. Im ersten Moment wusste ich nicht, ob ich sie trösten oder wieder in Ruhe lassen sollte. Aber dann berührte ich sie doch an der Schulter. Sie ließ es geschehen.

»Bitte«, flüsterte sie kaum hörbar. »Helfen Sie mir.«

»Und Melissas Vater?«, fragte ich leise. »Was sagt er dazu, dass sie verschwunden ist?«

Sofort straffte sie den Rücken, saß kerzengerade da.

»Der ist schon lang weg.« Mit einer wütenden Bewegung wischte sie die Tränen fort. »Damals war Melissa noch ganz klein. Wir haben keinerlei Kontakt zu ihm.«

Ich trank einen Schluck Tee. Auch ich war alleinerziehend. Mit dem Unterschied, dass mein Sohn ein gutes Verhältnis zu seinem Vater hatte. Wie zum Glück auch ich. Ich wusste, dass beides nicht selbstverständlich war.

»Deshalb mache ich diesen verdammten Job«, hörte ich Sara Braun mit bitterem Ton sagen. »Nachts, wenn andere Eltern Feierabend haben, ziehe ich meine Show ab, so lange, bis ich am liebsten umfallen würde. Ich brauche das Geld.« Ihre Stimme wurde laut. »Ich will selbstständig sein, von niemandem abhängig, will nicht mehr betteln müssen. Und Melissa soll es gut haben. Das hat sie verdient.«

»Was arbeiten Sie, wenn ich fragen darf?«

»Ich bin Pianistin und Sängerin. In Passau, in einem Jazzclub.«

»Ziemlich weit zu fahren.«

»Dafür stimmt die Kohle.« Schnell griff sie nach ihrer Handtasche, die neben ihr auf der Bank lag, zog ihren Geldbeutel hervor. »Was kostet es, wenn Sie mir mein Kind wiederbringen?«

»Warum kommen Sie zu mir und gehen nicht zur Polizei? Es wäre immerhin möglich, dass Melissa etwas zugestoßen ist.«

Sie wusste noch nichts von dem zweiten Mord am vergangenen Abend, hatte nicht gefragt, warum draußen in der Allee die weißen Zelte standen. Falls wirklich ein und derselbe Täter beide Frauen auf dem Gewissen haben und es sich tatsächlich um einen Serientäter handeln sollte, so war es zwar unwahrscheinlich, dass er sich in derselben Nacht das nächste Opfer suchen würde. Aber jede Mutter würde sich um ihr verschwundenes Kind sorgen und alles daransetzen, es so schnell wie möglich und vor allem wohlbehalten wieder in die Arme schließen zu können.

»Soll ich die Polizei etwa zu Chiara schicken?«, blaffte Sara Braun mich an. Mit einem dumpfen Ton ließ sie die Börse auf den Tisch fallen. Ihr Blick wurde noch anklagender. »Was sagen dann ihre Eltern? Und erst die Lehrer? In der Schule habe ich Melissa krankgemeldet. Wir brauchen nicht noch mehr Theater.«

Es irritierte mich, wie sie von absoluter Verzweiflung in diese plötzliche Aggressivität wechselte. Doch ich ließ mir nichts anmerken.

»Also, was verlangen Sie?«

Im Grunde war es leicht verdientes Geld. Mädchen in Melissas Alter rissen gern aus. Probleme gab es genug in dieser Entwicklungsphase: zu wenig Taschengeld, das ewige Thema der Ausgehzeiten, die erste Liebe, schlechte Noten, falsche Freunde, durch die man in schlechte Kreise geriet. Oft kam Alkohol mit ins Spiel, oder es gab Schwierigkeiten mit anderen Drogen. Die meisten jugendlichen Ausreißer kamen nach ein, zwei Tagen wieder zurück, voller Scham und Reue oder Hass und neuer Anklagen. Zudem wusste ich aus meiner Erfahrung als ehemalige Polizistin, dass zum Glück nur den wenigsten Kindern, die als vermisst gemeldet wurden, etwas zustieß. Doch was trotz all meiner Überlegungen am schwersten wog: Wenn ich diesen Auftrag nicht annahm, wie sollte ich je vergessen, dass ich eine verzweifelte Mutter im Stich gelassen hatte?

Ich nannte meiner neuen Auftraggeberin eine angemessene Summe. Sie zählte mehrere Scheine ab und legte sie auf den Tisch. Der Betrag war doppelt so hoch wie der, den ich genannt hatte.

Ich nahm die überzähligen Scheine und streckte sie ihr entgegen. Doch sie stopfte nur hastig die Börse zurück in die Tasche, während sie schon anfing, mir die wichtigsten Informationen zu geben: Chiaras vollständigen Namen, wie sie aussah, Adresse der Schule. Unter keinen Umständen sollte ich Chiara zu Hause aufsuchen, um unnötiges Gerede zu vermeiden. Melissas Roller war eine Honda AF 29 in Metallicorange, gerade erst neu gekauft, ein schwarzer Streifen zog sich über beide Seiten. Dann holte Sara Braun einen verknitterten Kinderausweis aus der Tasche.

»Das Foto ist schon ein paar Jahre alt. Aber sie hat sich nicht groß verändert.«

Das Gesicht flächig und rund, die Wangen eine Spur zu voll, dunkle, fast schwarze Augen, die mir vorwurfsvoll entgegenstarrten. Keinerlei Ähnlichkeit zu ihrer Mutter. Das fransige, kurz geschnittene Haar hatte die Farbe von herabtropfendem Pech, beim Anblick der dicken, geraden Brauen musste ich an Zartbitterschokolade denken, die Wangenknochen waren hoch. Nur eines war gleich: Weder Mutter noch Tochter konnte ich mir fröhlich vorstellen, geschweige denn lachend.

4

Montag, 1. Juni, 8.59 Uhr

Nachdem Sara Braun gegangen war, tippte ich die Nummer der Autowerkstatt ins Telefon ein, bei der ich meinen Maserati am vergangenen Freitag abgestellt hatte. Zugegeben, der Weg dorthin war weit – die Werkstatt befand sich im Osten der Stadt in der Nähe des Hafens –, aber alle Reparaturen wurden zuverlässig und zu einem akzeptablen Preis erledigt. Nein, es würde noch dauern, bekam ich wieder zu hören, ein Ersatzteil fehlte, ja, leider. Am besten, ich probierte es am Nachmittag noch einmal, dann wüsste man vielleicht mehr.

Im zweiten Stock hörte ich meine Untermieterin Mona herumtrippeln, wie immer in Eile. Ich schnappte mir die Tasche, die auf dem Vertiko neben dem Telefon lag. Mein Handy meldete sich mit dem Kinderlachen, das ich als Signal für eingehende SMS eingespeichert hatte.

Guten Morgen, meine Schöne, bin grade auf dem Weg zum OP und spät dran. Du bist so still. Alles okay bei dir? Du fehlst mir. Tausend einsame Küsse mitten im Trubel, M. PS: Morgen Abend haben wir endlich wieder Zeit für uns …

Maximilian, mein Geliebter – ich hatte noch immer keine Gelegenheit gehabt, ihm von den neuesten Ereignissen zu berichten. Seit Tagen unterwies er eine Gruppe von Arztkollegen aus der Ukraine in einer neuartigen Operationsmethode, an deren Entwicklung er mitgearbeitet hatte. Die Betreuung der Kollegen umfasste nicht nur medizinische Workshops, sondern auch zeitraubende Abendveranstaltungen wie gestern, außerdem musste er als Oberarzt und Neurochirurg natürlich auch auf seiner Station in der Uniklinik nach dem Rechten sehen. Vor drei Tagen hatten wir uns das letzte Mal gesehen.

In der letzten Nacht hatte ich immer wieder, wenn ich wach gelegen hatte, eine SMS an ihn ins Handy getippt, sie aber jedes Mal gelöscht. *Bin vor meinem Haus über eine Leiche gestolpert und ziemlich durch den Wind* war sicher nicht die Nachricht, die er in aller Herrgottsfrühe und noch dazu vor einem mit Terminen angefüllten Tag lesen wollte. Ich hoffte, heute Abend ausführlich mit ihm telefonieren zu können. Und morgen hatten wir endlich Gelegenheit zu einem ungestörten Abendessen zu zweit – und hoffentlich auch mehr. Lilo, Paolos Lebensgefährtin, hatte sich am morgigen Dienstag mit meinem Sohn zu ihrem monatlichen Kinoabend verabredet.

Ich schickte Maximilian eine unverfängliche Antwort zurück, mit dem Hinweis, dass ich ihm abends etwas erzählen wollte, und tippte die Nummer der Taxizentrale ein. Gerade noch rechtzeitig inspizierte ich den Geldbeutel und legte wieder auf, bevor die Verbindung hergestellt war. Als Viertelitalienerin wollte ich ungern auf einen fahrbaren Untersatz verzichten. Aber dafür reichte das bisschen Bargeld leider nicht mehr aus.

Notgedrungen holte ich das Fahrrad aus der Garage, die an der rückwärtigen Einfahrt zu einer Nebenstraße lag. Im selben Moment kam Semiramis angesprungen, die Katze meiner Untermieterin. Schnurrend legte sie sich auf den Kiesweg. Die kohlrabenschwarze Katzendame genoss den Frühsommer in vollen Zügen. Zuletzt war sie vor zwei Tagen aufgetaucht. Nur anhand der herumliegenden Vogelfedern und Mäusekadaver, die sie mir dann und wann als Geschenk auf die Terrasse legte, konnte ich feststellen, dass sie mich noch immer ins Herz geschlossen hatte.

Melissas Schule lag nur einen Kilometer entfernt, zwei Straßen hinter dem westlichen Ende des Stadtparks. Ich trat kräftig in die Pedale und passierte die großen Villen und herrschaftlichen Jugendstilhäuser, die für diese Wohngegend am Rande der westlichen Altstadt typisch waren und meinem eigenen Haus ähnelten. An jeder Ecke Türmchen, farbige Fensterläden, Balkone mit kunstvoll geschmiedeten Eisengittern, darüber hohe Giebel, von Efeu umrankte Mauern und Terrassen. Im Gegensatz zu meiner Villa waren aber fast alle Gebäude perfekt renoviert. Der tropfende Wasserhahn im Gäste-WC fiel mir ein, außerdem die losen Fliesen im Speisekeller und die lang nicht geschnittene Ligusterhecke, die den riesigen Garten umzäunte, fast schon ein Park mit seinen vielen alten Eichen, Linden und Buchen.

Ich bog in die Gerlichstraße und passierte das westliche Ende des Stadtparks. Überall grünte und blühte es, in den großen alten Bäumen, Heckenrosen und Holunderbüschen zwitscherten Vögel, kein einziges Wölkchen zeigte sich am tiefblauen Himmel. Das Gewitter der vergangenen Nacht war auch hier nur mehr Geschichte. Auf der Terrasse des La Gondola, einer alteingesessenen Pizzeria in einem kultigen, aus den sechziger Jahren stammenden Gebäude, wischte man die Stühle und Tische sauber. Noch vor zwei Wochen hatte es unentwegt geregnet. Nach den Eisheiligen war es dann aber innerhalb von wenigen Tagen warm und trocken geworden, und inzwischen stöhnte fast jeder über die schwülwarmen Temperaturen. Auch heute würden wir die Dreißig-Grad-Grenze wieder locker schaffen.

Tief atmete ich die nach Blumen duftende, sich schnell aufheizende Luft ein, ein Geruch, der mich an den Frühsommer in der Toskana erinnerte, wo ich bis zu meinem fünfzehnten Lebensjahr gelebt hatte. Nicht umsonst bezeichnet so mancher Regensburg als die nördlichste Stadt Italiens, mit seinen mittelalterlichen Wohntürmen, den unzähligen Kirchen und dem in jeder Gasse und auf jedem Platz gegenwärtigen mediterranen Flair, besonders in der warmen Jahreszeit. Und tatsächlich ist die Donaumetropole in meinen Augen die einzige deutsche Stadt, in der man als italienischstämmige Frau leben kann.

Ein Lehrer mit Rauschebart und sonorer Bassstimme, dem ich kurz darauf in der Eingangshalle des Goethe-Gymnasiums begegnete, schickte mich in den zweiten Stock des Hauptgebäudes. Dort würde ich die zehnten Klassen finden, erfuhr ich. In höchstens einer Viertelstunde sei die erste große Pause.

Ich stieg die Treppe hinauf. Am Ende eines langen, muffigen Korridors entdeckte ich das gesuchte Klassenzimmer. Nach wenigen Minuten hallte ein lautes Ding-Dong durch den verlassenen Gang. Im nächsten Moment wurden auf allen Seiten die Türen aufgerissen. Mädchen und Jungen der verschiedensten Altersstufen strömten heraus. Man rief laut durcheinander, lachte, schubste sich herum. Sneakers und Chucks trampelten über den Linoleumboden, dazwischen Stöckelschuhe, irgendwo piepste ein Handy, ein Rucksack krachte zu Boden.

Sara Braun hatte mir die Freundin ihrer Tochter genau beschrieben. Aber auch ohne die detaillierte Beschreibung hätte ich Chiara sofort erkannt. Alles an ihrer fülligen, fast barocken Gestalt war schwarz: das struppige, bis zum Kinn reichende Haar, die dick umrandeten Augen ebenso wie der Lack auf den Fingernägeln, ihr schwerer tropfenförmiger Schmuck an Ohren, Händen und Hals, das fast bodenlange Trägerkleid und die Springerstiefel. An der rechten Augenbraue hatte sie drei Piercings, ein schwarzer Jett-Stein glänzte am linken Nasenflügel.

»Entschuldige bitte, hast du einen Moment Zeit?«, sprach ich sie an, als sie sich zwischen mir und einer Gruppe kichernder Mädchen in Hotpants und eng anliegenden Tops vorbeiquetschen wollte. »Ich bin eine Bekannte von Melissas Mutter.«

»Seit wann hat die denn ’ne Bekannte?« Ihr zweifelnder Blick streifte mich. »Was wollen Sie überhaupt von mir?«

Ich stellte mich vor. »Weißt du, wo ich Melissa finden kann? Sie ist seit gestern Abend verschwunden. Ihre Mutter macht sich große Sorgen.«

Die quietschenden Mädchen waren schon auf dem Weg zur Treppe. Noch immer quollen Trauben von Kindern und Jugendlichen aus den Klassenzimmern und schoben sich an uns vorbei.

»Die hat doch heute schon angerufen. Zweimal.« Genervt verdrehte Chiara die gruselig bemalten Augen. »Ich hab echt keine Ahnung, wo die Melli steckt, und außerdem null Bock …«

Ein großer, schlaksiger Junge in Poloshirt und glatt gebügelten schneeweißen Shorts, der in Chiaras Alter sein musste und eine rote, etwas schief geratene Nase hatte, rempelte sie unsanft an.

»Verpiss dich, fette Schlampe!«

Er drängte sie so heftig gegen den Türpfosten des Klassenzimmers, dass sie zur Seite kippte und in die Knie ging. Fast im selben Moment holte er mit der geballten Hand aus, erspähte dann aber mich. Sofort ließ er die Faust sinken, grinste frech und machte, dass er davonkam.

»Che cazzo sei, vieni qua – ascolta, vieni subito!«, rief ich ihm wütend nach. »He, was soll das, komm sofort zurück!«

Er reagierte nicht und gesellte sich zu ein paar gleichaltrigen Jungs. Sie hatten die gleiche gestylte Kurzhaarfrisur wie er und versuchten gerade, mit großspurigem Gehabe ein anmutiges, schmales Mädchen zu beeindrucken, wie Gockel auf dem Hühnerhof. Die Kleine lachte. Der Kerl, der Chiara angerempelt hatte, legte den Arm um sie und zog sie weiter. Die drei anderen schlenderten lässig hinterher.

Ich wandte mich um, fasste nach Chiaras Arm und half ihr hoch. »Alles okay?«

Sie sah mich nicht an, griff sich an die Schulter, mit der sie gegen den Türpfosten geprallt sein musste, und presste die schwarzen Lippen aufeinander. Ihre Rechte schnellte in die Höhe und zeigte mit ausgestrecktem Mittelfinger in die Richtung des Jungen.

»Wichser!«, schrie sie ihm hinterher, obwohl er sie wohl ohnehin nicht mehr hören konnte. »Das nächste Mal kriegst du eine in die Fresse, du dreckiges Arschloch!«

Mit lautem Knall flog eine Tür zu, und ein Lehrer bat eine Schülerin, sie möge ihn wegen der mündlichen Note das nächste Mal ansprechen, er müsse dringend zum Lehrerzimmer.

»Hast du dir wehgetan?«, fragte ich Chiara besorgt.

»Halb so wild«, murmelte sie. »Geht schon wieder.«

»Kennst du den Kerl? Willst du dich über ihn beschweren?«

»Wegen so was?« Sie lachte rau und bückte sich nach ihrem Rucksack, der ihr von der Schulter geglitten war. »Früher hätte der sich das nicht getraut.«

»Früher? Wie meinst du das?«

Unwillig warf sie sich den Rucksack über die Schulter. »Hören Sie, ich weiß nicht, wo die Melli steckt. Das habe ich ihrer Mum heute Morgen schon ein paarmal erklärt. Und auch, dass ich keine Ahnung habe, was für eine Geburtstagsfeier das gewesen sein soll. Ich war jedenfalls zu keiner Party eingeladen.«

»Wo bist du gestern gewesen?«

»Mit Sindbad in der Stadt, das ist mein Hund. Hab mit ’n paar Kumpels auf der Jahninsel gechillt.«

Die Jahninsel, zwischen den Donauarmen unter der Steinernen Brücke gelegen, war mit ihren vielen Grünflächen ein beliebter Treffpunkt unter Jugendlichen und jenen, die sich noch immer dafür hielten.

»Punkt zehn war ich wieder zu Hause.« Chiara verzog das Gesicht. »In einem Monat werde ich sechzehn, normalerweise sehen meine Leute das nicht so eng. Aber seit diese Frau beim Dom gekillt worden ist, machen meine Eltern ein Riesentheater, wenn ich zu spät komme.«

»Und du hast Melissa nirgendwo gesehen?«

»Nee, echt nicht. War's das?«

»Hat sie sonst noch Freunde, bei denen sie untergekommen sein könnte?«

»Melli hat keine Freunde. Die hat nur mich. Und mit mir redet sie ja nicht mehr.« Chiara nickte mir zu, ein wenig scheu. »Also, ich muss weg. Hab gleich einen Arzttermin, die hatten nur vormittags was frei. Und danke noch mal für Ihre Hilfe.«

Sie marschierte los, den anderen Schülern hinterher, die schon auf der Treppe nach unten lärmten. Ich folgte ihr.

»Habt ihr euch gestritten?«, fragte ich, als ich auf gleicher Höhe mit ihr war. »Du und Melissa?«

Chiara antwortete nicht, sondern lief die Holzstufen hinab. Ich hielt Schritt und musterte sie unauffällig von der Seite. Sie hatte ein klares Profil mit einer geraden, schmalen Nase und war trotz ihrer Aufmachung und den ausladenden Formen, oder vielleicht gerade deshalb, ein ausgesprochen anziehendes Mädchen. Im Gegensatz zu dem schwarzen Outfit, das provozieren sollte, verlieh ihr die körperliche Fülle etwas Warmes, ungemein Weiches.

»Vier Wochen ist es her, da haben wir uns gezofft«, sagte sie plötzlich. »So richtig ätzend. Und seither ist alles scheiße. Wir sehen uns nur noch in der Schule, reden kein Wort mehr miteinander. Das heißt, *ich* hab schon tausendmal versucht, mich wieder mit ihr zu vertragen. Wir sind doch so oft zusammen spazieren gewesen – an der Donau, in der Stadt, um den Baggersee rum, stundenlang. Und zu ihr darf ich auch nicht mehr kommen.« Chiara schluckte. »Sindbad vermisst sie ganz furchtbar.«

»Warum will sie sich nicht mehr mit dir versöhnen?«

»Es stinkt ihr, wenn ich was mit den anderen mache. Auf der Jahninsel hab ich neue Leute kennengelernt, schon vor zwei Monaten, die sind echt cool. Sie ist ja schon immer stocksauer gewesen, wenn ich mich mit anderen getroffen hab.«

Sie blieb stehen, zog die Träger ihres Kleides zurecht, die nicht verrutscht waren, und starrte den rötlich gemusterten Linoleumboden an. Inzwischen waren wir im ersten Stockwerk angekommen. Ihre anfängliche Feindseligkeit war wie weggeblasen. Sie hatte Vertrauen zu mir gefasst und war erleichtert, dass sie endlich über das reden konnte, was sie bedrückte.

»Ende April ist die Melli dann voll abgetickt. So richtig krass. Einmal dachte ich sogar, jetzt verpasst sie mir eine, das hat sie ja gut drauf.« Sie hob den Blick. »Zur selben Zeit sind sie umgezogen, sie und ihre Mutter, in ein supergeiles Haus, mit Pool und allem. Klar war das Stress. ›Ich muss schuften, und du gammelst mit diesen Vollidioten rum‹, so eine Scheiße hab ich mir anhören müssen, und ›jetzt lässt du mich auch noch allein‹. Was soll die Kacke? Schließlich hab ich alle ihre Collagen aufgehängt und ihre tausend Sammelkisten beschriftet. Und für den Umzug selbst hatte ihre Mutter ja diese Firma organisiert. ›Was geht denn mit dir ab?‹, hab ich die Melli gefragt. Aber dann ist sie einfach abgehauen, typisch halt, zuerst sich aufführen und dann Sendepause. Ich kapier's immer noch nicht.«

»Was sind das für Sammelkisten?«

»Bei unseren Spaziergängen, da hat sie immer alles Mögliche gesammelt. Blätter, Wurzeln, Steine, irgendwelche Blüten und Früchte, alles halt. Das meiste hat sie dann gepresst oder als Vorrat in ihren Kisten verstaut. Die Melli macht supergeile Dekos aus dem Zeug, die hat da echt Talent.«

Zwei Jungs schlurften an uns vorbei. Trotz der Hitze hatte einer der beiden eine olivgrüne Mütze in die Stirn gezogen. Der andere tippte wie wild auf seinem Handy herum und meinte, die Physik-Ex sei so was von easy gewesen.

»Und seit diesem blöden Streit tut sie auf einmal so, als ob ich Luft wäre«, sagte Chiara leise, als die Jungs außer Hörweite waren.

Sie sah mich an, als ob ich ihr eine Antwort geben könnte auf ihre unausgesprochene Frage. Es lag so viel Verzweiflung in ihrem Gesicht, Verzweiflung über eine verlorene Freundschaft.

»So etwas tut sehr weh«, sagte ich.

Sie schloss kurz die Augen, sah mich dann umso eindringlicher an. »Wir sind zwar sehr verschieden, sie hält nämlich gar nichts von Schmuck und Schminke und so, aber das ist nie ein Problem gewesen. Sie hat immer zu mir gehalten. Immer.«

Sie berührte die Schulter, mit der sie gegen den Türpfosten geprallt war. Ihre Augen verengten sich zu Schlitzen.

»Vor fünf Wochen, das sag ich Ihnen, da hätte dieser Scheiß-Patrick das nicht gemacht. Der weiß nämlich genau, was die Melli dann mit ihm angestellt hätte. Sie ist zwar nicht besonders groß, aber ziemlich kräftig, jeder hat Respekt vor ihr, und neulich, da haben sie sich einen aus der Sechsten geschnappt, dieser Feigling und die anderen Vollidioten, immer nur auf die, die sich nicht wehren können.« Mit einem Mal lachte sie triumphierend. »Die Melli ist dazwischen, das war nämlich einer von ihren Nachhilfeschülern. Dem Patrick, diesem Wichser, hat sie voll eine in die Fresse geknallt, und auch die anderen haben was abgekriegt. Mann, war das geil.« Sie verzog das Gesicht. »Dummerweise hat sie so fest zugeschlagen, dass die Nase gebrochen war, und es hat einen Riesenaufstand gegeben. Da musste die Melli natürlich zum Direktor.« Ein schadenfrohes Grinsen erschien auf Chiaras Gesicht. »Aber zumindest bleibt dem Arschloch die schiefe Nase.«

Es gongte erneut. Chiara setzte sich in Bewegung und ging ins Erdgeschoss, nun sehr zielstrebig. Die Schüler, die vor Kurzem nach unten geströmt waren, kamen uns in der Eingangshalle wieder entgegen. Am Haupteingang fiel die große zweiflügelige Holztür mit einem dumpfen Geräusch zu. In den Sonnenstrahlen, die sich durch die hohen Fenster im Treppenhaus in die dämmerige Halle stahlen, tanzten Staubkörner. Der Lärm im Haus verebbte allmählich.

Chiara ging noch eine halbe Etage tiefer, dann durch eine Tür auf der rückwärtigen Seite hinaus in den verlassenen Hof, wo sie sich an einem grau-weiß gemusterten Fahrrad zu schaffen machte. Nach der muffigen Kühle im Schulhaus traf mich die Hitze mit voller Wucht.

»Und du hast wirklich keine Idee, wo Melissa sein könnte?«, hakte ich wieder nach.

»Na ja, bei ihrer Omi halt. Aber da hat Mellis Mutter doch bestimmt als Erstes angerufen.«

Von einer Großmutter hatte Sara Braun nichts erwähnt. Ich nahm mir vor, sie danach zu fragen.

»Die Melli soll sich übrigens gestern mit so 'nem Kerl getroffen haben.« Chiara sperrte das Schloss auf. »Glaub aber nicht, dass da was dran ist. Die Melli hat sich nie für Jungs interessiert.«

»Weißt du, wie er heißt?«

»Marcel. Arbeitet an der Uni, als Doktorand oder so, bei den BWLern. Oder Jura? Nein, BWL, glaub ich. Keine Ahnung, woher sie den kennt. Die Isi hat mir das in der ersten Stunde erzählt, aber die redet ja oft Scheiße.« Umständlich verknotete sie die Rockzipfel über dem Knie. »Kann mir echt nicht vorstellen, dass die Melli mit dem abhängt. Der fährt ein gelbes Cabrio, und uralt ist der ja auch, und also echt, sie hat doch noch nie was von irgendwelchen Typen gewollt.« Plötzlich hielt sie inne. »Mir fällt grad ein, sie hat da mal was Komisches gesagt.«

»Was denn?«

»Da war ein Mann, hat sie gesagt. Der hat sie beobachtet.«

»Wie sah der aus?«

»Keine Ahnung, hab das echt nicht geglaubt, die Melli war ja manchmal auch strange.« Sie biss sich auf die Unterlippe.

»Wo hat sie den Mann gesehen?«

»Weiß ich nicht, hab da echt nicht hingehört. Und sie hat es ja auch nur einmal gesagt.« Sie überlegte. »Nein, zweimal. ›Du spinnst doch‹, hab ich nur gesagt.«

Sie starrte mich an mit ihren Mädchenaugen, die noch nicht so viel von der Welt gesehen hatten, wie ihr Aussehen einen glauben machen sollte.

»Mein Gott, und wenn der Typ sie entführt hat?« Sie schlug sich die Hand vor den Mund. »Irgendwo hingebracht und vielleicht …?«

Ich diktierte ihr meine Mobilnummer, die sie sofort in ihr Smartphone eintippte.

Als sie sich auf den Sattel schwang und davonradelte, das Gesicht noch immer voller Angst, war ich plötzlich sicher, dass dieser Auftrag mehr Zeit in Anspruch nehmen würde, als ich gedacht hatte.

5

Montag, 1. Juni, 10.32 Uhr

Das weitläufige Gelände des Universitätscampus, abseits der Innenstadt auf dem Galgenberg gelegen, wirkte an diesem späten Vormittag nicht wie eine Lehr- und Forschungsanstalt, sondern mehr wie ein Freizeitpark voller junger Menschen, Lachen und pulsierendem Leben. Überall auf den Wiesen zwischen Fachhochschule und den sich anschließenden Gebäuden der Universität warfen die Studenten und Studentinnen kaum einen Blick in ihre Skripte oder auf ihre Laptops, zeigten aber viel Haut und hielten die Gesichter in die Sonne.

Ich betrat die Halle neben dem Sammelgebäude, einem schmucklosen, mehrstöckigen Betonbau aus den sechziger Jahren. Bei einem früheren Auftrag hatte ich bereits hier zu tun gehabt. So wusste ich, wo der Lehrstuhl für Wirtschaftswissenschaften zu finden war. Ich durchquerte die mit Glas und grauem Sichtbeton gestaltete Halle, die jedem neu eingeschriebenen Studenten die Freude an einem Studium hier gründlich verderben musste, bog in lange Korridore, vorbei an Büros, Hörsälen und mit bunten Stickern beklebten roten Spinden.

Im ersten Stock begrüßte mich an einer Glastür ein Aufkleber mit der Aufschrift »Hier sind keine Hörsäle«. Im Gegensatz zu draußen war es hier oben ruhig, wenn nicht geradezu verlassen. Nur da und dort hörte ich hinter einer der blauen Türen eine Stimme oder das Läuten eines Telefons. Es roch nach Kaffee und aufgeheizter, stickiger Luft.

Von einer winzigen Frau Ende vierzig, die in einem der ersten Büros auf die Tastatur ihres PC einhämmerte, bekam ich die Auskunft, die ich mir erhofft hatte. Es gab eine ganze Reihe von Doktoranden am Lehrstuhl, erfuhr ich, aber nur einen, der Marcel hieß und ein gelbes Cabrio fuhr. Die Frau wunderte sich nicht sonderlich über meine Fragen und beschrieb mir, wo ich sein Büro finden würde. Ich schloss daraus, dass öfter Leute zu ihm wollten.

Auf dem Weg zu Marcel Bresinski, so sein vollständiger Name, kam mir ein pickliger Junge mit Nickelbrille und in ausgewaschenen Jeans entgegen, der kaum älter als mein Vincenzo zu sein schien. Einmal hörte ich Schritte hinter mir. Als ich mich aber umdrehte, sah ich niemanden.

Der Mann, der mir in Zimmer Nummer 299 auf mein Klopfen hin die Tür öffnete, erinnerte mich mehr an einen Modedesigner als an einen Doktoranden der Wirtschaftswissenschaften. Perfekt geschnittenes dunkles Haar, ebenmäßige Gesichtszüge, Solariumsbräune, das Kinn ebenso glatt wie das frisch gebügelte Hemd. Er überragte mich um mindestens zwanzig Zentimeter und kam mir von Anfang an zu nahe. Ich mag keine Menschen, die ständig auf Tuchfühlung gehen. Die Kälte seiner marineblauen Augen bildete einen verwirrenden Kontrast zu seiner Aufdringlichkeit. Ein Augenlid war geschwollen und dunkel verfärbt.

»Executive Leadership ist schon voll«, waren Marcel Bresinskis erste Worte.

Mit gleichgültigem Gesichtsausdruck legte er ein Buch in das Regal neben der Tür. Dann erst realisierte er, dass keine Studentin vor ihm stand. Er musterte mich so intensiv und ohne Scheu von oben bis unten, dass ich an den Blick eines Viehhändlers denken musste, der überlegte, ob das vor ihm stehende Kalb den ausgeschriebenen Preis auch wirklich wert war.

»Aber ich schätze, Sie sind nicht wegen des Seminars hier. Was wollen Sie?«

»Ich komme wegen Melissa«, sagte ich. »Melissa Braun. Sie ist verschwunden.«

»Tatsächlich?« Seine Augen wurden noch kälter. »Und warum sollte mich das interessieren?«

»Sie kennen sie also. Wissen Sie, wo sie steckt?«

Der Korridor war noch immer menschenleer. Kein Ton drang aus den angrenzenden Räumen. Trotzdem zog er mich jetzt in sein Büro und schloss sorgfältig die Tür hinter mir. Seine kurze Berührung war mir unangenehm. Er bot mir keinen Stuhl an, sondern blieb direkt vor mir stehen. Sein Körper, so fiel mir auf, war schlank und durchtrainiert und kam in den eng anliegenden Jeans von Jean Paul Gaultier, wie das auffällige Label verriet, perfekt zur Geltung.

»Sie sind aber nicht Melissas Mutter?«, fragte er mit zusammengezogenen Augenbrauen.

»Nein, aber sie schickt mich. Sie macht sich Sorgen um ihre Tochter.«

»Das sollte sie auch.« Vorsichtig berührte er das geschwollene Augenlid. »Wenn die Kleine jedes Mal zuschlägt, wenn ihr was nicht passt, dann landet die nämlich im Knast. Haben Sie da schon mal nachgefragt?«

Es ging mir auf die Nerven, dass er mit jedem Wort noch näher kam. Sein Eau de Toilette hüllte mich ein. Irgendein üppiger herber Duft und um einige Nuancen zu männlich.

»Melissa hat Sie also geschlagen. Warum – wollten Sie was von ihr?«

»Von dieser pummeligen Jugendlichen, die ständig an den Fingernägeln kaut?« Er lachte abfällig. »Das habe ich echt nicht nötig.«

»Warum hat sie dann zugeschlagen?«

»Weil sie durchgeknallt ist.«

»Aha. Und wann genau ist das passiert?«

»Gestern Abend. Muss so gegen halb elf gewesen sein, vielleicht auch Viertel vor.«

»Und wo?«

»In einer Gasse hinterm Pam-Pam, wir waren da beim Pizzaessen. Ich habe sie eingeladen, Mädels in ihrem Alter haben ja immer zu wenig Geld. Hab sie dann ein paar Schritte begleitet, sie hatte den Roller unten am Fischmarkt stehen. Irgendwann wollte sie allein weiter. Ich habe aber trotzdem darauf bestanden, dass ich mitkomme.«

»Warum?«

»In den Gassen dort ist es recht einsam, und sie ist ja gerade erst sechzehn geworden. Und dann noch diese Geschichte mit der Toten beim Dom.«

Wieder kam er näher. Mit dem Rücken berührte ich schon fast die Tür.

»Das hat ihr aber nicht gepasst, und auf einmal – womm – haut sie mir eine rein, einfach so. Ich hab gedacht, das gibt's doch jetzt nicht. Hab sie dann natürlich stehen lassen und bin zu meinem Wagen. So was ist mir echt noch nie passiert.«

Ich glaubte ihm kein Wort.

»Sind Sie sicher, dass es so gewesen ist?«, fragte ich. Er war jetzt so nahe, dass ich keine Ausweichmöglichkeit mehr hatte. »Oder haben Sie sie festgehalten und ihr unters T-Shirt gefasst?«

Ich merkte, wie ich zunehmend aggressiv wurde. Entweder ich verpasste ihm eine wie Melissa, oder ich suchte mir Raum, um wieder ungestört zu atmen. Da ich mir Auskünfte von ihm erhoffte, entschied ich mich für die letzte Möglichkeit. Schnell schlüpfte ich an ihm vorbei, zog einen Stuhl zum weit geöffneten Fenster, setzte mich unaufgefordert und blickte ihn herausfordernd an. Erst nach einigen Augenblicken folgte er mir und ließ sich auf den anderen Stuhl fallen.

»Das habe ich nicht nötig.« Gelangweilt schlug er ein Bein übers andere. »Ich kenne zig Studentinnen, die liebend gern mit mir in die Kiste hüpfen würden. Und außerdem – was geht Sie das eigentlich an?«

»Melissas Mutter hat mich beauftragt, sie zu finden. Ich bin Privatermittlerin.«

Ich legte meine Visitenkarte auf den Schreibtisch. Er nahm sie, überflog sie, zog die unverletzte Augenbraue hoch, betrachtete mich wieder mit dem abschätzenden Viehhändlerblick. Inzwischen schien der Preis des Kalbs gestiegen zu sein.

»Woher kennen Sie Melissa?«

»Sie gibt meinem kleinen Bruder Nachhilfe, in Mathe und Französisch.« Er verzog das Gesicht. »In der letzten Französischprüfung hat Tim sogar eine Drei geschafft, meine Mutter ist hellauf begeistert.«

Der Raum war karg und dämmrig. Durch die eng gestellten Lamellen der heruntergelassenen Jalousien sickerte nur wenig Sonnenlicht. Zwei Stühle, Büroschränke und Regale, alles in kühlem Grau, auf dem Schreibtisch aus einem hellen und überraschend ansprechenden Holzfurnier ein PC und zwei Netbooks, dahinter sorgfältig gestapelte Skripte. Auf dem übergroßen Bildschirm leuchteten allerhand Tabellen und grafische Darstellungen in verschiedenen Farben. Daneben stand eine riesige Flasche Cola.

»Und neulich, zwei, drei Wochen ist das jetzt her, hat's Ärger mit ein paar älteren Schülern gegeben. Da ist Melissa dazwischengegangen und hat Tim quasi gerettet.«

»Und als Dankeschön laden Sie die mutige Nachhilfelehrerin Ihres kleinen Bruders zum Pizzaessen ein?«, fragte ich spöttisch. Mein großer Bruder hatte meinen Puppen die Köpfe ausgerissen, wenn niemand hingesehen hatte.

»Natürlich nicht.« Marcel Bresinski lachte kalt. »Aber Melissa wollte wissen, wie das so zugeht, hier an der Uni. Sie hat mich öfter gesehen, nach der Nachhilfe, und deshalb angesprochen. Man unterschätzt die Kleine, sie redet ja nicht viel. Aber mit ihren gerade mal sechzehn Jahren hat die jetzt schon einen ganz klaren Plan, was sie später machen will. Auf jeden Fall studieren – BWL, weil man da gutes Geld verdienen kann, und zwar auf eine anständige Art.« Noch immer hielt er die Karte in der Hand und fingerte daran herum. »Keine Ahnung, wie sie das gemeint hat. Jedenfalls hab ich ihr ein wenig von meiner Arbeit erzählt, von dem Betrieb hier, den Seminaren und Vorlesungen. Das fand sie superspannend, hat mich mit tausend Fragen gelöchert, ich hab sie kaum wiedererkannt. Tja, und dabei haben wir völlig die Zeit vergessen. Eigentlich hätte sie ja um zehn zu Hause sein sollen. Da hatte ich natürlich auch ein schlechtes Gewissen und wollte sie wenigstens zum Fischmarkt begleiten.«

Durch das offen stehende Fenster hörte man mehrstimmiges Gelächter und das Klingeln eines Fahrrads. Marcel Bresinski zerknüllte meine Visitenkarte, warf sie in den Papierkorb und stand auf.

»Tut mir leid, Signora di Santosa, aber ich muss noch eine Vorlesung vorbereiten. Wird ohnehin spät heute.«

Auch ich erhob mich. »Wann sind Sie gestern Abend nach Hause gekommen?«

»Das geht Sie nun wirklich gar nichts an.«

»Dann lassen Sie mich die Frage anders formulieren: Haben Sie Melissa seit dem Pizzaessen noch einmal gesehen?«

»Nein. Und ich lege auch keinen Wert darauf, dass sich daran etwas ändert.« Instinktiv fasste er sich an das geschwollene Lid.

»Wo ist sie Ihrer Meinung nach hingefahren?«

»Nach Hause natürlich.«

»Offenbar nicht. Vielleicht ist sie mit zu Ihnen?«

»Wie absurd.« Verächtlich blies er die Wangen auf. »Warum

hätte ich sie nach dem Schlag ins Gesicht denn noch mitnehmen sollen?«

»Seither ist sie jedenfalls verschwunden. Finden Sie das nicht seltsam?«

Marcel Bresinski zuckte mit den Schultern, ging zur Tür, öffnete sie mit einem kalten Lächeln. »Mir war von Anfang an klar, dass mit der was nicht stimmt.«

»Melissa hat mich also angelogen.« Sara Brauns Stimme am anderen Ende der Leitung klang fassungslos. »Aber, sie hat mich doch noch nie angelogen …«

Ich bog um die Ecke in den nächsten Korridor. Da und dort standen Stühle vor den Bürotüren. Noch immer war niemand zu sehen.

»Das verstehe ich nicht«, kam es aufgewühlt aus dem Handy. »Sie hat mir doch sonst immer die Wahrheit gesagt. Einfach immer.«

Ich musste daran denken, wie ich mich im Alter von fünfzehn Jahren mit einem Jungen getroffen hatte. Niemandem hatte ich von dieser Verabredung erzählt, nicht einmal meiner besten Freundin. Christoforo, so hieß er, hatte mir stolz sein Motorrad präsentiert und mich zu einer heimlichen Spritztour in die Berge hinter Volterra überredet. Wenn meine Eltern und Verwandten davon gewusst hätten, hätten sie mir den Ausflug natürlich verboten. Zu gefährlich, hätte es geheißen, was sagen die Leute, und außerdem schickt sich so etwas nicht für die jüngste *Contessa* der Familie, noch dazu mit einem Bäckergesellen. *Madonna, che cosa dice la gente?*

»Jeder schwindelt hin und wieder«, versuchte ich, meine Auftraggeberin zu beruhigen. »Und heranwachsende Mädchen ganz besonders.«

»Aber sie hat mich angelogen, verstehen Sie das denn nicht?« Sara Braun klang noch aufgebrachter als zuvor. »Sie hat gesagt, sie würde sich mit Chiara treffen, und dabei … Nein, so was hat sie noch nie getan. Nie, einfach nie.« Sie verstummte. »Andrerseits, ist es ein Wunder?«

»Wie meinen Sie das?«

»Und dann diese komische Geschichte mit Chiara«, sagte sie

zusammenhanglos. »Melissa hat mir nicht erzählt, dass sie sich verkracht haben. Kein Wort hat sie gesagt.«

»Scheint in der Familie zu liegen.«

»Was soll das heißen?«

»Auch Sie haben mir nicht die Wahrheit gesagt«, konterte ich. »Sie haben mich glauben lassen, Melissa hätte schlechte Noten und deshalb Probleme in der Schule. Stattdessen gibt sie Nachhilfe in Mathe und Französisch und will später studieren, ihre Noten sind also sicher gut. Allerdings legt sie sich gern mit allen möglichen Leuten an und ist in dieser Hinsicht nicht gerade zimperlich. Sie hat diesem Doktoranden eine Ohrfeige verpasst, dabei ist der Kerl nicht nur um einiges älter, sondern auch ziemlich groß und muskulös. Und in der Schule hat sie einem Mitschüler die Nase gebrochen und musste deshalb zum Direktor. Erzählen Sie mir bloß nicht, Sie hätten das nicht gewusst.«

Sara Braun schwieg.

»Hören Sie. Wenn Sie mir nicht sagen, was los ist mit Ihrer Tochter, muss ich den Auftrag niederlegen.«

»Mein Gott, ja.« Sie holte tief Luft. »Der Direktor hat mich angerufen. Wegen dieser Mobbingsache, bei der Melissa dazwischengegangen ist. Ich bin natürlich in die Schule gefahren und habe dem Mann erklärt, dass meine Tochter sich schon immer für die eingesetzt hat, die schwächer sind, und ich seinen Direktoratsverweis nicht akzeptieren werde.« Ihre Stimme wurde laut. »Und wenn er hier jemanden von der Schule werfen will, dann doch bitte schön diese Dreckslümmel, die Melissas wehrlosen Nachhilfeschüler verprügelt haben!«

Ich war auf ihrer Seite und wollte etwas sagen, aber sie fuhr schon wütend fort:

»Außerdem hat diese Geschichte nichts damit zu tun, dass Melissa verschwunden ist. Haben Sie nur Banalitäten herausgefunden, von denen ich ohnehin schon wusste?«

»Erstens habe ich Marcel Bresinski ausfindig gemacht, und zweitens wäre ich wesentlich weiter, wenn Sie mir von Anfang an reinen Wein eingeschenkt hätten«, versetzte ich nun ebenfalls eine Spur zu heftig. »Für mich wäre es übrigens keine Banalität, wenn mein Kind anderen Leuten die Nase bricht, ganz egal, aus welchem Grund.«

»Was ist mit diesem Doktoranden?«, wischte sie meinen Einwand zur Seite. »Dieser Mistkerl, der soll froh sein, wenn ich ihn nicht anzeige. Macht sich an eine wehrlose Minderjährige heran.«

»Ihre Tochter ist zwar erst sechzehn, aber auf keinen Fall wehrlos.«

»Aber vielleicht weiß er trotzdem, wo sie steckt?«

»Wenn sie tatsächlich bei ihm untergekommen ist, finde ich das heraus, keine Sorge.«

Ich öffnete die Glastür zum Treppenhaus, stieg die Stufen hinab und ging in Richtung Eingangshalle, vor der ich das Rad abgestellt hatte. Innerlich fluchte ich ein wenig auf Italienisch, weil ich mir kein Taxi leisten konnte. Hoffentlich war zumindest mein Wagen bald fertig.

»Chiara hat Melissas Großmutter erwähnt«, nahm ich den Faden wieder auf. »Von der haben Sie mir übrigens auch nichts erzählt. Womöglich ist Ihre Tochter zu ihr gefahren?«

Einen Moment war es ganz still in der Leitung.

»Melissa hat keine Großmutter«, kam es dann dumpf. »Auf jeden Fall keine, zu der sie fahren könnte.«

Es klickte in der Leitung.

Sie hatte einfach aufgelegt.

Im selben Moment, als ich auf die Wahlwiederholungstaste drücken wollte, ertönte *La donna è mobile*, die Musik, die ich für einen eingehenden Anruf eingespeichert hatte.

»Hast du deine Aussage eigentlich schon zu Protokoll gegeben?«, begrüßte mich mein Ex unwirsch. »Ich ermittle in einem ungeklärten und gewaltsamen Todesfall, schon vergessen, Frau Zeugin?«

»Danke der Nachfrage, ich habe übrigens wunderbar geschlafen, *Signor Commissario*«, entgegnete ich zuckersüß. »Und meine Aussage werde ich zu Protokoll geben, wann es mir passt, *hai capito*?«

Erst im nächsten Moment wurde mir bewusst, dass ich durch die Nachforschungen zu Melissas Verschwinden den Mord vor meiner eigenen Haustür ganz vergessen hatte. Wenn ich ehrlich war, musste ich sogar zugeben, dass ich mich dadurch erholt hatte.

»Ist dir inzwischen noch was eingefallen? Du weißt doch, bei einem Mordfall kann jede noch so kleine Beobachtung wichtig sein.«

Natürlich hatte Paolo recht. Und plötzlich wurde mir klar, was er eigentlich von mir wollte: den Fall besprechen. Er steckte in einer Sackgasse und wollte die ersten Ergebnisse mit mir diskutieren. Schon früher, als wir uns gerade erst kennengelernt hatten – ich auf der Polizeischule, er bei der Kripo –, war das so gewesen.

»Niente, no, mi dispiace«, sagte ich mit nun normalem Tonfall. »Nein, leider gar nichts.«

Ich betrat die Eingangshalle. Bis auf zwei Studentinnen, die eine Wand voller übereinandergeklebter Poster und bunter Zettel studierten, war sie menschenleer. Vielleicht suchten die beiden nach einer Wohnung. Aus der Cafeteria im Keller hörte ich Geschirr klappern und helles Lachen, dann hallten Schritte hinter mir. Als ich mich aber umdrehte, sah ich wieder niemanden.

»Hast du schon irgendwelche Zeugen aufgetrieben?«, fragte ich und öffnete die Glastür ins Freie. Heiße, feuchte Luft schlug mir entgegen.

»Bisher niemanden außer dir.« Auch Paolo klang inzwischen versöhnlicher als zu Beginn unseres Telefonats. »Aber nach den Medienaufrufen können wir uns sicher nicht mehr retten vor Zeugen. Ich hätte da noch ein, zwei Fragen an dich. Also – wann kommst du, Prinzessin?«

6

Montag, 1. Juni, 11.51 Uhr

Fünf Minuten später radelte ich die Galgenbergstraße hinab in Richtung Landshuter Straße. Das Polizeipräsidium befand sich stadtauswärts, an der Ecke zur Bajuwarenstraße.

Der laue Fahrtwind kühlte kaum mein noch immer erhitztes Gemüt. Nach dem Abstecher in die Kripo, hatte ich soeben beschlossen, würde ich zuerst im BellaDonna nach dem Rechten sehen und anschließend meiner undurchsichtigen Auftraggeberin einen Besuch abstatten. Dann hatte sie nicht mehr die Möglichkeit, bei unbequemen Fragen einfach aufzulegen.

Ich wurde nicht schlau aus ihr. Zwar hatte ich immer wieder gespürt, dass das Wohl ihrer Tochter ihr sehr am Herzen lag, aber dennoch schien sie mir nur die nötigsten Informationen geben zu wollen. Ganz offensichtlich betrachtete sie meine Ermittlungen als Einmischung in ihre Privatsphäre. Das machte mich wütend. Wie sollte ich diesen Auftrag auf anständige Art und Weise erledigen, wenn ausgerechnet meine Auftraggeberin mich in meiner Arbeit blockierte? Doch die weitaus wichtigere Frage war: Warum verhielt Sara Braun sich so widersprüchlich? Hatte sie etwas zu verbergen?

Die Luft flirrte, und sowohl der Radweg vor mir als auch die Straße sahen so aus, als würden sie sich jeden Moment auflösen und in einen glänzenden Strom verwandeln. Neben mir wurde wild gehupt, und im nächsten Augenblick quietschten schon die Bremsen eines Lieferwagens. Der Fahrer schimpfte lauthals über einen dieser riesigen schwarzen City-Geländewagen, die man zurzeit überall im Großstadtdschungel sah, auch in der beschaulichen Weltkulturerbestadt an der Donau. Der Geländewagen mit dunkel getönten Scheiben war plötzlich vor dem Lieferwagen stehen geblieben, um eine Fußgängerin mit Kinderwagen über die Straße zu lassen. Die Frau war noch nicht einmal am Gehsteig angekommen, da brauste der Geländewagen schon mit quietschenden Reifen davon.

Ich wählte eine Abkürzung und bog an der Ampel nach dem

Finanzamt rechts in die Haydnstraße. Hier war es ruhiger. Befreit atmete ich aus. Im selben Moment lachte mein Handy. Im Fahren fingerte ich es aus der Tasche und überflog die kurze SMS von Maximilian. Die ersten OPs waren gut verlaufen, las ich, die nächste finge in wenigen Minuten an. Mein Geliebter freute sich auf unser Telefonat heute Abend und noch mehr auf unser morgiges Candle-Light-Dinner. Ich steckte das Handy wieder weg. Auf dem Rad konnte ich zwar SMS lesen, aber nicht beantworten.

Auch ich konnte es kaum erwarten, dass wir morgen endlich wieder ein paar ungestörte Stunden zu zweit haben würden. Dennoch ging mir allmählich die Heimlichtuerei auf die Nerven. Es war lächerlich: Noch immer hatte ich Vincenzo nichts von dem neuen Mann in meinem Leben erzählt.

Seit sechs Monaten waren wir nun ein Paar, und Maximilian war längst mehr als nur eine vorübergehende Laune oder aufregende Affäre. Mit jedem Tag, der verging, wurde mir klarer, wie wohl ich mich in seiner Gegenwart fühlte. Wie wichtig er mir war. Wie sehr ich ihn liebte. Und mit jedem Tag, dem ich Vincenzo die Wahrheit vorenthielt, fühlte ich mich unwohler. Hatte mein Sohn nicht ein Recht darauf, von der Liebe meines Lebens zu erfahren? War es nicht langsam an der Zeit, dass die beiden wichtigsten Menschen in meinem Leben sich kennenlernten?

Und das alles nur, weil Maximilian verheiratet war …

In Paolos Büro im ersten Stockwerk des Kripogebäudes war es noch angenehm kühl. Der riesige, verchromte Ventilator aus der italienischen Hafenstadt Livorno, den ich meinem Ex zum Vierzigsten geschenkt hatte, brummte leise vor sich hin. Auf dem Tisch lag ein angebissenes Schinkenhörnchen, das ebenso verführerisch duftete wie der Kaffee, den er für uns beide besorgt hatte. Ich bevorzugte zwar Tee, aber zur Not begnügte ich mich auch mit Filterkaffee.

»Sieht tatsächlich so aus, als ob wir es mit ein und demselben Täter zu tun haben«, eröffnete Paolo mir mit grauem Gesicht.

Gewiss hatte er in der vergangenen Nacht nur wenig geschlafen. Schon immer war er ein Vollblutpolizist gewesen, der gerade am Anfang eines neuen Falls nichts aus der Hand geben wollte. Ich wusste, dass er alle verfügbaren Einsatzkräfte mobilisierte, ihre

Schritte koordinierte, jedes einzelne Ergebnis selbst sichtete und beurteilte. Die Obduktion war noch im Gange, erfuhr ich, aber zumindest gab es schon erste Resultate.

»Es ist genauso wie bei Sibylle Sinseder: eindeutig kein Sexualdelikt.«

»Hat so die Tote vom Dom geheißen?«

Mein Ex nickte. »Ein einziger glatter Schnitt, direkt durch den Kehlkopf, keinerlei Kampfspuren.« Mit einer müden Handbewegung fuhr er sich über die Stirn. »Auch die Anwältin war sofort tot. Unser Mörder weiß offenbar, wie man schnell und effektiv tötet.«

»Das erklärt, warum ich nichts gehört habe. Britt Maikammer hatte keine Zeit, um zu schreien oder sich zu verteidigen.«

»Auch keiner der Anwohner hat was gehört.«

»Und die Tatwaffe – war es dieselbe wie bei Sybille Sinseder?«

Paolo nickte. »Die Schnittränder sind bei beiden Frauenleichen absolut identisch, mit glatten Wundrändern. Ein Messer mit scharfer, ungezackter Klinge.« Er trank einen Schluck Kaffee und setzte den Becher mit einer erschöpften Bewegung wieder ab. »Die Medien werden sich wie die Aasgeier darauf stürzen: *Zwei Frauen grausam ermordet – wie viele müssen noch sterben?* Oder noch besser: *Regensburg in Angst und Schrecken, und die Polizei tappt im Dunkeln.* Und weißt du, was das Schlimmste ist? Die verdammten Schreiberlinge haben auch noch recht.«

Er tat mir leid. Die Uhr tickte. Er musste den Mörder so schnell wie möglich finden. Doch seine Aufgabe wurde nicht leichter, wenn man ihn zusätzlich unter Druck setzte. Er hätte Solidarität gebraucht, keine Vorwürfe und Schuldzuweisungen.

»Das hört sich so an, als ob die Spurensicherung auch dieses Mal keine Indizien an der Leiche entdeckt hat«, sagte ich.

»Nur ein paar schwarze Baumwollfasern, die bisher aber zu nichts geführt haben. Ich schätze, von einem Baumwollpullover, den es so gut wie überall zu kaufen gibt. Ansonsten rein gar nichts. Er hat offenbar wieder Handschuhe getragen.«

Paolo stand auf und ging zu der Tafel an der Längsseite des Büros, an der die Fotos von Britt Maikammers Leiche und vom Tatort hingen. Nachdenklich betrachtete er eines nach dem anderen.

»Er hat sie von hinten gepackt und ihr den Mund zugehalten«, sagte er dann. »Ein einziger gezielter Schnitt – das war's.«

»In einer solchen Situation darf man keine Millisekunde zögern, sonst ist das Überraschungsmoment vorbei. Der Kerl muss verdammt gute Nerven haben.«

Paolo nickte. »An seiner Kleidung dürften kaum Blutspuren sein. Die Handschuhe hat er umgestülpt und eingesteckt.«

»Das Messer ist wahrscheinlich ein Klappmesser. So was verschwindet in jeder Hosentasche, gibt's in tausend Onlineshops und ist nur schwer rückzuverfolgen.« Ich dachte wieder an das kurze Gespräch mit der Anwältin. »Was ist mit diesem Exfreund?«

»Den habe ich schon vernommen, gleich heute Morgen. Ein Banker, wie er im Buche steht, geschniegelt und aalglatt. Vor einer Woche hat er erst mit ihr Schluss gemacht und sie seither nicht mehr gesehen. Er war richtig geschockt, als er gehört hat, worum's geht – ich glaube nicht, dass er sich verstellt hat.« Paolo setzte sich wieder. »Für gestern Abend hat er außerdem ein wasserdichtes Alibi. Er war beim Training in seinem Ruderverein, mindestens zehn Leute können das bezeugen.«

»Er kommt sowieso nicht in Frage, wenn wir von ein und demselben Mörder ausgehen. Oder gibt es Hinweise, dass der Banker Sybille Sinseder gekannt hat?«

Paolo verneinte.

»Dann bleibt im Moment nur noch dieser ominöse Klient«, sagte ich. »Britt hat gesagt, der Kerl hätte sie gestern Abend angerufen. Aber welcher Chef gibt die Privatnummern seiner Angestellten aus der Hand?«

»Außerdem kennt ihr Chef keinen Oscar Kubitschek. Und in den Datenbanken haben wir bisher auch nichts über ihn gefunden.«

»So heißt der Klient – Oscar Kubitschek?«

»Zumindest laut den Notizen in ihrer Aktenmappe. Sie hat das Gespräch in Stichpunkten protokolliert, irgendeine Erbschaftsstreitigkeit.«

»Was ist mit ihrem Handy?«

»Haben wir überprüft, einen Festnetzanschluss hatte sie ja nicht. Die meisten Anrufe und Nachrichten lassen sich problemlos zuordnen. Ihre Mutter hat angerufen, wollte wissen, wie's ihr geht von wegen Trennungsschmerz und der Jobsituation, außerdem eine Freundin, die dasselbe wissen wollte. Kurz vor sieben ist ein Anruf aus dem Ausland eingegangen, eine tschechische Prepaidnummer. Ich hab's schon fünf Mal probiert, aber da meldet sich keiner.«

»Das muss er sein – Oscar Kubitschek oder wie er sonst heißt. Zeitlich würde das jedenfalls passen.«

»Ich wette, der hat sich die SIM-Karte auf dem Schwarzmarkt besorgt.« Paolo sah mich finster an. »Bei der Sinseder war's genauso: zwei Stunden vor dem Mord ein Anruf auf ihrem Handy, von einer ausländischen Prepaidnummer. Da war's zwar eine aus Polen, aber die hat auch ins Nichts geführt.«

»Mit ihr hat er sich auch telefonisch verabredet?«

»Zumindest sieht es so aus.«

»Die Erbschaftsstreitigkeit war also nur ein Vorwand, um Britt Maikammer in die Kanzlei zu bestellen«, resümierte ich. »Aber warum hat er sie nicht dort getötet? Warum mitten auf der Straße, wo ihn jeder hätte sehen können?«

»Dasselbe habe ich mich auch gefragt, als ich vor der ersten Leiche gestanden habe.« Paolo verzog das Gesicht. »Eins muss man dem Kerl lassen: Er hat wirklich verdammt gute Nerven.«

7

Montag, 1. Juni, 13.45 Uhr

Eine halbe Stunde später stand ich vor dem BellaDonna in der Pfarrergasse. Im Schaufenster war die ebenso schrille wie farbenprächtige Strandgarderobe ausgestellt, die Jolanda Kierkegaard vor Kurzem in Konzession gegeben hatte. Sie war die Gattin eines angesehenen Internisten aus Schierling, und die Ware, die sie regelmäßig vorbeibrachte, war immer in einem Topzustand.

Ich betrat den Laden. Mona widmete sich ihrer Lieblingsbeschäftigung und drapierte bunte Chiffontücher und Glitzerschals an den Kleiderpuppen. Während sie mir gleichzeitig die beeindruckenden Umsätze der letzten Tage vorrechnete, beglückwünschte ich mich wieder einmal zu der Entscheidung, meiner Untermieterin und ehemaligen Ladenhilfe die Geschicke der Boutique fast vollständig überlassen zu haben.

Seit meine Detektei so gut lief, blieb mir kaum mehr Zeit für das BellaDonna. Deshalb hatte ich Mona vor wenigen Wochen kurzerhand zur zweiten Geschäftsführerin befördert. Als diplomierte, aber arbeitslose Sprachwissenschaftlerin mit einem Händchen für extravagante Ladendekorationen und dem richtigen Gespür dafür, was Kundinnen glücklich machte, war sie nach unzähligen erfolglosen Bewerbungen von meiner Idee restlos begeistert gewesen. Endlich hatte sie einen soliden Arbeitsplatz. Er war zwar nicht so üppig bezahlt, wie sie sich nach dem Studium erhofft hatte, aber zumindest musste sie sich nicht mehr mit ständig wechselnden Kneipenjobs über Wasser halten. Ein weiterer positiver Aspekt war, dass ich inzwischen auch für Vincenzo mehr Zeit hatte. Ich konnte mir meinen Tagesablauf selbst einteilen und war froh, dass mein Sohn nicht mehr von einer Nachmittagsbetreuung zur nächsten tingeln musste.

»Ce soir je vais voir mon amour nouveau«, wechselte Mona plötzlich mit ihrer silberhellen Stimme ins Französische, wobei sie jedes einzelne Wort betonte. »Oder heißt es *mon noveau amour?*«

Gedankenverloren befingerte sie den türkisfarbenen Halbedelstein, der seit Kurzem ihre schmale Nase zierte, und zog die glatte Stirn kraus. Sie hatte solche Angst vor dem Piercingstudio gehabt, dass ich sie begleitet hatte. Inzwischen war die winzige Wunde gut verheilt, und sie wechselte den Nasenschmuck täglich, immer passend zu ihrem jeweiligen Outfit. Heute trug sie ein in Türkistönen gemustertes Etuikleid aus Seide, das ihre zierliche Figur hervorragend zur Geltung brachte, und farblich passende Stilettos. Die weißblonden Elfenlocken hatte sie zu einer dramatisch getürmten Hochsteckfrisur arrangiert, in der ebenfalls türkisfarbene Steine glitzerten.

»Jedenfalls wird mein über alles geliebter Jerôme heute Abend – ich habe einen Tisch im Orphée reserviert, wir speisen natürlich französisch – große Augen machen.« Sie schnappte sich ein Tuch aus schillerndem Organza. »Seit unserem letzten Rendezvous ist mein Französisch nämlich geradezu perfekt geworden. *N'est-ce pas, ma chère* Anna – findest du nicht auch, meine Liebe?«

Mit wenigen, aber eleganten Bewegungen schlang sie das durchscheinende Tuch der nächsten Puppe als Turban um den Kopf und plapperte weiter auf Französisch. Ich ging in die kleine Küche hinter dem Verkaufsraum, goss mir ein Glas Wasser ein und sah die Post durch, vorwiegend Werbung und Rechnungen.

Monas neueste Flamme war wie üblich mehr als zwanzig Jahre älter als sie und zur Abwechslung Franzose. Vor knapp vier Monaten hatte sie den Geigenvirtuosen bei einem Kurztrip nach Prag kennengelernt. Als Solist hatte er ein Gastspiel bei der Tschechischen Philharmonie gegeben. Es hatte sofort gefunkt zwischen den beiden. Seither flog sie an jedem freien Wochenende nach Paris, wo Jerôme, Monas Worten zufolge ein zweiter David Garrett, nur selbstverständlich noch schöner, ein Zweihundert-Quadratmeter-Penthouse mit Blick auf den Eiffelturm bewohnte. Heute Abend gab der Stargeiger zum ersten Mal Regensburg und vor allem Mona die Ehre. Auf dem Weg zu den Philippinen, wo mehrere Auftritte mit seinem Barock-Ensemble geplant waren, machte er eine Liebespause in der Domstadt. Für eine Woche hatte er sich in einer Luxussuite im Sorat-Inselhotel einquartiert. Mona würde ich die nächsten Tage in der Villa wohl kaum zu Gesicht bekommen.

Ich leerte das Glas in einem Zug. Der Ventilator an der Decke des Verkaufsraums, den ich zusammen mit dem Prachtstück für Paolo in einem avantgardistischen Laden in der Altstadt von Livorno erstanden hatte, summte gemütlich und fächerte einen angenehm kühlen Lufthauch bis in die Küche. Ich goss mir ein zweites Glas ein, ging nach nebenan und setzte mich auf das weit ausladende Sofa, das in der Mitte des Verkaufsraums stand. Neben dem Kristalllüster in Pink, der über der altertümlichen Kasse prunkte, war das knallrote Samtsofa der absolute Hingucker im BellaDonna.

»Das war heute übrigens komisch«, sagte Mona und deutete mit ausgestrecktem Finger und gerunzelter Stirn auf das oberste Regal neben der Tür. »Ich hätte schwören können, ich hätte gestern Abend die Sommertops da drüben ordentlich zusammengelegt. Aber als ich heute Vormittag in den Laden gekommen bin, war da ein ziemliches Durcheinander.«

»Was meinst du damit?«

»Es hat so ausgesehen, als ob jemand darin herumgewühlt hätte.«

»Soll das heißen, du hast vergessen, die Tür abzusperren, und irgendwer hat etwas mitgehen lassen?«

Mona beteuerte, alles ordnungsgemäß abgeschlossen zu haben. Auch sonst sei alles so gewesen, wie es sein sollte, versicherte sie zum Schluss – es fehlte nichts, weder Geld noch Ware. Wir überlegten, ob kurz vor Ladenschluss womöglich doch eine Kundin unbemerkt in dem Regal bei der Tür gestöbert hatte, und ich bat meine zweite Geschäftsführerin, in Zukunft aufmerksamer zu sein. Noch mehr Ärger konnte ich nun wirklich nicht gebrauchen.

Die Türglocke bimmelte. Ein bleistiftdünnes Mädchen in Minikleid und kaum älter als mein Vincenzo erschien in Begleitung ihrer Mutter. Schüchtern fragte die Kleine nach reduzierten Accessoires. Mona zeigte ihr die Ständer mit den Schnäppchen im hinteren Verkaufsraum und ließ sie in Ruhe gucken, während ich wieder in der Autowerkstatt anrief. Das Ersatzteil würde heute Nachmittag eintreffen, hörte ich, das Auto sei irgendwann morgen abholbereit. Am besten, ich fragte im Laufe des Vormittags wieder nach.

Ich leerte das Glas, verabschiedete mich von Mona, die gerade den Preis für die riesigen Ohrklunker kassierte, die erwartungsgemäß die Mutter der jungen Dame bezahlte, und verließ den Laden.

Direkt neben dem Schaufenster, wo ich das Rad abgestellt hatte, begegnete ich der alten Frau Baumbusch. Sie wohnte im Haus nebenan, sperrte gerade die Haustür hinter sich zu und hielt ihren Rauhaardackel an der Leine. Kaum sah er mich, wedelte er schon mit dem Schwanz und fing an zu bellen.

»Ja, do schau her, die Frau von Santosa«, begrüßte sie mich in ihrem breiten Oberpfälzer Dialekt, der mir trotz meiner anfänglichen Verständnisschwierigkeiten – seit fast vier Jahren lebte ich nun in Regensburg – mittlerweile sehr ans Herz gewachsen war. »Sie schaun aus wie des blühende Leben. Die Liebe macht jung, göll?«

Auf Frau Baumbuschs von unzähligen Falten durchzogenem Gesicht erschien ein spitzbübisches Lächeln, während ihr Schützling noch immer aufgeregt bellte. Bei unserer letzten Begegnung vor etwa zwei Wochen hatte sie mich auf den gut aussehenden Herrn mit den grau melierten Schläfen angesprochen, der mich kurz zuvor in der Boutique abgeholt hatte. Also hatte ich ihr – als bisher einzigem Menschen – von Maximilian erzählt.

»Mach keinen solchen Krach, Pater Emeram«, wies Frau Baumbusch den betagten Vierbeiner, er musste schon weit über zwanzig sein, liebevoll zurecht. »Und wie geht's dem Vincenzo? So a wohlerzogener Junge. Immer grüßt er so nett, und neulich hat er mir sogar die schwere Einkaufstaschn nach oben tragen.«

Ich kraulte dem Dackel, der keineswegs so fromm war, wie sein Name vermuten ließ, den Kopf und versicherte ihr, dass es Vincenzo gut gehe. Heute hatte er nachmittags Schule, ich konnte mir also Zeit lassen und vor meinem geplanten Besuch bei Sara Braun noch ein kleines Schwätzchen mit Frau Baumbusch halten. Ich mochte die belesene und an allem interessierte alte Dame, die sich immer über ein Gespräch über Gott, das Universum oder die Nachbarschaft freute. Heute erzählte sie mir, wie ihr Hund zu seinem Namen gekommen war.

Im alten Kloster Prüfening hatte lange Jahre der Einsiedler Pater Emeram gelebt. Er war zwar Mitglied des Fürstenhauses von Thurn und Taxis gewesen, hatte sich aber für ein Leben fernab der Adelswelt entschieden und sich in das von einem riesigen Park umgebene Gemäuer neben der Klosterkirche zurückgezogen, im äußersten

Westen der Stadt. Einzelne Räume des großen Klosters stellte er Jugendgruppen als Treffpunkt zur Verfügung, und er beherbergte auch in Not geratene, bedürftige Menschen, sonst aber lebte er ganz für sich. Einmal, an einem späten Samstagabend im Juli, es musste Anfang der neunziger Jahre und somit kurz vor seinem Tod gewesen sein, begegnete Frau Baumbusch dem denkwürdigen alten Mann. Zum ersten Mal führte sie ihren erst wenige Wochen alten, noch namenlosen Schützling auf vier Beinen in den Wald aus, der das Klostergelände umgab. Nach einem ungewollt langen Spaziergang, inzwischen war es dunkel geworden, stand plötzlich der alte Pater vor Frau Baumbusch, die den Welpen schon seit einiger Zeit tragen musste. Pater Emeram begrüßte die beiden freundlich, deutete auf die Glühwürmchen am Waldrand, segnete den kleinen Hund und sein Frauchen und zog wieder seiner Wege. Ab diesem Moment stand für Frau Baumbusch fest, wie ihr Dackel heißen würde.

»Und wie ist die Geschichte mit dieser unfreundlichen Immobilienmaklerin weitergegangen?«, erkundigte ich mich, nachdem sie geendet hatte.

Das Haus, in dem Frau Baumbusch wohnte, stand wie alle anderen Gebäude in der Pfarrergasse unter Denkmalschutz. Die bisherigen Renovierungsarbeiten waren in der Vergangenheit immer im erträglichen Rahmen für die Bewohner geblieben. Vor wenigen Monaten war dann aber eine ebenso dynamische wie rücksichtslose Immobilienmaklerin auf dem Plan erschienen. Wie man munkelte, hatte sie das taubenblaue Haus neben dem Bella-Donna zu einem Schleuderpreis erstanden. Ihr Plan war leicht zu durchschauen: Mit ihren ständigen Renovierungsarbeiten ging sie den Mietern auf die Nerven und trieb die Mieten in die Höhe. Anschließend konnte sie die sanierten Wohnungen auf einem völlig überteuerten Niveau an zahlungskräftige Singles oder kinderlose Doppelverdiener vermieten oder verkaufen. Die meisten der Bewohner im Haus nebenan, die einen im Alter von Frau Baumbusch, die anderen junge Menschen in der Ausbildung oder Studenten mit wenig Budget, hatten sich einschüchtern lassen und anlässlich der Umbauten und geplanten Mieterhöhungen freiwillig das Feld geräumt. Nur Frau Baumbusch nicht. Schließlich wohnte sie schon seit sechzig Jahren hier.

»Kein Sterbenswörtchen hab i mehr von der ghört.« Triumphierend schob die alte Dame sich die filigrane Goldrandbrille zurück auf die Nase, die nach vorn gerutscht war. »Zuerst traktiert die mich monatelang jede Woche, was sag ich, jeden zweitn Tag, wann ich endlich aus der Wohnung auszieh. Und plötzlich iss Funkstille, von einem Tag aufn andern.« Sie zwinkerte mir zu, während sie ihre grauen, aber noch an vielen Stellen von braunen Strähnen aufgehellten Locken zurechtzupfte. »Die hat's mit der Angst kriegt. Sie haben sich ja wie eine Löwin für mich eingsetzt!«

Pater Emeram bellte anerkennend.

Vor gut zwei Wochen war mir schließlich der Kragen geplatzt. Mit einer unmissverständlichen Gesprächseinleitung auf Italienisch hatte ich der hochgewachsenen und ziemlich stämmig gebauten Immobilienmaklerin eine Aufstellung der ortsüblichen Mieten unter die Nase gehalten. Sie belegten eindeutig, dass die geplanten Mieten fast vierzig Prozent über dem Vergleichsniveau der ebenfalls renovierten Häuser in diesem Viertel lagen. Die unsympathische, schwarzhaarige Frau hatte sich aber nicht einschüchtern lassen und die Aufstellung vor meinen Augen zerrissen. Umso überraschter war ich nun, dass sie anschließend doch in sich gegangen war.

»Falls es trotzdem wieder Schwierigkeiten gibt – Sie wissen ja, wie Sie mich erreichen«, sagte ich und warf nun doch einen Blick auf die Uhr. Inzwischen war es kurz vor halb drei. Sara Braun wohnte im Norden der Stadt, am Pfaffensteiner Hang. Mit dem Rad brauchte ich mindestens zwanzig Minuten.

»Wenn ma jung iss, hat ma immer viel zu tun.« Sanft tätschelte Frau Baumbusch mir den Arm. Ihre Hand war weich und ihr von den Jahren gezeichnetes Gesicht verständnisvoll. »Bloß, wenn man alt wird, iss man froh um jede Begegnung, wissen S'.«

Sie seufzte und betrachtete nachdenklich den kleinen Pater Emeram, der sich inzwischen unter dem Hausdach in den Schatten gelegt hatte und ein wenig erschöpft wirkte. Dann lächelte sie wieder ihr aufmunterndes Lächeln, das ich so sehr an ihr liebte.

»Deshalb genießen S' die Zeit, meine liebe Frau von Santosa – sie geht so schnell vorbei. Und am besten tun Sie des mit den Menschen, die Ihnen wichtig sind.«

8

Montag, 1. Juni, 15.06 Uhr

Die Adresse, die Sara Braun mir genannt hatte, befand sich südwestlich des Schelmengrabens am Pfaffensteiner Hang mit Ausblick auf die Stadt und die Zwillingstürme des Doms. Eine gute Wohngegend, in der sich moderne, großzügig gestaltete Einfamilienhäuser mit mehr oder weniger renovierten Villen älteren Baujahrs abwechselten, die meisten inmitten dicht bewachsener Gärten und nicht wenige davon hinter hohen Mauern.

Sara Brauns Haus, im Bauhausstil mit weiß eingefassten Fenstern und in sachlichem Grau verputzt, unterschied sich kaum von den Gebäuden in der Nachbarschaft. Nur die Anzahl der Garagen – im Gegensatz zu den Nachbarhäusern gab es anstelle von zwei bis drei Garagen hier nur eine einzige – und der wild wuchernde Bogen aus Efeu und Clematisreben über dem die hohe Mauer durchbrechenden Stahltor schlugen aus der Art. Inmitten der überhängenden Triebe erspähte ich eine Kamera. Ich läutete, wurde von einem imaginären Auge abgetastet und für gut befunden. Sekunden später öffnete sich das Tor.

Sara Braun erwartete mich an der Eingangstür und sah mir voller Anspannung entgegen.

»Haben Sie Melissa gefunden?«, rief sie mir atemlos zu.

Mit klappernden Absätzen passierte ich den kahlen Hof, dem ein paar Blumentöpfe gutgetan hätten. Die Tür zur Garage stand offen. Ich sah eine Limousine der gehobenen Klasse aus deutscher Herstellung, nagelneu und mit Sicherheit um einiges besser motorisiert als mein Uralt-Maserati mit acht Zylindern.

»Leider noch nicht«, sagte ich, als ich schließlich vor ihr stand.

»Was wollen Sie dann?«

»Mit Ihnen reden.«

Sofort wurde ihr Blick vorsichtig, feindselig. Doch als ich zielstrebig an ihr vorbeiging, hielt sie mich nicht zurück.

Das Erste, was mir in der Eingangshalle auffiel, die eines Palastes würdig gewesen wäre, war das Licht. Die Decke bestand fast vollständig aus Glas, sodass die Sonnenstrahlen ungehindert in jeden Winkel drangen. Dann nahm ich die ungewöhnlichen Pflanzenarrangements wahr. An den cremefarben getünchten Wänden, auf den weißen Möbeloberflächen und dem hellen Marmorboden – an jedem freien Platz rankten sich Äste und Blättergirlanden, viele getrocknet, manche noch frisch, wanden sich um filigrane Drahtgebilde oder ergossen sich auf Unterlagen aus Bast oder Rinde. Zwischen den Flechtwerken steckten Blüten und Früchte in unzähligen Rot- und Gelbtönen, knorrige Wurzeln, da und dort auch Steine, manche davon groß, grau und plump, andere wiederum so winzig und durchscheinend wie Kristalle.

Unvermittelt stand meine Auftraggeberin vor mir. Mit schnellen Schritten führte sie mich durch einen langen, ebenfalls lichtdurchfluteten Korridor, von dem mehrere geschlossene Türen abgingen, bis wir in einen zweiten, fast ebenso großzügig gestalteten Raum gelangten. Eine Kombination aus Bibliothek und Wohnzimmer, von einer Wendeltreppe dominiert, die nach einem alten, exotischen Holz roch und sich bis ins erste Stockwerk erstreckte. Oben mündete sie in eine Galerie, an deren Wänden sich mit Büchern beladene Regale aneinanderreihten. Darüber wölbte sich wieder ein Glasdach, hier jedoch mit einer Segeltuchvorrichtung abgedunkelt.

Sara Braun bot mir nichts zu trinken an und setzte sich in aufrechter Haltung auf die äußerste Kante eines minimalistisch gestalteten Ledersofas in Nebelgrau, das gewiss aus einer Designerwerkstatt stammte. Ich ließ mich ihr gegenüber nieder, auf das Pendant in Sesselform und in derselben Farbe. Sonst gab es nur wenige Möbel, jedes davon aber sichtbar exquisit, in den Ecken standen übereinandergestapelte Umzugskartons.

Ich saß erstaunlich bequem. Die Temperatur im Raum war angenehm kühl. Auf dem Glastisch vor mir lag ein Arrangement aus saftig grünen Ahornblättern, schwarzen Kieseln, so fein wie Perlen, und Gräsern, die wie duftige Federbüsche in alle Richtungen davonstoben.

»Das ist wunderschön.« Ich berührte ein paar der getrockneten Ebereschenbeeren, die ich soeben zwischen den Kieselsteinen erspäht hatte. »Chiara hat mir erzählt, dass Ihre Tochter Pflanzen sammelt. Aber ich hatte keine Ahnung, was für Kunstwerke sie daraus schafft.«

Sara Braun verschlang ihre feingliedrigen Hände ineinander und rutschte noch weiter nach vorn, obwohl das kaum mehr möglich war. Die Beule an ihrer Stirn hatte eine blaurote Färbung angenommen, die aufgeschürfte Stelle am Kinn sah noch größer aus als am Vormittag.

»Melissa will alles, was lebt und vergänglich ist, bis über den Tod hinaus konservieren«, entgegnete sie mit stockender Stimme. »Als könnte sie dadurch das Sterben ungeschehen machen. Sie konnte es noch nie akzeptieren, dass etwas zu Ende geht.«

Hilflos zuckte sie mit den Schultern, schien nicht zu wissen, was sie mit dieser verwirrenden Leidenschaft ihrer Tochter anfangen sollte. Dann starrte sie ihre schmalen, ineinander verkrampften Finger an, hob den Blick, sah an mir vorbei. Ich sagte nichts und wartete geduldig, bis sie weitersprach.

»Wenn sie mit Chiara und dem Hund spazieren geht, kommt sie immer mit einem ganzen Berg nach Hause. Oben, neben ihrem Zimmer, habe ich ihr einen eigenen Raum für das viele Zeug eingerichtet, mit Regalen, Schubladen, Kisten. Manchmal sehe ich sie tagelang nicht. In der alten Wohnung, da hatten wir nicht so viel Platz.«

»Wann sind Sie umgezogen?«

»Vor vier, fünf Wochen erst.«

Gedankenverloren strich sie über die geschwollene Stelle an der Wange, die sich auch verfärbt hatte, verzog kurz das Gesicht und legte die Hand wieder in den Schoß.

»Nach Ihrem Anruf vorhin habe ich nachgedacht«, sagte sie leise. »Zur selben Zeit ist nämlich Frau Wiesengrund gestorben, da waren wir noch nicht mal richtig eingezogen. Vielleicht ist das der Grund, warum Melissa plötzlich so anders ist.«

»Wer ist Frau Wiesengrund?«

»Sie hat bei uns im Hochhaus gewohnt, in Königswiesen drüben. Als sie eingezogen ist, war Melissa sechs – Frau Wiesengrund muss damals Anfang siebzig gewesen sein. Die Wohnung im Erdgeschoss war optimal für sie. Sie hatte Probleme mit den Beinen und wollte keine Treppen mehr steigen. Aber sonst ist sie noch sehr rüstig gewesen.«

Sara Braun betrachtete wieder ihre Hände, schwieg eine Weile, sah hinaus in den Garten. Hinter der Glastürenfront, die fast die gesamte Südseite des Raumes einnahm und von großen Bäumen beschattet war, erstreckte sich ein weitläufiger Garten, wie die Einfahrt von einer hohen Mauer umgeben. In den dicht belaubten Zweigen zwitscherten Vögel. Irgendwo zwischen den Büschen sah ich den Pool in der Sonne blitzen, den Chiara erwähnt hatte, und das Panorama des Doms mit seinen hohen gotischen Türmen.

Ein steiler Weg nach oben – von den Hochhäusern des Stadtteils Königswiesen mit seinem hohen Ausländeranteil in dieses abgeschirmte Paradies. Ich fragte mich, wie meine Auftraggeberin sich das alles hier leisten konnte. Als Musikerin und Sängerin gehörte sie sicherlich nicht zur einkommensstärksten Berufsgruppe Deutschlands.

»Zwischen Melissa und Frau Wiesengrund, müssen Sie wissen – das war Liebe auf den ersten Blick«, erklärte mir meine Gastgeberin, ohne mich anzusehen. »Von beiden Seiten. Melissa ist oft mit ihr auf dem Spielplatz gewesen oder beim Einkaufen, Spazierengehen. Und wenn ich abends zur Arbeit musste, hat Frau Wiesengrund sich um Melissa gekümmert. Das war natürlich eine unschätzbare Hilfe für mich. Auch später, als Melissa größer war, hat sie Frau Wiesengrund noch oft besucht. Manchmal hat sie die alte Frau sogar ›Omi‹ genannt. Bestimmt hat Chiara diese Omi gemeint.«

»Aber – warum hat Melissa ihrer besten Freundin nichts von Frau Wiesengrunds Tod erzählt?«

»Das ist typisch für Melissa. Sie redet nicht gern über das, was in ihr vorgeht.« Wieder schwieg Sara Braun. »Wir waren miteinander auf der Beerdigung, aber ich bin nicht sicher, ob sie seither noch einmal auf dem Friedhof gewesen ist. Sie hat sehr unter dem Tod der alten Dame gelitten.«

»Woran ist Frau Wiesengrund gestorben?«

»Krebs, Bauchspeicheldrüse, furchtbar schnell ist das gegangen. Als ich den Notartermin wegen des Hauses hier hatte, noch nicht einmal vier Monate ist das jetzt her, hat ihr der Arzt die Diagnose mitgeteilt. Sie war ja nicht mehr die Jüngste, aber es war natürlich trotzdem furchtbar schwer für sie. Und für Melissa auch.«

Wieder hörte ich Vogelgezwitscher durch die weit geöffneten Glastüren, von der Autobahn wehte fernes Verkehrsrauschen herein.

»Frau Wiesengrund musste dann immer wieder ins Krankenhaus, bei den Barmherzigen Brüdern ist sie gewesen, aber man konnte nichts mehr für sie tun. Wir haben sie sooft es ging besucht, immer wieder ist Melissa auch allein ins Krankenhaus gefahren. Aber dann war der Umzug, was für ein Chaos, alles ausmisten, einpacken, die Möbelpacker organisieren – ich wusste kaum noch, wo mir der Kopf steht. Zur Arbeit musste ich ja auch noch. Und mittendrin ist die Nachricht von Frau Wiesengrunds Tod gekommen.« Sara Braun biss sich auf die Unterlippe, sagte dann mehr zu sich selbst als zu mir: »Ich hatte wirklich keine Ahnung, dass Melissa sich zur selben Zeit mit Chiara verkracht hat. Jetzt verstehe ich, warum sie in der Schule so durchgedreht ist und sich immer mehr zurückgezogen hat. So wie früher.«

»Wieso früher – was meinen Sie damit?«

Mit einem Mal schienen sich die Vögel zu zanken, so heftig trillerten sie um die Wette. Dann fing ein Rasenmäher an zu dröhnen.

Sara Braun verschränkte die Hände vor der Brust und setzte sich noch aufrechter hin als ohnehin schon, mit diesem kerzengerade durchgedrückten Rücken, den ich bereits heute Morgen an ihr bemerkt hatte und den man oft bei Menschen sah, die in ihrer Kindheit Ballettunterricht hatten. Einen Moment lang lauschte sie dem Lärmen draußen, vielleicht horchte sie auch meiner Frage nach, ihre Mundwinkel zuckten. Kurz befingerte sie wieder die wunde Stelle an der Wange.

»Ich möchte mich hinlegen.« Mühsam stand sie auf. »Das Gespräch hat mich angestrengt, und die ganze Situation ist – wie soll ich sagen, einfach nicht auszuhalten. Falls Sie selbst Kinder haben, verstehen Sie, wovon ich rede. Am besten, Sie gehen jetzt.«

Ich überlegte, ob ich trotzdem nachbohren sollte. Außerdem hätte ich gern noch einen Blick in Melissas Zimmer geworfen. Sara Braun wirkte aber mit einem Mal so erschöpft und verzweifelt, dass ich mich schließlich kommentarlos erhob.

»Sie sollten zum Arzt gehen«, sagte ich auf dem Weg nach draußen. »Jemand muss sich Ihre Verletzungen ansehen.«

Sie nickte nur und begleitete mich stumm bis zum Ausgang.

An dem Schlachtfeld in der Küche erkannte ich, dass Vincenzo bereits aus der Schule zurück war.

Er hatte die Reste des Abendessens aufgewärmt – oft kochte ich am Abend so reichlich, dass für Notfälle noch eine Portion für sein Mittagessen übrig blieb – und alles, ja, einfach alles stehen lassen: den Teller mit Essensresten, das noch halb volle Glas Saft, verschmiertes Besteck, zwei eingetrocknete Töpfe, vor dem Abfalleimer ein paar zerknüllte Servietten und eine leere Bananenschale. An den Fliesen neben dem Herd klebten dicke Kleckse Tomatensoße und eine einsame Nudel.

Inzwischen war es kurz nach vier und ich eine gute halbe Stunde später zurück als beabsichtigt. Das schlechte Gewissen hatte mich geplagt, während ich kräftig in die Pedale getreten hatte. Am liebsten wäre ich sofort unter die Dusche gesprungen. Außerdem knurrte mein Magen, außer einem Buttercroissant am Morgen hatte ich noch nichts gegessen. Dennoch wollte ich zuerst meinen Sohn begrüßen.

Schon auf halber Höhe nach oben hörte ich einen hektischen Bassrhythmus und schwer definierbare, elektronische Klänge aus Vincenzos Zimmer wummern. Oben angekommen, klopfte ich. Nichts. Ich klopfte lauter. Wieder nichts. Schließlich hämmerte ich gegen die Tür, und als auch das keine Reaktion nach sich zog, riss ich sie auf.

Vincenzo saß im Schneidersitz auf dem Bett, das Zimmer komplett abgedunkelt. Wie magnetisiert starrte er auf den Fernseher, auf dem ein offenbar wild gewordener Motorradfahrer in atemberaubendem Tempo über Großstadtdächer schoss. Jede Sekunde sprang er von einem Flachdach zum nächsten, unter ihm schwindelerregend tiefe Abgründe, eine Meute ebenfalls verrückter Motorradfahrer jagte hinter ihm her. Mein Sohn war so vertieft in das aufreibende Geschehen auf dem Bildschirm, dass er mich nicht bemerkte. Mit knappen, konzentrierten Bewegungen hantierte er an der Konsole seiner Playstation herum, während die ohrenbetäubend laute Technomusik ihn in seiner Aufmerksamkeit nicht zu stören schien. Ich hätte schreien müssen, um auch nur irgendwie auf mich aufmerksam zu machen. Ich ging zur Anlage und drehte die Musik leise.

»Mann, was soll denn das?« Vincenzos Kopf schnellte in meine Richtung. Erst jetzt wurde ihm klar, dass er nicht mehr allein war. »Ach, du bist das – ciao, Mama. Die letzten beiden Stunden sind übrigens ausgefallen. Und gegessen hab ich auch schon.«

»Das habe ich gesehen«, entgegnete ich trocken. »Ich hatte keine Ahnung, dass du früher heimkommst. Warum hast du mir keine SMS geschickt?«

»Vergessen. Sorry.«

Sein Blick wanderte wieder nach vorn, und er bewegte die Knöpfe an der Konsole hin und her. Auf dem Bildschirm leuchtete eine riesige rote 1.000 auf und blinkte hektisch, ein schrilles Klingeln ertönte.

»Das nächste Mal denkst du aber dran, *hai capito*? Und jetzt räum bitte die Küche auf.«

Keine Reaktion.

»Hast du gehört?«, sagte ich mit erhobener Stimme. »Räum dein Zeug unten weg. Ich will nicht in einem Müllhaufen zu Mittag essen.«

Wieder klingelte es, die Zahl 1.500 blitzte in Funken sprühendem Rot und Blau auf.

»Ich muss aber erst noch die Fünftausender-Marke schaffen.« Aufgeregt wippte Vincenzo auf dem Bett hin und her. »In zehn Minuten, okay?«

Ich ging zum Fenster und klappte schwungvoll die Fensterläden zurück. Gleißendes Sonnenlicht durchflutete das Zimmer.

»Hey – ich seh überhaupt nichts mehr!«

»Umso besser. Sonst sitzt du den ganzen Nachmittag hier im Dunkeln, während draußen die Sonne scheint. Hast du deine Hausaufgaben gemacht?«

»Mach ich später. Außerdem sind ja bald Pfingstferien, da geht's nicht mehr so genau.«

»Du hast morgen eine Matheprüfung, oder?«

»Ja, schon. Also echt, Mama, nach der Schule brauche ich wirklich ein bisschen Erholung und überhaupt –«

»Die hast du jetzt gehabt. Mach die Playstation aus und räum die Küche auf. Und zwar sofort.« Ich klatschte in die Hände. *»Hai sentito – dai, dai!«*

Murrend legte mein Sohnemann die Konsole zur Seite, erhob sich so ächzend und stöhnend, als wäre er ein gebrechlicher alter Mann, schlurfte mit gequältem Blick zum Fernseher und drückte in Zeitlupe auf einen Knopf an der Playstation, die im Regal darunter lag. Der Bildschirm wurde schwarz.

»Diktatur nennt man so was«, sagte er mit anklagender Stimme. »Haben wir in Geschichte gelernt. Weißt du, dass das Volk sich irgendwann erhebt und zu den Waffen greift, wenn es immer nur schikaniert wird? Viele Männer verlassen sogar ihre Familie und gehen in den Untergrund.«

Ich packte den zukünftigen Guerillakrieger an den Schultern und schob ihn wortlos ins Treppenhaus. Durch die gegenüberliegende Fensterfront, die die Treppe überspannte, waren die weißen Zelte zu sehen. Sie markierten noch immer den Fundort von Britt Maikammers Leiche. Zwei Polizisten traten unter den Zelten hervor. Vincenzo reckte den Kopf nach ihnen. Ich schob ihn weiter die Stufen hinunter.

In der Küche war die Ordnung bald wiederhergestellt. Während Vincenzo die Töpfe spülte und das Geschirr in der Spülmaschine verstaute, band ich mir meine mit allerhand Pastasorten verzierte Kochschürze um, die meine Eltern mir bei einem ihrer seltenen Besuche aus Genua mitgebracht hatten. Dann bereitete ich mir Gnocchi mit gehackten Tomaten zu, Mozzarella, Basilikum und reichlich Knoblauch. Dazu gab es eine Scheibe Ciabatta mit Oliven.

Immer wieder musste ich an das Gespräch mit Sara Braun denken, sah sie vor mir, das Gesicht verzweifelt und schmerzverzerrt. Ob sie noch immer schlief? Ob sie überhaupt schlafen konnte – vor Sorge um ihre Tochter? Ich versuchte, mir ihre Angst und ihre Not vorzustellen, und merkte, dass dies der falsche Weg war. Wie sollte ich meinen Auftrag ausführen, wenn ich mich durch meine persönlichen Gefühle und eine zwar verständliche, aber unprofessionelle Anteilnahme lähmte?

Als ich einen Teller aus dem knarrenden Küchenbüfett holte, überlegte ich, was ich bisher wusste. In den letzten Wochen hatte

Melissa unter großer emotionaler Belastung gestanden. Frau Wiesengrunds Tod, ihre »Omi«, der Streit mit ihrer besten Freundin, mittendrin der Umzug – zugegeben, in ein Traumhaus, aber gleichzeitig ein weiterer Abschied von ihren gewohnten Lebensumständen. Melissa reagierte mit Gewaltbereitschaft und Aggressivität. Der Direktor drohte mit Schulverweis. Am vergangenen Sonntagabend spitzte sich alles noch mehr zu. Der Doktorand Marcel Bresinski, von dem sie sich lediglich ein paar Auskünfte zu ihrer zukünftigen Lebensplanung erhoffte, wurde zudringlich. Wieder schlug sie zu. War sie vielleicht doch nur weggelaufen, um dem ganzen Schlamassel zu entgehen?

»Geht's dir eigentlich wieder besser?«, unterbrach Vincenzo meine Überlegungen. Seine Stimme klang unerwartet besorgt. »Du bist ja voll fertig gewesen.«

Ich wandte mich um und sah, wie er mich unruhig musterte.

»Ich meine, gestern Abend – die tote Frau da draußen.«

»Ja, natürlich«, entgegnete ich halb überrascht, halb gerührt. »Alles wieder in Ordnung.«

»Da bin ich aber froh.« Erleichtert stellte er die letzte Gabel in die Spülmaschine. »Dann kann ich morgen nach der Schule zu Florian, okay? Wir wollten ins Westbad, bei dem geilen Wetter.«

»Super Idee. Baden ist definitiv besser als Playstation.« Ich rührte die fertig gekochten Gnocchi in die duftende Soße und häufte alles auf den bereitgestellten Teller. Mein Magen knurrte lauthals. »Außerdem muss ich morgen sowieso länger arbeiten.«

Vincenzo klappte die Spülmaschine zu, warf mir dann aber einen alarmierten Blick zu. »Grade fällt mir ein – morgen ist ja noch der Kinoabend mit Lilo.«

»Kein Problem.«

»Weil, du weißt ja, der neue James Bond läuft im Cinemaxx, und einmal im Monat spendiert sie mir die Kinokarte, und zum Burgeressen wollten wir auch noch und –«

»Das weiß ich doch, *carissimo*.«

Und ich rechnete auch ganz fest damit. Schließlich hatten Maximilian und ich uns morgen Abend zu unserem lang ersehnten Candle-Light-Dinner verabredet. Ich nahm den Teller und setzte mich an den Tisch.

»Du hast echt nichts dagegen?«

»Warum sollte ich denn?«

Vincenzo zuckte nur gequält mit den Schultern. Ich verstand nicht so recht, was los war mit ihm. Aber noch bevor ich nachhaken konnte, erklärte er:

»Okay, dann lern ich jetzt Mathe und mach die Hausaufgaben. Später kommt Florian mit zwei Kumpels zum Fußballspielen. Weil, der Benny und sein Bruder, die sind ja leider schon weg.«

Benny und sein Bruder hatten mit ihrer Mutter in der Wittelsbacherstraße gewohnt, die ruhige Wohnstraße an der rückwärtigen Einfahrt unserer Villa, und waren vor Kurzem nach Heidelberg gezogen. Die beiden Jungs hatten Vincenzo oft besucht und unseren Garten mit Leidenschaft als Fußballplatz genutzt.

»Vielleicht ziehen ja wieder Leute mit Kindern ein.« Ich tunkte das Brot in die Tomatensoße und biss herzhaft ein großes Stück ab.

»Keine Ahnung, ob der komische Typ Kinder hat, der da jetzt drin wohnt«, hörte ich Vincenzo noch sagen. Im nächsten Moment trampelte er schon zur Tür. »Wenn Florian und die anderen läuten – ich bin oben, okay?«

Zwei Stunden später, inzwischen hatte ich Semiramis gefüttert und die nötigsten Hausarbeiten erledigt, saß ich in der Bibliothek am Computer und machte im Internet Marcel Bresinskis Telefonnummer ausfindig. Ich wollte herausfinden, ob sich Melissa vielleicht doch bei ihm aufhielt. Er musste heute lang arbeiten, hatte er gesagt. Vielleicht hatte ich Glück, und sie ging ans Telefon.

Von draußen hörte ich die Jungs im Garten wild durcheinanderrufen, während sie den Fußball hin- und herkickten. Vincenzo hatte bald die Lust am Mathelernen verloren und war mehr als erleichtert gewesen, als der Fußballtrupp endlich vor der Tür stand. Dennoch hatte ich die drei erst einmal ohne ihn hinausgeschickt. Die Schule ging vor. Natürlich hatte er kurz darauf im Türrahmen gestanden und mich mit seinem Hundeblick und jämmerlicher Stimme angefleht, ihn endlich von seinen Leiden zu erlösen.

Es dauerte nicht lang, und ich hatte gefunden, was ich suchte. Ich tippte die Nummer ins Telefon. Eine warme Frauenstimme meldete sich.

»Buongiorno, signora. Le chiamo del ristorante Pam-Pam«, begrüßte ich sie in meiner ersten Muttersprache. Dann fuhr ich auf Deutsch fort, aber mit meinem italienischen Akzent, der Vincenzo immer zum Lachen brachte. »Ich rufe aus dem Pam-Pam an, vom Haidplatz. Sie haben gestern Abend Ihre Jacke vergessen.«

»Welche Jacke? Zu wem wollen Sie überhaupt?«

»Zu Marcel Bresinski. Oder genauer gesagt – zu der jungen Dame, die ihn begleitet hat. Melissa hat sie geheißen, und die Jacke hat Größe achtunddreißig bis vierzig.«

»Melissa? Kenn ich nicht. Aber mein Sohn stellt mir natürlich nicht jede seiner Bekanntschaften vor. Am besten, Sie probieren's in ein, zwei Stunden noch mal, dann erwischen Sie ihn vielleicht.«

»Bene, bene. La ringrazio, arrivederci, signora.«

Ich legte auf. Der Doktorand wohnte also noch immer im Elternhaus. Wenn Melissa sich bei ihm aufgehalten hätte, wäre seine Mutter bei meiner Frage nicht so überrascht gewesen. Zumindest in diesem Punkt hatte er nicht gelogen.

Das Handy meldete sich. Maximilians Name erschien auf dem Display. Ich verschob meine Überlegungen auf später und lehnte mich zurück.

Endlich hatten wir Zeit für ein ausführliches Gespräch. Sein Tag war wie üblich voller Termine gewesen, erfuhr ich, und die meisten OPs zum Glück erfolgreich verlaufen. Die Kollegen aus der Ukraine, mit denen er sich später zu einem Abschlussabendessen in der Traditionsgaststätte Gänsbauer in der Keplerstraße treffen würde, waren begeistert von der neuen OP-Methode, eine vielleicht bahnbrechende Entwicklung bei Schädeloperationen von Parkinson-Patienten. Für ihn selbst waren die dazugehörigen Demonstrationen und Vorträge eine Generalprobe. In wenigen Tagen sollte ein internationaler Kongress in Wien stattfinden, zu dem er als Redner eingeladen war.

Als Maximilian hörte, was am Vorabend vor meiner Haustür geschehen war, reagierte er bestürzt und wollte im ersten Moment das Abendessen absagen. Erst nachdem ich ihm mehrmals versichert hatte, dass ich nicht einfach verschwinden und die Fußballmannschaft im Garten verhungern lassen könne, beruhigte er sich wieder.

»Außerdem reicht es wirklich, wenn mein Sohn sich so viele

Gedanken um mein Wohlergehen macht«, sagte ich. »Und morgen sehen wir uns sowieso. Lilo holt Vincenzo immer pünktlich zum Kino ab. Schaffst du's bis kurz nach acht, *amore mio*?«

»Punkt acht bin ich da.« Seine Stimme wurde weich. »Drei Tage sind wirklich zu lang. Ich kann es kaum noch erwarten, dich zu sehen.«

Kaum hatte ich aufgelegt, flitzte ich ins Ankleidezimmer im ersten Stock und tat das, was alle Frauen tun, wenn sie überlegen, wie sie sich für ihren Liebsten schön machen können: Ich inspizierte meinen Kleiderschrank. Drei Farben hatte ich zur Auswahl – Nachtblau, feuriges Rot oder Schwarz. Nach einigem Hin und Her entschied ich mich für das nachtblaue Cocktailkleid mit schmalen Trägern aus Brüsseler Spitze. Der schulterfreie BH im selben Farbton lag in der dritten Schublade von unten und somit genau dort, wo er hingehörte. Nur den dazugehörigen Slip fand ich nicht. Vielleicht hatte ich vergessen, ihn zu waschen, und er lag noch im Wäschekorb?

Ich suchte im Badezimmer, wurde aber nicht fündig. Hatte ich ihn also doch gewaschen? Doch er war weder in allen restlichen Schubladen im Ankleidezimmer aufzutreiben noch über der Wäscheleine im Garten. Am Ende durchwühlte ich sogar Vincenzos Schrank. Womöglich hatte ich nicht aufgepasst und den Slip zusammen mit seiner Wäsche einsortiert. Aber auch dort konnte ich ihn nicht entdecken.

Plötzlich fiel mir ein, dass ich auch den cremefarbenen Seiden-BH noch immer nicht gefunden hatte. Bei meinem letzten Trip nach Italien hatte ich ihn mir während eines Zwischenstopps in Florenz gekauft, in einem sündhaft teuren Laden in der Nähe des Ponte Vecchio. Seit letzter Woche vermisste ich ihn. Fraß meine Waschmaschine seit Neuestem meine Unterwäsche?

Während ich noch rätselte, was zum Teufel ich mit Slip und BH angestellt hatte, trampelten vier Paar Fußballschuhe über die Veranda vor dem Esszimmer, und immer wieder war das Wort »Riesenkohldampf« zu hören. Ich warf einen Blick auf die Uhr: halb neun. Ich beschloss, meine Suche später fortzusetzen.

In der Küche bereitete ich auf die Schnelle Spaghetti bolognese mit reichlich Hackfleisch für die hungrigen Kämpfer vor. Kurz darauf standen die vier Jungs in ihren FC-Bayern-T-Shirts, aber zumindest ohne die staubigen Schuhe im Türrahmen und waren inzwischen so ausgehungert, dass sie freiwillig den Tisch auf der Veranda deckten.

Als ich endlich die Pasta verteilte, läutete das Telefon schon wieder. Im ersten Moment dachte ich, Maximilian hätte etwas vergessen. Ich entschuldigte mich und ging in die Diele.

»Braun hier«, kam es wie aus weiter Entfernung aus dem Hörer. »Gibt's was Neues von Melissa?«

Im ersten Moment war ich überrascht über Sara Brauns Anruf. Am Nachmittag hatte ich nicht den Eindruck gewonnen, mein Besuch wäre ihr willkommen gewesen. Dann erzählte ich ihr, was ich in der Zwischenzeit herausgefunden hatte.

»Sie sind sicher, dass Melissa nicht bei diesem Doktoranden ist?« Ihre Stimme klang rau und belegt. Sie musste geweint haben.

Ich erklärte ihr noch einmal, wie schwierig es sein musste, ein sechzehnjähriges Mädchen im gemeinsam bewohnten Haus vor den eigenen Eltern zu verstecken.

»Melissa hat sich noch immer nicht gemeldet«, sagte Sara Braun leise, nachdem sie mir schweigend zugehört hatte. »Ich weiß nicht, wie das weitergehen soll, ich kann doch nicht immer nur hier sitzen und …«

Sie sprach den Satz nicht zu Ende, sondern wimmerte nur erbärmlich. Ich an ihrer Stelle hätte schon längst die Polizei angerufen. Was, wenn Melissa nicht einfach nur weggelaufen war? Womöglich war ihr etwas zugestoßen?

»Vielleicht sollten Sie sich doch an die Polizei wenden?«, fragte ich.

»Ich habe Ihnen doch schon erklärt, warum das nicht geht!«, fuhr sie mich an.

»Sind Sie dann zumindest beim Arzt gewesen?«

Keine Antwort.

»Frau Braun, Sie sollten zum Arzt gehen.«

»Der kann mir auch nicht helfen. Ich möchte mein Kind wiederhaben.«

Irgendetwas krachte, dann hörte ich eine schnelle Abfolge von dumpfen, melodischen Tönen, die ich nicht einordnen konnte, und schließlich unterdrücktes Schluchzen.

»Könnten Sie vielleicht vorbeikommen?«, fragte sie zaghaft. »Nur kurz. Ich halte es im Moment einfach nicht mehr aus. So ganz allein.«

Von der Veranda hörte ich Geschirr klappern, unbeschwertes Lachen und die Stimmen der Jungs. In einer halben Stunde wäre ich wieder da, und Vincenzo würde heute sowieso kein Mathe mehr lernen. Außerdem war ich sicher, dass die vier mich keine Sekunde lang vermissen würden.

Vor Sara Brauns Haus empfing mich Klaviermusik. Im ersten Moment war ich nicht sicher, woher sie kam. Aber dann sah ich ein geöffnetes Dachfenster im Haus meiner Auftraggeberin.

Die Musik war melancholisch und mit einer Hingabe gespielt, die mich sofort einfing. Vielleicht ein Stück von Chopin, mit kurzen, schnellen Läufen in Moll und voller verzweifelter Sehnsucht nach einer Leichtigkeit, die in diesem Stück an keiner einzigen Stelle aufblitzte. Eine Weile stand ich nur da, völlig versunken in diese andere Welt, und lauschte.

Dann ein plötzlicher Misston, gefolgt von mehreren Dissonanzen, kreischend laut.

Stille.

Wieder hörte ich wie zuvor am Telefon das Krachen, durchsetzt von mehreren dumpfen, melodischen Tönen. Jetzt verstand ich, was für ein Geräusch das war. Sara Braun schlug auf das Klavier ein.

Ich straffte den Rücken und läutete.

Es dauerte geraume Zeit, bis sich das Tor öffnete und mich einließ. Sara Braun hielt sich an der Haustür fest und sah mir aus tränennassen Augen entgegen. Die Wunde am Kinn hatte sie endlich hinter einem Pflaster versteckt, die lange Hose und hochgeschlossene Bluse gegen einen dunkelgrauen, ebenfalls langärmeligen Hausanzug eingetauscht. Sie sagte kein Wort, während ich über den Hof ging, schüttelte nur in einem fort den Kopf.

Als ich mich bis auf ein paar Schritte genähert hatte, verschwand sie im Haus, ließ die Tür aber offen. Ich folgte ihr durch die Halle und den langen, hell erleuchteten Korridor. Eine der abgehenden Türen stand offen. Ich erhaschte einen Blick auf einen glänzend weißen Flügel. Der Deckel war aufgeklappt, zahllose Blätter lagen auf dem Boden verstreut, einige waren zerknüllt, andere zerrissen.

In der Wohnraumbibliothek machte Sara Braun sich nicht die Mühe, eine Lampe anzuknipsen. Das Dämmerlicht von draußen und der Lichtschein aus dem Korridor tauchten den Raum in eine diffuse Helligkeit, die Ecken lagen im Dunkeln. Sie verkroch sich auf das Designersofa und sah nicht auf, als ich mich ihr gegenübersetzte. Auf dem Glastisch standen eine Flasche Wasser und zwei Gläser. Doch wieder bot sie mir nichts an.

»Melissa hat sich also noch immer nicht gemeldet«, fing ich vorsichtig an. »Kein Anruf, keine SMS.«

Verloren kauerte sie da, starrte stumpf vor sich hin, die Finger verkrampft. Und obwohl sie mich gebeten hatte, sie zu besuchen, sagte sie lang kein Wort. Ich dachte an Vincenzo, den ich zu Hause in Sicherheit wusste. Es fiel mir unendlich schwer, nicht aufzustehen, sie zu umarmen und nur irgendwie zu trösten. Aber etwas an ihr schrie förmlich danach, ganz für sich zu bleiben.

»Es ist so still im Haus«, sagte sie schließlich mit erstickter Stimme. »Oft weiß ich nicht, wie ich das aushalten soll. Dann fange ich an zu spielen. Bis ich nicht mehr kann.«

»Sie spielen wunderbar.«

»Leider nicht mehr so gut wie früher.«

»Aber Sie sind doch Pianistin – in Passau, wenn ich mich recht erinnere?«

Einen Moment sah sie mich verwirrt an. Dann sagte sie mit einer wegwerfenden Handbewegung: »Ja, aber beruflich spiele ich schon lang keine klassischen Stücke mehr. Nur Jazz und Blues, manchmal ein bisschen Swing, moderne Sachen.«

»Müssen Sie heute gar nicht arbeiten?«

»Ich habe alle Termine abgesagt, ich kann das jetzt einfach nicht. Und außerdem – wer will schon mein kaputtes Gesicht sehen?«

Die Beule auf der Stirn war inzwischen lila, die linke Wange noch immer geschwollen.

»Wo haben Sie gelernt, so zu spielen?«

»In Wien, am Konservatorium. Ich habe dort studiert.«

Die Verandatüren standen wieder weit offen. Die Autobahn rauschte von fern, aber nur ganz leise, der Wind musste gedreht haben. Irgendwo zirpte eine Grille.

»Sie stammen aus Wien?«

»Ja. Meine Eltern wollten, dass ich Jura studiere, Anwältin werde oder, noch besser, Richterin«, fuhr sie mit bitterem Ton fort. »Mit vier habe ich meinen ersten Klavierunterricht bekommen, aber nur, weil sich das eben so gehörte für eine Tochter aus besserem Hause. Vater war Richter, es hat viele offizielle Einladungen gegeben, und wir hatten oft Gäste. Da war es natürlich schick, wenn die kleine Tochter den Amtskollegen und ihren aufgedonnerten Gattinnen etwas Nettes vorspielen konnte. Aber sonst wollten er und Mutter nichts davon wissen. Dabei stand für mich schon als Kind fest, was ich später machen würde – in einem großen Orchester wollte ich spielen, Beethoven, Brahms, Mozart, am liebsten als Solistin.« Sie verstummte, hing ihren Gedanken nach. »Es war klar, dass ich studieren musste, allein schon wegen meiner Eltern. Aber Jura war nichts für mich. Und wenn man die Musik in sich hat, dann gibt es eben nichts anderes.«

Sara Braun zuckte mit den Schultern, achtlos, als wäre eine Begabung wie die ihre kein Talent, sondern ein Laster.

»Und wie sind Sie dann von der Klassik zum Jazz gekommen?«

Wieder dauerte es lang, bis sie weitersprach. Im Garten hatten sich zu der einen Grille mindestens noch fünf weitere gesellt.

»Es hat sich so ergeben«, war schließlich alles, was sie sagte.

»Sie müssen mir bitte etwas erklären, was Sie heute Nachmittag gesagt haben.«

Wie durch einen Nebel sah sie mich an. Sie musste vergessen haben, dass sie nicht mehr allein war.

»Sie haben gesagt, Melissa hätte sich schon früher einmal so zurückgezogen wie nach Frau Wiesengrunds Tod. Wann genau war das?«

Ich musste geraume Zeit auf ihre Antwort warten. Ihr leichter Magnolienduft, den ich am Morgen schon wahrgenommen hatte, strich an mir vorbei, als sie sich ein einziges Mal bewegte. Dann sagte sie so leise, dass ich sie kaum verstehen konnte:

»Nachdem Melissas Vater uns verlassen hat.«

»Wie alt ist sie da gewesen?«

»Fünf.«

»Darf ich fragen, warum er fortgegangen ist?«

Angestrengt starrte sie auf ihre Füße. Sie steckten in luftigen

Sandalen, durch nur wenige Riemchen zusammengehalten, das Einzige an ihr, das einen an Sommer denken ließ. Die Nägel waren sauber pedikürt und in dezentem Weiß lackiert.

»Warum gehen Männer weg?« Sie hob den Blick, sah mich mit verschleierten Augen an. »Weil sie die Familie nicht ernähren können, weil sie der Verantwortung nicht gewachsen sind, weil sie Versager sind. Suchen Sie sich was davon aus.«

»Auch für Melissa muss das sehr schwer gewesen sein.«

Langsam nickte sie. »Bevor das alles passiert ist, hat sie so viel gelacht, gesungen und getanzt. Immer wenn ich auf dem Klavier gespielt habe, ist sie um mich herumgewirbelt, voller Begeisterung. Mein Gott, sie war so fröhlich und unbeschwert. Ein ganz normales Kind eben.«

Zwei, drei Sekunden lang sagte sie nichts, holte dann tief Luft, redete weiter, aber nicht mit mir. Wieder schien sie meine Anwesenheit völlig vergessen zu haben.

»Als er dann weg war, von heute auf morgen, ist sie ganz anders geworden. Die beiden haben sich zwar nie richtig verstanden, im Gegenteil, aber er hat ihr Sicherheit gegeben. Wir hatten es ja auch schön damals, in dem großen Haus mit dem wunderbaren Garten.« Sie strich sich über die Augen. »Und danach – sie ist ganz still geworden, in sich gekehrt, weit weg. Da war sie auf einmal nicht mehr die kleine süße Melissa, die ich kannte. Wenn andere Kinder mit ihr spielen wollten, hat sie sich in eine Ecke gesetzt und so getan, als wäre niemand da außer ihr. Und wenn ihr trotzdem jemand zu nahe gekommen ist, hat sie angefangen zu schreien und wild um sich zu schlagen. Der einzige Mensch, den sie ertragen konnte, war ich.«

Lang horchte sie ihren Worten nach, als wäre sie überrascht, dass sie sie ausgesprochen hatte. Nach so vielen Jahren und vor einer fast Fremden.

»Bald darauf sind wir weg aus Wien. Ich habe gedacht, ein neuer Anfang tut uns beiden gut. Aber als Melissa ein Jahr später in die Schule gekommen ist, habe ich mir große Sorgen gemacht, ob sie sich überhaupt zurechtfinden würde – mit den anderen Kindern. Aber dann ist zum Glück Frau Wiesengrund bei uns im Haus eingezogen. Für Melissa war sie wirklich wie eine Omi und für mich eine unschätzbare Hilfe. Ich bin ja immer alleinerziehend gewesen, und wir haben hier keine Verwandten.«

»Ihre Eltern leben noch in Wien?«

Sara Braun nickte. »Sie haben sich nie um ihr Enkelkind gekümmert. Ihr einziges übrigens. Aber als ich nicht das studiert habe, was sie wollten, ist das Verhältnis zu den beiden sehr eisig geworden. Sie haben mich so gut wie gar nicht unterstützt, dabei hat es zu Hause Geld immer im Überfluss gegeben. Ich habe schon damals in Jazzkneipen jobben müssen, um mich nur irgendwie über Wasser zu halten. Damals habe ich beschlossen, dass ich nie wieder arm sein will.«

»Ihr Exmann ist auch in Wien?«

»Ich habe keine Ahnung, wo er steckt. Und ich will es auch nicht wissen.«

Bei den letzten Worten war ihre Stimme unerwartet laut geworden, sie machte eine ungehaltene Bewegung mit der Hand. Dabei rutschte der Ärmel ihres Oberteils zurück. Sofort zog sie es wieder an seinen Platz. Dennoch und trotz der schlechten Beleuchtung konnte ich sehen, dass sie einige Zentimeter über dem Handgelenk einen großen dunklen Bluterguss hatte.

»Hat er sich nie wieder bei Ihnen gemeldet?«, hakte ich nach. »Oder bei Ihrer Tochter?«

Sofort schüttelte sie den Kopf, sah mich misstrauisch an. »Warum – ist das wichtig?«

»Ich weiß es nicht. Aber Melissa hat sich beobachtet gefühlt.«

»Beobachtet? Was soll das heißen?«

»Ein Mann hat sie beobachtet. Zumindest hat sie Chiara das erzählt.« Ich sah ihr in die Augen. »Ihre Tochter ist seit der vergangenen Nacht spurlos verschwunden. Niemand, mit dem ich bisher gesprochen habe, hat eine Idee, wo sie sein könnte. Sie sollten sich wirklich an die Polizei wenden.«

Sara Brauns Augen flackerten voller Entsetzen, ja Panik. Doch der Moment war sofort wieder vorbei.

»Und Sie sollen Melissa finden und nicht in alten Geschichten graben«, sagte sie kalt.

Abrupt stand sie auf und fasste sich mit schmerzverzerrtem Gesicht und scheinbar ohne es zu merken an die rechte Schulter.

»Bitte gehen Sie jetzt.«

»Warum sind Sie nicht beim Arzt gewesen?«

»Sie sollen jetzt gehen.«

»Was ist gestern Nacht wirklich geschehen?« Ich erhob mich ebenfalls. »Sie sind nicht auf der Treppe gestolpert. Sie haben schlimme Verletzungen – im Gesicht, am Handgelenk, auch an der Schulter und vielleicht noch an anderen Stellen. Für mich sieht das so aus, als hätte Sie jemand geschlagen.«

»Was für ein Blödsinn. Warum sagen Sie so was?«

»Nehmen wir mal an, der aufdringliche Doktorand hatte recht mit seiner Vermutung, und Melissa ist gestern Abend wirklich nach Hause gefahren.«

Sara Braun sah mich lauernd an, sagte aber nichts. Ich ließ sie nicht aus den Augen, als ich weitersprach.

»Sie waren vielleicht schon früher da als sonst und sauer, weil Ihre Tochter später als vereinbart nach Hause gekommen ist. Sie haben sich gestritten. Womöglich ist Melissa ausgerastet, wie so oft in letzter Zeit. Hat sie einfach drauflosgeschlagen? Hat sie ihre eigene Mutter so übel zugerichtet und ist anschließend verschwunden?«

Einen Moment lang war Sara Braun sprachlos, ihre Augen weit vor Entsetzen. Dann fasste sie nach der Flasche. Noch bevor ich verstand, was sie damit vorhatte, schleuderte sie sie mit voller Wucht auf den Boden. Es knallte, Glassplitter und Wasserspritzer stoben nach allen Seiten. Erschrocken sprang ich zur Seite.

»Sind Sie verrückt geworden?«, stieß ich hervor.

Ich sah nach unten. Auf den Marmorfliesen hatte sich ein kleiner See gebildet, Scherben schwammen darin, und Kohlensäure perlte. Zum Glück hatte mich keiner der scharfen Splitter getroffen.

Sara Braun antwortete nicht, drehte sich auf dem Absatz um und ließ mich einfach stehen.

»Sie kennen ja den Weg nach draußen«, sagte sie noch, bevor sie irgendwo im Haus verschwand. »Und kommen Sie erst wieder, wenn Sie mein Kind gefunden haben.«

9

Dienstag, 2. Juni, 7.06 Uhr

Am Dienstagmorgen kam Vincenzo wieder einmal kaum aus dem Bett. Anschließend hatte er es so eilig, dass er nicht einmal mehr seine Cornflakes löffeln konnte. Ich wünschte ihm noch viel Glück für die heutige Matheprüfung und hoffte, dass er zumindest keine Fünf bekommen würde.

Als ich allein war, machte ich mir eine große Kanne Tee und rief in der Werkstatt an. Die Reparatur sei in vollem Gang, erfuhr ich, und der Wagen bis Mittag fertig. Frühestens.

Draußen war wieder ein Sommermorgen, wie er im Buche stand. Aber ich hatte keinen Sinn dafür. Den ganzen vergangenen Abend über waren mir ständig das Gespräch mit Sara Braun und ihre explosionsartige Reaktion am Ende meines Besuches durch den Kopf gespukt. Immer wieder verstrickte sich meine Auftraggeberin in Widersprüche und verhielt sich nicht so, wie ich es von einer Mutter in ihrer Situation erwartet hätte. Mit meinen Vermutungen zum Ablauf am Sonntagabend hatte ich sie natürlich provozieren wollen. Aber dass sie so extrem reagieren würde, hätte ich mir nie träumen lassen. Was stimmte nicht mit ihr? War am Sonntagabend womöglich sie selbst durchgedreht? Vielleicht war das der Grund, warum sie partout nicht die Polizei einschalten wollte. Aber warum hätte sie sich an eine Privatermittlerin wenden sollen, wenn sie ihrer Tochter etwas angetan hatte? Nein, ihr seltsames Verhalten musste einen anderen Grund haben.

Was mich ebenso beschäftigte, war die Überlegung, ob ich nach dem gestrigen Vorfall noch weiter für sie arbeiten wollte. Wer wusste schon, wie Sara Braun bei der nächsten unbequemen Frage reagierte. Doch wenn ich den Fall niederlegte – was war dann mit Melissa?

Als ich die erste Tasse Tee ausgetrunken hatte, beschloss ich, die Angelegenheit vom Vorabend auf sich beruhen zu lassen und mit meinen Ermittlungen weiterzumachen. Sara Braun stand unter großem Druck, immerhin hatte sie seit Sonntagnacht nichts mehr von ihrer Tochter gehört. Außerdem hatte ich sie mit Absicht provoziert und obwohl ich wusste, wie sehr sie an der Situation litt. Allerdings würde ich meine Nachforschungen ausweiten. Ich musste mehr über meine Auftraggeberin herausfinden. Schließlich wusste ich nur das, was sie mir erzählt hatte.

Ich goss mir eine zweite Tasse ein, setzte mich an den Computer und klickte mich durch die Seiten der einschlägigen Jazzkneipen in Passau. Aber weder auf der Homepage des Scharfrichterhauses, der bekanntesten Kulturstätte der Drei-Flüsse-Stadt, noch auf den Seiten der anderen Bars und Clubs stieß ich auf den Namen Sara Braun. Ich suchte im Landkreis, wieder vergeblich. Vielleicht arbeitete sie unter einem Künstlernamen oder nicht als festes Ensemblemitglied in einer einzigen Einrichtung, sondern als freie Mitarbeiterin in mehreren verschiedenen Bars? Doch konnte ich sie weder auf den abgebildeten Fotos entdecken, noch kam ich telefonisch weiter. Gleichgültig, welche Nummer ich wählte, immer nur landete ich auf einem Anrufbeantworter.

Valeria fiel mir ein. Sie war eine Cousine zweiten Grades und seit fünf Jahren mit einem belesenen Physiotherapeuten aus Niederbayern verheiratet. Die beiden liebten kulturelle Veranstaltungen aller Art und wohnten in Hutthurm, einem kleinen Ort im Bayerischen Wald, der nur gute zehn Kilometer von Passau entfernt lag und wo jeder jeden kannte. Vielleicht hatten Valeria oder ihr Anton in seiner Praxis schon einmal etwas von Sara Braun gehört?

Leider erreichte ich aber auch unter ihrer Nummer nur einen Anrufbeantworter. Valerias gut gelaunter Stimme auf der Ansage nach zu urteilen, waren die beiden wieder einmal verreist.

Ich würde mich später darum kümmern, beschloss ich bei der dritten Tasse Tee und nahm die Tageszeitung zur Hand. Auf der ersten Seite prangte eine riesige Schlagzeile: *Zweiter Frauenmord in Regensburg*. Der dazugehörige Artikel nahm fast die ganze Seite ein. Ich erfuhr nichts Neues, las aber zu meiner Erleichterung, dass der genaue Fundort von Britt Maikammers Leiche nicht genannt war. Es hieß nur, alle Anwohner oder Passanten, die zur fraglichen Zeit in den Straßenzügen in der Umgebung des Herzogsparks etwas

Auffälliges bemerkt hatten, sollten sich umgehend mit der Kripo oder jeder anderen Polizeidienststelle in Verbindung setzen.

Wie erwartet, folgten auf Seite zwei die unterschiedlichsten Kommentare über die Unfähigkeit der Polizei: keinerlei Hinweise auf den Täter, der die Frau beim Dom ermordet hatte, und nun noch ein zweiter Mord unter ähnlichen Umständen und auch von diesem Täter keine Spur. Bereits jetzt gab es Stimmen, die dem leitenden Beamten mangelnde Weitsicht und Versagen vorwarfen. Auf Seite drei las ich das, was Paolo am meisten fürchtete, zum ersten Mal: *Treibt in Regensburg ein Serienmörder sein Unwesen?*

Ich wählte seine Nummer.

»Ist dir doch noch was eingefallen, Prinzessin?« Seine Stimme klang gehetzt. Im Hintergrund war Motorenlärm zu hören.

»Leider nein. Aber gerade habe ich die bösen Artikel in der Zeitung gelesen.«

»Die werden bald noch viel böser werden, schätze ich.«

»Was soll das heißen?«

»Bin grad unterwegs zu einem neuen Einsatz, im Westhafen hat ein Arbeiter eine Leiche entdeckt. Der Funkruf ist erst vor fünf Minuten reingekommen.«

Einen Moment lang war ich so überrascht, dass ich nicht wusste, was ich sagen sollte.

»Wieder eine Frau?«, fragte ich dann mit trockener Kehle. »Oder etwa eine Jugendliche?«

Am anderen Ende der Leitung ertönte mehrfaches und ungeduldiges Hupen.

»Bisher weiß ich noch nichts Genaues. Geh doch zur Seite, du Vollidiot!« Wieder hupte es, dann hörte ich kurz die Polizeisirene. »Drück mir die Daumen, dass es nichts mit den beiden anderen Morden zu tun hat. Sonst lynchen sie mich.«

Dreißig Minuten später, nach einer schnellen Dusche und einem überstürzten Aufbruch, saß ich in einem Bus der Linie eins. Die Werkstatt, in der mein Wagen repariert wurde, befand sich im Hafengebiet und somit im Osten der Stadt. Natürlich war ich viel zu früh dran, um meinen Wagen abzuholen. Aber mich hielt nichts mehr zu Hause.

Der Westhafen, trotz seines Namens ebenfalls im östlichen Stadtgebiet ansässig, lag nur wenige Straßenzüge von der Werkstatt entfernt. Ich würde bis zum Alten Schlachthof fahren und dann zu Fuß gehen. Ich musste wissen, wer sich hinter diesem dritten Opfer verbarg. Serientäter handeln aus einem inneren Zwang heraus und normalerweise nach einem festen Muster. Die beiden ersten Opfer waren erwachsene Frauen gewesen. Es gab keinen Grund, warum er plötzlich von seinem Muster abweichen und sich eine Jugendliche aussuchen sollte. Was aber, wenn er nach einem ganz anderen Muster handelte? Einem Muster, das ich noch nicht verstand?

Wie auch immer, ich musste wissen, was geschehen war. Allerdings durfte ich auf keinen Fall meinem Ex über den Weg laufen. So gern er doch aus der Ferne seine Ergebnisse mit mir diskutierte, so wenig konnte er es ausstehen, wenn ich mich in seine Ermittlungen an Ort und Stelle einmischte.

Trotz der reihenweise geöffneten Fenster im höchstens halb besetzten Bus war es heiß und stickig. Ich hatte mich in die Nähe der hinteren Türen gesetzt und war froh, wenn sie sich an jeder Haltestelle kurz öffneten und zumindest ein kleiner Windhauch an mir vorbeiwehte. Wir fuhren zwischen den Rundtürmen am Jakobstor hindurch, Überbleibsel der ehemaligen gotischen Toranlage aus dem 13. Jahrhundert, und hielten kurz darauf am Arnulfsplatz hinter dem Stadttheater, wo die meisten Passagiere ausstiegen. Unentwegt sah ich auf die Armbanduhr. Wenn ich nur endlich den Wagen wiederhätte – dann würde es schneller gehen. Doch so blieb mir nichts anderes übrig, als mich auf mein toskanisches Erbe zu besinnen – dort tickten die Uhren langsamer als im Norden, und die Menschen hatten noch Zeit –, und übte mich so gut es ging in Geduld.

Am Ende des Weißgerbergrabens kam endlich die Donau in Sicht. Der Bus rumpelte weiter durch die Keplerstraße, vorbei an den prächtigen mittelalterlichen Patrizierhäusern, allen voran das dunkelrot gestrichene Runtingerhaus mit seinen historischen Prunksälen. Am Fischmarkt stiegen mit Tüten beladene Frauen und eine Gruppe rucksackbepackter Jungs ein, dahinter ein Mann mit Kinderwagen und dazugehörendem Baby im Arm. Das Schlusslicht bildeten ein älteres Ehepaar und ihr bulliger, fast zwei Meter großer Begleiter, dessen Gesicht von einem breitkrempigen Hut verborgen war. Die drei, in ein angeregtes Gespräch vertieft, setzten sich auf die Viererbank hinter mir.

»… Mitten in da Stod und direkt hinterm Dom, und die Polizei hat koan blassn Schimmer, wer die Frau abgstochn hot, und grad a Wochn späda findens scho wieda a Tode, desmol beim Herzogspark«, zählte einer der Männer mit Piepsstimme und in aufgebrachtem Tonfall auf. »Des san doch olles Stümper!«

Ich wandte leicht den Kopf und sah die Hutkrempe des Riesen aufgeregt hin- und herwippen.

»Ja, als Frau hat man wirklich Angst, wenn man nachts noch auf die Straße muss«, pflichtete die Frau bei.

Der Sprechweise nach zu urteilen, kam sie aus Norddeutschland. Ihr Parfüm wehte mich an, ein Duft, den ich lang nicht mehr in der Nase gehabt hatte: Chanel N° 5.

»Ich gehe jedenfalls nicht mehr raus, wenn es dunkel wird«, fügte sie schnippisch hinzu.

»Geh weida, Heidi«, fiel die Bassstimme des zweiten Mannes ein. »Di schaut doch außer mir eh koana mehr o.«

Er lachte dröhnend. Heidi schien die Bemerkung ihres Gatten alles andere als witzig zu finden, zweimal stieß sie kurz hintereinander aus: »Also, Rudi, was soll denn Hubert jetzt denken!«

»Wenn die Polizei nix macht«, sinnierte besagter Hubert mit seiner Piepsstimme, die so gar nicht zum restlichen Äußeren passen wollte, und ohne auf Heidis Gezeter einzugehen, »dann müssen mir Bürger halt wos macha.«

Der Bus passierte den Salzstadel an der Steinernen Brücke, von der Alten Wurstkuchl dampfte Rauch herein und hinterließ einen intensiven Geruch nach Bratwürsten und Ruß.

»Da hast recht«, dröhnte Heidis Gatte. »Schließlich ham mir Rengschburger in solche Sachen a alte Tradition.«

Man diskutierte hin und her, ob es im vierzehnten oder vielleicht doch im fünfzehnten Jahrhundert gewesen war, als der Stadtrat anlässlich der bevorstehenden Kaiserwahl eine Bürgerwehr aus Regensburger Bürgern ausgehoben hatte.

Am Dachauplatz stieg ich in die Linie sechs um. Bald wusste ich hoffentlich mehr über Opfer Nummer drei.

Eine halbe Stunde später stand ich auf dem Grünstreifen vor dem Hafenbecken, in meinem Rücken das moderne, blau gestrichene Gebäude der Hafenmeisterei. Zu beiden Längsseiten des Kais befanden sich lang gestreckte Gebäude, linker Hand eine weiße Halle mit der Aufschrift »Global Center«, rechter Hand ein riesiges, altes Lagerhaus, in der Ferne ragten gewaltige Stahlkräne in den Himmel. Ich zählte fünf Frachtschiffe im Hafenbecken, über mir kreischten Flussmöwen.

Die Hitze flirrte, und nicht der leichteste Windhauch war zu spüren. Nirgendwo sah ich einen Streifenwagen, auch von Paolos weißem Volvo fehlte jede Spur. Wo sollte ich nur anfangen zu suchen?

Am Ende des Hafenbeckens, weit hinter dem alten Lagerhaus, meinte ich plötzlich Blaulicht aufblitzen zu sehen. Im nächsten Moment schoss ein Polizeikombi in meinem Rücken vorbei. Ich wandte mich um und sah, wie er die Linzer Straße entlangbrauste und an der nächsten Kreuzung nach links abbog. Er fuhr in die Richtung, in der das Blaulicht aufgeblinkt hatte.

Ich überquerte den Grünstreifen, folgte den Schienen im halb gekiesten, halb geteerten Boden, die dem Abtransport der gelöschten Schiffsladungen dienten. Vor dem alten Lagerhaus wurde gerade ein Schiff mit Hilfe eines Krans entladen. Die Ladeluke war offen, Getreide glänzte in der Sonne. Die Rufe der Männer, die im Rumpf des Schiffes mit langen Eisenstangen hantierten, einige mit bloßem Oberkörper, flogen übers Wasser, der Kran quietschte und dröhnte. Die Arbeiter unterhielten sich in einer slawisch klingenden Sprache. Man sah ihnen an, dass ihnen weder die schwere körperliche Arbeit noch die unbarmherzige Sonnenglut etwas ausmachte, die auf ihre dunkel gebräunten, sehnigen Körper herunterbrannte. Im Führerhaus des Frachters sah ich zwei Kinder mit einem Ball herumtollen, beide höchstens zehn Jahre.

Da der Kran mir den Weg versperrte, umrundete ich das Lagerhaus auf der der Donau abgewandten Seite. Das denkmalgeschützte Gebäude schien nur noch teilweise in Betrieb zu sein. Aus einem halb geöffneten Tor wehte mich modriger Geruch an, aber zumindest konnte ich unter dem weit überhängenden Dach eine Weile im Schatten gehen. Ich folgte der Straße, vorbei an Containertürmen in Blau, Rot und schmutzigem Weiß, alten Baracken und Lagerhäusern neueren Datums. Jedes Mal, wenn ein Lkw vorbeirumpelte, drückte ich mich an die Seite.

Beim Containerterminal erreichte ich schließlich eine weit geöffnete Schranke. In nur wenigen Metern Entfernung, vor einer dunkelroten Wellblechhalle, sah ich mehrere Fahrzeuge stehen, darunter zwei Streifenwagen, ein Notarztauto und der Polizeikombi, der kurz zuvor an mir vorbeigefahren war. Die Straße machte hier einen Bogen und führte unter den Bahngleisen hindurch in Richtung Ölhafen. Zwischen den Fahrzeugen war ein ständiges Hin und Her, Polizisten in Zivil oder Uniform und einige weitere Gestalten, die fast ausnahmslos in die weißen Overalls der Spurensicherung gehüllt waren, liefen von da nach dort. Von Paolo und seinem Volvo auch hier keine Spur.

Vor mir rollte ein Streifenpolizist ein rot-weißes Flatterband ab und befestigte es an Eisenträgern, die ringsum auf dem Boden lagen. Seine Bewegungen waren langsam und wirkten unkoordiniert. Im nächsten Moment bemerkte er mich.

»Sie können hier nicht weiter«, sprach er mich mit matter Stimme an. »Das ist ein polizeilicher Tatort, hier ist kein Durchgang.«

»Das sehe ich. Was ist denn passiert?«

Er war noch ganz jung, höchstens zwanzig. Seine Hautfarbe war blass, sein Blick irrte ab. Trotz seiner einstudierten Worte wusste er ganz offensichtlich nicht, wie er mit der Situation umgehen sollte. Mit einem Mal hielt er sich eine Hand vor den Mund, stürzte zur Seite, verschwand hinter einem Container. Ich hörte ein würgendes Geräusch. Im nächsten Moment donnerte ein Zug über die Unterführung.

Ich ging zu dem jungen Polizisten. Er stand mit dem Rücken zu mir und hielt sich an dem Container fest.

»Kann ich Ihnen helfen?«

Er wandte sich um, starrte mich an. Schweißperlen standen ihm auf der Stirn, seine Gesichtsfarbe war so fahl wie kalte Asche. Am Kinn hingen Spuren von Erbrochenem. Ich kramte in der Handtasche und drückte ihm ein Taschentuch in die Hand. Erst sah er es an, als wüsste er nicht, was er damit anfangen sollte. Dann wischte er sich damit über Mund und Kinn, betrachtete es anschließend ebenso ratlos wie zuvor. Ich führte ihn zwei, drei Meter seitwärts zu einer Stelle, an der einige leere Holzpaletten aufeinandergestapelt waren. Schwerfällig plumpste er darauf nieder. Im Gebüsch daneben lag ein leerer Flachmann mit blau-grünem, unleserlichem Etikett.

»Ich hab noch nie so viele Fliegen gesehen«, stieß er hervor und schloss kurz die Lider. »Und dieser widerliche Gestank. Der muss da schon eine Weile liegen.«

Wieder stöhnte er und fuhr sich durch das feine rotblonde Haar. Ich dachte an den Tag, als ich das erste Mal eine Leiche gesehen hatte, an die immer wieder aufkeimende Übelkeit, auch Tage später noch. Was mir damals am meisten zusetzte: meine eigene Hilflosigkeit. Nicht nur wegen des Schocks, sondern auch wegen meiner persönlichen Grenzen, die ich zuvor ganz anders eingeschätzt hatte.

»Im ersten Moment hab ich ja gedacht, das ist der Alex.« Fassungslos schüttelte er den Kopf, blickte zu Boden, dann Hilfe suchend in mein Gesicht. Er hatte ungewöhnlich lange helle Wimpern und etwas zu groß geratene Ohren. »Der hat nämlich auch so eine gelbe Lederjacke. Und von der Haarfarbe und der Größe her würde es auch passen, der Alex ist ja nicht mal eins siebzig.«

Er tat mir leid. Ich legte ihm die Hand auf den Arm. Gleichzeitig atmete ich innerlich auf – also nicht Melissa.

»Aber zum Glück ist es nicht Ihr Kumpel«, sagte ich dann.

»Ganz genau. Dabei würde auch das Alter stimmen, neulich haben wir Alex' Zwanzigsten gefeiert. Das Einzige, was nicht passt, sind diese komischen Cowboystiefel. So was würde der Alex nie tragen.« Der Polizist holte tief Luft, atmete dann mit einem pfeifenden Geräusch aus. »Der Notarzt hat gesagt, das sieht ganz nach unserem Serientäter aus. Ich hoffe, den erwischt auch irgendwann noch einer.«

»Die Tatwaffe ist wieder ein Messer?«

Der junge Polizist nickte.

»Weiß man schon, um wen es sich bei dem Toten handelt?«

»Nein, der hat ja keine Papiere bei sich.« Nur langsam kehrte die Farbe wieder in sein Gesicht zurück. »Aber seine Hände sind ganz rau. Ein Matrose oder Hafenarbeiter, schätze ich, vielleicht ein Tagelöhner. Bestimmt kommt der aus Süd- oder Osteuropa, mit den schwarzen Haaren, und die Haut ist auch so dunkel.«

»Bernhard!«, hörte ich plötzlich eine tiefe ungeduldige Männerstimme rufen. »Wenn man nicht alles selbst macht … Bernhard, verdammt noch mal – was ist jetzt mit der Absperrung?«

Sofort sprang der junge Polizist auf, wischte sich mit dem Taschentuch hektisch die Hände ab.

»Komme gleich!«, rief er zurück. Dann zog er die Stirn in tiefe Falten und sah mich an, mit einem Mal misstrauisch. »Wer sind Sie eigentlich? Arbeiten Sie hier irgendwo? Sind Sie vom Hafenpersonal oder was?«

Auch ich stand auf. Dann zog ich Stift und Block aus der Tasche, beides hatte ich immer dabei, und erklärte, ich käme von der Mittelbayerischen Zeitung.

»Wo hab ich jetzt nur meinen Presseausweis?«, murmelte ich, während ich weiter in der Handtasche kramte.

»Wir dürfen nämlich keinerlei Auskünfte geben – und an die Presse schon gar nicht.«

»Aber vielleicht kann Ihr Chef mir ein kurzes Interview geben – ist er in der Nähe?«

»Nein, der ist noch vorn in der Hafenmeisterei.« Der junge Mann baute sich vor mir auf, jetzt wieder im vollen Bewusstsein seiner Position, und fuhr in amtlichem Ton fort:

»Außerdem ist das hier ein polizeilicher Tatort. Ich muss Sie dringend bitten, sich zu entfernen. Und zwar sofort.«

Ich wusste, was ich wissen wollte. Außerdem hatte ich keine Lust, womöglich doch noch Paolo über den Weg zu laufen. Also nickte ich nur und wandte mich um.

Als ich schon einige Meter gegangen war, hörte ich den jungen Polizisten noch hinter mir herrufen: »Trotzdem danke fürs Taschentuch!«

Ich wählte nicht den Weg über die Wiener Straße, über die ich gekommen war, sondern ging den Auweg entlang, der parallel zur Wiener Straße verlief.

Der Regensburger Hafen war der größte Binnenhafen Bayerns, erst vor wenigen Jahren hatte man sein hundertjähriges Bestehen gefeiert, und beherbergte neben dem zentral gelegenen Westhafen mit Ölhafen und dem etwas abseits gelegenen Osthafen außerdem zahlreiche Speditionen, Lagerhallen, Industrieanlagen, Öltanks und Getreidesilos. Das Hafengelände war ein riesiger Umschlagplatz für Güter aller Art, durchsetzt von allem anderen, was ein Hafen anlockte: asiatische Imbissbuden, Zeitungskioske, sogar ein Exemplar der inzwischen fast ausgestorbenen Tante-Emma-Läden, Massagesalons mit Whirlpools und Einzelvideokabinen, Peepshows und sonstige Eros-Centers. Früher hatte sich nicht weit von hier der Regensburger Straßenstrich befunden, wie ich von Paolo wusste. Mit jedem Schritt, den ich mich vom eigentlichen Hafen entfernte, veränderte sich das Gesicht dieses Stadtteils. Restaurants ersetzten die Bordelle, die meisten der Industriebauten wirkten moderner und die Wohnblocks gepflegter oder waren frisch verputzt.

Während ich durch die sengende Sonne in Richtung meiner Werkstatt spazierte, dachte ich unentwegt nach. Ich verstand einfach nicht, nach welchem Muster der Täter handelte. Sibylle Sinseder, die erste Tote, hatte man am Samstag vor einer Woche mitten in der Altstadt gefunden. Britt Maikammer war am vergangenen Sonntagabend ermordet worden – vor noch nicht einmal zwei Tagen und am Rande der Innenstadt. Auch die dritte Leiche, dieses Mal ein Mann, war unter freiem Himmel aufgefunden worden. Den Worten des jungen Polizisten zufolge lag er schon eine Weile im Westhafen.

Hatte der Täter sich etwa noch vor der jungen Anwältin ein neues Opfer gesucht?

10

Dienstag, 2. Juni, 11.05 Uhr

Zwanzig Minuten später erreichte ich die Autowerkstatt *Oldies and More*. Vermutlich war der Wagen noch immer nicht fertig, aber ich würde warten. Vielleicht konnte ich sogar etwas über diesen erneuten Todesfall erfahren. Die Werkstatt lag zwar in einiger Entfernung von der roten Wellblechhalle, hinter der man den Leichnam entdeckt hatte, aber Sensationsnachrichten verbreiteten sich schnell.

Im Hof der Werkstatt stand ein verbeulter Pick-up mit laufendem Motor, der mir den Weg versperrte. Auf der Ladefläche befanden sich zwei große Ölkanister, das Plastik mehr grau als weiß, und mehrere große Rollen Stahlseil. Ich quetschte mich vorbei. Auf dem Heck des Wagens prangte eine Firmenaufschrift: »Graf & Söhne, Stahlwaren«, darunter die Internetadresse und Telefonnummer.

»Vorher ist mir echt was Blödes passiert«, maulte ein drahtiger Mann mit kunstvoll gezwirbeltem Schnurrbart, offenbar der Fahrer des Pick-ups von Graf & Söhne. Er hielt einen Autoschlüssel in der Hand, stand zwischen seinem Wagen und dem weit geöffneten Tor der Werkstatt und zog aufgebracht an seiner Zigarette. »Bin eh spät dran gewesen, weil ich noch das Stahlseil besorgen musste, war schon fast zehn. Und dann komme ich kaum in die Firma, weil irgendwer seinen Roller mitten vor dem Tor abgestellt hat. Und von dem Volltrottel, dem das blöde Ding gehört, natürlich weit und breit keine Spur!«

»Haben sie den etwa auch geklaut?«, fragte Sepp Meierhofer, der Inhaber von *Oldies and More*. Er war klein und rund, für seine Figur aber erstaunlich flink, und wie so oft musste ich auch heute bei seinem Anblick an einen Hüpfball denken. »Wie drüben in der Budapester Straße – da hat neulich doch auch ein Moped gestanden. Soll ich die Polizei anrufen?«

»Lass mal.« Der drahtige Mann winkte ab, nahm wieder einen tiefen Zug und blies einen langen, dünnen Strahl in die Luft. »Hab das Ding zur Seite geschoben, war ja nicht mal abgeschlossen.«

Ich trat näher, mit einem Mal alarmiert. »Wie sieht der Roller denn aus?«

»Ganz neu ist der, irgendein Japaner, metallicorange, mit 'nem schwarzen Streifen auf der Seite.«

»Und wo steht er?«

»Gehört der etwa Ihnen?«, bellte der Fahrer des Pick-ups mich an.

»Nein. Aber ich suche ein Mädchen, das genau so einen fährt.« Ich kramte Melissas Foto aus der Tasche. »Hier ist ein Bild. Haben Sie das Mädchen vielleicht in der Nähe des Rollers gesehen?«

»Wieso wollen Sie das wissen?«

»Die Frau von Santosa ist doch Privatdetektivin«, raunte Sepp Meierhofer ihm zu. Dann erklärte er mir mit betrübtem Blick: »Ihr Wagen ist noch nicht fertig, eine halbe Stunde brauche ich noch. Die Zündkerzen und Antriebswellen habe ich schon ausgetauscht, aber ein Marder hat den Kühlerschlauch angebissen.«

Er drückte dem Pick-up-Fahrer eine Rechnung in die Hand, verabschiedete sich und federte davon. Durch das offene Tor erhaschte ich einen Blick auf meine Limousine in Bordeauxrot mit ihren ausladenden, edel geschwungenen Kotflügeln. Sie stand auf einer Hebebühne, und in der nächsten Sekunde verschwand Sepp Meierhofer darunter.

Der Stahlwarenhändler betrachtete noch immer das Foto. Wieder zog er kräftig an seiner Zigarette, schüttelte dann aber den Kopf und reichte mir das Bild.

Ich steckte es zurück in die Tasche. »Hat der Roller gestern auch schon vor Ihrem Tor gestanden?«

»Kann ich nicht sagen, da war ich bei einem Kunden. Muss ja alles allein machen.« Er deutete auf die Firmenbeschriftung auf dem Wagen. »Graf & Söhne, das bin ich. Meine Söhne machen nämlich grade mal wieder Pause, der eine ist in Schweden bei seiner Anita, und der andere studiert jetzt doch noch in Würzburg. Haben Sie Kinder?«

Ich nickte. »Mein Sohn ist zwölf.«

»Dann kennen Sie sich ja aus. Mit denen läuft das doch nie so, wie man sich das vorstellt, oder?« Schnaubend stopfte er die Rechnung in die Außentasche seiner tannengrünen Outdoorweste und trat die Zigarette aus. »Eigentlich war nämlich geplant, dass die beiden mich im Betrieb unterstützen. Und jetzt steh wieder ich jeden Morgen als Einziger auf der Matte.«

Ich äußerte Verständnis, was zur Folge hatte, dass er nur noch gedämpft vor sich hin brummte. Dann bückte er sich und warf den Zigarettenstummel in weitem Bogen auf die Straße, scharf vorbei an einem verbeulten Lieferwagen, der mit stinkendem Auspuff vorbeirumpelte. Aus der Werkstatt hörte ich Sepp Meierhofer klopfen und hämmern.

»Ist Ihr Betrieb weit weg?«, fragte ich.

»Mit dem Auto sind's zwei, drei Minuten.« Nachdenklich zupfte er an seinem Schnurrbart. »Sie wollen sich den Roller ansehen, stimmt's?«

Wieder nickte ich und sah ihm an der Nasenspitze an, dass er nichts dagegen hatte, eine Frau wie mich durch die Gegend zu kutschieren.

»Ich muss sowieso noch mal ins Büro.« Er ging zur Fahrertür und öffnete sie mit galanter Geste. »Steigen Sie ein.«

»Was ist hier eigentlich los?«, dröhnte Herr Graf wenige Minuten später und stieg scharf auf die Bremse. »Da ist vorher schon ständig die Bullerei unterwegs gewesen, und jetzt haben die auch noch abgesperrt – zum Teufel noch mal, was soll denn das?«

Wir befanden uns auf Höhe der dunkelroten Wellblechhalle, wo ich noch vor Kurzem mit dem jungen Polizisten gesprochen hatte. Das Flatterband riegelte inzwischen die Straße ab, nur eine schmale Durchfahrt für ein einzelnes Fahrzeug war noch frei. Im Moment war sie jedoch von einem riesigen Bagger versperrt, der sich langsam an der Absperrung vorbeimanövrierte und uns entgegenkam.

Ich nutzte die Zeit und besah mir den Tatort aus der Entfernung. Die Wellblechhalle schloss sich an das Containerterminal an und befand sich somit am äußersten Ende des Hafenbeckens. Rechts daneben war eine breite Einfahrt, die zum Kai führte, noch weiter rechts wand sich ein von Büschen und Bäumen gesäumter Weg zu einer schmalen Eisenbahnbrücke hinauf, die sich über das Hafenbecken spannte. Weiter hinten, wo die Einfahrt in die Böschung überging und direkt beim Ufer, sah ich lange blaue Eisenstangen liegen, dicht übereinander- und mehrere Meter hoch gestapelt. Dort musste man den Toten gefunden haben. Zumindest war in dieser hintersten Ecke des Hafens die Menschenansammlung am größten.

Plötzlich sah ich Paolos Haarschopf vor den Eisenstangen auftauchen. Jetzt erst bemerkte ich seinen Volvo, der hinter einem Polizeikombi bei der Wellblechhalle geparkt war. Ich drückte mich so weit es ging nach unten in den Sitz.

Der Bagger polterte an uns vorbei, ein Polizist winkte. Herr Graf drehte den Zündschlüssel, der Motor sprang an. Wir passierten die Absperrung und durchquerten den schmalen Tunnel unter den Bahngleisen.

Erleichtert richtete ich mich wieder auf.

Etwa vierzig Meter hinter der Unterführung hielten wir vor dem Firmengebäude von Graf & Söhne, einem kleinen Bürohaus mit verglasten Wänden. Links daneben befanden sich eine Spedition und ein anderes, weitläufiges Industriegelände, rechter Hand ein Schrottplatz, hinter dem man die riesigen Stahltanks des Ölhafens erkennen konnte. Ölgestank lag in der Luft, irgendwo brummten Motoren und Turbinen.

Wir stiegen aus. Herr Graf deutete auf ein Gebüsch neben dem Firmentor.

»Da steht die Karre.« Mürrisch kratzte er sich am Kopf. »Ist es jetzt der Roller, der dem verschwundenen Mädchen gehört?«

Jetzt erst sah ich den Roller. Er war ins Gebüsch gekippt. Ich inspizierte ihn. Auf einer Seite zeigten sich zwei, drei winzige Kratzer im Lack, das Blech war nur leicht verbogen. Ansonsten war er nagelneu und sah genauso aus, wie Sara Braun ihn mir beschrieben hatte. Ich verglich das Kennzeichen mit meinen Notizen.

»Ja«, sagte ich. »Es ist Melissas Roller.«

»Wunderbar, dann muss ich mich wenigstens nicht mit der Bullerei herumschlagen. Mein erster Gedanke war nämlich auch, ob das Ding hier nicht geklaut ist.« Er nickte mir zu. »Sie sorgen dafür, dass der Roller demnächst wegkommt, okay?«

Ich versprach es ihm und bedankte mich für seine Hilfe. Er murmelte irgendetwas und verschwand im Bürohaus.

Ich sah mich um. Um diese Tageszeit, inzwischen war es Viertel vor zwölf, war trotz baldiger Mittagspause noch einiges los. Vom Schrottplatz hörte ich das Quietschen einer Presse, ein Mann fuhr auf einem Gabelstapler durch die Autoreihen. Auch auf dem Speditionsgelände war ein ständiges Kommen und Gehen, gerade hatte ein Sattelschlepper mit Anhänger den Hof verlassen und ratterte an mir vorbei, Staub wirbelte auf. In der Nacht musste es hier jedoch ziemlich einsam sein.

Ich wählte Sara Brauns Nummer und erzählte ihr von den neuesten Vorkommnissen. Den gestrigen Abend erwähnte ich mit keinem Wort.

»Im Hafen?«, fragte meine Auftraggeberin verwirrt.

»Haben Sie eine Ahnung, wie der Roller hierhergekommen ist?«

»Absolut nicht.« Ihre Stimme klang belegt. Sie räusperte sich ein paarmal hintereinander. »Jemand muss ihn gestohlen haben, das ist die einzige Erklärung. Melissa hat den Roller zum sechzehnten Geburtstag bekommen, er ist ihr ganzer Stolz. Sie würde ihn nie irgendwo einfach stehen lassen – noch dazu am Hafen.«

»Vielleicht kennt Ihre Tochter jemanden, der hier in der Nähe wohnt? Oder arbeitet?«

»Und wer sollte das sein?« Entrüstet blies sie ins Telefon. »Sie glauben doch nicht allen Ernstes, dass Melissa sich in einer solchen Gegend herumtreiben würde?«

Sie wollte wissen, wo genau der Roller stand. Dann teilte sie mir in knappen Worten mit, sie werde ihn sofort abholen lassen. Auch sie sagte nichts zum gestrigen Vorfall.

Ich betrat den Schrottplatz und ging zum Büro, eine windschiefe Baracke in der Mitte des eingezäunten Geländes. Bevor ich klopfen konnte, bog der Gabelstapler um die Ecke. Auf meine Frage hin schüttelte der Mann, der ihn lenkte, nur den Kopf, und auch das Foto sagte ihm nichts. Auf den Roller habe er nicht geachtet, erklärte er mir, und das Tor der Nachbarfirma gehe ihn nun wirklich gar nichts an.

Meine nächste Anlaufstelle war die Spedition. Drei Männer saßen im Schatten eines Lkws auf Bänken und machten Brotzeit. Von einem Roller wussten sie nichts, diskutierten in gebrochenem

Deutsch dann aber eine Weile herum und waren schließlich einhellig der Meinung, der Roller habe gestern keinesfalls vor dem Tor gestanden. Ich zeigte Melissas Foto herum. Keiner der Männer hatte sie je zuvor gesehen. Sie schickten mich ins Büro im Erdgeschoss, wo eine schlaksige Frau mit kinnlangem Bob und mindestens drei Zentimeter langen Gelnägeln gelangweilt auf einer Tastatur tippte. Sie erinnerte sich weder an den Roller, noch wusste sie etwas von Melissa.

Als ich das Büro verließ, saßen die Lkw-Fahrer noch immer beisammen. Sie winkten mir, und ich sah, dass ein vierter Mann hinzugekommen war. Dem Aussehen nach zu urteilen, kam er aus Vietnam. Er hatte eine Narbe auf der Stirn, lächelte ununterbrochen und verkündete in akzentfreiem Deutsch:

»Den Roller habe ich gestern Morgen schon gesehen, kurz nach sechs, ich habe nämlich ewig vor dem Tor drüben herumrangiert. Mit dem Dreiachser ist das nicht so leicht, und ich bin fast an das dumme Ding gestoßen.«

Ich hielt ihm Melissas Foto unter die Nase. Eingehend betrachtete er es, schüttelte dann aber bedauernd den Kopf.

Auf der Straße überlegte ich, was ich als Nächstes tun sollte. Im Ölhafen gab es nur riesige freie Flächen und Tanks, kaum ein Gebäude. Dort würde ich nur schwer jemanden finden, der mir weiterhelfen konnte. Erst einmal würde ich in Richtung Westhafen gehen. Um den Fundort der dritten Leiche würde ich einen Bogen machen, damit ich nicht doch noch Paolo über den Weg lief.

Das weitläufige Gelände neben der Spedition und direkt vor der Eisenbahn entpuppte sich als Firma für Schiffsbedarf, mit Bürokomplex und mehreren Nebengebäuden. Hinter dem Pförtnerhaus, es befand sich neben dem sattorange gestrichenen Tor, standen riesige Stahlbehälter, aus einem lugte ein gewaltiger Schiffspropeller hervor. Am hinteren Ende des Hofs standen zwei Lkws, vor einer Laderampe parkte ein knallgrüner Lieferwagen. Überall war es blitzblank.

Das Pförtnerhaus war leer, aber an der Laderampe lud ein unterernährt wirkender Mann Kartons und Kisten in den Laderaum des Lieferwagens. Ich ging zu ihm und zeigte ihm das Foto. Er warf nur einen flüchtigen Blick darauf, unterbrach seine Tätigkeit dabei nicht und verneinte. Im Gesicht hatte er drei Piercings, zwei an der rechten Augenbraue, eins am Kinn, im Ohr steckte ein schwarzer Tunnel.

Ein Mann um die vierzig, so groß und breit wie ein Bär, trat auf den Hof und ging mit zielstrebigen Schritten zum Pförtnerhaus. Dann sah er mich.

»Kann ich Ihnen helfen?«, fragte er. »Haben Sie einen Termin?«

Er trug schwarze glänzende Schuhe, eine dunkelblaue Hose zu einem akkurat gebügelten weißen Hemd und musterte mich mit zusammengezogenen Augenbrauen. Den anderen, der sich weiterhin emsig seiner Arbeit widmete, beachtete er nicht. Sein Haar war so kurz geschoren, dass man die Kopfhaut sehen konnte. Dem gutturalen Akzent nach zu urteilen, stammte er aus Russland oder Kasachstan, sein Deutsch war jedoch fließend und fehlerfrei.

Ich reichte ihm Melissas Bild und erklärte ihm, worum es ging. Aufmerksam besah er sich das Foto.

»Von dem Roller weiß ich nichts«, sagte er dann ganz ohne sein anfängliches Misstrauen. »Und auch das Mädchen habe ich noch nie gesehen.«

Ich steckte das Bild zurück in die Tasche, sah aber aus den Augenwinkeln, wie er sich nachdenklich am Kopf kratzte. Hinter dem Ohr prangte ein Tattoo, ein feuerspeiender Drache in leuchtendem Blau.

»Verschwunden, sagen Sie? Wann genau soll das gewesen sein?«

»Sonntagnacht.«

»Vorgestern also? Hm …«

Wir standen in der prallen Sonne, unbarmherzig brannte sie auf den Hof. Die heiße Luft staute sich, ein Schattenplatz war nirgendwo in Sicht. Aber sein »Hm« machte mir Mut. Auch sein konzentrierter Blick wirkte so, als hätte er noch nicht alles gesagt.

»Ich bin für die Sicherheit hier auf dem Gelände zuständig und normalerweise nur nachts hier«, erklärte er mir dann in wichtigem Tonfall. »Manchmal, wenn's eng wird, übernehme ich auch mal einen Botengang für den Chef. So wie heute, ich muss was von einem Lieferanten für ihn holen. Sonst wäre ich jetzt nämlich gar nicht da.«

Er verstummte, warf dem dünnen Mann vor der Laderampe

einen schnellen Blick zu und führte mich dann zum Pförtnerhaus. Offenbar nahm er es ernst mit seinen Pflichten.

»Vorgestern Nacht muss das gewesen sein, in der Nacht von Sonntag auf Montag, da war nämlich so ein Geschrei und Gerenne«, sagte er, als wir endlich im Schatten des Pförtnerhauses angekommen waren. »Aber das war nicht bei dem Tor, wo Sie den Roller gefunden haben.«

»Wo dann?«

»In der ganz anderen Richtung.« Er deutete zu dem kleinen Tunnel unter den Bahngleisen. »Wo jetzt dauernd die Polizei herumspaziert. Was ist da eigentlich los?«

Paolos Leute waren also noch nicht hier gewesen. Oder sie hatten den Wachmann, der offenbar erst seit Kurzem auf dem Gelände war, noch nicht angetroffen.

»Was haben Sie beobachtet?«, hakte ich nach, ohne auf seine Frage einzugehen.

»Ich habe Zigarettenpause gemacht und bin raus auf die Straße, auf dem Gelände ist Rauchen nämlich verboten. Und plötzlich seh ich da vorn Scheinwerfer von einem Auto, also gleich hinter der Unterführung, der Wagen muss angehalten haben, und irgendwer ist da rumgerannt und hat mächtig herumgeschrien. Ich hab gedacht, da hat eine Nutte Ärger mit ihrem Zuhälter, da mische ich mich lieber nicht ein – Hauptsache, auf unserem Gelände ist es ruhig.«

»Wieso ausgerechnet eine Nutte?«

»In der Nacht wird es beim ›Peep doch mal‹, das ist vorn im Auweg, öfter mal laut. Und außerdem habe ich eine Frauenstimme gehört. Aber wo Sie jetzt fragen«, wieder fuhr er sich über den Kopf, »na ja, könnte vielleicht auch ein Mädchen gewesen sein.«

»Haben Sie noch andere Stimmen gehört?«

Er nickte. »Da war ein Mann, vielleicht waren es auch mehrere, schwer zu sagen bei der Entfernung.«

»Haben Sie irgendetwas verstanden von dem Geschrei?«

»Kein Wort. Da hat nämlich gerade dieses Höllengewitter angefangen, in einem fort hat es gedonnert. Als es dann noch angefangen hat zu regnen, bin ich wieder rein. Eine halbe Stunde später hab ich noch mal rausgeschaut.« Er zuckte mit den Schultern. »Da war der Spuk aber wieder vorbei, und den Wagen habe ich auch nicht mehr gesehen.«

»Wissen Sie noch, wie spät es war, als das Auto angehalten hat?«

»Halb zwölf, schätze ich mal.«

»Und dieser Mann, den Sie gehört haben – gesehen haben Sie ihn nicht?«

»Doch, natürlich.«

»Wie sah er aus?«

»Schwer zu sagen«, wiederholte er. »Wie gesagt, der war ziemlich weit weg. Aber seine Jacke hat im Scheinwerferlicht geleuchtet, die muss hell gewesen sein.«

»Hell?« Ich überlegte. »Vielleicht gelb?«

»Möglich.«

»Haben Sie gesehen, ob er Cowboystiefel anhatte? Ansonsten nicht besonders groß, eins siebzig höchstens, Alter um die zwanzig und dunkle Haare?«

Er zog einen schweren Schlüsselbund aus der Gesäßtasche, wog ihn in der Hand, ließ ihn leise klimpern. Das Geräusch schien ihm bei seiner Konzentration zu helfen, er nickte zweimal und sehr entschieden.

»Die Größe könnte stimmen, zum Rest kann ich nichts sagen, das war einfach zu weit entfernt. Aber bei der hellen Jacke bin ich mir sicher.« Er hielt inne. »Moment mal, der Bootsmann von dem Sebruvek – der hat doch eine gelbe Jacke, oder?«

»Sie kennen den Mann?«

»Was heißt kennen, ein-, zweimal hab ich den gesehen. Aber der sieht genauso aus – dunkle Haare hat der, Alter und Größe passen auch. Ich hab am selben Tag nämlich noch ein paar Ersatzteile abgeladen, auf dem Schiff von dem Sebruvek.«

»Das ist der Kapitän?«

Er nickte. »Seit elf, zwölf Jahren kommt der jetzt zu uns in den Hafen, aus Rumänien ist der. Ein bisschen wortkarg vielleicht, redet nicht mit jedem, ansonsten ist er aber in Ordnung.« Er grinste. »Die Schiffer sind nicht wie wir Landratten. Da ist man natürlich anders drauf, wenn man immer nur auf einem Kahn lebt, anstatt am Feierabend nach Hause in die Wohnung am Stadtrand zu fahren oder in das Häuschen auf dem Land.« Er verzog das Gesicht. »Nur, sein Bootsmann, ich sage Ihnen, das ist ein übler Typ.« Augenrollend fuhr er sich über den fast kahlen Kopf und das Tattoo. »Brutal sieht der aus. Ich kapier nicht, warum der Sebruvek so einen an Bord nimmt.«

»Wissen Sie, wie der Bootsmann heißt?«

Er schüttelte den Kopf.

»Ist das Schiff noch im Hafen?«

»Bestimmt nicht. Der ist auch nur so lang geblieben, weil wir die Ersatzteile nicht früher liefern konnten. Die müssen am Freitag angelegt haben.« Er zählte die Tage an den Fingern ab, nickte dann. »Ja, am Freitag hat der Fracht zugeladen, normalerweise wäre der gleich wieder weg, jede Stunde Liegezeit kostet ja Geld. Aber dann war was mit der Rudersteuerung nicht in Ordnung, und der Sebruvek hat die Ersatzteile bei uns bestellt.«

»Und am Sonntag haben Sie die Teile an Bord gebracht?«

»Ja, am Nachmittag erst. Ist echt dumm gelaufen, aber die Zeit hat er sicher genutzt, um seine Vorräte aufzufüllen. So machen das alle Seeleute, wenn sie mal länger in einem Hafen sind. Eigentlich hätten die Ersatzteile schon am Samstag kommen sollen, bloß, die waren bei der Lieferung dann nicht dabei. Dann hat der Chef, weil er den Rumänen schon ewig kennt, das Zeug irgendwo anders besorgt – aber fragen Sie mich bloß nicht, wo und wie.« Er verdrehte die Augen. »Am Sonntag, das muss so gegen fünf gewesen sein, hab ich dem Sebruvek das Zeug dann auf die MS Katharina gebracht. So heißt das Schiff.«

»Und bei dieser Gelegenheit war der Bootsmann auch an Bord?«

Er nickte. »Der hatte eine gelbe Jacke an. Hab mir noch gedacht, wie hält der das aus, bei der Hitze.«

»Wie lang wird die Reparatur gedauert haben?«

»Drei, vier Stunden, schätze ich.«

»Dann wäre das Schiff also spätestens abends um neun wieder startklar gewesen. Denken Sie, der Kapitän hat am selben Abend noch abgelegt?«

»Na klar. Wie gesagt, Liegezeit ist teuer.«

»Aber wie kann es dann sein Bootsmann gewesen sein, den Sie gegen halb zwölf da vorn bei der Unterführung gesehen haben?«

Er zuckte mit den Schultern. »Fragen Sie ihn doch selbst.«

Eine Polizeisirene ertönte. Der Mann reckte den Kopf. Ich riet ihm, sich so bald wie möglich mit der Polizei in Verbindung zu setzen und seine Aussage hinsichtlich des Geschreis am Sonntagabend zu Protokoll zu geben. Im Moment war es noch zu früh, um beurteilen zu können, ob es sich bei der dritten Leiche um den Bootsmann des rumänischen Schiffs handelte. Auch zum Todeszeitpunkt wusste ich noch nichts bis auf die Vermutungen des jungen Polizisten. Paolo würde die Beobachtungen des Wachmanns aber sicherlich interessant finden.

»Haben Sie eine Ahnung, wo der Frachter jetzt zu finden ist?«, fragte ich, nachdem ich mich schon verabschiedet hatte.

Der Wachmann grinste breit. »Irgendwo zwischen Regensburg und dem Schwarzen Meer, schätze ich.«

»Hafenmeisterei Regensburg, Forster am Apparat«, meldete sich eine sonore Männerstimme fünf Minuten später.

»Buongiorno, signore«, begrüßte ich den Mann am anderen Ende der Leitung gut gelaunt.

Ich stand unter dem überhängenden Dach im Schatten einer Lagerhalle, wieder auf dem Weg zur Werkstatt. Paolos Volvo war vor wenigen Minuten an mir vorbeigesaust, aber zum Glück hatte ich mich gerade noch hinter einem Container verstecken können. Dann hatte ich mich von der Auskunft an die Hafenmeisterei weiterverbinden lassen.

»Isabella Muratti am Apparat, von Muratti und Caretti«, fuhr ich geschäftig fort und betonte wieder einmal meinen italienischen Akzent. »Ich habe hier hundert Stangen Zigaretten, vorbestellt auf den Namen Sebruvek, Kapitän auf der MS Katharina. Dummerweise ist das Schiff schon weg, wie mir mein Fahrer gerade erklärt hat.« Ich seufzte mit dramatischem Unterton. »Und leider hat meine Kollegin keine Telefonnummer notiert. Sie ist noch in der Ausbildung, müssen Sie wissen.«

»Aha. Und was wollen Sie jetzt von mir, bitte schön?«

»*Allora*, das Beste wäre doch, wenn ich die hundert Stangen in die Hafenmeisterei liefern lasse. Signor Sebruvek kommt sicher bald wieder nach Regensburg, dann kann er sie bei dieser Gelegenheit gleich bei Ihnen abholen.« Ich machte eine Kunstpause.

»Die Frage ist nur – an wen schicke ich die Rechnung? Vielleicht an die Hafenmeisterei, mein lieber Signor Forster?«

Er erklärte mir in amtlichem Ton, Kapitän Sebruvek habe sich für Mitte Juni wieder im Hafen angemeldet. Mit seinen Bestellungen habe die Hafenmeisterei im Übrigen rein gar nichts zu tun, man werde also keine Lieferungen und erst recht keine Rechnungen akzeptieren, weder für den rumänischen Kapitän noch für irgendwelche anderen Seeleute. In italienischer Ausführlichkeit schilderte ich meinem Gesprächspartner die verfahrene Situation, jammerte nebenbei kräftig über meine begrenzten Lagerkapazitäten, betonte wieder, dass ich doch aber keine Telefonnummer meines hochverehrten Kunden hätte, und machte keine Anstalten, zu einem Ende zu kommen. Herr Forster gab mir mit zunehmend muffeliger Stimme zu verstehen, dass die Polizei im Haus sei und er dadurch nun wirklich schon genug Zeit verloren habe. Aber ich ließ nicht locker, und schließlich klickte er sich hörbar genervt durch eine Namensliste. Am Ende nannte er mir die Handynummer von Kapitän Dimitri Sebruvek, die ich haben wollte.

Ich bedankte mich überschwänglich, verabschiedete mich und tippte die Nummer sofort ein. Eine Weile tutete es nur, so lange, dass ich schon fast wieder auflegen wollte. Aber dann hatte ich eine dunkle Männerstimme am Ohr, begleitet von einem starken Rauschen.

»Spreche ich mit Kapitän Sebruvek?«, rief ich in den Hörer.

»Am Apparat«, knackte es zurück.

»Anna di Santosa, ich rufe aus Regensburg an. Kann ich bitte mit Ihrem Bootsmann sprechen?«

»Nein.«

»Wie – nein? Sie haben doch einen Bootsmann?«

Das Rauschen wurde lauter.

»Hören Sie, der Mann, mit dem ich reden möchte, soll auf Ihrem Schiff arbeiten, es ist sehr dringend und –«

»Keine Zeit.« Die Stimme klang tief und verzerrt.

»Soll ich lieber später noch mal anrufen?«

Er antwortete nicht.

Womöglich sprach er kaum Deutsch?

»Es – ist – wichtig. Ich – suche – ein – junges – Mädchen.« Ich sprach langsam und betonte jedes einzelne Wort. »Ihr Bootsmann kennt sie vielleicht. Bitte, holen Sie ihn.«

Wieder keine Reaktion.

»Kapitän Sebruvek – sind Sie noch dran?«

Ein dumpfes Brummen ertönte, in der Ferne glaubte ich mehrere Stimmen zu hören, etwas klapperte laut.

»Nicht … verstehen. Schluss jetzt.«

»Halt, bitte legen Sie nicht auf! Es geht wirklich ganz schnell, ich muss unbedingt mit –«

Doch er hatte schon aufgelegt.

Ich drückte die Wahlwiederholung. So leicht würde ich mich nicht abspeisen lassen.

Aber dieses Mal hob niemand ab.

Ich wählte noch einmal die Nummer der Hafenmeisterei, wo ich erneut Herrn Forster an die Strippe bekam. Nun war er nicht mehr so muffig wie noch vor wenigen Minuten, vielleicht hatte er die Arbeit, die durch die verlorene Zeit liegen geblieben war, inzwischen wieder aufgeholt und war froh über die jetzt willkommene Abwechslung. Da er mich nun schon kannte, fing er sogar an zu flirten und gab eine kleine Anekdote über seinen letzten Italienurlaub zum Besten. Wie das Schicksal es wollte, hatten er und seine Frau den Urlaub in San Gimignano verbracht, einer aufgrund ihrer mittelalterlichen und ausgesprochen sehenswerten Geschlechtertürme berühmten Kleinstadt und zudem nur dreißig Kilometer von meiner Heimat entfernt. Ich gab ihm Insidertipps, in welche Restaurants und Bars er seine Frau beim nächsten Urlaub ausführen sollte, und er notierte alles eifrig. Als ich ihn schließlich nach dem jetzigen Aufenthaltsort des Kapitäns fragte, war es ihm eine Freude, mir behilflich zu sein.

Die MS Katharina, so verriet er mir, hatte nach der Geislinger Schleuse aufgrund eines Ruderschadens havariert. Ein Schiff der Küstenwache und ein Frachter auf demselben Kurs wie Sebruvek hatten das Schiff in den Hafen nach Passau geschleppt, wo es noch immer vor Anker lag. Am Ende wünschte Herr Forster mir viel Erfolg beim Abladen der hundert Stangen Zigaretten und verabschiedete sich wie ein alter Freund.

11

Dienstag, 2. Juni, 12.20 Uhr

Bald darauf saß ich im frisch reparierten Maserati und verließ die Stadt in Richtung Passau.

Was ich hatte, war nicht viel. Aber wenn ich dem Hinweis auf den Bootsmann und das Geschrei, in das Melissa vielleicht verwickelt war, nicht nachgehen würde, hätte ich noch weniger.

Ich beschloss, den Ausflug nach Passau in zweifacher Hinsicht zu nutzen. Zuerst würde ich den Kapitän und dessen Bootsmann aufsuchen, falls dieser noch am Leben war, dann würde ich die einschlägigen Jazzclubs in der Stadt unter die Lupe nehmen. Irgendwer musste mir doch etwas zu meiner geheimnisvollen und zunehmend unkooperativen Auftraggeberin erzählen können.

Als ich auf die Autobahn bog, war es fast halb eins, und es herrschte viel Verkehr. Rechts reihte sich ein Lkw hinter den anderen, auf der linken Spur drängelten sich bis übers Dach bepackte Limousinen und heillos überladene Familienvans. In vielen Bundesländern hatten die Pfingstferien schon begonnen. Ich kam nur langsam voran. Das Fenster auf der Fahrerseite hatte ich ganz nach unten gekurbelt, aber der Fahrtwind kühlte kaum, und der Wagen heizte sich immer mehr auf.

Wie so oft verwünschte ich den italienischen Hersteller, was ich natürlich in Deutschland niemals zugegeben hätte, nur in Italien. Im Winter kam die Heizung nur schwer auf Touren, im Sommer starb man fast den Hitzetod. Vor vierzig Jahren, als der Wagen gebaut worden war, hatte es leider noch keine Klimaanlagen gegeben. Zum hundertsten Mal überlegte ich, ob ich den Oldtimer nicht doch verkaufen sollte. Ein modernes Auto würde mein Leben in vielerlei Hinsicht erleichtern, während mein Uralt-Maserati mich mit seinem astronomischen Benzinverbrauch und den ständigen Reparaturen eines Tages womöglich ruinieren würde. Sepp Meierhofers Rechnung war zwar nicht so hoch gewesen, wie ich befürchtet hatte, aber im Laufe der Zeit kam doch einiges zusammen.

Andererseits – wie hätte ich mich von diesem lieb gewordenen Andenken an meine italienische Großmutter trennen sollen? Sie hatte den Wagen von einem ihrer Liebhaber bekommen und nie, einfach nie würde ich ihre leuchtenden Augen vergessen, wenn sie ihrer Lieblingsenkelin Anna voller Begeisterung von ihrer ersten Spritztour an der toskanischen Küste erzählte.

Je weiter ich mich von Regensburg entfernte, umso mehr stieg linker Hand die Hügelkette des Vorderen Bayerischen Waldes an. Auf der anderen Seite schlängelte sich die immer breiter werdende Donau durch das weite Tal, eine reiche Gegend mit riesigen Bauernhöfen, fruchtbaren Wiesen, Äckern und Feldern.

Als ich die imposante Donaubrücke vor Straubing überquerte, fing mein Handy an zu singen. Ich angelte es aus der Tasche.

»Warum treibst du dich im Westhafen herum?«, tönte mir Paolos Stimme ins Ohr. »Was zum Teufel hast du schon wieder an meinem Tatort zu suchen?«

Ich überlegte, ob ich meinem Ex die Wahrheit erzählen sollte. Schließlich machte ich mir zunehmend Sorgen um Melissa. Doch mein Auftrag ging ihn nichts an, und auch mein Ehrenkodex als Privatermittlerin verbot es mir, ihn ohne Zustimmung meiner Auftraggeberin in die Hintergründe einzuweihen. Solange es keine eindeutigen Beweise gab, dass Melissa sich tatsächlich in Gefahr befand, war es allein Sara Brauns Entscheidung, ob sie sich an die Polizei wandte oder an mich.

»Hast du die Leiche vor meinem Haus schon vergessen, *Commissario*?«, konterte ich also.

»Und deshalb gibst du dich als Zeitungsschmierantin aus und mischst dich in meine Ermittlungen ein?«

»Serientäter, die sich in meiner Nachbarschaft herumtreiben, machen mich nervös. Ist doch logisch, dass ich alles über ihn wissen will.«

»Serientäter – wenn ich das schon höre«, blaffte er zurück. »Was Genaues wissen wir erst nach der Obduktion, und das muss ich ausgerechnet dir wohl nicht erklären.«

Ich ließ mich durch seine schlechte Laune nicht aus der Ruhe bringen. »Hat er auch dem dritten Opfer die Kehle durchgeschnitten?«

»Das geht dich nichts an.«

Ein Laster hinter mir kam bedrohlich nahe. Ich nutzte eine Lücke auf der linken Spur und scherte aus.

»Hat der Wachmann inzwischen seine Aussage gemacht?«, fragte ich dann.

»Welcher Wachmann?« Ich hörte ihn mit jemandem reden. »Da ist grade jemand gekommen, ich muss aufhören.«

»Den habe übrigens ich zu dir geschickt. Wie wär's mit einem Dankeschön, *Commissario*?«

»Das nächste Mal, wenn ich dich dabei erwische, dass du polizeiliche Ermittlungen behinderst, hast du eine Anzeige am Hals«, hörte ich meinen Ex stattdessen aber sagen. »*Capito*, Prinzessin?«

Erst eine Stunde später erreichte ich Passau. Nur ein Steinwurf trennte die malerisch gelegene Drei-Flüsse-Stadt am östlichsten Ende Bayerns von Österreich, das sich in wenigen Kilometern an der anderen Donauseite erstreckte.

Der Weg zum Hafen war gut ausgeschildert. Er lag im Stadtteil Windorf und war um ein Vielfaches kleiner als der Hafen in Regensburg. Im Hafenbecken lag ein Frachter am Quai, der einzige weit und breit. Beim Näherkommen entzifferte ich den am Bug stehenden Namen des etwa siebzig Meter langen Schiffs, das über ein dickes Tau an einem Bohlen vertäut war: Katharina.

Ich parkte am Straßenrand und stieg aus. Eine junge, dunkelhäutige Frau mit Kopftuch, langen Hosen und hochgeschlossener Tunika kam mir entgegen. Sie schob einen Kinderwagen. Aus ihren offenen Schuhen lugten blau lackierte Fußnägel hervor, passend zu ihrem modisch gemusterten Kopftuch. Ein Lkw rumpelte vorbei, es roch nach Abgasen, Staub und Döner. Ansonsten war alles ruhig, geradezu verlassen. Nur hin und wieder hörte ich ein metallisches Scheppern und in der Ferne den Verkehrslärm von der Autobahn.

Am vorderen Ende der MS Katharina parkte ein nagelneuer Lieferwagen auf der Hafenmauer, der Fahrer war jedoch nirgendwo zu sehen. Auch an Bord regte sich nichts. Das Ruderhaus war leer, durch die Glasscheiben konnte ich nur ein paar ordentlich nebeneinander aufgereihte Blumentöpfe erkennen. Die riesige Ladeluke, unter der sich die Schiffsladung verbarg, war geschlossen, die Tür zur Kapitänswohnung ebenso, der auf dem Heck geparkte alte Toyota verwaist. Die Schiffsplanken aus genopptem Blech blitzten in der Sonne, sie mussten erst vor Kurzem geschrubbt worden sein. Zwischen dem Auto und einem fest verzurrten Rettungsboot befand sich ein Stellraum, in einer Ecke standen ein Fahrrad, schon etwas angerostet, zwei zusammengeklappte Sonnenstühle und ein Grill. Die rumänische Flagge mit ihren blau-gelb-roten Streifen hing träge nach unten.

Mit einem Mal hörte ich Stimmen, sie kamen von der mir abgewandten Seite des Schiffs. Zwei Männer erschienen. Der erste stellte einen riesigen Bierbauch zur Schau, der andere überragte ihn um mindestens einen Kopf und war im Gegensatz zu ihm sehnig und hager. Mit schweren Schritten gingen die beiden bis zur Treppe, die zum Ruderstand hinaufführte, schüttelten einander kurz die Hände. Der Hagere stieg mit schnellen, geschmeidigen Bewegungen die Stufen hinauf und verschwand im Ruderhaus, wo er sich an einem der Geräte zu schaffen machte. Der Dicke wartete.

Ein Brummen ertönte, abwechselnd spuckte und ruckte es, als ob der Schiffsmotor sich mit aller Gewalt dagegen sträubte, aus seinem Dornröschenschlaf gerissen zu werden. Dann war es wieder still. Nur wenige Sekunden später gurgelte, rumpelte und dröhnte es erneut, bis der Motor schließlich mit einem tiefen summenden Ton gleichmäßig lief.

Der hagere Mann, offensichtlich der Kapitän, kam zur Tür und rief dem mit dem Bierbauch etwas zu, was ich aufgrund des Lärms nicht verstehen konnte. Es folgte ein knapper Befehl über die Schulter, der jemand anderem auf dem Schiff gelten musste – vielleicht dem Bootsmann, den ich suchte. Demnach war nicht er der Tote, den man im Hafen gefunden hatte.

Ich trat näher und winkte dem Kapitän. Er war jedoch so im Inneren des Ruderhauses beschäftigt, dass er mich nicht bemerkte. Der dicke Mann watschelte zur Vorderseite des Schiffs, wechselte ein paar Worte mit jemandem, den ich nicht sehen konnte, und sprang auf die mittlere Stufe einer in die Hafenmauer eingelassenen Treppe. Dann kletterte er erstaunlich behände die restlichen beiden Stufen nach oben, wuchtete sich hinter das Steuer des Lieferwagens und brauste mit aufheulendem Motor davon.

»Kapitän Sebruvek?«, rief ich.

Obwohl er mich inzwischen bemerkt haben musste – außer mir war jetzt niemand mehr auf der Hafenmauer –, reagierte er noch immer nicht, sondern hantierte an irgendwelchen Gerätschaften im Inneren des Führerstandes. Wieder rief ich, dieses Mal lauter, und trat so nahe, dass ich fast den Schiffsrumpf berührte. Jetzt, wo ich den Rumänen endlich aufgespürt hatte, würde ich ihn nicht einfach davonfahren lassen.

Mit einem Mal stand er an der Tür des Ruderhauses.

»Gehen Sie weg da!«, brüllte er mit tiefer, rau klingender Stimme.

Ich blieb, wo ich war.

Sekunden später stand er an der Reling, keine zwei Meter von mir entfernt, und sah mich böse an.

»Das ist verdammt gefährlich, was Sie da tun«, fuhr er mich an. »Sehen Sie nicht, dass wir gleich ablegen?«

Er mochte um die fünfzig sein. Sein Teint war dunkel, die Haut gegerbt von Sonne und Wind, das Haar grau, an manchen Stellen noch schwarz, während sich im kurz geschorenen Bart erste weiße Spuren zeigten. Zu meiner Überraschung war sein Deutsch perfekt und nahezu akzentfrei.

»Wir haben telefoniert, vor etwa zwei Stunden«, entgegnete ich. »Mein Name ist Anna di Santosa. Ich würde gern mit Ihrem Bootsmann reden.«

Er zeigte keinerlei Anzeichen, dass er sich an unser Gespräch erinnerte. Mit schwer zu deutendem Gesichtsausdruck betrachtete er mich, die Brauen zusammengezogen, die Hände in den Hosentaschen. Seine Augen waren so blau wie das Meer an hellen sonnigen Tagen.

Am Bug des Schiffs tauchte plötzlich eine nicht allzu große Gestalt auf, verschwand wieder.

»Ist er das?«, fragte ich. »Bitte, es dauert wirklich nicht lang. Ich bin Privatdetektivin und suche ein Mädchen, Melissa Braun. Sie ist vorgestern Nacht verschwunden. Ein Zeuge hat Ihren Bootsmann in derselben Nacht gesehen – in der Nähe der Stelle, wo man heute Melissas Roller gefunden hat. Am Regensburger Hafen ist das gewesen und –«

»Ich habe Ihnen am Telefon schon gesagt, dass ich keine Zeit habe«, unterbrach der Kapitän mich barsch. »Ich kann Ihnen nicht weiterhelfen, und von einem Mädchen weiß ich nichts. Durch den Ruderschaden habe ich wieder einen ganzen Tag verloren. Und wenn Sie mich mit Ihren Fragen nicht auch noch aufhalten würden, hätte ich schon längst abgelegt.«

Dieser Mann machte mich mindestens ebenso wütend wie offenbar ich ihn. Am Telefon hatte er mir vorgegaukelt, er verstünde kein Deutsch, dabei sprach er es fast so gut wie ich.

»Ich mache es kurz, in zwei Minuten bin ich wieder weg«, sagte ich dennoch so freundlich wie möglich. »Bitte, holen Sie Ihren Bootsmann.«

»Das geht nicht.«

»Aber ich habe ihn doch grade gesehen, da vorn. Kann ich kurz an Bord kommen?«

»Das war nur der Bootsjunge. Tamás ist tot. Vorher war die Polizei da.«

»Tamás – ist das der Bootsmann?«

Er nickte grimmig. »Tamás Szábo. Man hat ihn im Westhafen gefunden, in Regensburg, mit einem Messer getötet.«

Auch ich nickte. »Wann haben Sie ihn das letzte Mal gesehen?«

»Ich sehe keinen Grund, warum ich Ihnen das erzählen sollte.«

Er wandte sich um, steuerte auf die Treppe zu.

»Nein, Sie gehen jetzt nicht!« Zornig hämmerte ich gegen den Schiffsrumpf. »Ihr Bootsmann ist vielleicht der letzte Mensch, der Melissa gesehen hat. Sie ist erst sechzehn, ihre Mutter macht sich große Sorgen und ich mir inzwischen auch, und Sie können mich jetzt nicht einfach so stehen lassen.« Bei jedem Wort schlug ich noch fester zu. »Haben – Sie – gehört? Sie – ist – erst – sechzehn!«

Langsam drehte er sich wieder um und knurrte etwas auf Rumänisch. Für meine italienischen Ohren hörte es sich an wie: »Machen Sie keinen solchen Krach.«

»Ich mache so viel Krach, wie ich will«, fuhr ich ihn an. »Und ich muss alles über Ihren Bootsmann wissen. Vielleicht kann ich so herausfinden, wo Melissa steckt. Ich gehe hier nicht weg, bevor ich nicht weiß, was Sonntagnacht passiert ist.«

Aus seinem überraschten Blick schloss ich, dass ich seinen Satz zuvor richtig verstanden hatte – Rumänisch und Italienisch sind sich nun mal ähnlich. Mein rechter Handballen schmerzte. Ich verschränkte die Hände vor der Brust und ließ es mir nicht anmerken. Immerhin hatte ich erreicht, dass der Kapitän nicht schon wieder oben im Führerhaus war.

»Wann haben Sie Ihren Bootsmann zuletzt gesehen?«, wiederholte ich meine Frage von zuvor.

»Sonntagabend. Kurz nach sieben ist er von Bord.«

»Wo hat Ihr Schiff gelegen?«

»Am Ölhafen. Ich habe zwar Getreide geladen, aber im Westhafen war kein Liegeplatz mehr frei.«

»Wissen Sie, wohin Tamás Szábo gegangen ist, nachdem er Ihr Schiff verlassen hat?«

Einen Moment lang sagte Sebruvek gar nichts, sah nur mit leerem Blick an mir vorbei, als stünde der Bootsmann direkt hinter mir.

»Bestimmt dorthin, wo es Weiber und was zu saufen gibt«, kam es dann, während er sich mit einer müden Bewegung über die Stirn fuhr. »Es wundert mich nicht, dass es ein solches Ende mit ihm genommen hat. Er hat das Schiff alleingelassen. Kein anständiger Seemann tut so was. Und es war offenbar nicht das erste Mal. Also bin ich ohne ihn los.«

»Vom Ölhafen?«

Er nickte.

»Wann haben Sie abgelegt?«

»Sonntagabend, gegen zehn. Diese Fahrt ist wie verhext. Schon auf der Hinfahrt hat Tamás nicht am vereinbarten Hafen gewartet, in Budapest ist das gewesen. Er kommt ja von dort, aus Ungarn. Also habe ich auf die Schnelle einen anderen Bootsmann angeheuert. An und für sich ist das kein Problem, in der Schifffahrt herrscht oft ein Kommen und Gehen. Aber geärgert habe ich mich doch. Später hat Tamás angerufen und mir versprochen, er werde in Regensburg zusteigen. Und als ich im Hafen anlege, am Freitagnachmittag war das, und kaum ist der Junge an Bord, haben wir plötzlich dieses Problem mit der Rudersteuerung.«

Er sah mich so finster an, als wäre ich für diese Misere verantwortlich.

»Zwei Tage lang mussten wir auf das verdammte Ersatzteil warten. Und als es endlich geliefert wurde, habe ich eine Ewigkeit für die Reparatur gebraucht. Um zehn bin ich erst fertig geworden.« Er spuckte aus. »Aber natürlich ist dieser Nichtsnutz von Tamás bis dahin noch immer nicht wieder aufgetaucht. Ich hatte wirklich keine Lust mehr auf seine Extratouren.«

Seine Wut und Enttäuschung waren fast greifbar. Aber immerhin war er nicht mehr so feindselig wie zu Beginn unseres Gesprächs.

»Wo genau könnte Tamás gewesen sein, während Sie Sonntagabend die Steuerung repariert haben?«

»Er hatte Landgang«, sagte der Kapitän verächtlich. »Schließlich war er ja den Samstagabend an Bord gewesen, zumindest habe ich das zu dem Zeitpunkt noch gedacht. Ich schätze mal, er ist im Crazy Dreams gewesen, das ist eine Tabledance-Bar, Stundenhotel inklusive. Bis neun hätte er wieder da sein sollen, das hat ihm natürlich von Anfang an nicht gepasst. Aber als ich ihn gefragt habe, ob stattdessen er die Steuerung reparieren will, hat er dann doch den Mund gehalten und ist abgehauen.« Sebruvek verzog das Gesicht. »Ich hätte es gleich wissen müssen, dass er nicht pünktlich zurückkommen würde, war ja nicht das erste Mal. Und dann höre ich noch von einem anderen Partikulierer, dass sich der Mistkerl am Samstagabend auch einfach davongemacht hat.«

Er bemerkte meinen fragenden Blick. Wieder schepperte etwas in der Nähe, aus einer Seitenstraße hörte man Männerstimmen und das aufgebrachte Bellen eines Hundes.

»Partikulierer bedeutet, dass der Kapitän gleichzeitig der Schiffseigner ist«, erklärte er mürrisch. »Am Samstagabend hatte nämlich ich Landgang und Tamás Dienst. Trotzdem ist er von Bord gegangen. Ich weiß nicht, wie lang er weg war oder was er getrieben hat. Aber eine Stunde reicht schon aus.«

»Wofür?«

»Jeder hätte sich was von dem Getreide im Laderaum holen können, einfach jeder.« Tief atmete er durch. »Ich hätte ihn nicht an Bord nehmen sollen, von Anfang an hat es nicht geklappt mit ihm. Und dass er am Ende in einer Messerstecherei umkommt, überrascht mich gar nicht.« Er warf einen Blick auf seine Armbanduhr. »So, genug Zeit verplempert, wir fahren jetzt. Und Sie gehen endlich von meinem Schiff weg, verstanden?«

Wortlos wandte der Kapitän sich um, ging zur gegenüberliegenden Seite des Schiffs. Ich hörte ihn zwei, drei Sätze mit jemandem wechseln. Kurz darauf sah ich die Gestalt von vorhin nach vorn flitzen und in Windeseile die beiden Stufen zur Hafenmauer hinaufklettern. Der Bootsjunge, sein Haar war so schwarz, wie das des Kapitäns früher gewesen sein mochte, machte mit wenigen Handgriffen das Tau los, warf es aufs Schiff und sprang zurück an Bord.

Sebruvek tauchte wieder auf der Seite des Frachters auf, vor der ich stand, würdigte mich aber keines Blickes mehr.

»Eine Frage noch«, rief ich ihm zu. »Ein Zeuge hat gesehen, dass Tamás mit einem Auto zum Westhafen gekommen ist. War das sein Wagen?«

»Nein, er war immer mit dem Fahrrad unterwegs.«

»Auch am Sonntagabend?«

Er nickte nur. Dann stieg er grußlos die Treppe zum Ruderhaus hinauf, zog oben die Tür hinter sich zu, setzte sich auf einen Drehstuhl. Ich sah ihn auf verschiedene Knöpfe drücken und an einer Kurbel drehen. Die Schiffshupe ertönte so laut, dass ich zusammenzuckte. Wie von Geisterhand gezogen, setzte sich der Frachter in Bewegung, glitt langsam vorwärts, entfernte sich vom Kai, stetig und gleichmäßig. Bald wurde das Brummen des Motors leiser, Wellen klatschten gegen die Hafenmauer, verebbten schließlich ganz, und das Schiff wurde kleiner und kleiner.

»Sara Braun?«, fragte der kleine Mann mit dem strähnigen Pferdeschwanz desinteressiert. »Nie gehört. Die einzige Blonde, die bei mir arbeitet, ist eine Bohnenstange und alles andere als eine Schönheit.«

Das Petit Bleu lag mitten in der Altstadt in der Grabengasse, gut versteckt zwischen einer Reinigung und einem Nachhilfeinstitut. Die Musik- und Kabarettkneipe machte ihrem Namen alle Ehre. Stühle, Tische, die halbrunde verspiegelte Bar – alles war in den verschiedensten Blautönen gehalten, und selbst die Wände waren in einem intensiven Kobaltblau gestrichen. Nur das ungepflegte Männlein, bei dem es sich um den Geschäftsführer höchstpersönlich handelte, passte nicht so recht ins Bild. Er war einen Kopf kleiner als ich und wirkte im Gegensatz zu der Bar mit ihrem sorgfältig aufeinander abgestimmten Interieur schmierig und vernachlässigt.

Nach meinem Gespräch mit dem Kapitän hatte ich zuerst das Scharfrichterhaus in der Milchgasse aufgesucht, wo man weder mit Sara Brauns Namen noch mit meiner detaillierten Beschreibung etwas hatte anfangen können. Dort hatte man mich zum Petit Bleu geschickt.

»Vielleicht kennen Sie Frau Braun nur unter ihrem Künstlernamen«, gab ich zu bedenken.

»Ganz sicher nicht.« Er knackte mit den Fingern. »Wer von mir Kohle kriegt, muss die korrekten Personalien angeben. Das Finanzamt versteht da nämlich keinen Spaß, und auch die Stadt will genaue Informationen, für wen ich die paar lumpigen Kröten ausgebe, die sie schweren Herzens lockermacht. Ich sage Ihnen, es ist eine Schande, mit welch begrenzten Mitteln man in der Kulturbranche arbeiten muss.«

Er hielt mir einen Vortrag über die lächerlich geringen Beträge, die das Kulturamt einmal im Jahr für sein Etablissement genehmigte. Nach der Hochwasserkatastrophe im Frühjahr des vergangenen Jahres floss der Löwenanteil der städtischen Fördergelder nach wie vor in den Rachen der großen Einrichtungen, so hörte ich.

Auf meine Frage hin, bei welchen anderen Musikkneipen Sara Braun bekannt sein könnte, nannte er mir mit abfälliger Miene zwei, drei Adressen. Ich bedankte mich und verließ das Petit Bleu ohne große Hoffnung.

Eine Stunde später hatte ich zwei weitere Musikbars abgeklappert und noch immer niemanden aufgetrieben, der Sara Braun kannte.

Die Nachmittagshitze lähmte die Stadt. Abgesehen von wenigen Bankern, die in zu warmen Anzügen an mir vorbeihasteten, einzelnen Shoppern und einem eng umschlungenen Pärchen mittleren Alters, dem die sengende Hitze nichts auszumachen schien, waren die Gassen wie ausgestorben. Einmal kreuzte eine Katze meinen Weg, irgendwo bellte ein Hund, ein Radio lärmte aus einem offenen Fenster. Fast fühlte ich mich wie im Süden, wo die Siesta von ein Uhr mittags bis zum späten Nachmittag andauert und alle

Innenstädte wie leer gefegt sind. In den engen Straßen und Gassen regte sich kein Lufthauch.

Inzwischen war es fast halb vier und Zeit für eine Pause. Vincenzo war mit Florian beim Baden, wie ich wusste. Trotzdem schickte ich meinem Sohn eine kurze SMS und teilte ihm mit, dass es bei mir heute später werden würde.

Ich ging durch die von der Renaissance geprägte Altstadt und hielt nach einem Schattenplatz Ausschau. In der Nähe des Stephansdoms entdeckte ich ein buntes Café. Aufatmend ließ ich mich im kühlen Inneren in einen Plüschsessel in Pink fallen. Eine junge Frau mit Himmelfahrtsnase und übergroßen brombeerroten Creolen an den Ohren nahm meine Bestellung auf. Zwei Minuten später standen ein großes Wasser und ein Espresso vor mir. In einem Zug leerte ich das halbe Glas.

Eine Adresse stand noch auf meinem Zettel, irgendwo am Stadtrand. Dennoch war ich sicher, dass Sara Braun auch dort nicht bekannt war. Ich würde meine Zeit nicht noch länger verschwenden, beschloss ich, sondern stattdessen nach Regensburg zurückfahren. Ich wollte endlich wissen, was meine Auftraggeberin vor mir verbarg.

Ich bezahlte, verließ das Café und ging zum Wagen. Nach wie vor war kaum eine Menschenseele zu sehen.

Als ich in den Steinweg bog, hörte ich Schritte hinter mir. Ich wandte mich um. Doch wie die beiden Male zuvor an der Regensburger Uni konnte ich auch jetzt niemanden entdecken.

Beim Auto angekommen, rätselte ich noch immer, ob ich mir das alles nur einbildete oder ob mich tatsächlich jemand verfolgte.

12

Dienstag, 2. Juni, 16.59 Uhr

»Haben Sie Melissa endlich gefunden?«, begrüßte Sara Braun mich fast eineinhalb Stunden später mit kühler Miene. »Sonst können Sie gleich wieder gehen.«

Wir standen vor ihrer Haustür, und sie machte keine Anstalten, mich ins Haus zu bitten. Es war noch heißer als in der Drei-Flüsse-Stadt. Zum Glück hatte ich für die Rückfahrt nicht annähernd so lang gebraucht wie für die Hinfahrt.

»Ich komme grade aus Passau«, entgegnete ich. »Ich habe dort niemanden gefunden, der Sie kennt. Auch im Internet gibt es keinen einzigen Hinweis, dass Sie jemals dort gearbeitet haben.«

»Sie schnüffeln mir also hinterher.« Sie stemmte eine Hand in die Hüfte. »Warum?«

»Ich weiß gern, für wen ich arbeite. Besonders nach Ihrem gestrigen Verhalten, für das Sie sich übrigens noch immer nicht entschuldigt haben.«

Sie verzog keine Miene. »Hat man Ihnen in Passau nicht erklärt, wie es im Showbusiness zugeht?« Böse funkelte sie mich an. »In der Musikbranche hat man keine festen Engagements. Nach drei, vier Auftritten kommt sowieso keiner mehr, das Publikum will ständig was Neues hören, immer andere Gesichter sehen. Außerdem müssen die meisten meiner Arbeitgeber sparen, wo es nur geht. Deshalb wechsle ich praktisch ständig den Arbeitsplatz.«

»Erstaunlich, dass Sie sich bei dermaßen schlechten Arbeitsbedingungen einen solchen Palast leisten können – noch dazu in diesem Viertel.«

Ich machte eine allumfassende Geste, die auch die umliegenden Häuser mit einschloss. Im Nachbarhaus, es war ockergelb verputzt, klappte ein Fenster auf. Aus den Augenwinkeln sah ich einen Schatten hinter dem Vorhang verschwinden.

»Eine bewundernswerte Leistung für eine alleinerziehende Mutter«, fuhr ich fort. »Wenn ich Sie richtig verstanden habe, bekommen Sie weder von Ihrem Exmann noch von Ihren Eltern finanzielle Unterstützung. Gehören Sie etwa zu den beneidenswerten Menschen, die im Lotto gewonnen haben?«

»Ich wüsste nicht, was Sie das angeht«, blaffte sie mich an. »Ihr Honorar haben Sie ja bekommen, oder?«

Ihr Blick wurde noch feindseliger. Jeden Moment würde sie mir die Tür vor der Nase zuknallen. Schnell stellte ich den rechten Fuß in den Türspalt.

»Kennen Sie einen Mann namens Tamás Szábo?«, fragte ich dann.

»Wer soll das sein?«

»Ein ungarischer Bootsmann, der auf einem rumänischen Frachter gearbeitet hat.«

»Und warum sollte mich das interessieren?«

»Ein Zeuge hat ausgesagt, er hätte diesen Mann in der Nähe der Firma gesehen, vor der Melissas Roller gestanden hat. Und zwar Sonntagnacht. Der Ungar hatte Streit mit jemandem – einer Frau, vielleicht auch einem Mädchen.«

Mit einem Mal sah Sara Braun mich an. Jetzt hatte ich ihre volle Aufmerksamkeit.

»Der Bootsmann ist heute Morgen tot im Westhafen aufgefunden worden, erstochen. Er war unzuverlässig und als Trunkenbold bekannt, außerdem hat er sich in Hafenbordellen herumgetrieben.«

»Warum erzählen Sie mir das alles?«

»Es wäre möglich, dass Melissa diesen Bootsmann irgendwo kennengelernt hat. Vielleicht hat sie den Mord an ihm sogar beobachtet und hält sich deshalb versteckt. Überlegen Sie bitte, hat sie von ihm erzählt?«

In meinem Rücken brummte ein schwerer Motor. Aus den Augenwinkeln sah ich langsam einen Geländewagen der oberen Preisklasse vorbeifahren. Schwarz, mit getönten Scheiben und passend zur noblen Gegend.

»Ich weiß nicht, was Sie mit dieser unmöglichen Geschichte bezwecken.« Sara Brauns Blick folgte dem Wagen. Sie schluckte mehrmals, ihre Stimme klang mühsam beherrscht und wurde mit jedem Wort lauter. »Meine Tochter hat doch mit einem solchen Kerl nichts zu schaffen. Und noch dazu im Hafen – wie lächerlich!«

»Haben Sie den Roller übrigens abholen lassen?«

Im ersten Moment reagierte sie nicht, im nächsten aber schrie sie mich wutentbrannt an:

»Das geht Sie einen feuchten Dreck an! Finden Sie meine Tochter – und erst dann kommen Sie wieder!«

Sie drängte meinen Fuß zur Seite und schlug mir ohne ein weiteres Wort die Tür vor der Nase zu.

Eine Minute später sperrte ich den Wagen auf.

Ich konnte mir Sara Brauns Ausbruch nicht erklären. Zugegeben, bei unseren Gesprächen war sie oft von einer Stimmung in die nächste gestürzt – am extremsten am vergangenen Abend –, und ich konnte auch verstehen, dass das Verschwinden ihrer Tochter sie immer mehr belastete. Auch der Gedanke, dass Melissa Augenzeugin eines Mordes sein könnte, war mehr als beunruhigend. Doch anstatt auf meine Überlegungen einzugehen, hatte sie mich einfach abserviert. Es gefiel ihr nicht, dass ich Fragen stellte. Fragen, die Melissa betrafen. Oder sie selbst. Sollte ich meinen Ehrenkodex als Privatermittlerin in den Wind schreiben und vielleicht doch lieber Paolo anrufen? Würde er Melissa schneller finden als ich?

Ein klapperndes Geräusch lenkte mich ab. Ich wandte mich um und sah, wie im ockergelben Nachbarhaus das Fenster geschlossen wurde, das jemand während meines Gesprächs mit Sara Braun geöffnet hatte. Hinter dem Vorhang bewegte sich wieder eine Gestalt.

Ich ging zum Gartentor des zweistöckigen Einfamilienhauses. Die ganze Anlage war sorgfältig, geradezu penibel gepflegt mit ihrem kurz gemähten Rasen und den akkurat gestutzten Blumenrabatten im Vorgarten. Was für ein Gegensatz zu den Efeuranken am Tor von Sara Brauns Haus.

Auf mein Läuten hin tat sich erst nichts. Wieder drückte ich auf den Klingelknopf neben dem Namensschild. Krüger, las ich. Dann hörte ich Schritte hinter der Tür, die zögernd aufschwang.

»Was wollen Sie?«, empfing mich eine quengelige Frauenstimme. »Wer sind Sie überhaupt?«

Ich stellte mich vor. »Ich komme vom Goethe-Gymnasium und bin Melissas Lehrerin«, schwindelte ich dann.

Solange Sara Braun meine Auftraggeberin war, musste ich ihren Wunsch nach Diskretion respektieren, gleichgültig, wie angespannt unser Verhältnis inzwischen war.

»Bitte entschuldigen Sie die Störung, aber ich mache mir Sorgen um das Mädchen«, fuhr ich fort. »Seit gestern fehlt sie, bisher unentschuldigt, und morgen schreiben wir eine Klassenarbeit. Also habe ich bei ihrer Mutter nachgefragt. Aber Frau Braun war leider nicht sehr kooperativ. Können Sie mir vielleicht weiterhelfen? Haben Sie Melissa seit Sonntagabend gesehen?«

»Seit dem Wochenende gar nicht mehr, nein.«

Kokett spielte die dunkelhaarige Frau, die die Tür inzwischen ganz geöffnet hatte, mit ihrer schweren Goldkette. Sie fiel in den tiefen Ausschnitt ihres Seidenkleides, ansonsten hatte das Dekolleté aber nicht viel zu bieten. Die Frau selbst schätzte ich auf Ende dreißig.

»Dafür ist die Mutter auffallend oft daheim«, sagte sie affektiert. »Sonst fährt die ja jeden Abend weg, immer zwischen acht und neun.«

»Wissen Sie, wo Frau Braun arbeitet?«

»Nein, absolut nicht, ich kenne sie ja gar nicht.«

Angewidert zog die Nachbarin dic schmale Nase hoch. »Aber mit dieser Person möchte ich sowieso nichts zu tun haben. Die war mir von Anfang an suspekt, und seit Neuestem ist bei denen auch ständig so ein Getue und Gefetze. Das Mädel kann einem leidtun.«

Im selben Moment rief eine erbärmlich klingende Kinderstimme im Hausinnern nach ihrer Mami. Diese wandte sich kurz um, trillerte ein »Ich komme gleich, Schatzilein« zurück und warf mir einen gequälten Blick zu.

»Die Kinderfrau wollte unbedingt heute freihaben – mitten in der Woche.«

Die Frau wurde mir mit jedem Moment unsympathischer. Aber ich wollte Informationen von ihr. Also nickte ich nur.

»Was war denn das für ein Getue und Gefetze?«, hakte ich nach. »Drüben, bei den Brauns?«

»Wenn Sie mich fragen, gibt das Mädel endlich Kontra. Recht hat sie. Ihre saubere Frau Mutter lässt sie ja auch jeden Abend mutterseelenallein, bis spät in die Nacht, wissen Sie. Und neulich

Abend, also wirklich, da hätte ich fast die Polizei angerufen, da war nämlich …«

Jetzt begann die Kinderstimme zu weinen und steigerte sich innerhalb von wenigen Sekunden zu einem ohrenbetäubenden Geheule. Frau Krüger verzog das Gesicht.

»Tut mir leid, ich muss dann mal.«

Eilig kramte ich nach einer Visitenkarte. Ich hatte immer zwei Ausführungen in der Tasche, eine mit dem Zusatz »Private Ermittlungen aller Art« und eine ohne. Ich drückte ihr eine Karte ohne den Vermerk in die Hand.

»Sie können mich gern anrufen«, sagte ich schnell. »Ich meine, wenn es zeitlich besser passt.«

Hoheitsvoll neigte sie den Kopf und schloss die Tür. Noch als ich zum Wagen ging, hörte ich das Sirenengeheul ihres Kindes.

Als ich wieder im aufgeheizten Auto saß, war es Viertel nach fünf. Vincenzo hatte sich noch nicht gemeldet. Sicher war er mit Florian noch beim Baden und würde nur kurz nach Hause kommen, bevor Lilo ihn zum gemeinsamen Kinoabend inklusive Burgeressen abholte. Ich begutachtete den Einkaufszettel für das heutige Candle-Light-Dinner mit Maximilian. Für das Einkaufen und die restlichen Vorbereitungen sollten zwei Stunden genügen. Also blieb mir noch ein wenig Zeit. Vielleicht würde man mir im Crazy Dreams etwas über den ermordeten ungarischen Bootsmann erzählen.

Ich fuhr in Richtung Hafen. Auf halber Strecke lachte mein Handy. Die SMS war von Vincenzo:

Baden ist voll cool, Mathe war na ja, Lilo holt mich um halb sieben ab. Ist das echt okay, wenn du den ganzen Abend allein bist?

Im Fahren tippte ich ein großes »JA« mit drei Ausrufezeichen ein und drückte auf die Senden-Taste. Als ich die Brücke auf der Osttangente passierte, begann mein Handy zu singen.

»Du hast dir den weiten Weg ganz umsonst gemacht«, hörte ich Paolo mit einer nicht zu überhörenden Genugtuung sagen. »Sieht so aus, als hätte die Hafenleiche nichts mit den beiden Frauenmorden zu tun.«

»Wie das?«

»Der Mann wurde durch einen Stich in die Brust getötet, seine

Kehle ist unverletzt. Die Obduktion hat ergeben, dass der Stichkanal nicht zu der Waffe passt, die bei den Frauen verwendet wurde. Bei der männlichen Leiche hatte das Messer nämlich eine gezackte Schneide, bei den Frauen eine glatte. Der Täter im Hafen hat sein Opfer außerdem nicht durch einen einzigen Schnitt getötet, sondern mehrmals zugestochen.«

»An die Presse hast du diese Details bisher nicht weitergegeben, oder?«

»Natürlich nicht. Von daher wäre es gut möglich, dass ein Trittbrettfahrer den toten Ungarn auf dem Gewissen hat. Der Wachmann, den du zu mir geschickt hast, hat den Toten identifiziert. Seine Brieftasche haben wir inzwischen auch gefunden, die hat im Gebüsch gelegen. Einen halben Kilometer entfernt, hinter einer Spedition.«

»Sind Fingerabdrücke drauf?«

»Nichts Brauchbares, der Täter hat sie abgewischt.«

Ich wollte Paolo nicht erzählen, dass ich mit Dimitri Sebruvek, dem ehemaligen Arbeitgeber des toten Bootsmannes, gesprochen hatte. Im nächsten Moment fuhr mein Ex aber schon aufgeräumt fort:

»Vielleicht hat es Ärger unter Hafenarbeitern gegeben, womöglich war auch eine Nutte mit im Spiel – zumindest behauptet das der Wachmann. Auch der Kapitän, für den der Ungar bis Sonntag noch gearbeitet hat, hält das für möglich. Ich habe lang mit ihm telefoniert und eine Streife auf sein Schiff geschickt. Es hat wohl immer wieder Ärger mit dem Ungarn gegeben, in Budapest soll er in die eine oder andere Messerstecherei verwickelt gewesen sein.«

So zugeknöpft Paolo noch vor wenigen Stunden gewesen war, so sehr schien ihn nun die Tatsache zu erleichtern, dass nicht der mutmaßliche Serientäter für diese neue Leiche verantwortlich war. Ich nutzte seine gute Laune und fragte:

»Gibt es irgendwelche Indizien am Tatort?«

»Die Leiche ist komplett durchgeweicht, bestimmt von dem schlimmen Gewitter in der Nacht von Sonntag auf Montag. Im Osten ist es ja schon früh losgegangen, die ganze Nacht ist es über der Stadt gekreist.« Es raschelte, vermutlich blätterte Paolo in seinen Unterlagen. »Die Verwesung ist aufgrund der momentanen

Hitze stark fortgeschritten. Der Todeszeitpunkt steht noch nicht fest, die Untersuchungen hierzu laufen aber noch. Die Spusi hat Blutspuren an den Stiefeln des Toten gefunden, ich schätze, vom Opfer selbst, unser Labor ist dran. Außerdem Hautfetzen unter seinen Fingernägeln, dieses Material ist unterwegs zum LKA. Ich hoffe, es ist ausreichend für einen DNA-Abgleich.«

Es war kurz nach halb sechs, als ich das Crazy Dreams in der Alten Straubinger Straße erreichte. Ich hatte wenig Hoffnung, um diese Uhrzeit überhaupt jemand in der Tabledance-Bar anzutreffen. Vor allen Fenstern des dreistöckigen, auffallend schmucken Gebäudes in gewischtem Apricot hingen blickdichte Vorhänge. Die Vorstellungen begannen laut Aushang um halb zehn Uhr abends.

Am lang gestreckten Tresen saßen jedoch zwei Frauen, am anderen Ende spülte ein korpulenter Mittvierziger Gläser und telefonierte über ein Headset. Aus einem unsichtbaren Lautsprecher plätscherte Schmusemusik, an der Bar brannte rötlich schimmerndes Licht. In der Mitte des angenehm klimatisierten Raums gab es eine freie Fläche, in deren Mitte drei verchromte Tische standen. Jeder davon hatte eine Öffnung für eine Metallstange, die vom Boden und durch den Tisch hindurch bis zur Decke reichte. In mehreren abgedunkelten Nischen befanden sich die Sitzecken. Von jeder ging eine geschlossene Tür ab, sie mussten zu den Zimmern in den oberen Stockwerken führen.

Ich ging zum schwarz lackierten Tresen. Die ältere der Frauen, ich schätzte sie auf Anfang dreißig, rauchte und blätterte lustlos in einer Zeitschrift. Die jüngere war noch keine zwanzig, ihr schwarzes Haar nur wenige Millimeter kurz, die Gelnägel dafür umso länger. Vor ihr lagen ein aufgeschlagenes Buch und ein übergroßes Smartphone. Beide Frauen waren auffallend hübsch, stark geschminkt und extrem figurbetont gekleidet, ohne jedoch billig zu wirken.

»Hallo«, sagte ich und stellte mich zwischen sie. »Ein gewisser Tamás Szábo aus Ungarn soll hier Stammgast sein. Kennen Sie ihn vielleicht?«

Die ältere, sie saß zu meiner Linken, strich sich über den schwarzen Lackminirock und betrachtete mich interessiert. Sie hatte ein winziges Muttermal auf der Stupsnase und kesse rote Locken. Die andere warf mir nur einen gelangweilten Blick zu und angelte sich das Mobiltelefon.

»Wer will das wissen?« Die Rothaarige zupfte ihr schulterfreies Mieder in Form, das ihr beeindruckendes Dekolleté gekonnt zur Geltung brachte. Ihr Akzent ließ vermuten, dass sie aus Osteuropa kam. »Polizei?«

Paolos Leute waren offenbar noch nicht hier gewesen. Ich legte meine Visitenkarte auf den Tresen. Sie nahm sie und las sie mit hochgezogenen Augenbrauen.

»Eine Privatdetektivin haben wir hier noch nie gehabt.« Sie schob der anderen die Karte zu. »Was hat er denn ausgefressen, der liebe Tamás?«

»Sie kennen ihn also?«

»Kennen ist zu viel gesagt. Alle paar Wochen kommt er mal vorbei, wenn sein Kutter hier Station macht.« Sie warf ihrer Kollegin, die noch kein Wort gesagt hatte und weiterhin nur angestrengt ihr Handy bearbeitete, einen schnellen Blick zu. »Und wenn er genug hat, verschwindet er wieder auf das Schiff.«

»Seit wann kommt er denn hierher?«

»Seit einem halben Jahr, schätze ich. Was wollen Sie von ihm?«

Ich erklärte mein Anliegen, erwähnte aber vorerst noch nicht, dass der Ungar tot war.

»Die Kleine ist erst sechzehn?«

Ich bemerkte aus den Augenwinkeln, wie sie ihre Kollegin mit der Schuhspitze anstieß.

»So was kriegen die Kunden bei uns nicht«, meinte die Rothaarige dann achselzuckend. »Kinder is hier nicht, da achtet der Chef drauf, keine Sorge.«

Sie machte eine Kopfbewegung in Richtung des Barmanns, der uns die ganze Zeit über beobachtet hatte. Er war nicht nur korpulent gebaut, sondern auch sehr muskulös, wie ich jetzt sah, und hatte einen kantig geformten Kopf. Auch sein kühl abschätzender Blick ließ keinen Zweifel darüber aufkommen, dass er sein Unternehmen voll im Griff hatte.

»Was wollen Sie trinken, Lady?«, rief er mir zu.

Ich bestellte Mineralwasser.

»Ist Tamás Sonntagnacht hier gewesen?«, fragte ich dann die beiden Frauen.

Die Rothaarige überlegte. »Glaub schon. Aber das fragen Sie am besten meine Kollegin.« Sie streckte die Hand aus und tippte ihr an mir vorbei auf die Schulter. »Da ist der Typ doch auch bei dir gewesen, Katja?«

Die Angesprochene sagte noch immer nichts, sondern schlug lässig die langen Beine übereinander, die in bis zu den Oberschenkeln reichenden Schaftstiefeln steckten, und vertiefte sich weiter in ihr Smartphone. Ihr Körper war durchtrainiert und braun gebrannt, an ihren schlanken Handgelenken klimperten zahllose Armreife. Sie trug knallenge Hotpants und ein bauchfreies Top, beides aus einem exklusiven Jeansstretch.

Der Barmann stellte das Wasser vor mir ab und musterte mich fachmännisch von unten bis oben. »Sind Sie auf der Suche nach 'nem Job?«

Ich verneinte und trank einen großen Schluck Wasser.

»Was wollen Sie dann hier?«

»Mich besuchen«, entgegnete die Rothaarige an meiner Stelle und schob die Visitenkarte, die noch immer auf dem Tresen lag, schnell unter Katjas Buch, während sie mit der anderen Hand dem Barmann neckisch die Brust kraulte. »Wir kennen uns schon ewig. Und jetzt verpiss dich bitte, Süßer, meine alte Freundin und ich haben uns tausend Neuigkeiten zu erzählen. Da können wir keine neugierigen Männerohren gebrauchen.«

»Das Leben schlägt manchmal verschlungene Wege ein«, sagte der Barmann zu mir und schob ihre Hand zur Seite. »Unsere hübsche Katja zum Beispiel büffelt nebenbei für ihre Romanistik-Abschlussprüfungen an der Uni, und Julika, die nichts lieber wäre als eine so echte Rothaarige wie Sie, war früher mit einem HNO-Arzt verheiratet. Aber dann hat er sie wegen einer Jüngeren sitzen lassen, und jetzt muss sie selbst Geld verdienen.« Er zwinkerte mir zu. »Aber das wissen Sie natürlich längst, als alte Busenfreundin. Und wenn Sie sich ein Bild davon gemacht haben, wie's bei uns so läuft, und falls Sie vielleicht doch mal die Branche wechseln wollen, dann melden Sie sich bei mir. Schöne Frauen sind immer willkommen. Okay, Lady?«

Ich musste lächeln, und er kehrte wieder zu seinem Spülbecken zurück.

»Danke«, sagte ich zu Julika.

Sie grinste. Im selben Moment ging die Tür auf, und ein kleiner, rundlicher Mann Mitte fünfzig kam mit unsicheren Schritten herein. Suchend sah er sich um. Sein Blick blieb an Julika hängen, die sofort aufstand und die Arme ausbreitete.

»Wen haben wir denn da?«, begrüßte sie ihn warmherzig. »Dich hab ich ja schon ewig nicht mehr gesehen, Oskarlein. Lädst du mich auf ein Glas Schampus ein?«

Er lächelte geschmeichelt, ließ sich von ihr an das üppige Dekolleté drücken und folgte ihr wie ein kleiner treuer Hund zu einem Tisch in der hintersten Nische. Der Barmann holte eine Flasche Moët aus dem Kühlschrank und zwei Champagnergläser aus dem Regal und brachte alles an den Tisch.

»Ich möchte niemanden in Schwierigkeiten bringen«, sagte ich leise zu Katja. »Alles, was ich will, ist eine Auskunft. Und die behandle ich garantiert vertraulich.«

Immerhin streifte sie mich mit einem flüchtigen Blick, das Smartphone behielt sie aber weiterhin in der Hand.

»Wie lang ist Tamás hier gewesen?«, fragte ich. »Am Sonntagabend?«

Gleichgültig zuckte sie mit den Schultern. »'ne halbe Stunde, höchstens 'ne dreiviertel.« Ihre Stimme klang rauchig.

»Sie waren die ganze Zeit mit ihm zusammen?«

Sie nickte. »Zuerst hat er ein paar Wodka gekippt, dann hab ich ihn mit nach oben genommen, und nachher … Also, da waren wir noch hier unten, und dann ist er schließlich abgehauen.«

»Wissen Sie, wohin?«

»In die Suzy Bar, schätze ich. Das ist eine Kneipe gleich in der Nähe, und da ist er oft, wenn er noch mehr tanken will.«

Ich machte mir eine Notiz. »Wie ist er so – als Kunde?«

»Okay«, sagte sie einen Tick zu schnell. »Er hat keine großartigen Extrawünsche, manche stehen ja auf Handschellen und Sadomaso, die anderen auf Blümchensex oder Doktorspiele. Der Tamás ist da ganz normal.«

Nervös klapperte sie mit ihren beängstigend langen Gelnägeln in verschiedenen Lilatönen auf dem Handy herum. Es zierte ein angebissener Apfel, wie ich jetzt sah.

»Außerdem sieht er gut aus und zahlt den vereinbarten Preis. Und zwar im Voraus und ohne Diskussion.«

»Aber?«

Tip-Tap. Tip-Tap.

»Hören Sie. Ich suche ein sechzehnjähriges Mädchen. Kein Mensch weiß, wo sie steckt, und ihre Mutter ist krank vor Sorge. Ich möchte so viel wie möglich über Tamás in Erfahrung bringen. Das ist alles. Wenn Sie mir etwas sagen können, was mir irgendwie weiterhelfen könnte?«

»Am besten, Sie reden selbst mit ihm. Gehen Sie doch auf das Schiff.«

»Da war ich schon. Aber seit Sonntagabend ist er nicht mehr dort.« Ich machte eine Pause. »Er ist tot. Man hat ihn im Westhafen gefunden – erstochen.«

Jetzt endlich war sie ganz Ohr. Sie legte das Handy zur Seite, fegte einen unsichtbaren Fussel von ihren Hotpants und sah mich mit ihren ockerfarbenen Katzenaugen direkt an. Sie leuchteten, sogar in dem dämmrigen Licht.

»Das ist ja endlich mal eine gute Nachricht.«

Ich zog die Augenbrauen hoch.

»Der Tamás war nämlich echt seltsam an dem Abend, und seither hatte ich Angst, dass er mich vielleicht doch nicht in Ruhe lässt«, sagte sie langsam. »Das war er zwar immer – seltsam, meine ich. Aber am Sonntag ist er richtig schräg drauf gewesen.«

»Inwiefern?«

»Unruhig, von Anfang an, und bevor er dann gegangen ist, ist er fast durchgedreht.« Instinktiv fasste Katja sich an den Hals. »Sonst labert er mich ja immer voll mit seinen blöden Geschichten, ich kann den Scheiß echt nicht mehr hören.« Sie runzelte die Stirn. »Klar, viele Kunden kommen vor allem zum Quatschen. Denen hört keiner zu, und wenn die Kohle stimmt …« Sie machte eine gleichgültige Geste. »Aber am Sonntagabend, da war der Tamás ganz anders als sonst. Der wollte nur Sex. Und sich volllaufen lassen.«

Aus der Nische, wo Julika mit ihrem Oskar den Champagner

leerte, hörte man Gläserklirren, Gemurmel und übermütiges Gekicher.

»Wie viel hat er getrunken?«

»An die zehn Wodka, schätze ich. Er hat immer einiges in sich reingeschüttet, aber nie so schnell. Mit dem Vögeln wollte der sich auch nur ablenken, und nicht einmal mit seinen irren Storys hat er mich dieses Mal genervt.«

»Was hat er denn sonst so erzählt?«

»Immer geht es um den Alten.« Unruhig griff sie wieder nach dem Handy, fingerte daran herum. »Das ist sein Stiefvater, und den hasst er bis aufs Blut.« Sie verdrehte die Augen. »Und dann quatscht er wieder von seiner Mutter, wunderschön ist die angeblich gewesen und genau genommen überhaupt die tollste Frau auf der Welt. Vor ein paar Jahren ist sie aber gestorben, vielleicht hat auch jemand nachgeholfen, was weiß ich. Jedenfalls hat der Alte Schuld daran. Sagt zumindest Tamás.«

Wieder schwang die Tür auf, eine junge blonde Frau in ausgelatschten Stoffschuhen und formlosem Trägerkleid, dem Anschein nach eine von Katjas und Julikas Kolleginnen und ganz offensichtlich noch nicht im Arbeitsoutfit, schlurfte herein. Der Barmann nickte ihr zu, während er die Gläser in die Regale stellte und weiterhin telefonierte. Die junge Frau verschwand hinter einer der Türen nach oben.

»Und dann gibt es noch diese neue Frau«, erzählte Katja weiter. »Nach der ist der Alte komplett verrückt, und Tamás verabscheut sie aus tiefster Seele. Irgendwie hat der was gegen Frauen, ständig faselt er was von irgendwelchen alten Abrechnungen. Der hat echt einen Schatten, der Typ.«

»Und bevor er am Sonntagabend wieder gegangen ist, ist er durchgedreht, wenn ich Sie vorhin richtig verstanden habe. Was genau ist passiert?«

Sie holte tief Luft. »Zu dem Zeitpunkt war er wirklich schon abgefüllt, er wollte aber noch mehr. Geh mal nach draußen, hab ich gesagt, dann kriegst du einen klaren Kopf.« Wieder fasste sie sich an den Hals, ihre Augen wurden groß. »Und plötzlich packt er mich und drückt mir dieses verdammte Messer an den Hals.«

Katja deutete auf eine der dunklen Nischen. Im selben Moment standen Julika und ihr Freier, die in derselben Ecke saßen, auf und verschwanden mit der Champagnerflasche durch eine der Türen.

»Da hinten haben wir gesessen, drum hat der Chef zuerst auch gar nichts davon mitbekommen. Ich hab dann zu schreien angefangen, richtig Panik hatte ich. Tamás hat das Messer zwar gleich wieder weggesteckt, aber der Chef hat ihn trotzdem rausgeworfen und ihm Hausverbot erteilt.«

»Ein Messer also.« Ich setzte mich aufrecht hin. »Wie hat es ausgesehen?«

»Ich hab's kaum gesehen, ging ja alles so schnell«, erwiderte sie. »Tamás hat immer irgendein Scheißmesser dabeigehabt – aber bedroht hat er mich noch nie. In den Zimmern oben hat der Chef Alarmknöpfe eingebaut, von daher habe ich nie Angst gehabt. Und bis zum Sonntagabend ist ja auch nie was gewesen. Auch nicht in der Woche davor.«

»Wieso die Woche davor?«

»Er ist die ganze letzte Woche schon immer gekommen.« Sie nahm das Mobiltelefon zur Hand, öffnete den Kalender. »Am Freitag vor einer Woche ist er nach einer langen Pause wieder hier angetanzt. An dem Freitag habe ich nämlich die Seminararbeit abgegeben. Da musste ich mit dem Prof noch einige Punkte besprechen und war spät dran, der Tamás hat schon gewartet. Die Woche über ist er dann jeden Abend hier aufgetaucht, bis zum Sonntag.«

Sie schloss den Kalender, behielt das Handy aber in der Hand, sah mich mit unruhigem Blick an und biss sich auf die kirschrot bemalten Lippen.

»Heute habe ich in der Zeitung das von dem zweiten Frauenmord gelesen, beim Herzogspark. Ich weiß, das klingt jetzt weit hergeholt – aber irgendwie habe ich dabei sofort an den Tamás denken müssen. Der war nämlich echt durchgeknallt, und seine Augen waren ganz irre, als er mir das Messer an den Hals gedrückt hat, und ich …« Sie vollendete den Satz nicht.

»Wissen Sie, warum er sich so lang in Regensburg aufgehalten hat?«

»Er hat was von einem Kumpel erzählt. Mit dem hat er sich in Budapest getroffen, und der hat ihn mit dem Auto mitgenommen.

Der hatte irgendwas hier zu erledigen, Tamás hat ihm geholfen.« Wieder verdüsterte sich ihr Gesicht. »Keine Ahnung, wobei. War aber sicher nichts Gutes.«

»Und wann ist Tamás das letzte Mal vor jenem Freitag hier gewesen?«

»Vor sechs, sieben Wochen. Der wollte immer nur zu mir, hat gutes Geld gebracht. Der Job ist echt okay, wissen Sie. Wo verdient man in so kurzer Zeit so viel Kohle? In den Leerlaufzeiten kann ich lernen, davon gibt's ja mehr als genug, und die meisten Kunden sind unkompliziert.« Sie legte das Handy auf das aufgeschlagene Buch, das auf Spanisch verfasst war, wie ich jetzt sah. »Aber ewig werd ich das natürlich nicht machen. Wenn meine Abschlussprüfungen rum sind, dann bewerbe ich mich bei der EU in Brüssel als Eurosekretärin.«

13

Dienstag, 2. Juni, 18.15 Uhr

Zehn Minuten später saß ich wieder im überhitzten Auto. Ich hatte alle Fenster nach unten gekurbelt, bekam aber dennoch kaum Luft.

Die Suzy Bar, eine gewöhnliche Kneipe, in der Alten Straubinger Straße zwischen dem Büro eines Immobilienmaklers und einem Tattoostudio gelegen, war abends erst ab halb acht geöffnet. Da ich spät dran war, allmählich musste ich mich doch den Vorbereitungen für das Candle-Light-Dinner mit Maximilian widmen, verschob ich den Besuch in der Bar auf den nächsten Tag.

Während des Einkaufs im nächstgelegenen Supermarkt spukte mir das Gespräch mit Katja durch den Kopf. Ein Messer in der Hand eines betrunkenen Bootsmannes, der außer seiner früh verstorbenen Mutter alle Frauen zu hassen schien und eine Prostituierte bedrohte. Passte dies zum Täterprofil des Frauenmörders? Ich hatte meine Zweifel. Der Frauenmörder hatte seine Opfer kaltblütig, auf offener Straße und mit einem einzigen Schnitt getötet. Er wollte sie umbringen, aber nicht leiden lassen. Sonst hätten die beiden Frauen andere Verletzungen gehabt.

Die nächste Frage war außerdem, ob Tamás Szábo überhaupt in der Lage gewesen war, Britt Maikammer noch am selben Abend zu töten – nach zehn Wodka. Andererseits hätte er die Gelegenheit gehabt, auch den ersten Mord zu verüben. Die ganze Woche über hatte er sich schon in Regensburg aufgehalten. Sollte wirklich der ungarische Bootsmann der gesuchte Mann sein?

Ich hatte Katja geraten, sich umgehend mit der Polizei in Verbindung zu setzen. Ihr zweifelnder Blick ließ zwar vermuten, dass sie sich vielleicht nicht sofort dazu entschließen konnte. Aber Paolos Leute würden ohnehin bald im Crazy Dreams auftauchen. Oder sollte ich meinem Ex den Tipp geben?

Ich warf einen Blick auf die Uhr: halb sieben. Nein, jetzt war Zeit für mein Privatleben. So schnell wie möglich schob ich den Einkaufswagen mit den Utensilien für das lang ersehnte Abendessen mit Maximilian zur Kasse. Endlich hatten wir wieder Zeit für uns beide …

Als ich die Einkäufe draußen in den Wagen lud, meldete sich das Handy.

»Wir haben die Tatwaffe gefunden«, waren Paolos erste Worte.

»Geht es um den toten Ungarn?«

»Ja, ein Hafenarbeiter hat sie entdeckt. Im Containerterminal, ganz hinten zwischen den Containern hat das Messer gelegen. Mit Perlmuttgriff und gezackter Klinge, passt perfekt zu den Stichkanälen in seiner Brust. Außerdem jede Menge Blutspuren, das Ding ist grade im Labor.« Mein Ex schnalzte mit der Zunge. »Den abschließenden Obduktionsbericht hab ich auch grade bekommen. Der Ungar hatte zwei Komma vier Promille Alkohol im Blut. Und der Laborbericht von den Blutspuren an seinen Stiefeln ist auch da. Das Blut stammt nicht von ihm, sondern von einer weiblichen Person.«

»Wie lang war er tot, als man ihn gefunden hat?«, fragte ich, mit einem Mal wieder hoch konzentriert.

»Zweiunddreißig Stunden plus/minus eine halbe Stunde.«

»Wann genau wurde die Leiche entdeckt?«

»Um acht Uhr zwei heute früh.«

Fieberhaft rechnete ich zurück. »Das heißt, die Tatzeit liegt zwischen halb zwölf und halb eins in der Nacht von Sonntag auf Montag.«

Hinter mir hupte es. Völlig vertieft in unser Gespräch, hatte ich nicht bemerkt, dass ein aus der gegenüberliegenden Parklücke ausscherendes Auto meinen gerade davonrollenden Einkaufswagen im nächsten Moment rammen würde. Die Fahrerin hatte es offenbar auch erst in letzter Sekunde bemerkt. Wütend starrte sie mich an. Energisch packte ich den Griff des Einkaufswagens und zog ihn zurück.

»Hör zu«, sagte ich dann. »Es wäre möglich, dass Tamás Szábo der gesuchte Frauenmörder ist.«

In wenigen Sätzen erzählte ich Paolo von meinen Nachforschungen im Crazy Dreams, hütete mich aber, meinen eigenen Auftrag mit auch nur einem Wort zu erwähnen. Solange ich nicht wusste, ob meine Auftraggeberin tatsächlich ein falsches Spiel spielte, war ich in erster Linie ihr verpflichtet.

»Du hast es also wieder nicht lassen können«, knurrte mein Ex ungehalten, nachdem ich die wichtigsten Punkte zusammengefasst hatte.

Doch dann siegte seine Professionalität. Ohne mir noch weitere Vorhaltungen zu machen, stellte er mir ebenso knappe wie detaillierte Fragen. Es schien ihm nicht einmal etwas auszumachen, dass sich sein Feierabend soeben in nichts aufgelöst hatte.

Als ich eine Viertelstunde später mit Tüten beladen die Tür zur Villa aufsperrte, begrüßte mich noch dröhnenderer Techno-Sound als am gestrigen Nachmittag. Überrascht stellte ich die Tüten in der Küche ab und warf einen Blick auf die Uhr. Es war zehn vor sieben.

Ich ging nach oben. Die Tür zu Vincenzos Zimmer war dieses Mal weit geöffnet, und mein Sohnemann saß wie so oft auf seinem Bett vor der Playstation. Auf dem Boden lag eine leere Chipstüte, die Fensterläden waren wieder einmal geschlossen. Es roch nach abgestandener Luft und einem Gemisch aus Paprika und Käse.

»Warum bist du nicht im Kino?«

Er hörte mich nicht und sah mich nicht. Ich stellte die Lautstärke der Musikanlage leiser und wiederholte meine Frage.

»Lilo hat keine Zeit«, kam es aufgekratzt. »Geh mal bitte zur Seite, Mama, gleich fängt die nächste Runde an.«

»Was soll das heißen – keine Zeit?« Vor Schreck setzte ich mich auf den Schreibtischstuhl. »Willst du etwa den neuen James Bond ausfallen lassen?«

»Ist doch nur verschoben.«

»Ja, aber ... Du hast es doch schon vor Tagen mit Lilo ausgemacht?«

Er legte die Spielkonsole zur Seite, starrte aber unentwegt auf den Bildschirm, auf dem wieder die wild gewordenen Motorradfahrer über die Hausdächer jagten und gerade eine bunte Zahl aufleuchtete.

»Schon«, sagte er. »Aber ihre beste Freundin musste heute ins Krankenhaus, Blinddarm, glaub ich, und klar möchte sie die besuchen, weil, ab morgen macht Lilo ja diesen Bildhauerkurs im Schwarzwald, und dann ist sie die ganze restliche Woche weg.«

»Auf wann habt ihr den Kinoabend verschoben?«

»Irgendwann nach den Pfingstferien.« Er schnappte sich wieder die Konsole. »Mann, jetzt hab ich den Einsatz verpasst, kannst du nicht doch zur Seite …?«

»Vincenzo, *ascolta – sto parlando con te*!« Mein Ton war scharf. »Hör gefälligst zu, wenn ich mit dir rede, junger Mann!«

»Sorry.« Schuldbewusst schaukelte er auf dem Bett hin und her, behielt die Konsole aber weiterhin in der Hand. »Außerdem bin ich ganz froh, dass wir erst dann ins Kino gehen, wenn es dir wieder besser geht.«

»Aber – mir geht's doch wunderbar!« Ich sprang in die Höhe und stellte mich mitten vor den Fernseher. »Was ist denn plötzlich in dich gefahren?«

»Ich hab doch so ein schlechtes Gewissen gehabt.« Wieder sah er mich so besorgt an wie am gestrigen Nachmittag. »Weil du dann ganz allein bist, wenn ich mit Lilo weg bin.« Mit einem Mal strahlte er von einem Ohr zum anderen. »Aber jetzt bin ich ja zum Glück daheim, den ganzen Abend. Supergeil, oder?«

Aus der Traum.

Kein dreigängiges Candle-Light-Dinner.

Kein längst fälliges Gespräch von Angesicht zu Angesicht und auch keine atemberaubende Nachspeise in meinem Himmelbett.

Und vor allem kein Maximilian.

»Du freust dich ja gar nicht.«

»Doch, doch.«

Erschöpft ließ ich mich auf die Bettkante fallen. »Natürlich freu ich mich. Und wie.«

»So siehst du aber gar nicht aus.« Beunruhigt sah er mich an. »Der Papa hat gesagt, du sollst vielleicht doch zum Arzt gehen, weil, ist ja normal, dass das ein wenig dauert – wegen dem Schock. Und ich soll ein bisschen aufpassen auf dich, hat er gesagt, und –«

Seine Besorgnis war echt.

Ich gab mir einen Ruck und lächelte, so gut es ging.

»Papperlapapp.« Ich berührte seine Hand. »Es ist alles in Ordnung. Du brauchst dir wirklich keine Sorgen zu machen, *carissimo*.«

Er erwiderte die Berührung, machte sich dann aber los und betrachtete mich, noch immer zweifelnd.

»Okay«, sagte er schließlich mit seiner gewohnten Unbekümmertheit, als er merkte, dass ich es ernst meinte. »Ich mach dann mal meine Hausaufgaben.«

Ich nickte abwesend und stand auf, während ich unentwegt überlegte, ob Maximilian und ich uns vielleicht morgen Abend treffen könnten. Guter Plan. Ich würde Paolo anrufen und ihn bitten, kurzfristig als Babysitter einzuspringen.

Leise schloss ich die Tür hinter mir, mein Sohn saß schon am Schreibtisch. Auf dem Weg nach unten blieb ich aber mitten auf der Treppe stehen. Mein Ex hatte drei Leichen am Hals, einen Frauenmörder, der die Stadt in Panik versetzte, der Staatsanwalt und die Medien saßen ihm im Nacken, und eine der Leichen entpuppte sich womöglich als der gesuchte Täter. Paolo war rund um die Uhr beschäftigt und hatte mit Sicherheit keine Zeit, um seiner geschiedenen Frau einen Gefallen zu tun. Auch Mona – bis über beide Ohren in ihren französischen Geiger verliebt – fiel bis auf Weiteres aus.

In der Küche setzte ich mich an den Ahorntisch. Langsam strichen meine Finger über die dicke Tischplatte, an manchen Stellen war sie rau. Sie hatte viele entscheidende Momente miterlebt, Vincenzos erste Malversuche genauso wie die Trennung von Paolo vor inzwischen fast vier Jahren. Natürlich war ich enttäuscht. Ich hatte mich so auf den Abend mit Maximilian gefreut. Aber das allein war es nicht, was mir zu schaffen machte.

Ich stand auf, goss mir ein Glas Wasser ein, trank es in schnellen kleinen Schlucken, setzte mich wieder.

Lächerlich.

Einfach lächerlich.

Warum sagte ich meinem Sohn nicht einfach, dass ich heute noch Besuch erwartete? Lag es wirklich nur daran, dass Maximilian verheiratet war und ich mich schwertat, diese Tatsache vor Vincenzo zuzugeben?

Die weitaus wichtigere Frage war doch: Wie würde er überhaupt reagieren? Würde er sich zurückgesetzt fühlen, wenn ich ihm von Maximilian erzählte?

Mein Sohn kam mit der neuen Lebensgefährtin seines Vaters zwar gut zurecht, ich aber hatte seit der Trennung von Paolo und bis zur Begegnung mit Maximilian keine ernste Beziehung mehr gehabt. Vincenzo war daran gewöhnt, die Nummer eins in meinem Leben zu sein. Wenn er von Maximilian erfuhr, einem potenziellen Rivalen und womöglich zukünftigen Stiefvater – würden dann auch in unser trautes Heim die typischen Probleme einer modernen Patchworkfamilie Einzug halten?

Wieder strich ich mit den Fingern über den Tisch, dachte an das, was die alte Frau Baumbusch gestern zu mir gesagt hatte: »Genießen Sie die Zeit, sie geht so schnell vorbei. Und am besten tun Sie das mit den Menschen, die Ihnen wichtig sind.«

Vincenzo war mir wichtig.

Und Maximilian genauso.

Ich ging wieder nach oben, klopfte an die Tür, wartete aber das »Herein« nicht ab. Vincenzo saß nicht wie erwartet am Schreibtisch, sondern wieder auf dem Bett, die Konsole in der Hand und den Blick wie magnetisiert auf den Fernseher gerichtet, auf dem gerade eine bunte 5.000 aufblinkte. Als er mich sah, versteckte er sofort die Konsole.

»Bin schon fertig mit den Hausaufgaben«, sagte er mit seinem Hundeblick. »War voll wenig und obereasy. Ehrlich.«

Ich setzte mich aufs Bett und sah ihm in die Augen.

»Wir müssen reden«, sagte ich ernst.

Er schluckte betreten, sprang auf, war in Windeseile beim Fernseher, schaltete ihn aus, setzte sich wieder zu mir, das Gesicht schuldbewusst.

»Ich verspreche dir hoch und heilig, dass ich in Zukunft immer als Allererstes meine Hausaufgaben mache, ganz ehrlich, Mama, und erst wenn ich fertig bin –«

»Darüber wollte ich nicht mit dir reden«, unterbrach ich ihn. »Es gibt einen neuen Mann in meinem Leben. Er heißt Maximilian, wir kennen uns seit einem halben Jahr. Er ist verheiratet, lebt aber getrennt von seiner Frau, und es tut mir leid, dass ich dir so lang nichts davon erzählt habe. Aber ich liebe ihn, und er liebt mich auch, und allmählich ist es an der Zeit, dass du von ihm erfährst.«

»Wie jetzt …«

»Und du brauchst keine Angst zu haben, er will dir deine Mama nicht wegnehmen. Und auch nicht den Platz deines Papas einnehmen. Maximilian ist wirklich sehr nett.«

»Echt? Ist ja cool.«

»Was hast du gesagt?«, fragte ich mit sicherlich ziemlich verdutztem Gesicht.

»Voll cool. Ich hab nämlich ein bisschen Angst gehabt, dass immer nur ich dich beschützen muss.« Mein zwölfjähriger Sohn tätschelte mir die Hand. »Kann echt nicht schaden, wenn noch ein zweiter Mann im Haus ist.«

Ich räusperte mich nachdrücklich. »Ich denke nicht, dass Maximilian so bald bei uns einzieht. Er hat selbst ein Haus.«

Vincenzo grinste nur.

»Heute Abend kommt er aber zu Besuch. Ich koche was Feines.« Wieder musste ich mich räuspern. »Für uns drei.«

»Hammergeil. Was gibt's denn?«

Über die Maßen erleichtert, erzählte ich ihm von meinen Plänen, und er war mit der Speisenfolge einverstanden. Dann aber legte er die Stirn in Falten.

»Was ist los?«, fragte ich und überlegte, ob ich mich vielleicht doch zu früh gefreut hatte.

»Hab grade überlegt, ob dein Maximilian vielleicht mal mit mir Playstation spielen mag. Dann müsste ich nämlich noch eine zweite Konsole organisieren.« Er angelte nach seinem Handy. »Wo krieg ich die jetzt bloß auf die Schnelle her?«

An diesem Abend erfuhr ich einiges über meinen Geliebten, was ich noch nie zuvor gehört hatte.

Während wir die hauchdünnen, mit schwarzer Olivenpaste bestrichenen Crostini verspeisten, erzählte Vincenzo ihm ausführlich von der Leiche vor unserer Tür, noch immer die große Sensation, auch wenn man die weißen Zelte mittlerweile abgebaut hatte. Beim *Primo Piatto, Risotto con Asparagi,* dem ersten Gang aus bissfest gekochtem Risotto mit grünen Spargelspitzen, fragte er unseren Gast dann nach Strich und Faden aus. Schließlich wollte er wissen, wem er seine Mutter anvertraute.

Maximilian, hochgewachsen, schlank und inzwischen Mitte vierzig, war als Kind nicht nur ein begeisterter Fußballspieler gewesen, hörten wir, sondern hatte in seiner Studentenzeit auch zahllose Motorradrennen gefahren. Im Lauf der Jahre, mit steigender Verantwortung im Job und einer zunehmend begrenzten Freizeit, hatte er sich aber sowohl vom Fußballspielen verabschiedet als auch seine 1.000er-BMW gegen eine kleinere Yamaha Virago ausgetauscht, die aber nur noch selten zum Einsatz kam. Vincenzo lauschte mit roten Wangen und leuchtenden Augen und plante Maximilian schon als Ersatzspieler für den nächsten Fußballnachmittag ein. Auch mit dem Gedanken, Maximilian eines nicht allzu fernen Tages auf seinem Motorrad zu begleiten, konnte er sich sichtlich anfreunden.

»Eins nach dem anderen.« Ich legte die Gabel, auf der das letzte Stück Spargel steckte, zur Seite. »Du bist noch viel zu jung für einen Motorradausflug, und am Sonntag fahren wir außerdem nach Volterra zu Tante Riccarda und Onkel Marcello.«

Die Pfingstferien bei unseren italienischen Verwandten zu verbringen, war ein festes Ritual. Wenn ich meinen Auftrag nicht bis zum Wochenende abschließen konnte, würde ich Sara Braun einen Teil des Honorars zurückzahlen müssen. Andererseits, wenn ich Melissa bis dahin nicht ausfindig gemacht hatte, würde meine Auftraggeberin sich ohnehin an die Polizei wenden müssen – ob sie wollte oder nicht.

»Aber, Mama!« Beleidigt blies Vincenzo die Backen auf. »Ich bin schon fast dreizehn!«

»Erst im Dezember. Aber auch dann bist du zu jung fürs Motorradfahren.«

Er zog ein langes Gesicht.

»Vielleicht besprechen wir das lieber in drei, vier Jahren noch mal«, schaltete Maximilian sich ein und schob seine Brille nach oben, die nach unten gerutscht war. »Und das Fußballspiel verschieben wir auf Ende Juni. Nach eurem Urlaub fängt der Sommer doch erst richtig an.«

Er bedachte Vincenzo mit einem tröstenden Blick und prostete anschließend mir lächelnd zu. Ich erwiderte Maximilians Lächeln und betrachtete ihn. Wie so oft fand ich in seinem markanten Gesicht mit der glatten hohen Stirn auch heute den versteckten Schalk und die Wärme wieder, die mich von Anfang an zu ihm hingezogen hatten. Nun aber sah ich noch etwas anderes darin. Es nahm mich noch mehr für ihn ein, auch wenn ich das für kaum möglich gehalten hätte: große Zuneigung für meinen Sohn und Respekt vor meiner Rolle als Mutter.

Dann hob auch ich feierlich das Weinglas. Wir stießen an, die Gläser klirrten leise, und widmeten uns dem zweiten Gang: *Vitello all'uccelletto*, Kalbfleisch in Weißweinsoße, dazu mit Parmesan überbackener Chicorée und Ofenkartoffeln mit Rosmarin. Heute war wirklich ein Abend zum Feiern. Wir saßen auf der von Terrakottatöpfen überfluteten Veranda, die Dämmerung tauchte die Rosen- und Rhododendronbüsche vor der Terrasse in ein weiches rötliches Licht, im Garten zirpten die Grillen. Mitten auf der festlich gedeckten und von zahllosen Kerzen erhellten Tafel stand eine elegante Vase, darin ein riesiger Strauß burgunderroter Rosen, die Maximilian mir zur Begrüßung überreicht hatte. Die hereinbrechende Nacht war lau, das Essen gut gelungen und ich so glücklich wie schon lang nicht mehr. Meine Bedenken, wie Vincenzo auf das neue Familienmitglied in spe reagieren würde, hatten sich inzwischen in nichts aufgelöst.

»Dann bist du das also gewesen, der meiner Mama neulich diesen Rosenberg geschenkt hat?«, fragte mein Sohn, der seine Enttäuschung zwischen zwei Bissen Kalbfleisch schon wieder vergessen hatte. »Das waren ja mindestens fünfzig von diesen langen Dingern.«

»Sechsundsechzig«, korrigierte ich und stellte mit plötzlich getrübter Laune das Glas ab. »Und die waren nicht von Maximilian.«

»Deine Mama hat offenbar noch einen Verehrer«, sagte mein Geliebter lachend.

Ich wusste noch immer nicht, von wem die Rosen gekommen waren, die mir ein pickeliger Fleurop-Bote mit babyblauem MP3-Player und farblich passenden Ohrstöpseln vor drei, vier Wochen an der Haustür überreicht hatte. In dem riesigen Strauß Baccararosen, allesamt tiefrot, hatte ich keinen Hinweis auf den Absender gefunden. Einige Tage später hatte dann ein purpurrotes Seidentuch im Briefkasten gelegen, in unscheinbares Packpapier verpackt und ebenfalls ohne Absender. Natürlich hatte ich in beiden Fällen sofort an Maximilian gedacht. Aber er hatte geschworen, weder mit dem einen noch mit dem anderen etwas zu tun zu haben.

»Das mit dem Tuch verstehe ich immer noch nicht.« Ich schnitt mir ein Stück Chicorée ab. »Das hatte ich mir nämlich in einem

Webshop angesehen. Im ersten Moment hat es mir so gut gefallen, dass ich es sofort in den Warenkorb gelegt habe. Aber dann war es mir doch zu teuer, und ich habe den Kauf abgebrochen.«

»Du musst dich täuschen, Mama«, war Vincenzo überzeugt. »Vielleicht hast du doch auf den Kauf-Button gedrückt?«

»Dann wäre eine Rechnung im Päckchen gewesen oder zumindest ein Lieferschein. Vom Konto ist auch nichts abgebucht worden, und auf dem Päckchen war keine Adresse.«

»Bestimmt hast du irgendwem davon erzählt«, meinte mein Sohn. »Vielleicht Papa?«

»Warum sollte dein Vater mir ein so teures Geschenk machen? Mein Geburtstag ist schon lang vorbei.« Ich schob mir den Chicorée in den Mund, kaute nachdenklich, schmeckte das zarte, leicht bittere Aroma. »Vielleicht habe ich mit Mona darüber gesprochen. Aber wenn es ein Geschenk von ihr gewesen wäre, hätte sie kein so großes Geheimnis darum gemacht.«

»Ich sage doch, ein unbekannter Verehrer«, meinte Maximilian leichthin und tunkte seinen Rest Weißbrot in die Weißweinsoße. Seine warmen braunen Augen mit den lustigen gelben Pünktchen blitzten auf. »Großes Kompliment, Anna. Ich habe selten so lecker gegessen.«

»Meine Mama ist die beste Köchin der Welt«, pflichtete Vincenzo mit vollen Backen und großem Ernst bei und warf Semiramis, die sich endlich wieder einmal sehen ließ und schnurrend um unsere Beine strich, ein Stück Fleisch zu. »Nachher muss ich dir unbedingt was zeigen«, sagte er dann zu Maximilian. »Du gehst doch noch nicht so bald, oder?«

Mit einem Mal unsicher, sah mein Geliebter in meine Richtung. Dieses Thema hatten wir noch nicht besprochen. Ich hatte erst einmal abwarten wollen, wie der Abend sich entwickelte.

»Maximilian bleibt heute hier«, sagte ich.

Kurz berührte ich seine Hand, die auf dem Tisch lag, er drückte die meine. Wenn wir allein gewesen wären, so wusste ich, hätte er mich jetzt zärtlich umarmt und lang geküsst.

»Voll cool«, kam es begeistert von Vincenzo. »Dann können wir ja gleich eine Runde Playstation spielen, ich bin eh schon fast fertig. Ich hab da nämlich ein supergeiles Motorrad-Game, und eine zweite Konsole hab ich zum Glück auch organisiert. Allerdings bin ich ziemlich gut.« Mitleidig grinste er Maximilian an. »Du kriegst tausend Punkte Vorsprung, okay?«

»Vincenzo mag dich«, sagte ich zu Maximilian eine Weile später.

Wir saßen auf der verschnörkelten Holzbank, in einer hinter dichten Jasminbüschen versteckten Ecke auf der nun dunklen Veranda, tranken Wein und sahen eng aneinandergekuschelt in den Sternenhimmel. Auf dem filigran gearbeiteten Eisentischchen neben der Bank flackerte sanft ein Windlicht.

»Ich mag ihn auch«, sagte Maximilian leise. »Sehr sogar.«

Nach einer guten halben Stunde vor der Playstation hatte ich Vincenzo schließlich ins Bett gescheucht, ohne mich noch auf weitere Diskussionen einzulassen. Normalerweise hätte er trotz der späten Uhrzeit zumindest anstandshalber ein wenig gemurrt, aber offenbar wollte er sich vor unserem Gast von seiner besten Seite zeigen.

»Du kannst stolz sein auf deinen Sohn.« Maximilians Stimme vibrierte. »Ich hätte gern Kinder gehabt. Aber Ruth war der Beruf immer wichtiger. Und jetzt bin ich wohl zu alt fürs Windelnwechseln.«

»Gut, dass Vincenzo schon so groß ist.« Zärtlich strich ich ihm eine Haarsträhne aus der hohen, glatten Stirn. »So musst du keinen Babybrei mehr füttern und hast trotzdem so eine Art Sohn.«

Er nahm meine Hand, küsste sie und drückte mich noch fester an sich. Irgendwo im Gebüsch knackte es. Ich erwartete, jeden Moment Semiramis auf die Veranda springen zu sehen, aber nach den vielen Brocken, die sie beim Abendessen ergattert hatte, ließ sie sich nicht mehr blicken. Vielleicht ein Eichhörnchen oder der Igel, der seit dem beginnenden Frühling im Garten rumorte.

Eine Weile schauten wir hinauf zu den Sternen, bewunderten den Großen Wagen und versuchten, auch den Kleinen Wagen ausfindig zu machen, was angesichts der vielen Lichter von der Stadt nur andeutungsweise möglich war. Irgendwann verlöschte das Windlicht. Glühwürmchen blinkten zwischen den alten Bäumen im Garten, der Duft des Jasmins hüllte uns ein. Wie von selbst begannen wir, uns zu berühren und zu liebkosen. Eine solche Nacht war für die Liebe gemacht.

»Sollen wir raufgehen, in dein herrliches Himmelbett?«, murmelte Maximilian zwischen zwei Küssen und schob mir den Träger des BHs von der Schulter. Ich hatte mich doch für die schwarze Unterwäsche entschieden, da ich den nachtblauen Slip noch immer nicht gefunden hatte. »Für den Fall, dass Vincenzo noch mal wach werden sollte?«

»Er ist fast dreizehn. Wenn er wirklich aufwacht, braucht er seine Mama nicht mehr.«

Ich nahm Maximilians Brille ab, legte sie zur Seite, überließ mich seinen zärtlichen Händen, die immer tiefer und tiefer wanderten, und vergaß alles andere. Sterne, Glühwürmchen, der Igel im Gebüsch – nichts war mehr wichtig. Nur noch wir beide.

»Aber wir müssen leise sein«, flüsterte ich irgendwann benommen.

»Ich bin doch leise«, hauchte er mir ins Ohr.

Sekunden später war es wieder so, als ob Himmel und Erde sich einen winzigen Moment lang berührten, und ich wünschte mir, diese Nacht möge nie zu Ende gehen.

14

Mittwoch, 3. Juni, 7.05 Uhr

Am nächsten Morgen, Vincenzo war überraschend ausgeschlafen, war wie immer wenig Zeit. In aller Eile löffelte er seine Cornflakes, stopfte die herumliegenden Hefte in den Schulrucksack, rief Maximilian, der noch unter der Dusche stand, ein fröhliches »Bis bald« zu und sauste zum Bus. Wie sonst auch begleitete ich ihn nach draußen und bereitete dann das Frühstück für Maximilian und mich vor.

Kurze Zeit später saßen wir auf der Veranda im Schatten, tunkten Schoko- und Schinkenhörnchen in unsere Getränke – Maximilian trank Cappuccino, ich meinen geliebten Tee –, lauschten dem Vogelkonzert in den alten Baumriesen und genossen diese unschätzbare Stunde zu zweit. Um neun hatte Maximilian den ersten Termin in der Klinik, und auch ich hatte heute einiges vor.

Am morgigen Donnerstag, so hörte ich, fing die Tagung in Wien an, von der er sich einiges für seine berufliche Karriere versprach. Am späten Nachmittag hatte er einen letzten Termin in der Uniklinik, anschließend würde er sich mit dem Auto auf den Weg machen. Am Samstagnachmittag sei er wieder zurück, versprach er mir. So konnten wir uns zumindest noch einmal sehen, bevor Vincenzo und ich am Sonntag zu unserem Pfingsturlaub in den Süden aufbrachen. Wir machten noch keine Pläne, ob wir den Abend zu zweit oder zu dritt verbringen würden. Aber bei jedem Wort von Maximilian merkte ich, dass er über das unkomplizierte Verhalten meines Sohnes genauso erleichtert war wie ich.

Nachdem Maximilian sich verabschiedet hatte, nahm ich erst einmal die Zeitung zur Hand. Auf Seite eins blinkte mir schon die Überschrift in großen fetten Lettern entgegen: *Dritte Leiche in Regensburg – schlägt der Serienmörder wieder zu?* Im Untertitel hieß es: *Gebürtiger Ungar fiel im Westhafen einem grausamen Verbrechen zum Opfer.*

Ich überflog den Artikel, erfuhr jedoch nichts Neues. Ich griff zum Hörer und wählte Paolos Nummer.

»In der Stadt ist die Hölle los«, hörte ich wenige Sekunden später die wütende Stimme meines Ex. »Jetzt drehen sie alle durch.«

»Was ist denn passiert?«

»Gestern Abend ist eine Rentnergang durch die Stadt gezogen. Die hat sich zur inoffiziellen Bürgerwache der Stadt erklärt und an der Donau die Kids nach Hause gescheucht.« Er stöhnte lauthals. »Unterm Strich ein Student mit gebrochenem Schlüsselbein, eine vierzehnjährige Schülerin mit Gehirnerschütterung, zwei zum Glück nur leicht verletzte Youngsters mit ein paar Prellungen und ein Opa mit eingeschlagener Nase«, zählte er wutschnaubend auf.

»*Madonna mia* … Steht das schon in der Zeitung?«

»Ich habe bisher noch keine Meldung rausgegeben, aber das erfahren die Schmieranten auch so. Um elf ist eine Pressekonferenz angesetzt, und ich habe nicht den blassesten Schimmer, was ich denen erzählen soll.«

Der Druck, unter dem Paolo stand, war deutlich zu hören. Er tat mir leid.

»Im Rathaus geht es auch drunter und drüber, in ein paar Monaten steht zu allem Übel ja noch die Oberbürgermeisterwahl an«, fuhr er mit gehetzter Stimme fort. »Es wird diskutiert, welche zusätzlichen Kräfte mobilisiert werden können, vielleicht vom Ordnungsamt, vielleicht von uns. Wie soll ich noch mehr Einsatzkräfte bereitstellen, bitte schön? Jeder hier macht Überstunden ohne Ende. Aber das will man im Rathaus natürlich nicht hören.« Wieder stöhnte er. »Immerhin haben wir einen ersten Ermittlungserfolg und wissen, um wen es sich bei der Hafenleiche handelt.«

»Hast du mit der Prostituierten aus dem Crazy Dreams gesprochen – Katja?«

»Ja. Sie ist felsenfest davon überzeugt, dass Tamás Szábo für die Frauenmorde verantwortlich ist.«

Semiramis trabte aus dem Gebüsch und legte sich zu meinen Füßen auf der Veranda nieder. Ich kraulte ihr das Fell, zufrieden schnurrte sie.

»Weißt du schon, ob Tamás noch in der Suzy Bar gewesen ist, nachdem er das Crazy Dreams verlassen hat?«

»In der Suzy Bar war er zwar oft, was aber den Sonntagabend angeht, hat keiner was gewusst. Es soll da zwar noch eine Bedienung geben, die am Sonntagabend Dienst hatte, aber die geht weder ans Telefon noch an die Tür. Einstweilen klappern meine Leute alle anderen Kneipen und Etablissements im Hafen ab.«

»Was ist mit den weiblichen Blutspuren, die an seinen Stiefeln waren – weißt du schon, ob sie wirklich von einer Prostituierten stammen?«

»Nein. Hab ich inzwischen aber zum LKA schicken lassen, die können mehr herausfinden als unser Labor.«

Ich war hin- und hergerissen, ob ich ihm nicht doch endlich von Melissa erzählen sollte, entschied mich dann aber dagegen. Schließlich gab es bisher keinen einzigen konkreten Hinweis, dass sie Tamás Szábo tatsächlich begegnet war.

»Was ist bei der DNA-Untersuchung rausgekommen?«, fragte ich. »Von wem stammen die Hautfetzen, die ihr unter den Fingernägeln des Ungarn gefunden habt?«

»Ich habe keine Info, liegt auch noch beim LKA.«

»Sind die Blutspuren auf der Tatwaffe zumindest identifiziert?«

»Ja. Sind allesamt von unserem Toten.«

Im Hintergrund hörte ich das Funkgerät knacken, und Paolo verabschiedete sich.

Wieder musste ich an Melissa denken. Hatte sie die Messerstecherei, in deren Verlauf der junge Ungar getötet worden war, womöglich doch beobachtet?

Hielt sie sich deshalb versteckt?

Oder würde man demnächst ihre Leiche finden?

»Sind Sie das, die mich hier ständig nervt?«, begrüßte mich die Frau mit den roten Augen und struppigen, nussbraunen Haaren erschöpft. »Gestern Abend hat es zwei-, dreimal an der Tür geläutet, da muss es schon halb zehn gewesen sein, und auch das Telefon klingelt seither immer wieder.«

Mit Sicherheit Paolos Leute, die versucht hatten, die Bedienung aus der Suzy Bar ausfindig zu machen. Sie hieß Ingrid Herzog, wie ich kurz zuvor bei einem Anruf in der Bar erfahren hatte, und wohnte in der Wassergasse im alteingesessenen Stadtteil Stadtamhof.

In einem ausgewaschenen Bademantel lehnte sie jetzt an ihrer Wohnungstür im zweiten Stock des Mehrparteienhauses, das außen eine phantasievolle Jugendstilfassade zierte, innen aber überraschend nüchtern gestaltet war. Ich hatte Glück. Sie hatte mir nur deshalb aufgemacht, weil sie grade von der Apotheke zurückgekommen war, erklärte sie mir, während sie sich ständig mit einem Taschentuch über die tränenden Augen fuhr. Ich reichte ihr meine Visitenkarte und erläuterte ihr, worum es ging.

»Dann ist das also die Bullerei gewesen, die mich immer wieder aufgeweckt hat. Pech gehabt. Ich hab mir nämlich diese scheiß Sommergrippe eingefangen, ausgerechnet bei dem geilen Wetter, und liege seit vorgestern im Bett.«

Sie zog die gerade gewachsene Nase hoch, die ein Metallring zierte, so dick, dass ich mich fragte, wie sie jeden Morgen den Anblick im Spiegel ertragen konnte.

»Darf ich trotzdem reinkommen?«, fragte ich.

»Wenn Sie's kurz machen.«

Mit schleppenden Schritten ging sie durch einen schmalen Korridor in ein winziges Kämmerchen, das bis unter die Decke vollgestopft war mit tausend Dingen. Schrank, Sofa, drei Stühle vor einem runden Tisch, schwindelerregend hohe CD- und DVD-Türme zwischen Regalen voller Nippes und rotwangigen Hummel-Figuren, eine dem Aussehen nach zu urteilen auf dem Flohmarkt erstandene CD-Anlage unter einem übergroßen, erstaunlich teuer wirkenden Flachbildfernseher. Vor dem einzigen Fenster hing ein schwerer dunkler Vorhang, der keinen einzigen Sonnenstrahl hereinließ. Auf dem Nachttisch neben dem zerwühlten Bett leuchtete eine olivgrüne Minilampe, davor lagen mehrere angebrochene Medikamentenblister. Es roch nach Medizin und Krankheit, und von Anfang an hatte ich ein Gefühl von bedrückender Enge.

Ingrid Herzog ließ den Bademantel auf das Sofa fallen und kroch zurück unter die Bettdecke, von wo sie mich schwer atmend ansah. Ich blieb an der Türschwelle stehen.

»Der Ungar, ja, der ist in der Bar gewesen am Sonntagabend. Er muss gegen acht gekommen sein«, antwortete sie auf meine Nachfrage. Mit Melissas Foto hatte sie nichts anfangen können.

»Sie sind sicher, dass er es war?«

»Ja, der war nämlich ein paar Tage früher schon mal da. Zweimal.

Da hat er sich immer mit einem Kerl getroffen, schwarze Haare hatte der, und die Haut genauso dunkel, auch ein Ungar, meint die Tessa. Die hatte eine Weile mal einen Typen von da unten und kennt sich damit aus.«

»Wissen Sie noch, wann genau die beiden sich zum ersten Mal getroffen haben?«

»Das war in der Woche vor dem Sonntag, vielleicht drei, vier Tage vorher.«

»Was haben die beiden gemacht?«

»Wodka gesoffen und gequatscht, hab aber nicht verstanden, was, die haben ja ungarisch geredet.« Sie überlegte. »Grade fällt mir ein, die hatten auch irgendwelche Unterlagen dabei.«

»Was für Unterlagen?«

Sie hob die runden Schultern unter dem blassrot-weiß gestreiften Schlafanzug. »Da waren Zeichnungen drauf, von irgendwelchen komplizierten Apparaturen mit Flaschen und so was. Aber ich kann echt nicht sagen, was das gewesen ist – immer, wenn ich denen Wodka-Nachschub auf den Tisch gestellt hab, haben die die Blätter nämlich sofort zugedeckt.«

»Und am Sonntagabend? War da der andere auch wieder da?«

»Nein, da ist der Ungar allein gekommen. Ein Glas Wodka nach dem anderen hat der in sich hineingeschüttet.«

Ingrid Herzog musste niesen, angelte sich ein Papiertaschentuch aus einer angebrochenen Packung, die zwischen Bettkante und Matratze steckte, und schnäuzte kräftig hinein. Ich hoffte inständig, dass die Viren sich nicht bis zu mir verirrten.

»Die trinken ja alle viel, und vertragen tun sie was, die aus dem Osten, und am Ende können die immer noch aufrecht stehen«, fuhr sie mit nasaler Stimme fort. »Bloß, am Sonntagabend … Ich weiß nicht, wie ich es sagen soll – irgendwie ist es mir so vorgekommen, als wollte der Ungar sich Mut antrinken.«

»Wie meinen Sie das?«

»Der ist voll nervös gewesen, dauernd hat er auf die Uhr gestarrt. Zuerst hab ich ja gedacht, der wartet wieder auf seinen Kumpel. Dann hat er aber gezahlt und ist abgezogen.«

»Wie spät war es, als er gegangen ist?«

»Halb neun vielleicht?«

»Wissen Sie, wo er hingegangen ist?«

»In die Hermann-Köhl-Straße.« Sie atmete schwer und schloss einen Moment lang die geröteten Augen. »Zumindest wollte er da hin. Einmal ist er nämlich raus, hat eine geraucht. Ich hab grade ein Bierfass aus dem Lager holen müssen, und da hat er mich gefragt, ob ein Bus in die Hermann-Köhl-Straße fährt. Da wohnt nämlich eine gewisse Emmanuelle, hat er gesagt, und auf dem Rad hat er sich wohl nicht mehr so sicher gefühlt. Hat mich echt gewundert, dass der das noch gecheckt hat.«

»Emmanuelle – und wie weiter?«

»Hat er nicht gesagt. Nur, dass er was mit ihr klären muss.« Sie schaltete die Lampe aus. »Sorry, aber ich muss dann wieder ein Weilchen schlafen, ich bin so was von fertig.«

Ich bedankte mich, wünschte ihr gute Besserung und wandte mich zum Gehen.

»So viel, wie der runtergekippt hat«, sagte sie noch mit erhobener Stimme, als ich schon zwei, drei Schritte gegangen war, »schätze ich mal, das ist ein anstrengendes Gespräch geworden mit dieser Emmanuelle.«

Das Navi führte mich über die Prüfeninger Straße in die Hermann-Köhl-Straße, eine Gegend im Äußeren Westen, in der ich noch nie gewesen war. Am Anfang der Straße befand sich ein von Primärfarben durchsetzter, weitläufiger Wohnblock, der an die Farbentechnik des niederländischen Malers Piet Mondrian erinnerte, gefolgt von zum Großteil neu erbauten Appartementhäusern in hellen Farben und Bürokomplexen unterschiedlichen Baujahrs.

Ich parkte in der nächsten Seitenstraße, zwischen einem schwarzen Geländewagen mit dunkel getönten Scheiben und auswärtigem Kennzeichen und einem pastellgelben Mini Coupé, dessen Verdeck zurückgefahren war und jeden Passanten dazu einlud, die auf dem Beifahrersitz liegende Handtasche aufzusammeln.

Ich stieg aus und ging zurück zur Hermann-Köhl-Straße. Wieder musste ich an Melissa denken und fasste einen Entschluss. Wenn diese Frau namens Emmanuelle nicht wusste, ob Tamás Szábo und Melissa sich gekannt hatten, oder sie mir sonst keinen

Hinweis zum Aufenthaltsort des Mädchens geben konnte, würde ich Paolo anrufen und ihm alles erzählen – Auftrag hin oder her. Der Gedanke, dass Melissa in Lebensgefahr schwebte oder bereits tot war, wurde von Minute zu Minute unerträglicher.

Ein Mann kam mir entgegen. Er mochte Ende sechzig sein und hielt an jeder Hand ein kleines Mädchen mit geflochtenen weißblonden Zöpfen und in rosafarbenen, völlig identischen Kleidchen. Auch sonst sahen sich die zwei zum Verwechseln ähnlich.

»Entschuldigen Sie bitte«, sprach ich ihn an. »Ich suche eine Frau namens Emmanuelle. Kennen Sie sie vielleicht?«

»Nie gehört.« Er warf dem Zwillingspärchen einen schnellen Blick zu. »Aber ich schätze mal, Sie finden die Dame da drüben.«

Er deutete auf ein Appartementhaus in etwa hundertfünfzig Meter Entfernung auf der gegenüberliegenden Straßenseite. Es war in lichtem Blau verputzt und stand zwischen einem Bürokomplex mit verspiegelten Glasfronten und einem auffallend niedrigen Gebäude älteren Datums, das inmitten eines verwilderten Geländes mit baufälligem Holzzaun lag, vielleicht eine ehemalige Vereinswirtschaft. Das Appartementhaus war ebenso modern gestaltet wie das Bürogebäude auf der anderen Seite und hatte hohe, schmale Fenster sowie eine imposante zweiflügelige Eingangstür, alles aus dickem Milchglas, die gerade zufiel.

»Opi, ich muss mal«, piepste die Kleine an der linken Hand und versuchte, ihren Großvater vorwärtszuziehen, während ihre Schwester beide Beinchen fest in den Boden stemmte und mich mit großen Augen und Finger in der Nase unverblümt begutachtete.

Ich bedankte mich bei dem Opa, der plötzlich beide Enkelinnen energisch mit sich zog, und überquerte die Straße.

Am Eingang des vierstöckigen Gebäudes suchte ich nach einem Namensschild, hinter dem sich die Frau namens Emmanuelle verbergen könnte. Es gab jedoch kein einziges Namensschild. Alle Klingelknöpfe und Briefkästen waren nummeriert und ließen keinen Hinweis auf die Bewohner zu.

Ich drückte auf den ersten Klingelknopf. Keine Antwort. Als ich auf den nächsten Knopf drücken wollte, läutete das Handy. Sara Braun meldete sich.

»Melissa hat angerufen«, sagte sie mit belegter Stimme. »Sie ist in Frankreich, mit Freunden. Sie brauchen nicht mehr nach ihr zu suchen.«

»Wie bitte?« Ich brauchte eine Sekunde, um diese Neuigkeit zu verdauen. »In Frankreich soll sie sein?«

»Ganz genau. Ihr Auftrag hat sich erledigt.«

»Und wo genau, bitte schön?«

»Was?«, kam es ungehalten. »An der Côte d'Azur, in Nizza.«

»In einer Pension oder auf einem Campingplatz?«

»In einem Hotel.«

»Aha. Und wie heißen diese Freunde?«

»Warum stellen Sie mir eigentlich so dumme Fragen?«

»Melissa hat keine Freunde.«

»Was soll das heißen?«

»Außer Chiara, die übrigens genau das gesagt hat: Melissa hat keine Freunde.«

»Hören Sie«, Sara Brauns Stimme war anzumerken, dass es ihr schwerfiel, ruhig zu bleiben, »Sie waren alles andere als eine Hilfe für mich. Das Honorar dürfen Sie trotzdem behalten. Falls es für die Spesen nicht ausreichen sollte, schicken Sie mir eine Rechnung.«

»Und jetzt hören *Sie mir* zu. Ich glaube Ihnen kein Wort. Sie haben mich von Anfang an belogen, in nicht nur einer Hinsicht. Trotzdem wüsste ich gern, wo Melissa wirklich ist, ich mache mir nämlich Sorgen um sie. Womöglich ist sie in großer Gefahr. Aber in Frankreich ist sie –«

Im Hintergrund ertönte ein Surren.

»Es läutet an der Tür. Wiederhören. Und rufen Sie bitte nicht mehr an.«

Ich wollte noch etwas sagen, aber da klickte es schon in der Leitung. Wütend drückte ich auf die grüne Taste. Die Liste mit den eingegangenen Anrufen erschien, ich tippte auf die letzte Nummer. Ich ließ es tuten, mindestens zwanzig Mal.

Sara Braun hob nicht ab.

Ich beschloss, es später noch einmal zu versuchen, und steckte das Handy zurück in die Tasche. Dann musterte ich die nummerierten Klingelknöpfe und überlegte, wie ich diese Frau namens Emmanuelle ausfindig machen sollte. Sie war die einzige Spur, die ich hatte. Ich musste mit ihr reden. Wenn mir jemand sagen konnte, ob Tamás Szábo am Sonntagabend hier gewesen war, dann sie. Und vielleicht sogar, ob er und Melissa sich gekannt hatten – warum auch immer.

Die milchige Glastür schwang auf. Eine junge Frau kam heraus. Das erste Wort, das mir bei ihrem Anblick einfiel, war zwar trivial, aber dennoch passender als jedes andere: wunderschön.

Ich fragte die Frau, ich schätzte sie auf Anfang zwanzig, nach Emmanuelle. Sie selbst hatte kohlrabenschwarzes, zu einem lockeren Dutt zusammengestecktes Haar, die Haut war so dunkel wie Mokka. Ihr perfekt proportionierter Körper steckte in einem eng anliegenden granatapfelfarbenen Minikleid, nach der Verarbeitung zu urteilen aus der Hand eines französischen Designers der oberen Preisklasse, passend dazu hochhackige Riemchenpumps in derselben Farbe und aus edlem Leder. Sie betrachtete mich, nickte kaum merklich, als hätte ich soeben und ohne es zu wissen eine Prüfung bestanden, und hielt mir mit einem Engelslächeln die Tür auf.

»Bist früh dran, aber sie ist schon da. Dritter Stock, die letzte Wohnung auf der linken Seite.« Sie zwinkerte mir mit ihren mandelförmigen Augen zu. »Ich dachte eigentlich, du wärst jünger, Kollegin.«

Ich ließ mir meine Überraschung nicht anmerken, bedankte mich und betrat die dämmrige Eingangshalle.

Weißer Marmor an Boden und Wänden, mattes Licht, das durch die milchigen Scheiben sickerte, vor dem Aufzug ein hochfloriger Teppich. Auf winzigen Tischen, verteilt in der ganzen Halle, standen flache, mit Wasser gefüllte Glasschalen, in denen Seerosen in Zitronengelb und dunklem Lila schwammen, dazwischen die eine oder andere erotische Bronzefigur. Nackte Nymphen und Faune, die sich halb verspielt, halb lüstern umfingen, Liebespaare, gefangen in einer ewigen Umarmung. Irgendwo gluckerte leise ein Brunnen, ein feiner Moschusgeruch lag in der Luft.

Ich drückte auf den Aufzugknopf. Hinter einer Säule führte eine schmale Tür in ein dämmriges Treppenhaus. Der Aufzug öffnete sich mit leisem Ding-Dong, eine großzügige, komplett verspiegelte Kabine empfing mich. Aus unsichtbaren Lautsprechern drang dezente klassische Musik. Der Lift setzte sich sanft in Bewegung, glitt unmerklich nach oben, entließ mich in einen menschenleeren

Korridor, zu dessen beiden Seiten eine Reihe von verschlossenen Türen abging. Auch hier hörte ich unaufdringliche Musik, und derselbe hochflorige Teppich wie in der Eingangshalle dämpfte meine Schritte. Hinter einer der ersten Türen meinte ich, helles Frauenlachen zu hören.

Ich versuchte, mir Tamás Szábo in dieser Umgebung vorzustellen. Es fiel mir schwer. Wie konnte sich ein gewöhnlicher Bootsmann leisten, was sich hinter den verschlossenen Türen abspielte? Kein Vergleich zum Crazy Dreams. Oder was hätte er sonst mit Emmanuelle, hinter der sich eine Nobelprostituierte verbergen musste, zu klären gehabt?

Nach etwa zwanzig Metern machte der Korridor eine scharfe Kurve, wieder gab es nur verschlossene Türen zu beiden Seiten des breiten Flurs. Ich ging weiter. Da sah ich, dass die letzte Tür auf der linken Seite einen Spaltbreit offen stand. Ich meinte, ein gedämpftes Geräusch zu hören.

»Hallo?«, rief ich.

Jemand stöhnte. Es klang verschluckt, als würde dieser Person der Mund zugehalten.

Sofort war ich an der Tür, zog das Pfefferspray aus der Tasche, das ich immer mit mir führte, rief noch einmal: »Hallo?«

Im selben Moment ein dumpfer Schlag, etwas fiel zu Boden.

Das Stöhnen wurde zu einem Schrei.

Eine Frauenstimme.

In Todesangst.

»Hilfe, Hilfe! Mein Gott, so helft mir doch!«

Die Tür wurde aufgerissen. Irgendwer stieß mich zur Seite, groß, schwarz, ein fester, stählerner Körper. Kein Gesicht, nur ein Schemen. Ein Panther. Nein, ein Mann, ganz dunkel war er, gab einen unterdrückten Laut von sich. Ein Geruch zog an mir vorüber.

Wieder hörte ich die Frau schreien, wimmern, stöhnen. Ich wollte ihn packen.

»Halt, bleiben Sie …«

Ich flog gegen die Wand, versuchte, den Stoß abzufangen, knallte mit voller Wucht an der Stirn auf. Das Pfefferspray fiel zu Boden. Schnelle, geschmeidige Schritte hinter mir. Der Mann lief den Korridor entlang. Ich wollte mich umdrehen, ihn zurückhalten.

Aber mir war plötzlich speiübel, mein Kopf dröhnte, vor den Augen verschwamm alles. Ich sackte zur Seite.

Die Frau.

Noch immer wimmerte sie.

Sie lag hinter der halb offenen Tür. Alles, was ich sah, waren ihre Füße. Sauber pediküirte, weiß lackierte Zehennägel, offene Stilettos, darüber schlanke Fesseln. Inzwischen fehlte ihr die Kraft, um nach Hilfe zu schreien.

Mir war so schlecht.

Aber sie brauchte mich.

Mühsam richtete ich mich auf, mein Magen zog sich zusammen, ich hatte Angst, mich übergeben zu müssen. Doch dann stieß ich die Tür ganz auf, schleppte mich vorwärts. Die Frau lag auf der Seite, mit abgewandtem Gesicht, murmelte etwas, streckte die Hand nach mir aus. Blut. An den schmalen, feingliedrigen Fingern klebte frisches Blut. Auch ihre Brust, so sah ich jetzt, war rot, auf dem Boden große Flecken, die sich rasch ausbreiteten. Neben der anderen Hand, die schlaff auf dem Teppich lag, sah ich ein Messer. Die Klinge, breit und glatt, war ebenfalls über und über besudelt.

Dann erst realisierte ich, wie das Haar der verletzten Frau aussah, das sich über den Boden ergoss. Ein langes goldenes Vlies. Langsam drehte sie mir das Gesicht zu. Schneeweiß war es, wie ein zugeschneites Feld mitten im Winter, mit roten Spritzern gesprenkelt, die Augen halb geschlossen, nur hin und wieder flackerten sie, die vollen Lippen zusammengepresst vor Schmerz.

Ich kannte das Gesicht.

Es gehörte Sara Braun.

15

Mittwoch, 3. Juni, 11.31 Uhr

»Wie kriegst du das nur hin?«, brummte Paolo. »Schon wieder bist du vor mir am Tatort. Und sag jetzt bloß nicht, du hättest wieder nichts gesehen.«

Ich hatte tatsächlich kaum etwas gesehen. Es war alles so schnell gegangen. Doch etwas anderes beschäftigte mich.

»Ich glaube, ich kenne den Täter«, stieß ich hervor.

Dann barg ich den Kopf in beiden Händen. Er dröhnte noch immer. Ein dicker, gemütlicher Sanitäter hatte mich bereits versorgt, der Arzt würde später nach mir sehen, hatte er mir versichert. Im Moment waren sie aber noch alle mit Sara Braun beschäftigt. Sie war schwer verletzt, lebensbedrohlich, hatte irgendwer gesagt. Mindestens drei Messerstiche hatten sie getroffen, einer davon hatte das Herz verletzt. Sie war bei Bewusstsein, aber nicht ansprechbar.

Nachdem ich sie in der Diele gefunden hatte, war ich auf den Korridor gestürzt und hatte um Hilfe gerufen. Eine Frau war erschienen, mit nassen Haaren und in ein Badehandtuch gewickelt. Als sie die reglose Sara Braun und das viele Blut sah, war sie starr vor Schreck, verständigte auf meine Anweisung hin dann aber zumindest Notarzt und Polizei. Anschließend hämmerte sie gegen die verschlossenen Türen, auf der Suche nach weiteren Bewohnern. In den wenigen, aber unerträglich langen Minuten, bis endlich das erlösende Martinshorn erklang und kurz darauf die trampelnden Schritte auf dem Korridor ertönten, versuchte ich, die Blutungen an Sara Brauns Körper zu stillen. Aber ich hatte keine Chance. Die Lachen auf dem Boden wurden größer und größer, nichts, einfach gar nichts konnte ich dagegen tun. Irgendwann gab Sara Braun keinen Laut mehr von sich. Ich wusste, wie wichtig es war, keine Spuren zu verwischen. Dennoch, ihr Leben war unvergleichlich wichtiger als Spuren.

Auch jetzt, da ich mit Paolo im geräumigen Schlafzimmer der Wohnung saß, die Sara Braun den ersten Ermittlungen zufolge als

»Dienstappartement« genutzt hatte, und trotz des Trubels in den restlichen Räumen sah ich noch immer ihr schneeweißes Gesicht vor mir. Auch den schweren, süßlichen Geruch nach Blut hatte ich noch in der Nase. Drei Experten von der Spurensicherung machten ihre Arbeit, unterstützt von mindestens fünf Polizisten in Zivil oder Uniform, im Moment hatte ich ein wenig den Überblick verloren, außerdem Sanitäter und der Notarzt. Immer wieder steckte jemand den Kopf zur Tür herein, erstattete Paolo kurz Bericht, wartete auf eine Anweisung, verschwand wieder.

»Bitte frag mich nicht, woher ich den Mann kenne, der Sara Braun angegriffen hat.« Ich hob den Kopf, zuckte aber sofort wieder zusammen. Jede schnelle Bewegung verursachte erneute Übelkeit und hämmernde Schmerzen. »Ich kann mich nicht erinnern. Aber eins weiß ich mit Sicherheit: Ich bin ihm schon einmal begegnet.«

»Herrgott, Prinzessin, du bist wirklich eine Zeugin, wie man sie sich wünscht.« Mein Ex verdrehte die Augen. »Immerhin – es war ein Mann. Wie groß?«

Ich schloss die Augen, ließ die Szene, die sich wie im Zeitraffer abgespielt hatte, zum vermutlich hundertsten Mal Revue passieren, versuchte, irgendwo auf die Stopptaste zu drücken.

»Mindestens zwanzig Zentimeter größer als ich.« Ich hielt die Lider geschlossen, bemühte mich, die noch immer anhaltende Übelkeit zu ignorieren. »Durchtrainiert, sehr muskulös, aber nicht dick, im Gegenteil, sein Körper war wie aus Stahl. Alles an ihm war schwarz – Kleidung, Gesicht, Hände, alles eben. Offenbar war er vermummt.«

»Haarfarbe?«

Ich überlegte, die Augen noch immer geschlossen. Paolo ließ mir Zeit. Er wusste, wie wichtig die ersten Erinnerungen waren. Sie waren noch klar und unbeeinflusst von dem, was jemand später suggerierte oder was man selbst irgendwann in Zweifel zog. Dann, wenn man seiner eigenen Beobachtungsgabe nicht mehr traute.

»Kann ich nicht sagen. Er muss einen Strumpf über den Kopf gezogen haben«, fuhr ich dann schnell und konzentriert fort. »Aber – er hatte diese ungewöhnliche Art, sich zu bewegen. Geschmeidig, durch und durch souverän, völlig mit sich in Einklang. Wie ein Tänzer, der weiß, dass er sich voll und ganz auf seinen Körper verlassen kann.« Ich öffnete die Augen. »Nein, eher wie jemand, der sich problemlos in jeder neuen Situation zurechtfindet. Der schnell und gezielt reagiert und keine Sekunde lang zögert, weil sein Leben davon abhängt. Ein Panther, war mein erster Gedanke.«

»Sonst noch was?«

»Da war dieser Geruch«, sagte ich langsam. Wieder dachte ich mehrere Sekunden lang nach. »Der kam mir so bekannt vor. Irgendwie … so … nein, ich weiß nicht, wie ich das beschreiben soll.«

»Sag einfach, was dir durch den Kopf geht«, sagte Paolo plötzlich sehr verständnisvoll.

»Alt, modrig, als hätte etwas zu lang in Feuchtigkeit gelegen. Rauch. Leder. Ein herber Geruch. Und sehr männlich.« Ich zuckte mit den Schultern. »Ich kann es nicht besser in Worte fassen.«

»Hast du seine Stimme gehört?«

»Nein. Er hat nur einen unterdrückten Laut von sich gegeben, gesagt hat er nichts. Es ist alles so verdammt schnell gegangen.« Ich schloss wieder kurz die Augen, das Sprechen strengte mich an, öffnete sie dann. »Wie ist er in die Wohnung gekommen? Und ins Haus?«

»Frau Braun muss ihm aufgemacht haben. Das Türschloss zum Appartement ist unversehrt. Vielleicht ein Kunde, den sie erwartet hat. Bisher wissen wir noch nicht, wie der Tathergang im Einzelnen war. Jedenfalls hat er sie angegriffen, sie hat sich aber heftig zur Wehr gesetzt, überall sind Kampfspuren, irgendwann hat er sie aber doch mit dem Messer erwischt. Wenn du nicht aufgetaucht wärst, wäre sie wohl tot.«

Alle Wohnungen in dem weitläufigen Appartementhaus, wusste ich inzwischen, waren von Prostituierten angemietet, manche davon offerierten auch einen Hostessenservice. Sara Brauns Schlafzimmer war neben einem exquisit ausgestatteten Bad, einer winzigen Küche und der Diele, in der sie gelegen hatte, der einzige Wohnraum in der etwa siebzig Quadratmeter großen Wohnung. Mein Ex und ich saßen in der luxuriösen Sitzecke des geräumigen Wohn- und Schlafraums. Das riesige Bett war rund und stand in der Mitte des Zimmers, dominiert von einem fast die gesamte Decke einnehmenden Spiegel. An den Wänden waren eine Kommode, dezente

Lichtquellen, ein Schrank und drei, vier Beistelltischchen gekonnt arrangiert. Ausnahmslos alle Möbelstücke waren von ausgesuchter Qualität.

Ich erzählte Paolo von meiner Begegnung mit der Prostituierten am Eingang des Appartementhauses.

»Sara Braun hat nicht auf einen Kunden gewartet, sondern auf eine Kollegin«, schloss ich. »Noch während ich mit ihr telefoniert habe, hat es an der Tür geläutet. Das muss der Täter gewesen sein.«

»Du kennst sie?«, fragte mein Ex verblüfft und sog scharf die Luft ein. »Das wird ja immer besser. Warum rückst du erst jetzt damit heraus?«

Inzwischen sah ich keinen Grund mehr, ihm meinen Auftrag zu verschweigen. Sara Braun hatte mich ja praktisch gefeuert, und mein Entschluss hatte bereits vor der Begegnung mit Emmanuelle festgestanden. Und nach allem, was inzwischen vorgefallen war, würde ich mich sogar strafbar machen, wenn ich das, was ich wusste, für mich behielt. In knappen, aber detaillierten Stichpunkten informierte ich Paolo über das Wesentliche. Er unterbrach mich kein einziges Mal, hörte mir konzentriert zu, notierte sich das Wichtigste.

»Was ist mit den anderen Wohnungen – hat irgendwer was gehört oder beobachtet?«, fragte ich, nachdem ich zum Ende gekommen war.

»Um diese Uhrzeit ist hier kaum was los. Die Frau, die dir zu Hilfe gekommen ist, war ja grade in der Dusche, und nur ganz vorn im selben Stockwerk hat eine andere aufgemacht. Rate mal, wer bei ihr war.« Mein Ex grinste. »Vor ein paar Jahren hat der Typ für das Amt des Oberbürgermeisters kandidiert, ohne Erfolg.«

Als er den Namen nannte, erinnerte ich mich wieder.

»Die beiden haben natürlich nichts mitgekriegt. Die Prostituierte, die aus der Dusche kam, hat gesagt, es käme schon mal vor, dass es Ärger mit einem Freier gibt, sogar bei so ausgesuchter Klientel. Neulich muss auch irgendwer Rambazamba gemacht haben. Der wollte wohl ebenfalls zu Emmanuelle alias Sara Braun.«

»Wann ist das gewesen?«

»Das wusste sie nicht mehr.«

»Da war dieses Auto«, fiel mir plötzlich ein. »Unten, in der

Straße, wo ich geparkt habe – Dornierstraße. Ein schwarzer Geländewagen, ziemlich neu und mit dunkel getönten Scheiben. Moment … den habe ich schon mal gesehen.« Ich hielt inne. »Nein, das gibt's doch nicht …«

»Jetzt sag schon.«

»Bei Sara Braun – er ist an ihrem Haus vorbeigefahren. Gestern, ich wollte mit ihr reden. Aber sie hat mich nicht ins Haus gelassen.«

»Welche Marke?«

»Irgendwas richtig Schweres. Mercedes oder BMW. Das Kennzeichen …« Angestrengt überlegte ich. »Das war nicht von hier, ich glaube, es hat mit LL angefangen. Weißt du, welcher Landkreis oder Ort das ist?«

Paolo hielt sich das Handy ans Ohr und gab Anweisung, sofort in der Seitenstraße nachzusehen, ob der Wagen noch dort stand.

»Ich verstehe nicht, was Tamás Szábo mit alldem zu tun hat«, sagte ich, als er das Handy zurück in die Hosentasche steckte. »Wie kann sich ein ungarischer Bootsmann eine Nobelprostituierte leisten? Oder wo ist sonst die Verbindung zwischen ihm und meiner Auftraggeberin und ihrer Tochter?« Ich seufzte. »Und auf einmal kommt dieser Verrückte daher und versucht, Sara Braun zu töten. Mit einem Messer, das genauso aussieht wie die Tatwaffe bei den beiden Frauenmorden. Meinst du, das war unser Serientäter?«

»Klappmesser mit einer glatten Klinge gibt's wie Sand am Meer«, hielt Paolo dagegen. »Ich habe schon veranlasst, dass die Waffe im Labor untersucht wird. Anschließend geht sie direkt zum LKA nach München. Erst dann wissen wir mehr.«

»Der Tatort hier passt nicht ins Bild«, gab ich zu bedenken. »Opfer eins und zwei wurden auf offener Straße angegriffen, Sara Braun hier in ihrer Wohnung. Warum sollte er sein Muster plötzlich ändern?« Bei den nächsten Worten vermied ich es, Paolo anzusehen. »Was auch immer Tamás Szábo von ihr gewollt hat, mit den Serienmorden kann er jedenfalls nichts zu tun haben, oder?«

»So ist es, seine Körpergröße passt nämlich hinten und vorn nicht. Die Schnitthöhe am Hals der toten Frauen und der Winkel, in dem das Messer geführt wurde, deuten auf einen Täter hin, der wesentlich größer ist – und das ist nur ein Punkt von vielen. Um ein Haar hätte ich mich bei der Pressekonferenz lächerlich gemacht.«

Mein Ex warf mir einen bösen Blick zu. »Und das alles nur, weil du mir den falschen Tipp gegeben hast! Weißt du eigentlich, wie viel Zeit wir verloren haben?«

Mir war klar, dass Paolo einen Schuldigen brauchte. Warum also nicht ich? So konnte er zwar nicht vor dem Staatsanwalt, dem Oberbürgermeister, einer aufgebrachten Bevölkerung und den Medien, die ihn allesamt bald zerfleischen würden, eine gute Figur machen. Aber zumindest vor seinem Gewissen würde er Haltung bewahren. Im Moment war ich zu erschöpft, um mich zu verteidigen.

Ein Streifenpolizist erschien in der Tür.

»Da ist eine junge Polin«, sagte er zu Paolo. »Scheint auch eine Nutte zu sein, die will zu der Verletzten.«

»Hat sie gesagt, warum?«

»Es geht um einen Termin, wegen der Wohnung hier. Die will sie mieten, hat sie gesagt, zumindest zeitweise. Sie hat den Bus verpasst, deshalb ist sie zu spät dran.«

»Nehmen Sie ihre Personalien auf, ich komme gleich.« Paolo stand auf. »Du bleibst hier, bis der Arzt dich untersucht hat.«

Auch ich erhob mich. Sofort wurde mir wieder schwindlig, aber ich ließ es mir nicht anmerken.

»Ich komme mit«, sagte ich trotzig. »Du musst eine Fahndung nach Melissa veranlassen. Sie ist vielleicht in Gefahr und –«

»Wenn du mich früher informiert hättest, hätten wir das Mädchen schon längst gefunden.« Paolos Ton war scharf. »Du wartest hier, bis der Arzt dich untersucht hat, und mischst dich ab sofort in nichts mehr ein, verstanden?« Er warf einen Blick auf das Pfefferspray, das neben meiner Handtasche auf Sara Brauns Bett lag. »Du weißt ja sicher, dass diese Dinger illegal sind, oder? Und wasch dir endlich die Blutspuren ab, du siehst zum Fürchten aus, Prinzessin.«

»Sie bringen sie jetzt weg«, sagte eine schüchterne Stimme. Dann dröhnte eine andere, sehr viel dunklere Stimme: »Ich brauche hier eine Unterschrift.«

Der Notarzt, ein mittelgroßer stämmiger Mann mit kräftigen Händen und hervortretenden Augen, stellte seinen Koffer mit lautem Ton auf den Boden und hielt Paolo ein Formular unter die Nase. Der Streifenpolizist, der ihn hereingeführt und einen

Sonnenbrand auf Stirn und Nase hatte, trat von einem Fuß auf den anderen. Paolo schickte ihn nach nebenan.

»Wo bringen Sie Frau Braun hin?« Mein Ex nahm das Formular und suchte nach einem Stift. »In die Uniklinik?«

Der Arzt nickte, zog einen Kugelschreiber aus der Tasche, reichte ihn Paolo und deutete auf die untere Hälfte des Papiers.

»Hier, bitte. Sie hat übrigens böse Verletzungen. Außer den Stichwunden, natürlich. Überall am Körper sind Prellungen und Quetschungen.«

»Ich weiß, es hat einen Kampf gegeben.«

»Das meine ich nicht. Die Verletzungen, von denen ich rede, sind schon älter. Drei, vier Tage, schätze ich.«

»Sara Braun hat mir erzählt, sie sei die Treppe hinuntergefallen«, schaltete ich mich ein. Der Schwindel hatte nachgelassen, und ich war froh, dass ich zumindest wieder aufrecht stehen konnte. »In der Nacht von Sonntag auf Montag. Aber ich habe ihr nicht geglaubt.«

»Mit Recht. Für mich sieht das nämlich so aus, als ob jemand massiv auf sie eingeprügelt und sie womöglich auch gestiefelt hat«, sagte der Arzt. »Die Kollegen in der Uniklinik werden Ihnen bald mehr dazu sagen. Aber erst einmal ist das natürlich Nebensache. Die Patientin hat viel Blut verloren und muss sofort operiert werden.«

»Wird sie durchkommen?«, fragte ich mit matter Stimme. Wieder sah ich ihr totenblasses Gesicht vor mir, fühlte erneut meine eigene Ohnmacht, weil ich ihr verdammt noch mal nicht helfen konnte.

»Dazu kann ich im Moment leider nichts sagen.« Der Arzt nahm das unterschriebene Formular in Empfang und steckte es zusammen mit dem Stift in den Koffer zurück. »Ich muss dann wieder.«

»Die Zeugin hier hat womöglich eine Gehirnerschütterung«, sagte Paolo. »Könnten Sie sie bitte noch untersuchen?«

»Tut mir leid, bin grade eben angefunkt worden. Wie's aussieht ein Schlaganfall. Am besten, Sie bringen die Dame in die Notaufnahme des nächsten Krankenhauses.«

Noch bevor mein Ex ein weiteres Wort sagen konnte, war der Arzt verschwunden.

Dämmrige Kühle empfing mich, als ich die Tür zur Villa aufstieß. Zum ersten Mal an diesem Tag atmete ich auf. Im Winter verfluchte ich oft die Kälte in dem riesigen alten Haus, in der warmen Jahreszeit aber schätzte ich die angenehmen Temperaturen innerhalb der dicken Mauern.

Aber es war nicht nur die Hitze, die kaum mehr zu ertragen war. Die Aufregung und die Atemlosigkeit der vergangenen Stunden saßen mir in den Knochen. Alles, was ich jetzt noch wollte, war ein Glas eisgekühlter Orangensaft und dann ab in mein duftiges Himmelbett. Die Übelkeit und der Schwindel waren inzwischen zum Glück verschwunden, sodass ich trotz Paolos Ermahnungen keinen Arzt mehr aufgesucht hatte. Aber ich brauchte unbedingt Ruhe.

Ich war froh, dass Vincenzo gut aufgehoben war. Er hatte mir eine SMS geschickt, die ich irgendwann zwischen dem Gespräch mit Paolo und dem Unterzeichnen des Protokolls gelesen hatte. Nach der Schule hatte er wie so oft seinen Freund Florian begleitet, am Nachmittag würden die beiden wieder zum Baden gehen. Die Gewissheit, dass seine Mama bei Maximilian endlich wieder in festen Händen war, schien Vincenzo so erleichtert zu haben, dass er sich inzwischen keine Gedanken mehr darüber machte, ob ich allein zurechtkam.

Ich schlüpfte aus den Schuhen, genoss das Gefühl, auf nackten Füßen zu laufen, atmete tief den verblassten Duft der Trockenblumen ein, die Sommer wie Winter die Diele schmückten, und legte die Tasche auf den Vertiko. Da lag bereits ein kleines Päckchen. Es hatte die Form eines Quadrats, etwa zehn auf zehn Zentimeter, und war in leuchtend rotes Geschenkpapier verpackt. Heute Morgen hatte es noch nicht da gelegen.

Ich überlegte. Mona war seit Montag nicht mehr in der Villa gewesen und würde auch den Rest der Woche mit ihrem französischen Geigenspieler verbringen. Ebenso wenig kam Maximilian in Frage. Er hatte keinen Schlüssel zum Haus. Also blieb nur noch mein Sohn, der vielleicht nach der Schule doch daheim vorbeigeschaut hatte. War es eine Überraschung für mich?

Ich war neugierig. Also öffnete ich das Päckchen.

Ein schwarzes Schmucketui kam zum Vorschein, mit leisem

Geräusch klappte es auf. Funkelndes Geschmeide blitzte mich an: ein breiter silberner Ring. In der Mitte prangte ein großer blutroter Stein in der Form eines Tropfens, umgeben von zahlreichen sehr viel kleineren Steinen in derselben Farbe, jeder einzelne davon perfekt geschliffen. Schon immer habe ich echten von falschem Schmuck unterscheiden können. Was da vor mir lag, waren Rubine in reinster Form, und das Silber war kein Silber, sondern Weißgold. Der Ring war mindestens zweitausend Euro wert.

Sofort musste ich an die anderen Geschenke denken: zuerst die burgunderroten Rosen, dann der purpurfarbene Seidenschal. Alles ohne Absender und ohne Adressaten, aber eindeutig für mich bestimmt.

Ich untersuchte das Geschenkpapier. Wieder kein Hinweis auf Absender oder Empfänger. Mit fliegenden Händen fasste ich nach dem Handy und tippte Monas Kurzwahlnummer ein. Erst nach mehrmaligem Tuten meldete sie sich.

»Ein Päckchen?« Sie klang überrascht. »Gehört nicht mir. Ich bin doch die ganze Woche bei Jerôme, schon vergessen?« Dann mit vertraulichem Unterton: »Er ist soooo süß. Wenn ich nicht zwischendurch in den Laden müsste, würden wir keine Sekunde aus dem Bett kommen.«

Wer machte mir nur all diese Geschenke? Sie wurden zunehmend wertvoll. Doch was mich noch weit mehr beschäftigte: Wie war das Päckchen ins Haus gekommen?

Im Nu war ich an der Tür, riss sie auf, betrachtete das Schloss. Keine Kratzspuren, das Schloss war unversehrt.

Ich kontrollierte die Verandatüren und Fenster im Erdgeschoss. Alles war verschlossen und so, wie ich es am Morgen zurückgelassen hatte. Auch die Kellertür, die nach draußen führte, war abgesperrt. Zur Sicherheit durchforstete ich auch noch die oberen Stockwerke, entdeckte aber auch dort keinen Hinweis darauf, dass jemand ins Haus eingestiegen war. Dennoch war es nicht zu leugnen:

Jemand war hier gewesen.

In meinem Haus.

Ein Fremder war eingedrungen und hatte das Päckchen so platziert, dass ich es sehen würde, sobald ich die Diele betrat. Jemand, der womöglich meine Unterwäsche entwendete und mich dabei beobachtete, wie ich in einem Webshop Ausschau nach Seidenschals hielt.

Madonna mia …

Waren in meinem Haus Kameras versteckt?

Wenn ja, wo hatte man sie angebracht?

An einer Stelle, von wo aus man die gesamte Diele überblicken konnte, inklusive Haustür.

Ich rannte in den Abstellraum beim Kellerabgang, zerrte die Trittleiter in die Diele, stieg hinauf, tastete das Gemälde über dem Vertiko ab. Schon nach wenigen Sekunden wurde ich fündig: Am oberen Rahmen entdeckte ich eine winzige Kamera, die so gekonnt platziert war, dass sie kaum zu sehen war.

Ich starrte das Ding an, sekundenlang, kletterte mit unsicheren Bewegungen von der Leiter. Unruhig betrachtete ich das Telefon, versuchte, es mit bebenden Fingern auseinanderzunehmen.

Es klappte nicht.

Was ich brauchte, war Spezialwerkzeug.

16

Mittwoch, 3. Juni, 14.27 Uhr

»Ich fasse mal kurz zusammen, Prinzessin.« Paolos Blick war genervt. »Ein Strauß Rosen, ein Seidentuch und jetzt dieser angeblich echte Ring, dazu das bisschen technisches Equipment – und du meinst allen Ernstes, ich ziehe wegen eines durchgeknallten Rosenkavaliers auch nur einen einzigen meiner Mitarbeiter ab?«

»Ich bin sicher, er hat nicht nur eine Kamera versteckt. Bestimmt ist das ganze Haus voll davon, auch in der Bibliothek, wo der PC steht, im Ankleidezimmer und wer weiß, wo sonst noch. Und wenn du endlich einen Techniker für das Telefon da holen würdest, dann würde der bestimmt eine Wanze finden.«

»Du vergisst, dass wir momentan in drei ungeklärten Mordfällen und einem versuchten Mordanschlag ermitteln«, fuhr Paolo mir über den Mund. »Außerdem suchen wir ein minderjähriges Mädchen. Weißt du überhaupt, was hier los ist?«

Er deutete auf das Telefon, das prompt anfing zu läuten. Er hob ab, hörte mit konzentriertem Blick zu, murmelte ein paarmal »Ja«, tippte gleichzeitig etwas auf die Tastatur seines Computers, legte wieder auf.

Der braun gebrannte und immer schlecht gelaunte Kollege aus dem Büro nebenan erschien, warf meinem Ex eine Akte auf den Tisch, an deren Deckblatt mehrere Notizzettel mit Büroklammern befestigt waren, und verschwand wieder.

»Deine Techniker haben das doch sofort erledigt, *amore mio*«, sagte ich liebenswürdig. »Fingerabdrücke, DNA-Spuren, das ganze Programm.«

»Ich habe keine Zeit und erst recht keine Lust, auch nur fünf Minuten darauf zu verschwenden.« Mit einer achtlosen Handbewegung schob er die Utensilien, die ich auf seinen Schreibtisch gehäuft hatte, in meine Richtung. »Zugegeben, das ist ein schlechter Scherz. Aber mehr steckt nicht dahinter.«

»Der Kerl, der das Zeug installiert hat, ist kein Anfänger«, hielt ich dagegen. »Und er steigt so gekonnt in fremde Häuser ein, dass er keinerlei Spuren hinterlässt. Das ist ein Profi.«

»Ein Profi also?« An Paolos Schläfe pulsierte eine Ader. »Bei Tamás Szábo warst du auch der Meinung, er wäre der Frauenmörder. Deine Hirngespinste haben meine Jungs verdammt viel Zeit gekostet.«

»Du weißt so gut wie ich, dass der Hinweis nicht von mir gekommen ist, sondern von Katja aus dem Crazy Dreams.« Ich holte tief Luft und bemühte mich, ruhig zu bleiben. »Was, wenn der Typ in der Nacht bei mir einbricht und über mich herfällt? Übernimmst *du* die Verantwortung dafür?«

»Ich kenne dich lang genug und weiß, dass du dich wehren kannst.« Seine Kieferknochen mahlten. Dann aber schlug er mit der flachen Hand unmissverständlich auf den Tisch. »Muss ich dich wieder daran erinnern, dass du mir wichtige Ermittlungsergebnisse verschwiegen hast?«

Es war offensichtlich, dass mein Ex keine Lust auf weitere Diskussionen hatte. Dennoch konnte ich seine zur Schau gestellte Wut genau einordnen. Er steckte in der Zwickmühle: Er machte sich zwar Gedanken um mein Wohlergehen, hatte im Moment aber andere Sorgen. Ich beschloss, das Thema erst einmal auf sich beruhen zu lassen.

Das Telefon läutete wieder. Mit verkniffenem Gesichtsausdruck nahm er ab.

»Wie lang dauert die OP denn noch? … Verstehe … Und Sie können noch gar nichts sagen?«

»Die Uniklinik?«, fragte ich, als er wieder aufgelegt hatte.

»Sie haben die Milz entfernt, normalerweise ist das eine Routine-OP, hat der Arzt gesagt.« Müde fuhr er sich über die Augen. »Aber sie hat ja noch die Einstiche in der Brust, der Herzbeutel ist verletzt, und bei diesem Eingriff hat es wohl Komplikationen gegeben. Jetzt müssen sie noch mal operieren. Ihr Zustand ist kritisch.«

Vor noch nicht einmal vier Stunden hatte ich an Sara Brauns Seite gekniet und verzweifelt auf den Rettungsdienst gewartet. Die Sorge um sie kam schlagartig zurück und lenkte mich von meinen eigenen Problemen ab.

»Gibt's was Neues zur Tatwaffe?«

»Bisher nicht, wir müssen auf das Ergebnis vom LKA warten«, sagte mein Ex mit erschöpft klingender Stimme.

»Er hat die Waffe nur deshalb zurückgelassen, weil Sara Braun sich gewehrt hat und ich plötzlich in der Tür stand.«

Paolo nickte.

»Hast du sonst eine Spur?«

Das erste Mal, seit ich Paolos Büro betreten hatte, zeigte sich ein Hoffnungsschimmer auf seinem Gesicht.

»Eine Anwohnerin in der Nähe des Appartementhauses hat zur Tatzeit einen schwarzen Geländewagen gesehen. Er ist mit hoher Geschwindigkeit aus der Dornierstraße gekommen, wo du auch geparkt hast. Auf das Kennzeichen hat sie leider nicht geachtet, und sie kann auch nicht sagen, wie viele Insassen im Auto waren. Aber sie meint, es könne ein Mercedes oder ein BMW gewesen sein, ein neues Modell.«

»Das muss derselbe Wagen sein.« Ich lehnte mich nach vorn. »Gestern ist er an Sara Brauns Haus vorbeigefahren. Er hat sie beobachtet. Mir fällt grade ein – sie hat dem Wagen nachgesehen. Und sie war, wie soll ich sagen, mit einem Mal ganz anders.«

»Wie?«

»Nervös. Im nächsten Moment hat sie mich angeschrien.«

»Vielleicht hat sie ihn erkannt«, gab Paolo zu bedenken. »Ich lasse grade alle Mercedes und BMW, auf die die Beschreibung passt, überprüfen. LL bedeutet übrigens Landsberg am Lech.«

»Wenn es sich tatsächlich um einen verärgerten Kunden handeln sollte – woher hatte er ihre Privatadresse?«

»Er ist ihr nachgefahren, nach einem Termin in der Hostessenwohnung. Da ihr Haus aber extrem gut gesichert ist, hat er beschlossen, sie doch im Appartement abzufangen.«

»Sie hat die polnische Kollegin erwartet, deshalb hat sie ihn reingelassen.« Ich stutzte. »Woher hat er gewusst, dass sie heute in der Hostessenwohnung ist? Sie hat die letzten Tage nicht gearbeitet, wegen der Verletzungen im Gesicht. Und sonst auch nur in der Nacht – wegen Melissa, vermute ich.«

Paolo klickte auf die Maus neben der Tastatur und starrte auf den Bildschirm. »Angerufen hat er sie nicht. Die Jungs von der

Technik sind mit Frau Brauns Handy zwar noch nicht fertig, aber die ersten Auswertungen habe ich schon.«

»Weißt du schon, ob auf ihrem Handy ein Anruf von Melissa eingegangen ist?«

»Kein Anruf, aber eine SMS.« Er las langsam vor: *»Es geht mir gut, Mami. Bitte mach dir keine Sorgen. Ich komme wieder. Aber ich bin so durcheinander, ich brauche Zeit. Es tut mir alles so furchtbar leid. Hab dich lieb.«*

»Das ist alles?«

Er nickte.

»Von wann ist die SMS?«

»Heute um elf Uhr drei.«

»Etwa zur selben Zeit hat Sara Braun mich angerufen.«

»Es tut mir alles so furchtbar leid – für mich klingt das nach einer typischen Mutter-Tochter-Geschichte. Außerdem hat Frau Braun sofort zurückgeschrieben.«

»Was hat sie geantwortet?«

Der nächste Klick mit der Maus. »Dass Melissa sich keine Sorgen machen solle, dass sie – also die Mutter – an allem schuld sei, dass alles wieder gut werde. Und dass sie ihr doch bitte sagen solle, wo sie ist.«

»Aber es gibt keinen Hinweis auf Frankreich?«

»Nein.«

»Und von irgendwelchen Freunden ist auch keine Rede?«

Paolo schüttelte den Kopf.

»Kannst du das Handy orten lassen? Oder feststellen, von wo Melissa die SMS verschickt hat?«

»Du weißt genau, dass ich dafür einen Gerichtsbeschluss brauche.«

»Den Beschluss kriegst du sofort. Schließlich ist Gefahr im Verzug, Melissa ist seit Sonntagnacht verschwunden. Und dass die SMS von ihrem Handy geschickt worden ist, heißt noch lang nicht, dass sie die auch selbst geschrieben hat.«

»Du brauchst mir nicht zu erklären, wie ich meine Arbeit zu machen habe«, sagte Paolo mit plötzlich eisiger Stimme.

Ich stand auf und deutete auf die Minikamera und mein Telefon. »Was ist damit?«

»Geht das jetzt schon wieder los?«

Paolos Telefon meldete sich erneut.

»Und Vincenzo? Ist es dir auch egal, wenn dieser Verrückte deinem Sohn was antut?«

Paolo legte die Hand auf den Hörer, seufzte tief und schüttelte mehrmals und sehr ausgiebig den Kopf. Endlich hatte ich ihn an seiner wunden Stelle getroffen.

»Also gut, du kannst das Zeug dalassen«, sagte er ergeben und hob den Hörer ans Ohr. »Trotzdem haben wir im Moment andere Prioritäten.«

Fünf Minuten später saß ich im Wagen. Wie auch vorhin bei der Fahrt zur Kripo warf ich immer wieder einen unruhigen Blick in den Rückspiegel. Bisher sah es zum Glück nicht so aus, als ob mich jemand verfolgte.

Unentwegt überlegte ich. Wenn ich das ganze Haus durchsuchte, würde ich sicherlich noch weitere technische Utensilien entdecken. Vermutlich hatte der Verrückte inzwischen schon bemerkt, dass ich zumindest eine seiner Spielereien gefunden hatte. Ich zermarterte mir das Hirn, wer dahinterstecken konnte. Aber mir fiel niemand ein.

Ich setzte den Blinker, bog in die Landshuter Straße, fuhr ungeduldig hinter einem Lieferwagen her, der gemütlich auf der linken Seite der zweispurigen Fahrbahn entlangzuckelte. Rechts drängten sich die Autos dicht an dicht, der Feierabendverkehr fing bereits an. Wieder ein Blick in den Rückspiegel. Ein feuerroter Golf war hinter mir. Den hatte ich an der letzten Ampel bereits gesehen. Aber wer verfolgte sein Zielobjekt schon in einem so auffallenden Wagen?

Tief durchatmen.

Die Nerven behalten.

Und einen Plan zurechtlegen.

An der nächsten Kreuzung bog der Golf ab. Der Lieferwagen trödelte noch immer vor mir her, ich wollte ihn rechts überholen, fand aber keine Lücke zum Ausscheren.

Das Ass im Ärmel, das ich schließlich gegen Paolo ausgespielt hatte, war keine Finte gewesen. Vincenzo befand sich genauso in

Gefahr wie ich. Es gab nur eine Lösung: Wir mussten verschwinden.

Mona würde die nächsten Tage zum Glück im Hotel wohnen, aber dennoch musste ich sie vor dem Kerl warnen, der mein Haus verwanzte. Auch Maximilian würde ich einweihen müssen. Doch eins nach dem anderen. Zuerst würde ich meinen Sohn vom Freibad abholen – beim Verlassen des Kripogebäudes hatte ich ihn bereits angerufen –, anschließend würden wir in Paolos Haus ein paar Kleidungsstücke für Vincenzo einpacken. Die Villa wollte ich unter keinen Umständen mehr betreten. Ich selbst hatte aufgrund meiner regelmäßigen Abstecher in den Süden genug Reservekleidung und Toilettenartikel im Haus meiner italienischen Verwandten deponiert, um ein, zwei Wochen über die Runden zu kommen. Und dann nichts wie ab in die Toskana. Dort waren wir in Sicherheit, hoffte ich.

Plötzlich hielt der Lieferwagen an. Sofort trat ich auf die Bremse. Die Handtasche, die ich achtlos auf den Beifahrersitz geworfen hatte, knallte nach vorn und blieb im Fußraum liegen. Ich fluchte lauthals auf Italienisch, wartete unruhig.

Die Schule sollte kein Problem sein. Die Matheprüfung hatte Vincenzo bereits gestern hinter sich gebracht, übermorgen war ohnehin der letzte Schultag vor den Pfingstferien.

Zehn Minuten später hielt ich vor dem Freibad auf der Wöhrdinsel, dann sprang ich aus dem Wagen.

Vor der Kasse hatte sich eine lange Schlange von Badegästen gebildet, am Seitenrand der schmalen Straße drängten sich geparkte Autos, unzählige Räder waren auf einem kleinen Rasenstück beim Schwimmbad abgestellt.

Nirgendwo eine Spur von Vincenzo.

Ich sah mich nach allen Seiten um, konnte ihn aber nirgendwo entdecken. Die Leute in der Schlange warteten geduldig, aus dem Badegelände hörte ich Kinder rufen und Erwachsene lachen, der Geruch von Sonnenmilch und Sommer lag in der Luft. Die Sonne schien vom wolkenlos blauen Himmel.

Ich umrundete das Auto und öffnete die Beifahrertür. Die Tasche lag noch immer im Fußraum, ihr ganzer Inhalt war auf dem Boden verstreut. Papiertaschentücher, Geldbeutel, zwei Lippenstifte, Notizbuch, einige vertrocknete Pfefferminzbonbons, Pfefferspray, drei Kugelschreiber, bei einem war die Mine herausgefallen, Sonnenbrillenetui. Aber nirgendwo das Handy. Es musste unter den Sitz gerutscht sein.

Ich bückte mich, griff unter den Sitz, tastete in alle Richtungen. Schließlich bekam ich es zu fassen und wollte es herausziehen. Doch es steckte fest. Ich zog stärker, bis ich es endlich in der Hand hielt. Ein Kabel hing daran, an dem sich das Mobiltelefon verfangen haben musste. Ich wollte das Kabel wieder zurück an seinen Platz stopfen. Dann aber hielt ich inne und zerrte es ganz heraus.

Ein Minisender hing am anderen Ende.

Ich starrte das graue Plastikkästchen an, das etwa die Größe einer halben Streichholzschachtel hatte. Er hatte also auch den Wagen verkabelt. Ob noch mehr im Auto war?

In Windeseile durchsuchte ich Fahrersitz, Armaturenbrett, Zwischenkonsole, Rückbank, die Böden unter allen Sitzen, den Kofferraum. Zu meiner Erleichterung fand ich nichts.

»Was machst du, Mama?«

Plötzlich hörte ich zwischen dem Stimmengemurmel vor der Kasse auch die Stimme meines Sohnes. Ich hob den Kopf. Vincenzo kam auf mich zu, das Gesicht gerötet von der Sonne und außerdem voller Fragezeichen.

»Steig ein!« Ich warf seinen Beutel in den Fonds und klappte die Hecktür zu. »Wir haben es eilig.«

»Aber ich will noch nicht heim. Es ist so schönes Wetter. Ich kann doch noch eine Stunde –«

»Einsteigen, habe ich gesagt!«

Vincenzo merkte an meinem Tonfall, dass etwas nicht stimmte. Er warf mir einen prüfenden Blick zu, stieg dann aber gehorsam ins Auto.

Sofort fuhr ich los, wieder zurück zur Frankenstraße und weiter in Richtung Weichs, wo Paolo und seine Lebensgefährtin ein kleines Reihenhaus bewohnten.

Ich hatte mir noch keinen Plan zurechtgelegt, was ich Vincenzo erzählen würde. Natürlich wollte ich ihn nicht unnötig beunruhigen. Aber inzwischen war ihm ohnehin klar, dass Alarmstufe Rot angesagt war. Irgendetwas würde mir während der Fahrt schon einfallen.

Eins nach dem anderen.

Erst einmal mussten wir raus aus dieser Stadt.

17

Mittwoch, 3. Juni, 16.39 Uhr

Eine knappe Stunde später waren wir schon ein gutes Stück auf der A 93 vorangekommen. Vincenzo hatte natürlich herumgemault, weil er seine Lieblingsturnschuhe und den Stapel neuer Comics zu Hause lassen musste. Zum Glück hatte er aber in Paolos Häuschen, wo mein Sohn regelmäßig übernachtete, genügend Ersatz gefunden. Außerdem hatte er in der Toskana erfahrungsgemäß keine Zeit, um in Comics zu blättern.

Es gelang mir, mich auf den Verkehr zu konzentrieren und nebenbei allmählich die wild durcheinanderwirbelnden Gedanken in meinem Kopf zu sortieren. Jemand hörte mich ab, beobachtete mich, verfolgte mich vielleicht auch bei der Arbeit auf Schritt und Tritt, drang ein in mein Haus und meine Privatsphäre, entwendete persönliche Gegenstände. Ich hatte keine Ahnung, seit wann das geschah, wer dahintersteckte und was er damit bezweckte. Dieser Jemand machte mir Geschenke. Die Art der Geschenke ließ einen Mann vermuten, von Mal zu Mal stieg ihr Wert. Wie würde er reagieren – nun, da er sicher schon entdeckt hatte, dass ich von seiner Überwachungsmaschinerie wusste? Und dass ich seine Geschenke der Polizei übergeben hatte?

Zum hundertsten Mal warf ich einen Blick in den Rückspiegel. Der dunkelgraue Mercedes, der schon eine Weile hinter uns herfuhr, war noch immer da. Ich beschleunigte. Der Mercedes blieb zurück.

Den Wagen hatte ich noch einmal komplett durchsucht. Aber der Kerl war ein Profi. Hatte ich auch wirklich alles gefunden? Womöglich hatte der Kerl nicht nur das Miniabhörgerät eingebaut, sondern auch einen Peilsender, und mein Wagen war auf irgendeinem Monitor als winziger leuchtender Punkt zu sehen. Vielleicht wäre es besser, den Maserati bei der nächsten Pause noch einmal zu durchstöbern?

Wieder sah ich in den Rückspiegel.

Der Mercedes holte auf.

»Ich hab Hunger«, tönte es vom Beifahrersitz. »Ein Burger wär cool. Können wir irgendwo anhalten, Mama?«

Vincenzo hatte wie erwartet erfreut, wenn nicht sogar enthusiastisch reagiert, als er von unserem verfrühten Pfingsturlaub erfahren hatte. Ich hatte ihm nur von dem Ring erzählt, das technische Equipment vorsichtshalber aber nicht erwähnt. Er vertraute darauf, dass sein Papa, der bekanntlich beste Polizist der ganzen Welt, den Spinner schon lang gefunden hatte, wenn wir aus Italien zurückkämen.

»Wir sind doch grade erst losgefahren«, sagte ich und beobachtete, wie der Mercedes immer näher kam. »Hinter München, okay?«

»Oh, Mann. Bis dahin ist mir längst der Magen rausgefallen. Nach dem Baden hab ich doch immer so einen Wahnsinnshunger. Weißt du, dass ich seit mindestens drei Stunden nichts mehr gegessen hab?«

Das ging ja gut los. Aber wichtig war erst einmal, das Auto noch einmal zu durchsuchen. Die Frage war nur: Wie konnte ich jemals sicher sein, alles gefunden zu haben? Ich brauchte Hilfe. Mit Paolo konnte ich nicht rechnen. Mit wem dann?

Noch während ich darüber nachdachte, scherte der Mercedes hinter uns aus, zog auf die linke Fahrbahn und überholte in rasanter Fahrt. Ich konnte nicht erkennen, ob ein Mann oder eine Frau darin saß. Jedenfalls war es nur eine Person. Der Wagen entfernte sich schnell, und bald war er nur noch als kleiner Punkt in der Ferne zu erkennen.

Ich atmete auf.

»Mama, wann halten wir denn jetzt endlich?«

»Autobahnkreuz Holledau« hieß es auf dem blauen Autobahnschild, das vor uns auftauchte.

»In fünfundzwanzig Minuten«, sagte ich. »Bei Garching-Süd fahren wir raus.«

»Gibt's da einen McDonald's?«

»Dort wohnt ein alter Freund von mir, ein früherer Kollege von der Polizeischule. Der macht die besten Burger weit und breit. Da kann jede amerikanische Fast-Food-Kette einpacken.«

»Wie heißt er?«, fragte mein Sohn misstrauisch.

»Joe.«

Aus den Augenwinkeln sah ich Vincenzos mit einem Mal zufriedenes Gesicht. Der amerikanisch klingende Name des Kochs in spe schien ihn beruhigt zu haben.

Vor inzwischen fast fünfzehn Jahren war Joe, der eigentlich Josef hieß, tatsächlich für seine hervorragenden, extragroßen Burger bekannt gewesen. Auf so manchem legendären Grillfest hatte er Berge davon für uns Kollegen zubereitet. Was ihn aber noch mehr ausgezeichnet hatte, war sein Fachwissen über jedes nur erdenkliche technische Gerät. Minisender, Peilgeräte, Detektoren, Abhöranlagen – all das war Joes Spezialgebiet.

Im Rückspiegel sah ich einen schwarzen Audi auftauchen. Hatte ich den Wagen nicht schon am Kreuz Regensburg gesehen?

Ich drückte aufs Gas.

Joe freute sich so über den unvorhergesehenen Besuch, dass er noch größere und noch mehr Burger zubereitete, als ich es mir je hätte vorstellen können. Ich hatte kaum Hunger und aß nur einen einzigen. Aber er schmeckte fast noch besser, als ich es in Erinnerung behalten hatte.

Auch Vincenzo war begeistert und langte kräftig zu. Mit leuchtenden Augen saß er am Gartentisch auf der Veranda des adretten Reihenhauses, inmitten von Joes fünfköpfiger Familie. Drei Mädchen, das jüngste fünf, das älteste zwei Jahre jünger als mein Sohn. Alle drei waren sehr davon beeindruckt, dass ein so großer Junge zum Abendessen hereingeschneit war.

Joes Frau war eine herzliche Blondine, die als Chemie- und Biologielehrerin an der hiesigen Schule unterrichtete. Privat sprach sie mit so stark oberbayerischem Dialekt, dass ich bei dem einen oder anderen Wort nachfragen musste. Während sie und die Kinder sich über die Riesenplatte mit den reichlich belegten und herzhaft duftenden Burgern hermachten – »gibt's jede Wocha, olle sans ganz narrisch drauf«, hatte die Dame des Hauses bereits bei der Begrüßung augenzwinkernd erklärt –, durchsuchten Joe und ich den Wagen. Was genau genommen hieß: Joe inspizierte mit seinem zwölf Gigahertz starken Suchgerät den Maserati, während ich ihm vor dem cremefarben verputzten Häuschen Gesellschaft leistete und die Straße im Auge behielt.

Es war beschaulich hier, die Straße gesäumt von den typischen Reihen- und Doppelhäusern eines Münchner Vororts mit liebevoll gepflegten Gärten, dazwischen Doppelgaragen und Gartenhäuschen. Grillduft zog über die Hecken, dann und wann hörte man Gesprächsfetzen von anderen Terrassen herüberwehen, am Ende der Straße spielten Kinder Federball.

Mit Mona hatte ich bereits telefoniert. Sie war aber so beschäftigt mit ihrem Franzosen, dass sie ohnehin nicht beabsichtigt hatte, sich auch nur einmal in der Villa blicken zu lassen. Außerdem hatte sie ausreichend Klamotten in Jerômes Hotelsuite deponiert und lebte im Moment nur für ihn und die gemeinsamen Stunden.

Auch Maximilian hatte ich angerufen und ihm etwas von einer Familienfeier in Volterra vorgeschwindelt, deshalb der vorgezogene Pfingsturlaub. Da er wusste, dass ich als Viertelitalienerin gern den einen oder anderen unkonventionellen Plan schmiedete und manchmal ganz unerwartet in die Tat umsetzte, hatte er sich nur wenig gewundert. Ich nahm mir vor, ihn so bald wie möglich einzuweihen. Im Moment aber war der Kongress in Wien in meinen Augen zu wichtig, um ihn mit zusätzlichen Sorgen zu belasten. Er war mit dem Auto unterwegs und schon kurz vor Graz. Wenn er gewusst hätte, was wirklich hinter meiner Spontan-Aktion steckte, wäre er sofort umgekehrt und hätte seinen Vortrag in den Wind geschrieben.

»Alles clean«, hörte ich Joe in meinem Rücken sagen.

Ich wandte mich um. »Sicher?«

»Soll das eine Beleidigung sein?«

Mein alter Freund arbeitete inzwischen beim LKA in München, wo er als Chef des Erkennungsdienstes verschiedene technische Abteilungen leitete. Ich atmete laut aus, über die Maßen erleichtert, dass der Wagen garantiert wanzenfrei war. So konnten wir bald weiterfahren. Nur in Italien, in der Obhut meiner Familie, würde ich mich ganz sicher fühlen. Das erste Mal an diesem atemlosen Tag, der allmählich in den Abend überging, entspannte ich mich.

Joe drückte auf einen Knopf an seinem unauffälligen grauen Detektor und kratzte sich an seinem lichter werdenden Haaransatz.

Früher war er mit seinen vollen schwarzen Locken der Traum aller weiblichen Polizeianwärterinnen gewesen. Bloß ich hatte immer nur Augen für Paolo gehabt, der damals schon bei der Kripo gearbeitet hatte. Dafür verband Joe und mich seither eine gute Freundschaft. Über die Jahre waren zwar meine Besuche immer seltener geworden, doch über Telefonate und Mails hatten wir die Verbindung gehalten.

Wir sprachen über die alten Zeiten. Ich erfuhr, dass die hübsche Conny, die Joe eine Weile sehr verehrt hatte, inzwischen nach Nordamerika ausgewandert war. Als einzige Frau unter sonst nur männlichen Kollegen sorgte sie als Ranger in einem Naturreservat für Recht und Ordnung.

»Kannst du dich an Bea Stankowski erinnern?« Joe klappte die Beifahrertür zu.

»Die große Blonde, die auf unseren Grillfesten am Amberger See immer mit ihren roten Stöckelschuhen angetanzt ist?«

»Unsere Schönheitskönigin, genau. Inzwischen hat sie einen Riesenbauernhof, irgendwo in der Lüneburger Heide, fünf Kinder und züchtet mit diesem komischen Theo Merinoschafe und schottische Hochlandrinder.«

»Aber die wollte doch zum BKA?«

»Manchmal im Leben ändern sich die Prioritäten.« Er schmunzelte. »Weißt du, was aus Simple Simon geworden ist?«

Zuerst wusste ich nicht, wen er meinte. Aber dann tauchte ein Gesicht vor mir auf, undeutlich, verschwommen, dazu die lange, dünne Gestalt eines unreifen Mannes, fast noch ein Junge. Nur seine Augen sah ich klar vor mir. Schmale stahlgraue Augen, die nicht zu dem restlichen Eindruck des etwas linkischen, zurückhaltenden Kollegen passen wollten.

»Ist er nicht ins Ausland gegangen?« Ich überlegte. »Ich meine, irgendwer hätte mir das mal erzählt. Aber sag doch bitte nicht diesen blöden englischen Spitznamen. Er heißt Simon. Simon Stein.«

»Anna mit dem großen Herzen – du verteidigst ihn immer noch.« Joe grinste mitleidig. »Der war total in dich verschossen.«

»Wie bitte?«

»Du hast das nicht gemerkt?« Er lachte und steckte das Suchgerät in die dazugehörige Plastikhülle. »Na ja, du warst hin und weg von deinem Paolo.«

Alle außer mir hatten sich einen Spaß daraus gemacht, den Einzelgänger Simon mit dem englischen Kinderspiel »Simple Simon says« aufzuziehen, allen voran Bea und Conny, erinnerte ich mich jetzt wieder. Im Grunde war es ein harmloses Spiel. Einfache Anweisungen wie in die Luft springen oder ein Lied singen mussten befolgt werden, jedoch nur dann, wenn sie mit dem Zusatz »Simple Simon says« begannen.

»Und du übertreibst mal wieder maßlos«, erklärte ich. »Alles, was ich getan habe, war, den armen Kerl gegen eure dummen Hänseleien in Schutz zu nehmen. Heute würde man das übrigens Mobbing nennen.«

Conny, die schon damals eine starke Neigung zum Anglophilen gehabt hatte, war der hämische Gedanke gekommen, den schüchternen Kollegen mit dem Kinderreim aufzuziehen. Im Gegensatz zu ihr brillierte er nämlich mit hervorragenden Leistungen und drehte auch dann noch stundenlang seine Runden auf dem Sportplatz, wenn alle anderen schon längst Feierabend machten. Nach und nach hatte sich die Unsitte, den Reim mit zunehmend schwierigen Anforderungen und ausgerechnet dann aufzusagen, wenn Simon auf der Bildfläche erschien, auch unter den anderen Polizeianwärtern verbreitet. Er hatte mir leidgetan – er schien sich nicht wehren zu können. Also wies ich Conny, Bea und alle anderen in ihre Schranken, wenn sie es zu bunt mit ihm trieben.

Noch eine andere Erinnerung wollte zurückkommen. Etwas Wichtiges, spürte ich instinktiv. Aber sosehr ich mich auch bemühte, ich konnte sie nicht fassen.

Aus Joes Garten drangen johlende Kinderstimmen. Inzwischen hatte man die Burger-Schlacht offenbar beendet. Ein kaugummirosafarbener Plastikball mit goldenen Sternchen schlug direkt neben uns auf dem Gehsteig auf. Einen Augenblick später stand eine prustende Kinderschar auf dem Gehweg, mitten darunter mein Vincenzo.

»Wir bleiben noch ein bisschen, gell?«, fragte er unter allerhand Gekicher und Geschubse.

»Bitte, bitte, bitte!«, tönte es in dreistimmigem Mädchenchor.

»Ihr kennts a gern bei uns übernachtn«, schlug Joes Frau vor, die jetzt ebenfalls erschien. »Iss ja scho spät, und bis auf Italien iss no ziemlich weit.«

»Bitte, bitte, bitte!«, schallte es mir nun vierstimmig entgegen.

Fast wollte ich schon Ja sagen. Aber dann ließ ich mich doch nur auf weitere zwei Stunden Aufenthalt in Joes Haus ein. Allgemeines Gemurre folgte. So versprach ich zumindest, dass wir auf der Rückfahrt auf die Einladung zurückkommen würden.

Ich verstand die Kinder und hätte ihrer Bitte zu gern nachgegeben. Aber ich würde mich erst wieder wohlfühlen, wenn wir tausend Kilometer weit weg waren.

Ich kann mich kaum an die Fahrt über die Alpen erinnern. Ich wollte so schnell wie möglich vorwärtskommen, hielt kaum an und hatte einen regelrechten Tunnelblick. Meine Erinnerung setzt erst hinter Verona wieder ein, aber auch zur restlichen Wegstrecke habe ich nur wenige Bilder im Kopf. Die Poebene in völliger Finsternis, nur da und dort ein einsames, schwach erleuchtetes Gehöft, bei Bologna selbst in der Nacht dichter Verkehr, auf der kurvigen, den Apennin sich hinaufschlängelnden und von zahlreichen Tunneln durchzogenen Autobahn immer wieder blitzende Scheinwerfer im Rückspiegel, zwischen den eiligen Pinkel- und Kaffeepausen schnell vorbeihuschende Schilder: Firenze, Lucca, Pisa, Cecina.

Obwohl ich fast die ganze Nacht durchfuhr und auch am vergangenen Tag zwischen all den Katastrophen kaum eine Verschnaufpause gehabt hatte, war ich keine Sekunde lang müde. Auch von dem Stoß gegen die Wand und dem Aufprall mit dem Kopf merkte ich nichts mehr. Mein Adrenalinspiegel war zu hoch. Und obwohl ich inzwischen wusste, dass sich im Wagen keine technischen Spielereien mehr verbargen, ertappte ich mich hin und wieder bei dem unangenehmen Gefühl, dass uns jemand verfolgte. In der Dunkelheit hinter uns war kaum etwas auszumachen außer aufblendenden Lichtkegeln, schwarzen Pkws und rumpelnden Lastern.

Aber dann hörte ich wieder Joes beruhigende Stimme: Alles clean. Wie hätte *er* also wissen können, dass mein Sohn und ich uns auf dem Weg nach Italien befanden? Selbst wenn dieser Jemand sofort zur Villa gefahren war – wir waren dort nicht mehr aufgetaucht, nachdem ich die Minikamera und den Sender im Wagen gefunden hatte. Joe hatte mir versichert, dass es sich bei dem Sender im Auto um keinen Peilsender, sondern nur um eine ultramoderne Wanze handelte, mit der man jedes Gespräch mithören konnte. Dann hatte er mir versprochen, gleich morgen früh sein Team darauf anzusetzen. Wenn wir Glück hatten, würden wir bald wissen, wer das Ding wo gekauft hatte.

Zwischendurch überlegte ich, ob ich Paolo anrufen sollte. Aber erstens war es mitten in der Nacht, und zweitens hörte ich wieder seine Vorwürfe. Ich erinnerte mich an sein graues Gesicht, gezeichnet von den unzähligen Überstunden und dem unbarmherzig wachsenden Druck, und ließ das Handy, wo es war.

Auch an Maximilian dachte ich immer wieder. Ich sehnte mich nach unserer Vertrautheit und der Geborgenheit in seinen Armen und war nahe daran, ihn noch während der Fahrt in alles einzuweihen. Aber dann siegte doch die Vernunft. Er war gut in Wien angekommen, hatte er mir kurz und mit erschöpft klingender Stimme am Telefon mitgeteilt, und sicher bald zu Bett gegangen.

Vincenzo schlief fast die ganze Fahrt über. Nur einmal wachte er auf und murmelte verschlafen, wann wir denn endlich ankämen. Als ich mich fünf Minuten später zu ihm hinüberbeugte, war er schon wieder im Land der Träume.

Und dann, endlich, tauchte das Ortsschild von Volterra vor mir auf. Nur noch fünf Kilometer bis zum *Castello* von *Zia* Riccarda und *Zio* Marcello. Am Himmel zeigten sich die ersten rosafarbenen Schleier, bald würde die Sonne aufgehen. Seit unserem Zwischenstopp in München waren wir fast acht Stunden unterwegs.

18

Donnerstag, 4. Juni, 5.47 Uhr

»*Dai, ti faccio un bel caffè, carissima. Vuoi qualcosa da mangiare – un panino o un biscotto?*«, fragte Tante Riccarda keine dreißig Minuten später. »Ich mache dir einen schönen Espresso, meine Liebe. Möchtest du was zu essen, ein belegtes Brot oder einen Keks?«

Wir saßen in der großen Küche, neben dem Speisesaal das Zentrum des Hauses. Während die Espressomaschine auf dem Herd schon anfing zu brodeln, gurgelnde Geräusche von sich gab und der Raum sich mit Kaffeeduft füllte, klapperte meine Tante mit Tellern und Tassen. Vincenzo lag im Bett, einen Stock höher, in dem Zimmer neben seinen beiden Cousins, das immer für ihn reserviert war. Seit ich das Haus betreten hatte, fühlte ich eine bleischwere Müdigkeit, die mich bald endgültig übermannen würde. Doch Riccarda wollte nichts davon hören, dass ihre Nichte erst einmal schlafen musste. Dafür war später Zeit. Ich hatte unseren verfrühten Besuch natürlich unterwegs angekündigt, aber dennoch wollte meine Tante erst einmal die wichtigsten Neuigkeiten erfahren.

Auf dem *Castello*, einem aus dem vierzehnten Jahrhundert stammenden Palazzo mit fast dreihundert Hektar Land, widmete man sich wie auf jedem Agriturismo in der Toskana nicht nur den Hotelgästen, sondern in erster Linie auch dem landwirtschaftlichen Betrieb. Im Sommer war man früh auf den Beinen. Onkel Marcello war schon auf dem Traktor unterwegs, hatte Riccarda mir erzählt, und zahlreiche nahe und ferne Verwandte würden bald mit der Arbeit in den Weinbergen, Obstgärten und Olivenhainen beginnen.

»Es war sehr vernünftig, dass du zu uns gekommen bist, Anna.« Meine Tante stellte zwei kleine weiße Tassen und die Zuckerdose auf die schwere Tischplatte aus uraltem Eichenholz und holte eine Schale Cantuccini aus dem reich verzierten Küchenbüfett. »Bei uns seid ihr vor jeder Gefahr sicher. Wir lassen euch erst nach Regensburg zurück, wenn Paolo diesen unheimlichen Verehrer hinter Schloss und Riegel gesperrt hat.«

Wir Italiener halten uns gern an großen Worten und Gesten fest. Aber ich wusste, dass *Zia* Riccardas Versicherung nicht nur dahingesagt war. Auf dem *Castello* herrschte stets ein großes Miteinander, schon als Kind hatte ich mich beschützt und geborgen gefühlt. Man arbeitete, lachte und weinte, stritt, vertrug sich wieder, aß und trank, feierte, wann immer es etwas zu feiern gab – alles in der Gemeinschaft. Nur Freunde und Verwandte gingen unbehelligt ein und aus, und auch von den Hotelgästen kannte man jeden einzelnen. Ein Fremder wäre sofort aufgefallen. Hier brauchte man keine Alarmanlage, hier hatte man *la famiglia*.

Die Anspannung, die mich nun schon seit Tagen festgehalten hatte, fiel endlich von mir ab. Nur mit halbem Ohr hörte ich zu, als meine Tante mir von der einen oder anderen Veränderung auf dem Gutshof berichtete, die sich seit meinem letzten Besuch ergeben hatte. Zwischendurch überlegte ich, ob ich ihr im Gegenzug nicht auch endlich von Maximilian erzählen sollte, der größten Veränderung in meinem Leben. Irgendwann musste es schließlich sein. Im Moment hatte ich allerdings keine Lust auf Diskussionen. Ich konnte mir lebhaft vorstellen, was Riccarda und meine durch und durch katholische Familie dazu sagen würden, wenn ich, in Italien geboren und aufgewachsen, in wilder Ehe mit einem verheirateten Mann lebte. Die Welt veränderte sich. Aber nicht für eine italienische Großfamilie.

Außerdem war ich zu erschöpft. Ich nippte am aromatisch schmeckenden *caffè*, tunkte ein knuspriges Cantuccino in die schwarze Flüssigkeit, hörte wie durch einen Nebel Riccardas Stimme und die vielen anderen Geräusche im allmählich erwachenden Haus und nickte irgendwann im Sitzen ein.

Es war schon Viertel nach drei Uhr nachmittags, als ich wieder aufwachte. Meine Tante hatte mich ins Zimmer begleitet, erinnerte ich mich dunkel, und ich hatte tief und ungestört geschlafen. Ich fühlte mich so ausgeruht wie schon lang nicht mehr.

Ich lag in demselben gemütlichen Bett, auf demselben kühlen Leinen und im selben Zimmer, das ich schon in Kindertagen bewohnt hatte. Der Palazzo hatte so viele Räume, dass mein altes Zimmer nicht benötigt wurde und mir immer zur Verfügung stand. Für die Gäste waren die auf dem Anwesen verstreuten alten Steinhäuser im traditionell bäuerlichen Stil der Toskana reserviert, die im Inneren aber ebenso behaglich, mitunter sogar prachtvoll ausgestattet waren wie die Räume hier im Haus. Mein Bett war aus altem, mit Intarsien eingelegtem Holz gefertigt, an Wänden und Decken zeigten sich aus der Renaissance stammende Stuckarbeiten und Fresken in verblassenden Farben. Vor den hohen Fenstern und Glastüren hingen glänzende, an manchen Stellen bereits brüchige Brokatvorhänge, die schwer auf die dunkelroten Steinfliesen herniederfielen.

Das Haus war erfüllt von den typischen Geräuschen: Frauenstimmen, flinken Schritten auf den Treppen, Lachen, Klopfen und Hämmern, wie immer musste wieder irgendwo etwas repariert werden, dem schrillen Läuten des altmodischen Telefons mit Wählscheibe. Von draußen hörte ich Hunde bellen und Schafe blöken, im Hof riefen Menschen durcheinander, ein Zweitakter knatterte. Ich meinte, unter den Rufen auch die Stimme meines Sohnes ausmachen zu können.

Ich öffnete die Balkontür und klappte die Fensterläden auf. Gleißendes Sonnenlicht blendete mich, ein leichter Wind und die Hitze der toskanischen Berge mit ihrem unvergleichlichen Duft nach vertrockneten Wiesen und Sommer strömten mir entgegen.

»Mama, wir fahren ans Meer!«

Vincenzo winkte mir aufgeregt zu, umringt von seinen Cousins und Großcousins. Jeder von ihnen hatte einen Strandbeutel oder eine Badematte unter den Arm geklemmt.

»Wir fahren nach Cecina, mit Onkel Marcellos Jeep!«, rief mein Sohn mir zu. »Ich darf neben Leonardo sitzen – supergeil! Kommst du auch mit?«

Leonardo bog um die Ecke. Im Gegensatz zu Vincenzos anderen Cousins und Großcousins war er schon fast zwanzig und seit jeher das große Vorbild meines Sohnes gewesen. Ich wusste, wie stolz es ihn machte, dass ausgerechnet er neben diesem Halbgott sitzen durfte, noch dazu im Jeep des Großonkels. Sobald die Besorgungen erledigt waren, würden sie einen unbeschwerten Nachmittag am Strand verbringen.

Ich verneinte und wünschte der Truppe viel Vergnügen. Zum

Cena, dem Abendessen, konnte ich noch immer alle ausführlich begrüßen. Erst einmal freute ich mich auf die Dusche und die Ruhe nach der langen Fahrt.

Wenige Minuten später fuhren sie mit einer gewaltigen Staubwolke davon, mitten durch die Weinberge, die das *Castello* zu allen Seiten umgaben. Dahinter erstreckte sich eine schier endlose Hügellandschaft in unzähligen Grün- und noch viel mehr Brauntönen, schon jetzt waren viele Felder und Wiesen ausgedörrt von der Hitze, in der Ferne sah man die Silhouette von Volterra mit seinen schmalen hohen Türmen, Kirchturmspitzen und pittoresken Palazzi aus Italiens Glanzzeiten.

Ich ging unter die Dusche. Das Wasser war frisch und angenehm warm und spülte die letzten Erinnerungen an den überstürzten Aufbruch und die lange, sorgenvolle Nacht fort. Bei einem kleinen Spaziergang über das Anwesen, beschloss ich beim Abtrocknen, würde ich Maximilian anrufen. Sein Vortrag musste bis dahin vorbei sein. So konnte ich ihm endlich das beichten, was mir auf dem Herzen lag.

Eine halbe Stunde später überquerte ich den Rosengarten vor dem *Castello* und schlenderte über verwinkelte Steinstufen in Richtung Gutsladen, der in einem der vielen Nebengebäude untergebracht war.

Meine Tante war dort zu finden, hatte ich von Sofia erfahren, einer angeheirateten Verwandten aus dem nahe gelegenen Saline, die sich um die Küchenarbeiten kümmerte. Traditionsgemäß begann in der Toskana nach dem Mittagessen die Siesta, die bis fünf dauerte. Meine *Zia* hatte dafür jedoch nie Zeit, sondern zog sich stattdessen an ihren Hauptarbeitsplatz zurück.

Maximilian hatte ich vor wenigen Minuten tatsächlich erreicht. Ich hatte mich aber im Tag geirrt – sein Vortrag stand nicht heute auf dem Tagungsplan, sondern morgen, als Highlight der Veranstaltung. So hatte ich auf seine Frage, wie es mir ging, dann doch nur das begnadete Wetter in Italien gelobt, ein wenig herumgedruckst und am Ende beschlossen, ihm von den Hintergründen unseres chaotischen Aufbruchs erst morgen zu berichten. Schließlich hatte ich ihm noch versichert, wie sehr ich ihn vermisste. Dennoch hatte

Maximilian ein wenig verschnupft geklungen. Vielleicht, weil in Wien Regen aufzog. Vielleicht hatte er aber auch gemerkt, dass ich ihm etwas verschwieg.

Ich passierte den Kräutergarten und dachte an Joe. Ob er schon etwas herausgefunden hatte? Ich beschloss, ihn später anzurufen. Unser Gespräch von gestern Abend ging mir durch den Kopf, seine Behauptung, Simon Stein wäre verliebt in mich gewesen. Wie absurd – Simon und ich hatten doch kaum miteinander geredet …

Das letzte Grillfest am Amberger See fiel mir ein. Nach den Abschlussprüfungen hatten wir gefeiert, ein ausgelassener Sommerabend mit unzähligen Hamburgern und geröstetem Spanferkel, im Feuer gegarten Kartoffeln, Unmengen von Bier, Sekt und zu billigem Wein und reichlich guter Laune nach den angespannten Wochen zuvor. Joe spielte auf seiner Gitarre, Conny und Bea machten ihm schöne Augen und tanzten ausgelassen, irgendwann saß Simon im Schneidersitz neben mir. Einmal berührten sich unsere Knie. Zufällig, wie man sich bei solchen Gelegenheiten eben berührte, und ich lachte ihn unbefangen an. Plötzlich sah ich wieder sein Gesicht vor mir. In seinem Blick lag nicht das, was ich manches Mal zuvor in seinen Augen bemerkt hatte. Anstelle der schüchternen Dankbarkeit – schließlich hatte ich als Einzige bei den Hänseleien der anderen nicht mitgemacht – glaubte ich etwas anderes darin zu erkennen. Etwas Inniges, überraschend Tiefes. Fünf Sekunden später war Simon aber schon wieder verschwunden, und ich dachte nie wieder an diesen einen Moment. Sollte Joe doch mit seiner Vermutung, Simon wäre verliebt in mich gewesen, ins Schwarze getroffen haben?

Wie schon vor Joes Haus wollte sich auch jetzt eine andere und vor allem wichtige Erinnerung aus dem Nebel der lang vergangenen Zeit lösen und nach vorn treten. Doch wieder blieb sie verschwommen und undeutlich und verschwand schließlich ganz.

Die Luft im Kräutergarten war heiß und trocken, es roch nach Thymian, Salbei und Minze, in den Korkeichen lärmten die Zikaden. Tief sog ich die Luft ein und genoss es, endlich wieder frei atmen zu können. Im Sommer legte sich die schwüle Hitze in Regensburg wie ein drückendes Tuch auf die Stadt, und kaum ein Lufthauch verirrte sich darunter. Hier aber war das Meer nicht weit, in den Bergen wehte immer ein frischer Wind. Und all die Sorgen und Ängste, die mich von zu Hause vertrieben hatten, waren weit, so unendlich weit weg.

Wenige Minuten später betrat ich Riccardas Reich.

Wie immer empfing mich als Erstes dieser unvergleichliche Geruch. Es roch nach Büscheln aus getrocknetem Lavendel, nach dem alten Holz der Kommoden und Regale, nach frisch geerntetem Obst und Gemüse, je nach Jahreszeit waren es Äpfel, Trauben, Feigen oder wie heute kleine, saftige Zucchini mit duftigen gelben Blüten.

Vor sich hatte meine Tante eine unüberschaubare Flut an Flaschen aufgereiht: Wein, rotgoldenen Likör, Grappa unterschiedlichen Alters, Olivenöl, naturtrüb und frisch gepresst aus der hauseigenen Presse. Mit routinierten Bewegungen beklebte sie die Flaschen mit ihren selbst entworfenen, kunstvoll bemalten Etiketten. In den langen Regalen hinter ihr stapelten sich weitere Gläser und Papiertüten, angefüllt mit Pesto und Pasta, Marmeladen, Honig, in Sirup eingelegten Walnüssen und Kastanien. Und nicht zuletzt natürlich die unterschiedlich gereiften Käsesorten, auf die Riccarda besonders stolz war.

»Vor drei Wochen habe ich die ersten Kartons in die Schweiz geschickt«, erzählte sie mir nach der lautstarken Begrüßung mit strahlenden Augen, während Bella, ihr treuer Hund, aufgeregte Pirouetten um meine Beine drehte. »Und aus Schweden gibt es auch schon Anfragen.«

Die Tradition des Gutsladens mit seinen ökologisch erzeugten Produkten aus eigener Herstellung gab es erst seit sieben Jahren. Gegen den Willen meines Onkels und des alten Conte, des Bruders meiner vor wenigen Jahren verstorbenen Großmutter aus Regensburg, und von vielen anderen belächelt, hatte Riccarda ihr Projekt beharrlich verfolgt. Der Erfolg gab ihr recht. Über die Jahre hatte sich der Spleen der Hausherrin in klingende Münzen verwandelt und bescherte dem Gutshof inzwischen nicht nur Ansehen bei den einheimischen Gastronomen und Geschäftsleuten, sondern auch weit über die Grenzen von Volterra hinaus.

In den folgenden Stunden erfuhr ich das Neueste von ihren

Söhnen Dario und Giulio, die mit ihren Familien auch auf dem *Castello* wohnten, und von Francesca, Riccardas einziger Tochter. Seit über zwei Jahren lebte sie nun schon in Paris. Die Sprachenschule würde sie bald abschließen, aber dennoch nicht nach Hause zurückkehren. Sehr zum Missfallen meiner Tante, die sich von Francescas kostspieliger Ausbildung kompetente Unterstützung bei der Bewirtung der Hotelgäste und bei den mit dem Laden verbundenen Auslandsprojekten versprochen hatte. Grund dafür war ein Journalist beim Figaro, in den sich meine jüngste Cousine bald nach ihrer Ankunft verliebt hatte.

»Zumindest heiraten sie und ihr Pierre endlich«, schloss Riccarda zufrieden und drückte mir ein Etikett und eine Flasche in die Hand. »Schluss mit der wilden Ehe. Du kannst dir den Termin im September schon mal notieren.«

»Die Hochzeit ist in Paris?«

»Nein, natürlich hier auf dem *Castello*.«

Vermutlich war genau jetzt der Zeitpunkt, um meiner Tante von Maximilian zu erzählen. Sie hatte ein Recht, es zu erfahren. Meine Mutter, in jungen Jahren als begehrtes Model meistens in Florenz, Rom und Mailand unterwegs, hatte meine Erziehung zu großen Teilen ihrer Schwester überlassen. Auch mein Vater, ein angesehener Bauingenieur und Brückenbauer, hatte damals mehr Zeit in Asien und Afrika verbracht als in Europa. So hatte bis zu meinem fünfzehnten Lebensjahr, als meine Eltern mit mir nach Süddeutschland in die Heimat meines Vaters gezogen waren, meist Riccarda die Stelle meiner Eltern eingenommen. Seither war sie ebenso sehr meine Vertraute wie eine geachtete Respektsperson. Was sie wohl zu meiner Neuigkeit sagen würde?

Un uomo sposato, madonna – sai, non è mai stato una buona idea … Ein verheirateter Mann, um Gottes willen – das ist leider gar keine gute Idee …

Ich beklebte die nächste Flasche. Das Etikett saß schief.

»Du siehst so aus, als wolltest du etwas mit mir besprechen«, bemerkte Riccarda mit plötzlich sanftem Unterton.

Ich holte tief Luft und erzählte ihr in wenigen Worten alles. Wie Maximilian und ich uns kennengelernt hatten, bei meinem ersten Fall im vergangenen Winter, wie ich bald gemerkt hatte, dass er der Richtige für mich war, wie sehr er meine Liebe erwiderte, wie schnell ihn sogar Vincenzo ins Herz geschlossen hatte.

»Man merkt, wie gut dir dieser Mann tut. Ich bin sehr glücklich, dass du ihm begegnet bist.« Sie sah mich aufmerksam an. »Und wo ist der Haken?«

Ich schluckte. »Er ist verheiratet.«

»Verheiratet?« Langsam nickte sie. »Liebt er denn seine Frau noch?«

»Nein, die Ehe war schon kaputt, bevor ich ihn kennengelernt habe. Seine Frau lebt in Australien.«

»Wird er sich scheiden lassen?«

»Sicher. Wenn sie alles geklärt haben.« Ich schluckte wieder. »Aber ich weiß selbst, wie viel Kraft eine Trennung kostet. Mit Paolo damals – das ist nicht leicht gewesen. Deshalb will ich Maximilian nicht unter Druck setzen. Irgendwann ist die Zeit da.«

Sie sah an mir vorbei und sagte lange nichts.

Ich wartete. Auf die Flut an Vorwürfen, gegen die ich mich zwar gewappnet hatte, die ich aber dennoch kaum ertragen würde.

»Die Welt ändert sich«, sagte *Zia* Riccarda schließlich nur und strich mir mit ebenso weisem wie wehmütigem Gesichtsausdruck eine Haarsträhne aus dem Gesicht. »Wenn du mit einem verheirateten Mann glücklich sein willst, dann muss es eben so sein.«

Sie schloss mich in die Arme. Ich erwiderte ihre Umarmung, wie in Kindertagen, wenn sie mich wegen einer Ungezogenheit gescholten hatte und ich froh war, dass sie mir nicht mehr böse war.

»Dein Maximilian ist uns willkommen«, sagte sie dann und nahm die nächste Flasche zur Hand. Mit einem Mal änderte sich ihr Tonfall, sie klang so aufgekratzt wie ein junges Mädchen. »Wann lernen wir ihn kennen?«

Im nächsten Moment begann Bella zu kläffen und schoss wie ein fliegendes weißes Wollknäuel zur Tür. Zwei Frauen und ein Mann, Riccardas warmherziger Begrüßung nach zu urteilen Hotelgäste, betraten den Laden. Während die drei wohlwollend und unter ihrer fachkundigen Erklärung die Marmeladen und verschiedenen Pastasorten begutachteten, vibrierte das Handy in meiner Tasche. Ich hatte ganz vergessen, es nach dem Schlafen wieder laut zu stellen.

Paolos Name erschien auf dem Display. Ich ging nach draußen, begleitet von der quirligen Mischlingsdame.

»Wo zum Teufel steckst du?«, hörte ich die halb beunruhigte, halb erleichterte Stimme meines Ex. »Zuerst machst du mich ganz verrückt mit deinem durchgeknallten Rosenkavalier, und dann bist du wie vom Erdboden verschluckt. Seit Stunden versuche ich, dich zu erreichen!«

Ich hatte gesehen, dass er angerufen hatte, den Rückruf aber absichtlich auf später verschoben. Seine Besorgnis rührte mich nun und war zudem angemessen, nachdem er mich gestern so abgefertigt hatte. Ich erklärte ihm, wo Vincenzo und ich uns befanden.

»In der Toskana?«, wiederholte er verblüfft. »Und die Schule?«

»Wenn du mich gestern auch nur irgendwie ernst genommen hättest, dann wäre dieser verfrühte Pfingsturlaub gar nicht nötig gewesen«, versetzte ich. »Clarissa schreibt Vincenzo bestimmt ein Attest.«

Clarissa stammte wie ich aus Italien und hatte eine Praxis für Allgemeinmedizin in der Oberen Bachgasse in der Regensburger Altstadt.

»Vielleicht willst du trotzdem wissen, wie es Frau Braun geht«, sagte er, anstatt auf meine Antwort einzugehen. Ich wusste, dass ihn das schlechte Gewissen plagte. »Die OPs hat sie überstanden. Jetzt liegt sie auf der Intensivstation, ist aber immer noch nicht richtig bei Bewusstsein.«

»Und was ist mit Melissa?«

»Der Gerichtsbeschluss für den Handyprovider lässt auf sich warten. Der zuständige Richter will meinen Antrag erst einmal prüfen.«

»Gibt es zumindest Neuigkeiten zu Tamás Szábo?«

»Sebruvek hat gelogen«, sagte Paolo zu meiner Überraschung. »Mir hat der rumänische Kapitän am Telefon erzählt, er hätte den Hafen gegen zweiundzwanzig Uhr verlassen. Im Hafen gibt es aber Kameras, und wir haben eine Videoaufzeichnung von Sonntagnacht aufgetrieben. Er hat erst um dreiundzwanzig Uhr neunundfünfzig abgelegt.« Paolo hustete. »Verdammte Sommergrippe, ausgerechnet jetzt.« Umständlich schnäuzte er sich. »Da hat zwar schon dieses

Höllengewitter getobt, deshalb sind die Aufnahmen ziemlich unscharf. Sebruveks Schiff kann man aber trotzdem erkennen.«

»Der Kapitän war nicht gut auf seinen Bootsmann zu sprechen«, erinnerte ich mich. »Tamás Szábo hat das Schiff alleingelassen. Das war in der Nacht zuvor. Sebruvek hat das aber erst später erfahren, hat er mir erzählt.«

»Auch gelogen. Auf einer Kameraaufzeichnung ist zu sehen, wie die beiden sich anschreien wie die Verrückten. Und zwar am Sonntag, gegen sieben Uhr abends. Ein paar Minuten später geht der Ungar von Bord und zeigt seinem Chef den Stinkefinger.«

»Und du meinst allen Ernstes, der Kapitän war fast fünf Stunden später noch so wütend, dass er seinen Bootsmann bei seiner Rückkehr erstochen hat?«

»Ich muss dir wohl nicht erklären, dass Menschen im Affekt oft ganz anders handeln als sonst«, hielt Paolo dagegen.

»Erst einmal müssen wir herausfinden, wo Tamás gewesen ist. Wir wissen bisher nur, dass er nach dem Crazy Dreams in der Suzy Bar war. Um halb neun ist er von dort aufgebrochen. Er wollte zu Emmanuelle alias Sara Braun.«

»Ich brauche unbedingt Augenzeugen. Ich muss wissen, ob er sie tatsächlich aufgesucht hat.« Ich hörte etwas kritzeln, offenbar machte mein Ex sich eine Notiz. »Nehmen wir mal an, der Ungar ist irgendwann doch wieder zurück zum Schiff. Der Rumäne ist ihm vielleicht entgegengegangen und hat nach ihm gesucht. Es gab noch mehr Streit, plötzlich zieht einer das Messer.« Wieder hustete er. »Fakt ist, dass Sebruvek eine falsche Abfahrtszeit angegeben hat und zur Tatzeit keine zweihundert Meter vom Tatort entfernt war.«

Ich setzte mich auf einen Baumstumpf, den Rest einer alten Korkeiche, den man der Länge nach auf die große Wiese gelegt hatte, als natürliche Bank für die Hotelgäste. In den Obstgärten sah ich mit Körben beladene Frauen herumgehen, irgendwo riefen Stimmen durcheinander, in einem der Nebengebäude sirrte eine Kreissäge. Die Siesta war schon lang wieder vorbei.

»Sebruvek war stinksauer«, sagte ich langsam. »Seinem Bootsmann hat er keine Träne nachgeweint. Er ist ein Raubein, zugegeben, ansonsten hat er aber sehr diszipliniert auf mich gewirkt. Ich kann nicht glauben, dass er so durchdreht.«

Bella tollte auf der Wiese herum, schnüffelte da und dort, kam wieder zurück, mit wedelndem Schwanz, sah mich auffordernd an. Ich nahm einen kleinen Stock und warf ihn, so weit ich konnte. Aufgeregt sprang der Hund davon.

»Inzwischen ist er in Österreich«, sagte Paolo knapp. »Ich habe schon einen Antrag auf Amtshilfeersuchen gestellt. Sobald er am nächsten Hafen anlegt, gehen die österreichischen Kollegen an Bord und nehmen ihn in die Mangel.«

Nachdem ich aufgelegt hatte, stellte ich das Handy auf laut. Bella legte den Stock stolz vor mir ab, sprang in die Höhe und bellte erwartungsvoll. Ich warf ihn noch einmal, sie schoss davon. Das Handy begann zu singen.

Joe war am Apparat.

»Du bist aber schwer zu erreichen«, sagte er nach einem kurzen Hallo. »Und jetzt hör zu: Wer auch immer den Sender in dein Auto eingebaut hat, kennt sich aus. Ein japanisches Fabrikat, kann man übers Internet völlig problemlos und bei zig Anbietern bestellen. Es ist unmöglich, den Käufer ausfindig zu machen. Vielleicht hat er es irgendwo im Ausland gekauft.«

»Was ist mit Fingerabdrücken?«

»Auch negativ. Er hat offenbar mit Handschuhen gearbeitet.« Anerkennend schnalzte Joe mit der Zunge. »Wie gesagt, dein Verehrer kennt sich aus.«

Enttäuscht drückte ich auf den roten Knopf.

Als Bella mir den Stock zum zweiten Mal zurückbrachte, stand ich auf und ging zurück. Noch bevor ich den Gutsladen erreicht hatte, sang das Handy schon wieder.

Dieses Mal war es Maximilian.

»Was ist eigentlich los, Anna?«, lauteten seine ersten Worte nach der frostigen Begrüßung. »Ich liebe dich, schon vergessen? Deshalb sollte ich es als Erster erfahren, wenn es ein Problem zwischen uns gibt.«

»Was denn für ein Problem?«, fragte ich mit einem flauen Gefühl im Magen.

»Bitte, sag mir endlich, warum du so überstürzt nach Italien gefahren bist. Und warum du seit gestern so komisch bist.«

Ich dachte an seinen noch immer bevorstehenden Vortrag und

überlegte, ob ich mir irgendeine Geschichte einfallen lassen sollte. Aber das wäre nicht fair gewesen. Außerdem hatte ich genug von diesem dummen Versteckspiel. Also erzählte ich ihm, zuerst stockend, bald aber ohne Punkt und Komma, was in den letzten sechsunddreißig Stunden geschehen war. Maximilian unterbrach mich kein einziges Mal. Nur als ich ihm versicherte, dass Vincenzo und ich bei meiner Familie in Sicherheit wären und erst wieder nach Hause fahren würden, wenn Paolo meinen unheimlichen Verehrer ausfindig gemacht hatte, hörte ich, wie Maximilian scharf die Luft einsog. Dann war es eine Weile still.

»Im Moment kann ich hier nicht weg«, sagte er schließlich mit angespannt klingender Stimme. »Ansonsten würde ich sofort in den nächsten Flieger nach Pisa steigen.«

Im Hintergrund hörte ich Stimmengemurmel und Fußgetrappel, Türen klappten auf und zu.

»Das ist überhaupt nicht nötig, ich bin hier gut aufgehoben«, beeilte ich mich zu sagen. »Außerdem sind wir beide doch erwachsen, wir kriegen das schon hin und –«

»Aber du könntest nach Wien kommen. Und anschließend fahren wir gemeinsam in die Toskana. Was hältst du davon?«

»Nach Wien?« Einen Moment lang war ich sprachlos. »Aber ich kann doch Vincenzo nicht allein lassen.«

»Er ist nicht allein.«

»Außerdem bin ich gerade erst angekommen«, setzte ich aufgebracht nach. »Ich will nicht schon wieder ins Auto steigen.«

»Das ist mir klar. Ich buche dir natürlich einen Flug. Von Pisa nach Wien, Ankunft morgen Mittag – einverstanden?«

»Hast du eine Ahnung, was hier los ist, wenn ich gleich wieder verschwinde?«

Ich wusste wirklich nicht, wie ich meinen Verwandten eine so schnelle Abreise erklären sollte – und Lust auf ihre tausend Fragen, warum ich so bald schon wieder aufbrach, hatte ich erst recht keine. Wie immer, wenn ich in Rage geriet, wechselte ich ins Italienische.

»Senti, sono appena arrivata. Dimmi, come potrei spiegarlo alla famiglia – davvero, non sai cosa dici!«

»Ich verstehe kein Wort. Aber sicher hat das eben geheißen, dass das eine ganz fabelhafte Idee ist.«

»Ganz im Gegenteil«, versetzte ich, noch immer verärgert.

»Anna, ich liebe dich«, wiederholte er dennoch mit eindringlicher Stimme. »Ich weiß, du bist gut aufgehoben bei deinen Verwandten. Aber ich mache mir trotzdem Sorgen um dich. Meinst du nicht auch, es würde uns beiden guttun, wenn wir in dieser schwierigen Zeit zusammen sein könnten?«

»Du hast absolut recht – ich bin hier gut aufgehoben. Vincenzo ebenso, und ich will wirklich nicht –«

Wieder hörte ich im Hintergrund Türen klappern.

»Tut mir leid, aber es geht weiter«, sagte Maximilian. »Wir besprechen das später noch mal, okay?«

19

Donnerstag, 4. Juni, 20.34 Uhr

An diesem Abend war mir von Anfang an alles zu hektisch und zu laut. So erleichtert ich zuerst gewesen war, nach der langen Fahrt und den vielen Aufregungen endlich in der Obhut meiner Familie zu sein, so wünschte ich mir während des ewig dauernden Abendessens immer wieder, dann und wann einmal ein wenig für mich zu sein. Auch Maximilians Stimme klang mir noch im Ohr.

Es war ein großes Hallo gewesen, bis Vincenzo und ich endlich alle Verwandten und Freunde begrüßt hatten. Mein Sohn hatte kaum Zeit gehabt, mir von seinem ereignisreichen Nachmittag zu erzählen, als uns schon Onkel Marcello, seine Schwester Vittoria, ihre drei Kinder, mein großer Bruder Alessandro, der mit seinen Kindern in der Nähe des *Castellos* wohnte, und meine Cousins Dario und Giulio lautstark begrüßten, dicht gefolgt vom alten Conte, der sich wie immer auf seinen Gehstock stützte und im Gegensatz zu allen anderen nur das Nötigste sprach. Nach und nach tauchten ebenso viele bekannte wie unbekannte Gesichter auf, irgendwer drückte abwechselnd Vincenzo oder mich oder uns beide zusammen unter allerhand Küssen an sich, während man sich nach den Neuigkeiten in Deutschland erkundigte und vom Tratsch in Volterra erzählte.

Schließlich setzten wir uns an die langen Tische, die die Küchenhilfen im Hof vor dem *Castello* aufgestellt hatten. Traditionsgemäß waren die Tische mit weißen Tüchern und Tellern gedeckt, die sich seit meiner Kindheit nie verändert hatten. Wie immer im Sommer speisten wir unter freiem Himmel, umgeben vom Kreischen der Zikaden und mit Blick auf die in der Dämmerung vor uns liegenden Weinberge und Kastanienwälder. Ich saß bei Tante Riccarda und Onkel Marcello, Vincenzo hatte mir gegenüber neben seinem Lieblingsgroßcousin Leonardo Platz genommen, dann folgten mein Bruder und meine beiden Cousins mit ihren Familien und die weiteren Verwandten, nahe und entfernte Freunde sowie die Hotelgäste aus den verschiedensten Gegenden Europas.

Die Minestrone mit Pesto und Bohnen, die als Vorspeise gereicht wurde, war ein Gaumenschmaus und wurde von allen Seiten gelobt. Dazu tranken wir den rubinroten vollmundigen Sangiovese aus der Cantina meines Onkels. Riccarda, wie immer verantwortlich für den Speiseplan, nahm die zahllosen Komplimente mit stolzer Gelassenheit zur Kenntnis. Leonardo und Vincenzo erzählten vom heutigen Tag und von der bald anstehenden Reparatur der alten Olivenpresse, und mein Sohn vergaß völlig, dass er Italienisch eigentlich verabscheute. Wenn wir in Deutschland waren, weigerte er sich, auch nur ein Wort in seiner zweiten Muttersprache zu sprechen. Aber in der Toskana war immer alles anders.

Während Teller und Bestecke klapperten, Stimmen in Italienisch, Deutsch, Englisch und Französisch durch die Luft schallten, man reichlich von Onkel Marcellos Wein kostete und die Diskussionen immer hitziger wurden, musste ich wieder an das Gespräch mit Maximilian denken. In den letzten Tagen hatten wir wenig Gelegenheit zu Nähe und Zweisamkeit gehabt. Und nun, da die Atemlosigkeit der vergangenen Tage von mir abfiel, merkte ich mit jeder Minute, wie sehr er mir fehlte. Ich versuchte mir vorzustellen, wie es wäre, wenn er hier wäre. Inmitten meiner lauten Familie, wo man selten leise und oft gleichzeitig sprach. Mit Sicherheit hätten wir beide keine ruhige Minute gehabt. Und dabei hätte ich ausgerechnet jetzt ein wenig Ruhe dringend nötig. Sollte ich doch nach Wien fahren?

Nach der Suppe aßen wir *Lasagne con spinacci*, dazu das selbst gebackene Brot mit dicker Kruste. Sowohl die Pasta als auch der Spinat waren reichlich mit Knoblauch gewürzt, und das salzlose Brot brachte den kräftigen Geschmack erst richtig zur Geltung. Ich hatte kaum Hunger, Vincenzo hingegen langte kräftig zu. Sein Gesicht war von der Sonne am Strand gerötet, das dunkle Haar zerzaust, und wenn er nicht kaute, hing er an Leonardos Lippen. Sein Großcousin studierte Landwirtschaft und Gartenbau an der Universität in Florenz und hatte inzwischen bereits das zweite Semester absolviert.

Als Sofia und ihre Helferinnen, im Sommer stellte man angesichts der vielen Gäste immer zusätzliche Bedienungen ein, nach dem *Primo Piatto* die blank gefegten Teller abräumten, meldete sich mein Handy. Eine unterdrückte Nummer. Es war noch Zeit, bis man den *Secondo* servierte. Also suchte ich mir ein ruhiges Plätzchen am hintersten Ende des Hofes und drückte auf den grünen Knopf.

»Krüger am Apparat«, sagte eine herablassende Frauenstimme, die ich schon einmal gehört hatte. »Ich sollte doch noch mal anrufen, wenn es besser passt.«

Ich erinnerte mich, woher ich die Stimme kannte. »Sie sind Sara Brauns Nachbarin, nicht wahr?«

»So ist es«, bestätigte sie. »Dass Sie nicht Melissas Lehrerin sind, ist mir von Anfang an klar gewesen. Aber dass ausgerechnet eine Privatdetektivin bei mir läutet, war dann doch eine kleine Überraschung. Ich stöbere gern im Internet, wissen Sie.«

Der Form halber entschuldigte ich mich, weil ich mich nicht korrekt vorgestellt hatte.

»Also, weshalb ich eigentlich anrufe«, fuhr sie mit wichtiger Stimme fort. »So richtig leiden konnte ich diese Person ja nie, und eine akzeptable Nachbarin ist die Braun bisher auch nicht gewesen. Aber soeben erfahre ich, dass jemand versucht hat, sie umzubringen, und das wünscht man doch seinem ärgsten Feind nicht, oder? Und deshalb frage ich Sie: Hat dieser Tumult von neulich Abend vielleicht etwas mit dem Mordanschlag zu tun?«

»Was für ein Tumult?«

»Na, letzten Sonntag, drüben bei den Brauns. Gegen elf Uhr abends ungefähr, wissen Sie.«

Plötzlich war ich ganz Ohr. »Was genau ist passiert?«

»Die haben da ein Theater veranstaltet, die Braun und irgend so ein junger Kerl, fast wollte ich schon die Polizei anrufen.«

»Ein junger Kerl? Können Sie ihn beschreiben?«

»Anfang zwanzig, schätze ich mal, kräftig, aber nicht dick, eher klein als groß, irgendwie südländisch. Ach ja, und so komische Cowboystiefel hatte der an und eine schreckliche Lederjacke in Gackerlgelb – wer trägt denn so was? Zuerst habe ich ja gedacht, der will zu dem Mädchen. Aber von wegen.«

»Er wollte zu Sara Braun?«

»Die war ja nicht zu Hause, um acht ist sie mit dem Auto weg und das Mädel kurz vor ihr mit dem Roller. Irgendwann später ist dieser Kerl aufgetaucht, auf einem so alten Rad, dass ich dachte, das fällt jeden Augenblick auseinander.«

»Was hat er gemacht?«

»Das Rad vor dem Haus abgestellt. Und dann hat der da nur dumm rumgestanden und geraucht wie ein Schlot. Also, wenn Sie mich fragen – der war sturzbetrunken. Und gewartet hat er. Eine geschlagene Stunde lang.«

»Wann genau ist er aufgetaucht?«

»Kurz vor zehn. Und um elf biegt der Audi von der Braun dann um die Ecke. Ich hab mich noch gewundert, denn die kommt ja normalerweise spät nach Hause, immer mitten in der Nacht.« Sie holte kurz Luft. »Das Garagentor drüben geht automatisch auf, wie bei uns, da muss man nicht aussteigen. Aber langsam fahren muss man schon. Und plötzlich stellt sich dieser Kerl mitten in die Einfahrt. Da ist sie ausgestiegen. Erst haben sie eine Weile geredet, was heißt geredet, von Anfang an hat der die angeschrien. Und irgendwann ist es dann so laut geworden, dass ich wirklich schon fast die Polizei anrufen wollte. Mein Oliver hätte natürlich gesagt, mach mal langsam. Aber der war ja wieder auf Geschäftsreise.«

»Wissen Sie, worum es ging?«

»Der hat die Braun beschimpft, das war sonnenklar. Er hat nur gebrochen Deutsch geredet und sonst nur Ungarisch.«

»Sind Sie sicher – Ungarisch?«

»Über die Jahre schnappt man schon mal das eine oder andere Wort auf. Wir machen dort nämlich jedes Jahr Urlaub, vier Wochen Reiterferien in der Puszta-Ebene, Fünf-Sterne-Hotel und all-inclusive, kann ich wirklich empfehlen.«

Ich hörte, wie bei den Tischen jemand anfing zu singen. Ein klarer, reiner Bariton, der eine alte toskanische Weise vortrug.

»Jedenfalls bin ich hundertprozentig sicher, dass der Typ Ungarisch gesprochen hat. Das hab ich nämlich genau verstanden: *könnyűvérű nő*. ›Schlampe‹ heißt das, wissen Sie? Und dann, da bin ich aber nicht ganz sicher, aber ich meine, er hätte so was gesagt wie ›Ich bring dich um‹. Und gerade, als ich überlege, ob ich nicht die Polizei anrufen soll, man kriegt's dann ja doch mit der Angst, so mitten in der Nacht und nur meine Kleine und ich im Haus, also genau in dem Moment setzt sie den Kerl plötzlich in ihr Auto.«

»Warum denn das?«

»Das hab ich mich auch gefragt. Sie hat die Beifahrertür aufgemacht, ihn an den Schultern gepackt und hineingesetzt. Wie gesagt, der muss ziemlich betrunken gewesen sein, sonst hätte der das nicht mit sich machen lassen.«

»Und weiter?«

»Dann sind sie weggefahren, und im selben Moment ist meine Claire aufgewacht.«

»Wissen Sie, wann Frau Braun zurückgekommen ist?«

»Ich hätte es gehört, wenn sie vor halb eins gekommen wäre. Bis dahin habe ich nämlich noch gelesen, und unser Schlafzimmer geht nach vorn raus, wissen Sie.« Sie machte eine Pause. »Tja, und seit ich das mit dem Mordanschlag gehört habe, überlege ich dauernd, ob ich diesen Satz vielleicht doch richtig verstanden habe: ›Ich bring dich um‹.«

»Wissen Sie, was ich denke?«

»Nein. Was denn?«

»Sie sollten die Polizei anrufen. Und zwar so schnell wie möglich.«

Ich gab ihr Paolos Durchwahl und ging zurück zur Tafel. Inzwischen war es dunkel, man hatte die Windlichter angezündet. Überall flackerte es, auf den Tischen ebenso wie auf den Steinstufen und Mauervorsprüngen im ganzen Hof. Die Gespräche waren verstummt. Andächtig lauschte man dem Sänger Fabrizzio Biasini, einem gebürtigen Sieneser und nahen Freund der Familie, der bei seinen Besuchen immer gern ein Lied als Anerkennung für die ihm erwiesene Gastfreundschaft vortrug.

Ich setzte mich, nippte vom Wein und versuchte, mich auf die Melodie zu konzentrieren, die mir *Nonna* Emilia früher oft vorgesungen hatte, wenn ich sie in ihrer Villa in Regensburg besucht hatte. Doch die Unruhe, die der Anruf in mir ausgelöst hatte, wuchs von Minute zu Minute. Als Fabrizzio sich schließlich unter tosendem Applaus verbeugte, ja sogar noch während des Hauptgangs musste ich ständig über das soeben geführte Telefonat nachdenken. Kaum schmeckte ich das saftige *Spezzatino*, mit frischen Kräutern gewürztes Kalbsragout, und die marinierten Auberginen.

Ich nutzte die nächste Pause, in der man das Geschirr abtrug, entfernte mich wieder einige Meter von den Tischen und wählte Paolos Nummer. Frau Krüger hatte ihn vor wenigen Minuten angerufen, erfuhr ich. Allerdings konnte er Sara Braun zu dieser Zeugenaussage vorerst nicht befragen. Laut Einschätzung der zuständigen Ärzte war sie noch immer nicht vernehmungsfähig.

»Aber vorher habe ich endlich mit dieser Nachbarin von Frau Braun aus dem Nobelbordell gesprochen – die war nämlich verreist, nach Lüneburg, zu ihrer kranken Mutter«, verkündete mein Ex dann. Seine Stimme klang noch belegter als am Nachmittag. »Am Sonntagabend, hat sie gesagt, hat es mächtig Ärger gegeben, gegen Viertel nach neun, halb zehn muss das gewesen sein. Und zwar mit einem jungen Ausländer. Und jetzt rate mal, auf wen die Beschreibung passt?«

»Tamás Szábo?«

»Ganz genau. Er muss am Eingang unten ein ziemliches Remmidemmi veranstaltet haben, hat an allen möglichen Klingeln geläutet und herumgeschrien und war sichtlich betrunken«, fuhr Paolo fort. »Schließlich sind Frau Brauns Nachbarin und eine andere Prostituierte nach unten und haben ihm mit der Polizei gedroht. Da ist er abgehauen.«

»Er wollte zu Emmanuelle?«

»Ja. Die beiden Prostituierten haben Frau Braun anschließend davon berichtet, sie selbst hat sich wohl gar nicht mit hinuntergetraut. Von Anfang an hat sie panisch reagiert, hatte aber ganz offensichtlich keine Ahnung, wer der Störenfried war. Normalerweise bleibt sie bis drei, vier Uhr morgens, hab ich mir sagen lassen. An diesem Abend hat sie nach einigem Hin und Her dann aber alle Termine abgesagt und ist nach Hause.«

»Und ausgerechnet dort hat er sie dann abgefangen.« Ich überlegte. »Woher hat er gewusst, wo sie wohnt?«

»Das wüsste ich auch zu gern.«

»Laut der Aussage von Frau Krüger war Sara Braun um elf zu Hause. Tamás soll eine Stunde vorher schon da gewesen sein, zeitlich würde das passen. Sie konnte ihn beruhigen und zum Einsteigen bewegen. Um halb zwölf hat ihn der Wachmann von der Schiffsbaufirma beim Tatort gesehen und die Scheinwerfer eines

Autos. Außerdem hat er eine weibliche Stimme gehört. Hat Sara Braun den Ungarn etwa zum Hafen gefahren?« Ich massierte mir die Schläfen. »Was macht das für einen Sinn? Ich fahre doch keinen wildfremden Betrunkenen, der mich eben noch wüst beschimpft hat, mitten in der Nacht mit dem Auto durch die Gegend?«

»In dieser ganzen Geschichte macht gar nichts Sinn.«

»Ist der Laborbericht zur Tatwaffe schon da – ich meine die, mit der Tamás Szábo getötet wurde?«

»Ja. Das Blut ist von dem Ungarn. Die Fingerabdrücke sind unbrauchbar, wurden allesamt abgewischt.« Paolo hustete, verschluckte sich, hustete wieder. »Da fällt mir grade ein – ist eigentlich der Bericht vom LKA schon da?«

»Du meinst wegen den Blutspuren an Tamás Szábos Stiefeln?«

Ein Schatten flatterte an mir vorbei, so schnell, dass ich im ersten Moment dachte, ich hätte mich getäuscht. Eine Fledermaus, wurde mir dann klar.

»Genau, sie stammen ja von einer weiblichen Person.« Es raschelte, dann klickte es in hektischem Takt, als ob Paolo ungeduldig auf der Maus herumtippte. »Noch nichts da. Ebenso wenig der Bericht zu den Hautfetzen, die die Spusi unter seinen Fingernägeln gefunden hatte. Ich muss beim LKA nachfassen, das müsste doch längst fertig sein. Ciao, Prinzessin.«

Zurück bei der Abendgesellschaft, sollte ich wieder keine Ruhe finden. Als Sofia und ihre Helferinnen nach dem *Semifreddo*, halb gefrorenem Zitroneneis, das buchstäblich auf der Zunge zerging, den *caffè* servierten, lachte mein Handy als Zeichen für eine eingehende SMS.

Dein Flug morgen ist gebucht: Abflug Pisa 8.10 Uhr, Zwischenstopp in Rom, Ankunft Wien 11.25 Uhr. Tausend Küsse in Eile, Maximilian. PS: Ich kann den Flug natürlich noch stornieren. PPS: Ich rufe dich an, sobald ich endlich allein bin. PPPS: Bitte komm!

Mein erster Impuls war, sofort Maximilians Nummer ins Handy einzutippen und ihm gehörig die Meinung zu sagen. Wie konnte er es wagen, einfach für mich zu entscheiden?

Dann aber verwickelte Giulios junge Frau mich in ein Gespräch über Kindererziehung. Ich diskutierte mit ihr eine Weile hin und her, atmete den Duft des starken schwarzen *caffè* ein, blickte hinauf in den Nachthimmel, an dem sich die ersten Sterne zeigten, und beschloss, Maximilian erst später anzurufen. Von meinem Zimmer aus, wo wir in Ruhe reden konnten. Wo wir zwar nicht zusammen sein würden, uns aber immerhin ein wenig nahe sein konnten. Näher als in den letzten sechsunddreißig Stunden …

Und mit einem Mal merkte ich, dass er gut daran getan hatte, mich vor vollendete Tatschen zu stellen. Er fehlte mir genauso wie ich ihm. Ich wollte, ich musste ihn sehen. Um Vincenzo brauchte ich mir keine Sorgen zu machen. Er würde mich keine Sekunde vermissen.

Morgen würde ich also nach Wien fliegen. Was danach geschah, würde ich später entscheiden. Endlich löste sich meine Unruhe in nichts auf.

20

Freitag, 5. Juni, 11.32 Uhr

Am Flughafen Wien, der im Südosten der Stadt lag, herrschte das übliche Getümmel. Überall vorübereilende Menschen, die von irgendwoher kamen und irgendwohin wollten, fremde Sprachen, Lautsprecherdurchsagen, das Rollen der Gepäckstücke, Neonlicht.

Riccarda hatte natürlich nicht glauben wollen, dass ich mich so bald schon wieder auf den Weg machte, und das erwartete Theater inszeniert. Als sie aber hörte, wen ich in Wien treffen würde, sagte sie trotz ihrer anfänglichen Verstimmtheit den Satz, der in Italien schon immer alles entschuldigt hatte: *L'amore è sempre la cosa più importante* – die Liebe ist immer das Wichtigste.

Der Flug war entspannt gewesen, mit stellenweise komplett leeren Sitzreihen, der Zwischenstopp in Rom problemlos. Beim Landeanflug auf Wien hatte es zu regnen begonnen, und ich war froh um die dicke Strickjacke, die ich mir vorsorglich umgebunden hatte. Ich hatte nur meine Handtasche und Handgepäck für wenige Tage dabei, von daher blieb mir die Schlange vor der Gepäckausgabe erspart.

Auf der anderen Seite der Passkontrolle sah ich mich um. Kein Maximilian weit und breit. Ich ging einige Schritte auf und ab, konnte ihn aber nirgendwo entdecken.

Plötzlich sang das Handy.

Aber es war nicht Maximilian.

»Bingo«, war Paolos erstes Wort. »Der LKA-Bericht ist endlich da, zumindest der von den Blutspuren an den Stiefeln des toten Ungarn. Der mit den Gewebefetzen lässt noch auf sich warten. Jetzt rate mal, von wem die Blutspuren stammen?«

Seine Stimme klang noch verschnupfter als gestern Abend. Offenbar war die Sommergrippe schlimmer geworden.

»Etwa doch von Sara Braun?«, fragte ich.

»Allerdings. Der Befund ist eindeutig.«

Auch wenn ich mit dieser Antwort insgeheim gerechnet hatte,

brauchte ich doch einen Moment, um die Information zu verdauen.

»In ihrer Garage haben wir ein uraltes Herrenfahrrad gefunden, ganz hinten zwischen Umzugsmüll«, fuhr Paolo fort. »Es wird grade untersucht. Ich wette, wir finden zig Spuren, die von dem Ungarn stammen. Sie muss es dort versteckt haben, nachdem sie aus dem Hafen zurückgekommen ist.«

»Ich verstehe immer noch nicht, warum sie ihn überhaupt hingefahren hat«, warf ich ein. »Als er im Hafen ausgestiegen ist, hat er bestimmt wieder randaliert. Jedenfalls war er es, der sie so übel zugerichtet hat. Ob es Notwehr war?«

»Ich gehe davon aus, dass er sie mit dem Messer bedroht hat. Irgendwie hat Frau Braun es dann aber wohl zu fassen bekommen.«

»Gut möglich, er war schließlich sturzbetrunken. Hast du inzwischen mit ihr reden können?«

»Die Ärzte lassen mich noch immer nicht zu ihr, sie ist nach wie vor auf der Intensivstation.« Er nieste mehrmals. »Ich werde einen Haftbefehl beantragen und sie unter Arrest stellen lassen.«

»Und Sebruvek – hängt er auch mit drin?«

»Das Amtshilfeersuchen läuft. Die österreichischen Kollegen wollen alles doppelt und dreifach – bis die endlich mal in die Gänge kommen … Bisher weiß ich noch nicht einmal, ob sie den Rumänen schon verhört haben.«

»Und Melissa?«, fragte ich. »Hast du irgendeine Spur?«

Eine Lautsprecherdurchsage schallte durch die Halle. Ich konzentrierte mich auf Paolos Antwort.

»Inzwischen gehen Hunderte von Anrufen und Mails bei uns ein.« Er stöhnte, musste wieder niesen, dann husten. »Sie soll in Bamberg gesehen worden sein, gleichzeitig am Königssee, außerdem in Karlsruhe, Rostock, Brüssel und Rimini. Nur an der Côte d'Azur hat sie niemand gesehen. Und da der zuständige Richter den Beschluss für die Handyortung nicht unterzeichnet hat, bin ich machtlos.«

»Aber wieso? Sie ist vielleicht in Gefahr, wer weiß, ob sie überhaupt noch am Leben ist.«

»Richter Herzog ist dummerweise in Urlaub, und seine Vertretung sieht das leider anders. Schließlich hat Melissas Mutter keine Vermisstenanzeige aufgegeben, sondern dich sogar von dem Auftrag, ihre Tochter zu finden, entbunden. Solange es keine neuen Verdachtsmomente gibt, war's das.«

Wieder sah ich mich um. Noch immer keine Spur von Maximilian in dem Menschengewühl. Ich ging weiter auf und ab.

»Grade kommt eine Mail«, hörte ich Paolos Stimme sagen. »Das Ergebnis von der Untersuchung der Tatwaffe.«

»Die im Fall Tamás Szábo hast du doch schon bekommen?«

»Ja, das Messer mit der gezackten Klinge, das wurde ja im Containerterminal gefunden. Aber jetzt geht es um die Waffe, mit der Sara Braun angegriffen wurde – das Klappmesser mit der glatten Schneide, das unser unbekannter Täter in ihrer Diele liegen gelassen hat.« Nach einer kurzen Pause kam es angespannt: »Hör dir das an: Es ist tatsächlich dasselbe Messer, mit dem die beiden Frauen getötet wurden.«

»Also doch unser Serienmörder?« Ich blieb stehen, holte tief Luft. »Bist du sicher?«

»Die Schneide passt eindeutig zu den Schnittwunden von Britt Maikammer und Sybille Sinseder.«

Paolo schwieg. Ich wusste genau, woran er dachte: Medien, Politiker, Staatsanwalt und nicht zuletzt die zu Recht beunruhigte Bevölkerung – alle würden sie bald noch mehr über ihn herfallen als ohnehin schon. Und nicht nur das. Die wichtigste Frage war: Wann würde der Serientäter wieder zuschlagen?

»Außer Frau Braun bist du die Einzige, die den Kerl gesehen hat«, sagte mein Ex schließlich. »Du musst versuchen, dich zu erinnern, Prinzessin.«

»Ich hab dir alles erzählt, was ich weiß.« Vermutlich klang meine Stimme plötzlich ebenso niedergeschlagen wie die seine.

Ich ging ein paar Schritte zur Seite und suchte mir ein einigermaßen ruhiges Eck, was in dem ganzen Gerenne und Geschiebe nicht leicht war.

»Okay«, sagte ich dann. »Eine Geschäftsfrau, eine Anwältin, eine Nobelprostituierte – was haben die drei gemeinsam?«

»Es gibt keine Gemeinsamkeiten – ich bin das schon zigmal durchgegangen.«

»Britt Maikammer war gerade Mitte zwanzig, ihr Freund hatte

sich von ihr getrennt, ihr Arbeitsplatz war nicht gesichert«, zählte ich trotzdem unbeirrt auf.

»Ansonsten ein stabiler und wohlsituierter familiärer Hintergrund, sie hat immer noch bei den Eltern gewohnt«, übernahm Paolo widerwillig. »Laut Aussage von Freunden und Verwandten war sie beliebt und unkompliziert.«

»Ganz im Gegensatz zu Sara Braun, die so gut wie keine sozialen Kontakte hat. Sie ist knapp zehn Jahre älter als Britt Maikammer, hat früher in Wien studiert, keinerlei finanzielle Sorgen. Seit ihr Mann die Familie verlassen hat, ist sie alleinerziehend.«

Wieder ertönte eine Lautsprecherdurchsage, ein Mann in Shorts und gestreiftem T-Shirt polterte mit seinem riesigen Koffer an mir vorbei. Ich zog mich in eine kleine Passage zurück.

»Was ist mit Sybille Sinseder, dieser Geschäftsfrau?«, fragte ich, nachdem ich einige Meter gegangen war. »In der Zeitung stand nur wenig über sie. Ende fünfzig, drei erwachsene Kinder, zwei davon im Ausland, ein Büro im Süden der Stadt. Was hat sie beruflich gemacht?«

»Immobilien. Hat sich eine goldene Nase verdient, indem sie denkmalgeschützte, heruntergekommene Gebäude im Stadtinneren billig aufgekauft hat. Die hat sie dann saniert und zu völlig überteuerten Preisen an junges, zahlungskräftiges Volk weiterverkauft oder vermietet. Die ursprünglichen Mieter, die meisten davon alte Leutchen oder Studenten, hat sie natürlich an die Luft gesetzt.« Sein Ton änderte sich und wurde persönlich. »Menschen wie ihr haben wir es zu verdanken, dass das Mietniveau in Regensburg über die Jahre konstant in die Höhe getrieben wurde und eine immer größere Wohnungsnot unter der nicht so wohlsituierten Bevölkerungsschicht herrscht.«

»Sie muss sich dabei allerhand Feinde gemacht haben.« Noch während ich das sagte, wurde mir mit einem Mal klar, dass ich das alles schon einmal gehört hatte. »Sag mal, wie sah die Frau eigentlich aus?«

»Groß und ziemlich stämmig gebaut, die hat wohl gern gegessen, und das Haar war rabenschwarz. Und Feinde hatte sie tatsächlich genug.«

Groß, stämmig gebaut und schwarzhaarig!

Mir wurde siedend heiß und gleichzeitig eiskalt. Im Eiltempo erzählte ich Paolo von meiner unangenehmen Begegnung mit der Immobilienmaklerin.

Vor inzwischen gut zwei Wochen, an einem Donnerstagnachmittag, hatten wir uns ein lautstarkes Wortgefecht geliefert, mitten in der Pfarrergasse. Frau Baumbusch hatte neben mir gestanden und war erleichtert gewesen, dass der großspurig auftretenden Geschäftsfrau endlich einmal jemand die Meinung sagte. Jetzt wurde mir klar, warum sie sich bei der netten alten Dame seither nicht mehr gemeldet hatte: Zwei Tage später war sie tot gewesen.

»Paolo, ich weiß, welche Gemeinsamkeit die Opfer haben«, schloss ich mit tonloser Stimme. »Ich habe alle drei gekannt.«

»Nicht nur das, du hattest mit jeder der Frauen Ärger.« Auch mein Ex klang alles andere als glücklich. »Will er etwa den Verdacht auf dich lenken, oder was soll das sonst für einen Sinn haben, verdammt noch mal?«

Mir kam ein Gedanke, der mich leider noch weniger beruhigte. »Ist die Immobilienmaklerin nicht an einem Samstag ermordet worden – Samstagnachmittag im Domgarten? Welche Uhrzeit genau?«

»Um zehn nach fünf hat man sie gefunden, da war sie noch keine fünf Minuten tot. Einer Freundin hatte sie erzählt, sie würde sich um fünf mit einem potenziellen Interessenten für ein Objekt in der Maximilianstraße treffen.«

»Madonna mia …«

Mit stockender Stimme berichtete ich meinem Ex, wie jener Nachmittag verlaufen war.

Jeden Samstagnachmittag traf Vincenzo sich mit seinem Freund. Florian wohnte am Ende der Lindnergasse, nur ein paar Häuserecken vom Domgarten entfernt. Der Samstag war gleichzeitig der verkaufsstärkste Tag in der Boutique und deshalb der einzige Wochentag, an dem ich Mona regelmäßig beim Verkauf unterstützte. Gegen halb fünf fing ich an mit den Aufräumarbeiten, meist sperrte ich noch vor fünf zu. Anschließend machte ich einen kleinen Spaziergang, immer durch den verträumten Domgarten, eine stille Insel mitten in der Altstadt, und trank in der Lindnergasse eine Tasse Kaffee mit Florians Mutter, manchmal auch zwei, bis die Jungs sich endlich von Florians Comicheften trennen konnten.

An jenem Samstag vor zwei Wochen rief Vincenzo mich an, ich hatte mich schon auf den Weg gemacht, und berichtete mir von einer Planänderung. Aufgrund des warmen Wetters waren alle drei an den Schwetzendorfer Weiher gefahren, knappe fünfzehn Kilometer nördlich von der Stadt. Erst im letzten Moment hatte Vincenzo daran gedacht, mir Bescheid zu geben, dass Florians Mutter ihn später nach Hause bringen würde. So hatte ich am Domplatz kehrtgemacht und noch ein paar Einkäufe in der Stadt erledigt. Am darauffolgenden Samstag war Vincenzo auf der Geburtstagsfeier eines Schulkameraden gewesen, weshalb ich den ersten Tatort nie mit eigenen Augen gesehen hatte.

»Wenn Vincenzo dich nicht angerufen hätte, wärst du einer der ersten Zeugen am Tatort gewesen«, resümierte Paolo. »Und bei Opfer zwei und drei warst du tatsächlich die erste Person am Tatort.«

»Das alles war also kein Zufall«, hörte ich mich wie durch einen dichten Nebel sagen. Kaum erkannte ich meine eigene Stimme wieder. »Der Täter hat die Morde so geplant, dass ich buchstäblich über alle drei Leichen hätte stolpern müssen. Aber woher hat er gewusst, wann ich wo bin?«

Paolo seufzte abgrundtief. »Wer hasst dich so sehr?«

Mir fiel niemand ein. Stattdessen musste ich an meinen unheimlichen Verehrer denken. Er machte mir Geschenke: Rosen, einen purpurroten Schal, wertvolle Rubine. Rot war die Farbe der Liebe. Gleichzeitig drang dieser Jemand in mein Haus ein, verschaffte sich Zutritt zu meinem Wagen, hörte mich ab, beobachtete mich und verfolgte mich offenbar auch auf Schritt und Tritt.

Mir kam ein entsetzlicher Gedanke. Sollte er so krank sein, dass er für mich sogar Menschen tötete, die mir nicht wohlgesinnt waren – als groteske Geschenke in dieser absurden Reihe von Blutopfern? Rot wie die Liebe, rot wie Blut?

»Denk nach, Prinzessin«, kam Paolos Stimme aus weiter Ferne. »Du hast ihn gesehen. Auch wenn er vermummt war und alles so schnell gegangen ist. Dir muss doch etwas an ihm aufgefallen sein?«

Sein Geruch.

Ich war sicher gewesen, dass ich ihn kannte.

Von früher.

Eine Erinnerung kam zurück.

Undeutlich, verschwommen.

Ich versuchte, sie zu fassen.

Das Grillfest nach den Abschlussprüfungen.

Jemand saß neben mir, am Lagerfeuer …

Und dann wusste ich es endlich.

»Joe hatte recht«, stieß ich hervor und atmete heftig. »Simple Simon – Simon Stein! Er hatte schon damals dieses komische Rasierwasser, jetzt erinnere ich mich.«

In abgehackten Sätzen berichtete ich Paolo, was ich über Simon Stein wusste. Es war nicht viel: Wir waren zusammen auf der Polizeischule gewesen. Ich hatte ihn kaum wahrgenommen, so unauffällig hatte er sich verhalten. Wenn Conny und Bea es zu bunt mit ihm trieben, nahm ich ihn in Schutz, sonst hatten wir kaum Berührungspunkte. Und wenn ich Joe und meiner eigenen Erinnerung an diesen kurzen Moment am Lagerfeuer, als Simon Stein mich so innig und ernst angesehen hatte, glauben konnte, hatte er mich über die Maßen verehrt.

»Er hat mein Haus und das Auto verwanzt, wusste also über meinen Tagesablauf Bescheid, vielleicht hat er auch in der Boutique eine Kamera installiert«, überlegte ich laut und erzählte Paolo von den durchwühlten Regalen im BellaDonna. »Ich weiß, es klingt absurd, aber es sieht so aus, als würde er Menschen töten, um mir einen Gefallen zu tun.« Ich stöhnte. »Gibt es das? Kann jemand so krank sein?«

In meinem Kopf drehte sich alles, es fiel mir schwer, einen klaren Gedanken zu fassen.

»Irgendwer hat mir später mal erzählt, Simon sei ins Ausland gegangen«, fiel mir plötzlich ein. »Ich weiß aber nicht mehr, wer oder warum, geschweige denn wo Simon sich inzwischen aufhält.«

»Du bleibst mit Vincenzo auf jeden Fall erst einmal in Italien«, entgegnete Paolo knapp. »Ich setze mein Team auf Stein an. Wir finden ihn. Das verspreche ich dir.«

Ich erzählte ihm nicht, dass ich inzwischen in Wien war. Solange ich mich nicht in Regensburg befand, war ich in Sicherheit.

Ich legte auf. Zwei Sekunden später lachte das Handy. Eine neue SMS. Aber ich war nicht fähig, sie zu lesen. Ständig kreisten meine Gedanken um Simon. Warum hatte er mir früher seine wahren Gefühle nie deutlicher gezeigt als mit diesem einen Blick am Lagerfeuer? Oder täuschte Joe sich vielleicht doch in seiner Einschätzung und ich mich in meiner Erinnerung? Wie sollte es überhaupt möglich sein, dass ein so unscheinbarer Kollege sich nach so vielen Jahren plötzlich an meine Fersen heftete und ebenso absurde wie grausame Verbrechen beging – ausgerechnet meinetwegen?

Wieder rollte jemand mit seinem Köfferchen vorbei, irgendwo lachte eine Frau, zwei dunkelhäutige Männer in Designeranzügen unterhielten sich in einer kehlig klingenden Sprache, die nächste Lautsprecherdurchsage durchflutete die Halle. Alle Reisenden mit dem Ziel Dubai sollten sich dringend zu Gate 21 begeben, hieß es, der Schalter würde in wenigen Minuten geschlossen.

Die Antwort auf die erste Frage war einfach. Schon während meiner Ausbildung auf der Polizeischule waren Paolo, der dienstältere und angesehene Kollege von der Kripo, und ich ein Paar geworden. Wahrscheinlich hatte Simon sich einfach nicht an mich herangetraut. Und was die zweite beziehungsweise dritte Frage anging –

Plötzlich umfingen mich zwei starke Arme von hinten. Ich zuckte zusammen, wollte mich instinktiv befreien. Im selben Moment spürte ich, wie mir dieser Jemand einen Kuss ins Haar drückte, und dann hörte ich zu meiner Erleichterung Maximilians zärtliche Stimme.

»Herzlich willkommen, meine Schöne.«

Aufatmend wandte ich mich um und fiel ihm um den Hals.

»Bitte entschuldige, dass ich so spät dran bin. Hier in Wien ist eine Baustelle nach der anderen. Hast du meine SMS bekommen?«

Ich nickte nur und drückte mich fest an ihn.

»Du kannst wählen«, fuhr er unbekümmert fort. »Stadtführung, Mittagessen in einem der berühmten Wiener Kaffeehäuser, Besichtigung unseres Hotelzimmers inklusive Probeliegen im Bett. Es ist übrigens viel zu groß für mich allein.«

Ich hörte ihn leise lachen, sagte aber noch immer nichts, genoss nur seine Umarmung und das Gefühl, für kurze Zeit an nichts denken zu müssen.

»Was hältst du davon, wenn wir jetzt gleich ins Hotel fahren?« Wieder lachte er. »Und später essen wir irgendwo eine Kleinigkeit?«

Als ich noch immer nicht reagierte, schob er mich ein kleines Stück von sich und betrachtete mich aufmerksam.

»Was ist los, Anna?«

»Ich brauche Ruhe. Und dich.«

Er nickte, mit einem Mal sorgenvoll, nahm mir das Handgepäck ab, legte mir den Arm um die Schulter und brachte mich zum Wagen.

Zwei Stunden später lagen wir noch immer in Maximilians Hotelbett, das für eine Person tatsächlich viel zu groß war, für zwei aber gerade richtig.

Auf der Fahrt vom Flughafen nach Ottakring, einem gemütlichen Wiener Stadtteil mit Heurigenlokalen und beeindruckend hohen, alten Häusern, hatte ich Maximilian von Paolos Anruf erzählt. Mein Geliebter hörte schweigend zu, während er den Wagen gelassen durch die schier endlosen Autoschlangen beim Flughafen und den mit jeder Minute stärker werdenden Regen manövrierte. Es tat mir gut, alles loszuwerden, meine Ängste und Befürchtungen, und ich verschwieg ihm nichts.

Kaum betraten wir das Hotelzimmer, einen plüschigen Raum in warmen Orangetönen mit Ausblick auf die Alt-Ottakringer Pfarrkirche, lagen wir uns in den Armen. Maximilian liebte mich so zärtlich wie selten zuvor, ich ihn mitunter so verzweifelt, als wäre dies das letzte Mal, dass wir zusammen sein sollten. Irgendwann wurde ich entspannter, die vielen Gedanken verschwanden aus meinem Kopf, und endlich gab es nur noch uns beide.

Als ich wieder zur Besinnung kam, hörte ich den Regen nur noch leise aufs Fensterbrett prasseln. Draußen hingen noch immer tiefe Wolken, doch nicht mehr so dicht wie noch während der Fahrt hierher. Die Sonne zeigte sich bereits wieder als blasse Scheibe hinter den trüben Schleiern.

»Leider muss ich bald los«, sagte Maximilian, während er sanft meinen Rücken massierte. »Was hältst du davon, wenn du mitkommst und dir die Stadt ansiehst, solange ich bei all diesen wichtigen Leuten bin?«

»Gute Idee. Vielleicht komme ich auf andere Gedanken.«

Er strich mir eine Haarsträhne aus dem Gesicht und sah mir mit ernster Miene in die Augen. »Wir fahren erst wieder nach Regensburg, wenn dieser Simon Stein – oder wer sonst hinter all dem Wahnsinn steckt – in sicherem Gewahrsam ist. Sonst habe ich keine ruhige Minute mehr.«

Es klopfte an der Tür. Maximilian stand auf und nahm dem Zimmerkellner den Cappuccino und die Schinken-Käse-Croissants ab, die er vor wenigen Minuten telefonisch bestellt hatte. Für ein gemütliches Essen in einem Kaffeehaus hatten wir nun keine Zeit mehr.

Als Maximilian zehn Minuten später unter der Dusche stand, spukten mir noch immer seine Worte durch den Kopf. Auch ich verspürte nicht das leiseste Verlangen, zu früh nach Regensburg zurückzukehren und mich womöglich in Gefahr zu begeben. Aber Paolo würde Simon Stein finden. Er hatte es mir versprochen.

21

Freitag, 5. Juni, 14.32 Uhr

Der Ärztekongress fand in der Wiener Hofburg statt und somit mitten in der Inneren Stadt.

Maximilian stellte den Wagen in einem Parkhaus in der Nähe ab und gab mir den Schlüssel, falls ich vorzeitig zurück ins Hotel wollte. Ich begleitete ihn zur Hofburg, wünschte ihm viel Erfolg bei seinem Vortrag, küsste ihn zum Abschied und sah ihm nach, wie er mit seiner Tasche unter dem Arm hinter den beeindruckend aussehenden Flügeltüren des riesigen, konkav geformten Gebäudes verschwand.

Nach seinem Vortrag würde er sich so bald wie möglich melden, hatte er versprochen. Als einer der wichtigsten Redner musste er später noch einen Sektempfang über sich ergehen lassen, vielleicht konnte er sich aber zumindest beim Abendessen ausklinken, hatte er überlegt. Ansonsten würde ich einfach dazukommen und mir die Fachgespräche seiner Kollegen aus aller Welt über die neuesten Entwicklungen in der Neurochirurgie anhören.

Inzwischen hatte die Sonne es geschafft, die Wolkendecke ganz zu durchbrechen, da und dort lugten tiefblaue Himmelfetzen hervor. Die Luft war warm und feucht, fast wie in einem Treibhaus. Ich bewunderte die gewaltige, türkisgrüne Kuppel der Hofburg, spazierte durch den dahinterliegenden Park, ließ die bunten Farben der phantasievoll gestalteten Blumenrabatten und das satte Grün der Rasenflächen auf mich wirken, lauschte dem breiten Dialekt der auffallend schick gekleideten Einheimischen und den fremdländischen Stimmen der Touristen, die, mit Stadtplänen, Fotoapparaten und Smartphones bewaffnet, an mir vorüberzogen.

Ich verließ den Park, ließ mich treiben, besah mir die breiten Straßenzüge, gesäumt von majestätisch wirkenden Gebäuden, von denen jedes einzelne so groß und so reich ausgestattet war, dass es anderenorts problemlos als Schloss durchgegangen wäre. Dazwischen blitzte immer wieder eine Statue aus Bronze oder Marmor auf einem Steinsockel hervor, in der Ferne zeigten sich riesige Kuppeln über den hohen Dächern. Nach dem mittelalterlichen Charme der Kleinstädte in meiner toskanischen Heimat erschlug mich fast die prunkvolle Eleganz der inzwischen zwar verblichenen, aber noch immer beeindruckenden K.-u.-k.-Monarchie, dazwischen der Trubel und das Jetset-Flair einer ebenso modernen wie eigenwilligen Weltstadt. Überall gab es Trauben von Menschen, das Rauschen des Großstadtverkehrs, Musikfetzen von Straßenmusikanten. Ich zwang mich, alle Gedanken an Simon auszuklammern und mich auf die ständig wechselnden Eindrücke zu konzentrieren. Irgendwann fand ich mich in den verwinkelten, schmalen Gassen der Altstadt wieder, wo ich die Schaufenster betrachtete. Ein Potpourri an Antiquitäten, extravaganter Kleidung, Papeterieartikeln, antiquarischen Büchern, Gemälden in wilden Farben. Dazwischen bot man Krimskrams und barocken Kitsch für Haus und Garten feil, Schmuck, Body-Art-Produkte und vieles mehr.

Auf der sonnenüberfluteten Terrasse eines im Jugendstil erbauten Kaffeehauses bestellte ich einen Mokka. Als ich fünf Minuten später zahlte, gerade klapperte ein vierbespannter Fiaker vorbei, wurden die Wolken schon wieder dichter, und die Sonne verblasste. Ich verließ die Terrasse, das Handy begann zu singen.

Wieder einmal war es Paolo.

»Simon Stein ist in Deutschland«, lauteten seine ersten Worte.

Wie elektrisiert blieb ich stehen. »Wo genau?«

»Im Moment sieht es so aus, als wäre er in Landsberg am Lech.«

»In Landsberg?« Ich atmete tief ein und sofort wieder aus. »Dann war es also sein Wagen, den ich vor Sara Brauns Hostessenwohnung gesehen habe?«

»Das checken wir gerade.«

»Bis Regensburg sind das höchstens zweihundert Kilometer.«

»Hundertachtzig, um genau zu sein. Da wohnt eine Tante von ihm, bei der ist er vielleicht untergekommen.«

»Was hast du sonst herausgefunden?«

Es fing an zu tröpfeln. Ich ging in eine Passage und lauschte konzentriert Paolos Bericht.

»Er ist bei seinem Vater aufgewachsen, in Augsburg, die Mutter ist gestorben, als er sieben Jahre alt war. Stein hatte eine Halbschwester, die war aber von einem anderen Mann, deshalb hat der Vater das Mädchen zu irgendwelchen Großeltern gegeben. Der Vater hat immer Schichtdienst gearbeitet, in der Produktion, der Junge war schon früh ein Schlüsselkind. In der Schule war er erstaunlich gut, ansonsten unauffällig. Nach dem Abitur hat er den Einstellungstest für den Polizeidienst gemacht und mit Bravour bestanden, auch bei den Abschlussprüfungen war er einer der Besten. Im Anschluss an die Polizeischule ist er zur Bundeswehr und hat sich für zwölf Jahre verpflichtet. Ich habe mit seinem Ausbilder telefoniert, bei den Funkern. Stein war sehr zuverlässig, aber ein Einzelgänger. Immer hat er irgendwelches Elektronikzeug gebastelt, später dann Elektrotechnik in Hamburg studiert, auf der Bundeswehr-Uni. Wenn man sich so lang bei der Bundeswehr verpflichtet, gehört ein Studium praktisch immer dazu. Nach dem Abschluss, den er übrigens auch mit einer Eins bestanden hat, hat er sich für einen freiwilligen Einsatz im Kosovo gemeldet, als Offizier, darüber weiß ich aber noch nichts Genaues. Später war er in Afghanistan stationiert, bis September 2011, dort hat er mehrere Sondereinsätze bei der Internationalen Schutztruppe geleitet.«

»Klingt so, als hätte er sich immer die besonders gefährlichen Gegenden ausgesucht.«

»So ist es. Am Hindukusch hat er sich sehr verdient gemacht. Zweimal hat es aber Todesfälle unter seinen Leuten gegeben. Einmal bei einem Selbstmordanschlag auf das Lager, in dem er mit seiner Mannschaft stationiert war, und das andere Mal bei einem Einsatz in einem Bergdorf. Da hat man sie in einen Hinterhalt gelockt, vier Tote auf der Seite der Schutztruppe, nur er und ein anderer Soldat haben überlebt. Danach ist Stein nach Deutschland zurück. Offenbar hatte er massive Schwierigkeiten.«

»Was für Schwierigkeiten?«

»Psychischer Art. Er war in einer Spezialklinik am Bodensee, für fünf Monate. Anschließend ist er zurück nach Hamburg.« Ein heftiger Hustenanfall ließ Paolo einige Sekunden lang verstummen. »Er hat bei einer Softwarefirma angefangen, als Elektroingenieur. Es muss aber wieder Probleme gegeben haben. Welcher Art, kann ich noch nicht sagen, jedenfalls ist er dort nicht lang geblieben.«

»Er hat gekündigt?«

»Das weiß ich auch noch nicht. Aber es scheint Beschwerden von einer Kollegin gegeben zu haben.«

»Heißt das, er hat sie belästigt?«

»Wie gesagt, mir ist noch nichts Genaues bekannt.«

»Früher war er immer sehr höflich uns Kolleginnen gegenüber.«

Noch während ich das sagte, stutzte ich. Trog mich meine eigene Erinnerung – war er vielleicht nur mir gegenüber höflich und zuvorkommend gewesen?

Paolo versicherte mir, er würde sich sofort melden, sobald er etwas Neues wusste, und verabschiedete sich.

Ich drückte auf den roten Knopf, blieb aber, wo ich war. Immer mehr Passanten suchten nun Zuflucht in der Passage, draußen ging ein heftiger Platzregen nieder. Ebenso ratlos wie alle anderen Umstehenden starrte ich auf die vom bleigrauen Himmel auf das Pflaster niederdonnernden Wassermassen. Als ich das Handy zurück in die Tasche stecken wollte, meldete es sich erneut.

Ob Paolo etwas vergessen hatte?

»Hallo, Krüger am Apparat«, hörte ich jedoch die nasale Stimme von Sara Brauns Nachbarin. »Mir ist noch was eingefallen.«

Ich brauchte zwei Sekunden, um mich zu orientieren. »Geht es um den Sonntagabend?«

»Ganz genau. Da war ja noch dieses Geräusch, wissen Sie. Das hatte ich nämlich ganz vergessen.«

Ein Mann im Nadelstreifenanzug, der ganz vorn stand und immer wieder nervös in sein riesiges Smartphone murmelte, spannte einen übergroßen Schirm auf und wagte sich hinaus in den sintflutartigen Regen. Nach drei Metern begann er zu laufen, bis zum Knie spritzten die Pfützen an ihm hoch.

»Ich habe gar nicht mehr dran gedacht, weil die Braun im selben Moment ja weggefahren ist, mit dem betrunkenen Kerl im Auto, und eine Sekunde später ist schon meine Claire aufgewacht«, fuhr Frau Krüger atemlos fort. »Ich bin ins Kinderzimmer, und da hab ich dieses Geräusch gehört, von einem Motorroller. Ich bin sicher, dass es der Roller von dem Braun-Mädel gewesen ist.«

»Heißt das, dass Melissa Sonntagnacht doch nach Hause gekommen ist?«

»Das ist ja das Komische. Angehalten hat sie nämlich nicht.

Das Geräusch ist zuerst lauter geworden und dann wieder leise, wissen Sie. Als ob sie in die Straße eingebogen und sofort wieder davongefahren ist.«

»Könnte es nicht doch jemand anders gewesen sein?«

»Eben nicht. Man hat doch ein Ohr für die Autos und Motorräder aus der Nachbarschaft. Ganz klar – es ist der Roller von dem Braun-Mädel gewesen.«

Draußen trommelte noch immer der Regen aufs Pflaster. Ich blieb, wo ich war, und dachte nach. Wenn Melissa Sonntagnacht tatsächlich nach Hause gekommen war, musste sie gesehen haben, wie ihre Mutter mit Tamás Szábo wegfuhr. Vielleicht war sie ihnen gefolgt und stellte den Roller vor der Schiffsbaufirma ab. Zwischen dem West- und dem Ölhafen und weit genug entfernt, um von ihrer Mutter und deren Begleiter nicht sofort gesehen zu werden. Zu diesem Zeitpunkt war Sebruvek mit seinem Frachter noch am Ölhafen gewesen. Ich wollte, ich konnte nicht glauben, dass er etwas mit Támas Szábos Tod zu tun hatte. Aber vielleicht hatte er das Schiff in der Nacht noch einmal verlassen, um nach seinem Bootsmann Ausschau zu halten? Womöglich war er zum Westhafen gegangen und hatte etwas von dem Geschrei gehört? Oder etwas beobachtet? Vielleicht wusste er, wo Melissa sich aufhielt?

Am Dienstag war Sebruvek von Passau losgefahren. Heute war Freitag. Ob er schon in Wien war?

Ich drückte die Taste für Paolos Nummer, um ihm von Frau Krügers Anruf zu erzählen und ihn darum zu bitten, den österreichischen Kollegen Dampf zu machen. Doch er hob nicht ab. Ich hinterließ eine kurze Nachricht und wartete unruhig auf seinen Rückruf. Als ich es wenige Sekunden später ein zweites Mal bei ihm versuchte, hatte ich wieder kein Glück.

Ich suchte mir ein ruhiges Plätzchen am hinteren Ende der Passage, tippte die Nummer der Auskunft ein und ließ mich an die Hafenverwaltung in Wien weiterverbinden. Die Dame am anderen Ende der Leitung hatte ein offenes Ohr für mein Anliegen – noch immer musste eine gewisse Isabella Muratti hundert Stangen Zigaretten auf der MS Katharina abladen lassen. Eine Minute später wusste ich, wo ich den Kapitän finden würde.

Unablässig prasselte der Regen gegen die Windschutzscheibe, die Scheibenwischer wedelten hektisch hin und her. In der Ferne sah ich endlich eines der drei Lagerhäuser aufragen, die mir ein hilfsbereiter Herr an der Parkhauskasse beschrieben hatte. Die riesigen Getreidespeicher, wusste ich, markierten das Zentrum des Alberner Hafens, Umschlagplatz für Getreidegüter im Wiener Stadtteil Simmering. Dort musste Sebruveks Frachter liegen.

Während der Fahrt hatte ich Paolo mehrmals angerufen, ihn aber wieder nicht erreicht. Also hatte ich eine weitere, dieses Mal aber ausführliche Nachricht auf seiner Voicebox hinterlassen und versucht, mich selbst bei der Wiener Polizei durchzufragen – leider ebenso ergebnislos. Ich würde im Hafen auf Paolos Rückruf warten, hatte ich beschlossen, und solange das Schiff beobachten. Vielleicht konnte ich auf diesem Weg herausfinden, wo Melissa steckte. Schon seit geraumer Weile beschäftigte mich nämlich ein und derselbe Gedanke: War sie an Bord von Sebruveks Frachter?

Inzwischen waren die Wolkendecke wieder so undurchlässig und der Himmel so dunkel, dass man meinen konnte, bald würde es Nacht. Dabei war es noch nicht einmal vier Uhr nachmittags. Kaum konnte ich die Wegweiser zur 1. Molostraße entziffern, in der sich der Getreidehafen befand, so trüb und regnerisch war es.

Der Wiener Hafen bestand aus mehreren, zum Teil weit auseinanderliegenden Bereichen, hatte ich von dem Parkhauswächter mit dem original Wiener Dialekt erfahren. Freudenau und Lobau waren die Umschlagplätze für Industriegüter und Öl, während der verhältnismäßig kleine und von einem Grüngürtel umgebene Alberner Hafen abseits von den anderen lag. Eine knappe halbe Stunde Fahrtzeit, so hatte der Parkhauswächter mir versichert, müsste ich einplanen.

Die MS Katharina lag verlassen an der Kaimauer, das einzige Schiff im Alberner Hafen. Keine Spur von Kapitän Sebruvek. Keine Spur von Melissa.

Der Regen hämmerte mit ungebrochener Kraft gegen die Windschutzscheibe. Die Straße hatte sich in einen riesigen See verwandelt. Vor einem der Lagerhäuser stand ein Lkw, Container warteten in einer Ecke darauf, verladen zu werden. Ansonsten war es hier wie ausgestorben.

Ich blieb im Auto sitzen und wartete. Doch das Handy blieb stumm, und einmal mehr konnte ich Paolo nicht erreichen.

Eine Minute um die andere verstrich, während ich unablässig zum Schiff hinüberstarrte. Wenn Melissa tatsächlich an Bord war – ob freiwillig oder nicht –, wo würde sie sich aufhalten? Ich reckte den Kopf, konnte aber angesichts der flutartigen Wassermassen, die vom Himmel stürzten, kaum etwas erkennen.

Nach zwei weiteren ereignislosen Minuten stieg ich schließlich aus. Ich würde mich nur ein wenig an Bord umsehen, hatte ich soeben beschlossen, und alles Weitere Paolos österreichischen Kollegen überlassen. Trotz meiner dicken Strickjacke war ich sofort fast bis auf die Haut durchnässt. So schnell ich konnte, rannte ich zur Längsseite des Schiffs. Von einem der altertümlichen Lagerhäuser drang ein dumpfes Klopfen durch das Prasseln des Regens herüber.

Ich blickte mich nach allen Seiten um. Noch immer keine Menschenseele weit und breit. Schnell stieg ich die in die Kaimauer eingelassene Treppe hinunter, achtete darauf, auf den nassen Stufen nicht auszurutschen, fasste nach der Schiffsreling und sprang an Bord. Trotz des starken Regens, der fast jedes Geräusch verschluckte, erschien mir die Erschütterung der Planken beängstigend laut. Auf der MS Katharina blieb jedoch alles ruhig.

Direkt vor mir befand sich die dicht verschlossene Ladeluke, die den größten Teil des Schiffs einnahm. Rechter Hand, am anderen Ende des Schiffs, war der Ruderstand zu sehen, ebenso verlassen wie der Rest, seitlich darunter, am Heck des Schiffs und von hier kaum zu erkennen, die Kapitänswohnung. Links neben der Ladeluke, am Bug des Frachters, eine Art Holzverschlag mit einer schmalen Tür, vermutlich die kleinere Wohnung für den Bootsmann und die sonstige Mannschaft.

Ich schlich zu der schmalen Tür, klopfte. Nichts rührte sich. Ich horchte nach allen Richtungen, hörte aber nur den Regen aufs Deck trommeln. Meine Haare trieften vor Nässe, meine Füße schwammen in den nassen Schuhen. Vorsichtig drückte ich die Tür auf.

Dämmerlicht und ein muffiger Geruch empfingen mich. Zuerst

konnte ich nichts erkennen, erst allmählich gewöhnten sich meine Augen an die Finsternis. Der Raum war leer und beklemmend winzig. Rollos verdunkelten die Luken. Ein schmales, zerwühltes Bett in einer dunklen Nische, mehr eine Pritsche als ein Bett, der Tisch klein und viereckig, davor zwei Stühle, an der Wand Schrank und Kommode, alles aus überraschend ansprechendem hell lackiertem Holz. Auf der Kommode lag ein aufgeschlagenes Buch.

Ich trat ein.

Bis auf das ungemachte Bett und das Buch, das den vielen Konsonanten und Häkchen auf mehreren Buchstaben nach zu urteilen in einer osteuropäischen Sprache verfasst war, wirkte der Raum unbewohnt. Am hinteren Ende ging eine zweite Tür ab. Hinter dem Schrank, so sah ich nach zwei, drei leisen Schritten, befand sich eine kleine Küchenzeile. Ich durchquerte den Raum, öffnete die zweite Tür, ein Badezimmer kam zum Vorschein, klein und sauber. Dusche, Toilette, Waschbecken, ein schmales Wandregal. Zahnbürste und Zahnpastatube steckten in einem metallenen Becher, das Handtuch war benutzt. Dunkelblaue Badelatschen, mindestens Größe zweiundvierzig.

Ich schlich zurück in den Schlaf- und Wohnraum. Erst jetzt sah ich, dass auf dem Nachttisch etwas Grünes lag, halb versteckt unter dem zusammengeknüllten Schlafanzug aus kariertem, dunkelgrauem Flanell, wie Männer ihn trugen, das Etikett unleserlich. Ich schob den Schlafanzug zur Seite. Ein Grasbüschel und Blätter kamen zum Vorschein, dazwischen lagen halb verwelkte Kamillenblüten, eine kleine Zange und eine Pinzette, daneben eine Drahtrolle, von der ein Stück Draht abgerollt war. Es wand sich um das Gras, die Blüten und Blätter und bildete eine Girlande.

Eine Blättergirlande …

Von draußen war wieder das dumpfe Klopfen zu hören, dieses Mal lauter, unablässig klatschte der Regen gegen die Luken, jemand schrie unverständliche Worte, dann hörte ich ein metallisches Hämmern von weit weg. Mein Handy meldete sich. Ich fluchte, las Paolos Namen auf dem Display. Aus den Augenwinkeln sah ich eine schnelle Bewegung hinter mir. Ich wollte noch ausweichen. Aber schon packte jemand meine Arme und quetschte sie zusammen – es war unmöglich, mich zu befreien. Das Handy polterte zu Boden. Ich fühlte eine Hand an der Kehle, so hart wie Stahl.

»Kein Wort«, hörte ich Sebruveks Stimme an meinem Ohr, kaum bekam ich noch Luft. »Nur ein Muckser, und ich drücke zu.«

22

Freitag, 5. Juni, 15.58 Uhr

Wenige Minuten später stand Melissa vor mir.

Fünf Tage lang hatte ich nach ihr gesucht, manchmal mehr über sie nachgedacht als über meinen eigenen Sohn. Jetzt schien sie mir so vertraut, als hätte ich ein halbes Leben mit ihr verbracht, und dabei hatte ich noch kein Wort mit ihr gesprochen.

Auf den ersten Blick sah sie aus wie ein Junge, auch ihre sparsamen Bewegungen hatten nichts Mädchenhaftes an sich. Die hellhäutigen, festen Arme, die sie schützend vor der nur leicht gewölbten Brust verschränkt hatte, zierten blaue Flecken, vielleicht von der ungewohnten schweren Arbeit auf dem Schiff. Ihre dunklen Augen musterten mich kalt und fast ebenso feindselig wie die des Kapitäns, gleichzeitig flackerten sie aber immer wieder unruhig auf und schienen ständig auf der Hut, als hätte sie nur Böses von mir zu erwarten. Ein übergroßer, dunkelblauer Pullover war um ihre stämmigen Hüften geknotet, die anrührend kleinen Füße steckten in anthrazitfarbenen Sneakers. Die Jeans waren verschlissen, bis auf wenige Schmierflecken aber sauber.

Ich selbst saß wie ein Paket verschnürt auf einem der beiden Stühle. Sebruvek hatte auf dem anderen Stuhl mir gegenüber Platz genommen und ein Klappmesser unmissverständlich auf mich gerichtet, nur wenige Zentimeter von meinem Gesicht entfernt. Melissa lehnte an der Pritsche.

»Ich kenne Sie«, sagte der Kapitän. »Sie sind in Passau gewesen, am Hafen, da haben Sie auch schon herumgeschnüffelt. Was wollen Sie auf meinem Schiff?«

Ich beachtete ihn nicht. »Melissa, deine Mutter liegt im Krankenhaus, in Regensburg. Sie ist schwer verletzt und braucht dich.«

Melissas Augen weiteten sich. Sebruvek hob die Hand.

»Das ist eine Finte«, zischte er in ihre Richtung. »Sag bloß nichts.«

»Nein, das ist die Wahrheit.« Ich sah sie eindringlich an. »Irgendein Verrückter hat deine Mutter angegriffen, mit einem Messer, sie ist fast dabei gestorben. Er hat noch zwei weitere Frauen getötet, aber das ist eine andere Geschichte. Man hat deine Mutter operiert, sie liegt auf der Intensivstation. Aber ich hoffe sehr, dass sie wieder gesund wird.«

Melissa hatte schweigend zugehört. Dennoch war es nicht zu übersehen, dass sie nicht sicher war, ob sie mir glauben konnte. Sie geriet ins Wanken, hielt sich an der Pritsche fest. Ihre Fingernägel waren bis aufs Fleisch abgenagt.

»Bevor das alles passiert ist, hat deine Mutter mir viel Geld bezahlt, damit ich dich finde«, fuhr ich schnell fort. »Ich bin Privatdetektivin und soll dich nach Hause bringen. Sie macht sich große Sorgen um dich.«

Sie machte zwei, drei unsichere Schritte, warf dem Kapitän, der mich nach wie vor misstrauisch beäugte, einen fahrigen Blick zu, schwankte wieder und plumpste schließlich auf die niedrige Pritsche. Dann kaute sie an den Fingernägeln herum, starrte dumpf vor sich hin und schwieg weiter.

»In meiner Hosentasche steckt eine Visitenkarte«, setzte ich nach. »Und ein Foto von dir, Melissa. Deine Mutter hat es mir gegeben. Seit du verschwunden bist, hat sie keine ruhige Minute mehr gehabt.«

»Aber ich hab ihr doch die SMS geschickt«, sagte das Mädchen plötzlich mit einer sehr kindlichen, aber erstaunlich klaren Stimme. »Sie soll sich keine Sorgen machen, hab ich ihr geschrieben, und dass alles in Ordnung ist und dass es mir so leidtut. Und sie hat mir doch auch zurückgesimst.«

»Nach deiner SMS hat sie mir gesagt, ich brauche dich nicht mehr zu suchen«, gab ich zu. »Aber dann ist sie angegriffen und fast getötet worden, und jetzt steht sie sogar unter Mordverdacht. Sie ist so schwach, dass sie keine Aussage machen kann.« Ich sah den Kapitän an. »Sie soll Ihren Bootsmann getötet haben.«

»Was?« Er schoss in die Höhe, das Messer in seiner Hand zitterte. »Das ist lächerlich, einfach lächerlich! Und dieser Mann von der Kripo hat mich doch neulich auch angerufen, davon hat der gar nichts gesagt, der wollte nur wissen, wie das mit Tamás gewesen ist. Sie lügen doch wie gedruckt!«

»Ich lüge nicht. Fragen Sie bei der Polizei nach, wenn Sie mir nicht glauben. Die wird sowieso bald hier auftauchen.«

»Mami, mein Gott, Mami …«, hörte ich Melissa immer wieder murmeln.

Mit schweren Schritten durchquerte Sebruvek den engen Raum, machte kehrt, fing wieder von vorn an, wie ein in seinem Käfig gefangener Tiger.

Von der Pritsche, auf der Melissa saß, war jetzt nur noch ein schwaches Wimmern und Flüstern zu hören.

»Ich bin das gewesen, ich!«, rief Sebruvek mit einem Mal aus, seine Stimme klang aufgebracht und hilflos. »Ich habe Tamás getötet! Melissas Mutter hat nichts damit zu tun, einfach gar nichts, verstanden?«

»Meine Mami ist der beste Mensch, den es gibt«, kam es leise von Melissa. »Sie würde nie jemandem wehtun, niemals.« Dann stöhnte sie laut auf. »Das Schwein hat sie geschlagen und getreten, wieder und wieder, es war so furchtbar, und ich konnte doch –«

»Halt den Mund!«, fuhr Sebruvek sie an. »Du sollst nicht mehr daran denken, Kind.«

Sie barg das Gesicht in den Händen. Der Kapitän blieb vor ihr stehen, strich ihr über das Haar, unerwartet zärtlich, redete leise auf sie ein, sie schien sich ein wenig zu beruhigen. Dann war er mit zwei Schritten bei mir, baute sich drohend vor mir auf, packte das Messer noch fester, berührte mit der Spitze meine Brust. Seine Augen glitzerten kalt.

»Ich habe Tamás umgebracht. Und soll ich Ihnen was sagen? Er hat es verdient.«

Melissa schrie auf.

»Warum?«, fragte ich Sebruvek. »Warum haben Sie ihn getötet? Doch nicht, weil er Ihr Schiff alleingelassen hat?«

Er war es, auf den ich mich jetzt konzentrieren musste. Ich spürte das Messer an der Brust, es zitterte kein bisschen mehr, und seine unbarmherzigen Augen gefielen mir ganz und gar nicht.

»Weil er alles kaputt machen wollte: mein Schiff, mein Leben, meine Frau.«

Er sah Melissa an. Sie hob den Kopf, erwiderte seinen Blick.

»Der dumme Junge wollte deine Mutter töten«, sagte er langsam.

»Ich habe nicht gewusst, was er vorhat, ich habe das alles erst zu spät verstanden. Im Grunde war es ganz einfach: Seine Mutter ist gestorben, und er hat mir die Schuld dafür gegeben. Deshalb wollte er Sara töten.«

Melissa starrte ihn an, mit großen fassungslosen Augen. Sie schien genauso überrascht zu sein wie ich. Ihre Mutter und der Kapitän kannten sich. Das Mädchen sagte kein Wort, zog nur die Knie hoch, umschlang sie.

»Seit wann kennen Sie Sara Braun?«

»Seit siebzehn Jahren.«

Er fuhr sich über die Augen, starrte das Messer an, als wüsste er nicht, was er eben noch damit gewollt hatte. Endlich ließ er es sinken und durchquerte wieder unruhig den Raum.

»Sara hat Musik und Gesang studiert, am Konservatorium in Wien«, sagte er mit plötzlich müder Stimme. »Gegen den Willen ihrer reichen Eltern. Sie wollte weg aus diesem goldenen Käfig, wo Geld und gesellschaftliches Ansehen immer wichtiger waren als alles andere. Sie träumte von einem selbstbestimmten Leben. Sie hatte Talent. Und sie hat es noch immer, auch wenn sie alles tut, um es zu vergessen.«

Er blieb stehen, steckte sich das Messer in den Gürtel. Der Anflug eines Lächelns huschte über sein Gesicht.

»Wir waren uns so ähnlich. Wir beide wollten unser Leben so leben, wie wir es für richtig hielten. Ich wollte damals auch endlich auf eigenen Füßen stehen, bis dahin hatte ich immer nur für andere gearbeitet, im Hafen oder auf einem Frachter.« Das halbe Lächeln verlosch. »Aber ich wollte aufs Wasser, unbedingt, ich wollte ein eigenes Schiff, und irgendwann musste ich mich von heute auf morgen entscheiden, ob ich das Schiff hier kaufen sollte. Ich hatte meine Zweifel, ob es wirklich das Richtige war: einen Kredit aufnehmen und über endlos lange Jahre zurückzahlen, die alleinige Verantwortung für ein Schiff, die Verhandlungen mit den Reedereien, das Risiko bei Regressforderungen. Es kann so verdammt viel falsch laufen – wie auf dieser verfluchten Fahrt.«

Melissa hielt die Augen jetzt geschlossen, aber ich war sicher, dass sie jedem seiner Worte lauschte, so angespannt wirkte ihr kleiner, etwas unförmiger Körper, der jetzt wie erstarrt auf der Pritsche kauerte. Ich selbst versuchte, die Fesseln zu lockern, so unauffällig wie möglich.

»Wir haben uns in einer Kneipe kennengelernt, in der Johannesgasse«, erzählte der Kapitän weiter und ging wieder auf und ab. »Sara hat dort abends Klavier gespielt und gesungen, sie musste für das Studium Geld verdienen, ihre Eltern wollten ihr nichts geben. Ich habe damals auch eine Weile in Wien gewohnt, da habe ich noch im Hafen gearbeitet. Ich glaube, zuerst habe ich mich in ihre Stimme verliebt. Sie hat so wundervoll gesungen, ich konnte mich kaum satthören, jeden Abend bin ich gekommen. Irgendwann habe ich mir ein Herz gefasst und sie angesprochen.« Sein Gesicht mit den harten, kantigen Zügen veränderte sich und wurde weich. »Wir sind glücklich gewesen. Mein Gott, so unglaublich glücklich. Fast sechs Monate lang.«

Er war so sehr in seine Gedanken und Erinnerungen versunken, dass er nun wirklich lächelte. Mit einem Mal sah er ganz anders aus, weich und verletzlich, und ich konnte plötzlich verstehen, was Sara Braun zu ihm hingezogen haben mochte. Dann aber ging ein Ruck durch seinen Körper, und das Lächeln verschwand schlagartig aus seinem Gesicht.

»Eines Morgens war sie weg. Ich bin aufgewacht, und sie war einfach nicht mehr da. Ich habe bei ihr angerufen, ich weiß nicht, wie oft, tausendmal bin ich in das Haus in der Leopoldstadt gefahren, wo sie ihre Studentenbude hatte. Aber sie hat das Telefon nicht abgenommen und mir nie die Tür aufgemacht, vielleicht war sie auch gar nicht zu Hause, wenn ich Sturm geläutet habe. In der Kneipe, wo wir uns kennengelernt hatten, ist sie nicht mehr aufgetreten. Damals hatte noch nicht jeder ein Handy, ich hatte keine Ahnung, wo ich sie noch suchen sollte. Manchmal habe ich wirklich gedacht, ich werde verrückt. Erst viel später hat mir die Hausmeisterin aus dem Haus in der Leopoldstadt erzählt, dass ein Mann meine Sara oft besucht hat. Meine Sara, so habe ich sie damals genannt. Im Anzug ist der gekommen, hat die Hausmeisterin gesagt, mit einem Riesenmercedes, und die ganze Nacht ist er immer geblieben. Irgendwann ist sie dann ganz plötzlich ausgezogen. Nicht einmal eine Adresse hat sie hinterlassen.«

Wieder blieb er stehen, schwieg lang, räusperte sich schließlich, hob den Blick und betrachtete Melissa, die noch immer mit geschlossenen Augen und hochgezogenen Knien auf dem Bett kauerte.

»Sie hat ihn geheiratet, den anderen. Mich wollte sie nicht. Ich weiß nicht, wie oft ich sie gefragt habe, ob sie meine Frau werden will. Aber sie hat mich immer nur ausgelacht. Trotzdem war sie meine Frau, immer ist sie das für mich gewesen. Ihr richtiger Ehemann, der hatte eine Firma in Penzing, dazu eine noble Villa mit Park, gleich am Stadtrand von Wien und an der Grenze zum Wienerwald. Das war das Leben, das sie gewohnt war.« Er spie auf den Boden, sah dann Melissa an, die nichts an ihrer Position verändert hatte. »Bald darauf bist du gekommen. Das habe ich aber erst viel später erfahren, da hatten wir schon lang keinen Kontakt mehr. Und den Kahn hier hatte ich inzwischen auch gekauft, da hatte ich keine Zeit mehr, um nach ihr zu suchen. Wenn ich nach Wien gekommen bin, dann nur noch zum Verladen. Und außerdem wusste ich ja, dass deine Mutter verheiratet war.«

»Sara Braun hat mir erzählt, ihr Ehemann hätte die Familie später verlassen. Wissen Sie, warum?«, fragte ich und versuchte weiterhin, die Fesseln zu lockern. Aber es gelang mir nicht. Sebruvek verstand sein Handwerk.

»Hat sie Ihnen das erzählt?« Er lachte bitter. »Das sieht ihr ähnlich. Nein, Sara hat ihn verlassen. Seine Firma ist in Konkurs gegangen. Er hat lang versucht, zu retten, was zu retten war, aber irgendwann musste er dann doch die komplette Belegschaft entlassen, an die dreißig Mitarbeiter, dazu hatte er Schulden ohne Ende, auch das Privathaus musste verkauft werden. Er hat angefangen zu trinken und irgendwann nicht mehr damit aufgehört. Eines Nachts hat Sara eine Tasche gepackt, die Kleine ins Auto gesetzt und ist mit ihr abgehauen. Das ist so ihre Art, wissen Sie.«

Melissa stöhnte wieder, doch dieses Mal lauter als zuvor, es klang verzweifelt, hoffnungslos. Noch immer saß sie zusammengekauert auf der Pritsche, wiegte sich aber jetzt hin und her, als wäre sie ein kleines, schutzbedürftiges Kind. Ich zog und zerrte an den Fesseln. Aber sie gaben keinen Millimeter nach.

»Irgendwie ist sie mit Melissa dann in Regensburg gelandet. Sie hat nie darüber geredet. Das meiste habe ich mir aus der einen oder anderen Bemerkung zusammengereimt.«

»Wir sind so weit gefahren«, hörte ich Melissas leise Stimme. »So weit, bis wir keine Angst mehr hatten.«

»Was meinst du damit?«, fragte ich alarmiert.

Sie antwortete nicht, schaukelte von der einen zur anderen Seite der Pritsche, völlig in ihre eigene Welt zurückgezogen. Plötzlich wurde sie ganz starr und wimmerte wieder leise vor sich hin. Ich warf Sebruvek einen fragenden Blick zu. Auch er wirkte ratlos, zuckte mit den Schultern.

»Wie haben Sie Sara Braun wiedergefunden?«, nahm ich den Faden wieder auf.

»Zufall.« Ungläubig schüttelte er den kantigen Kopf. »Meine Route führt mich alle sechs bis acht Wochen nach Regensburg. Vor vier Jahren hat mir ein Reeder von dieser wunderschönen Frau mit den langen goldenen Haaren erzählt, die so herrlich singen kann und so geil ...« Er räusperte sich unbehaglich und warf Melissa einen schnellen Seitenblick zu. »Es tut mir leid, aber damals hat deine Mutter schon auf eigene Rechnung gearbeitet – und du weißt inzwischen ja, wie sie ihr Geld verdient.«

Melissa reagierte wieder nicht.

»Jedenfalls war mir sofort klar, dass es sich bei dieser Prostituierten nur um meine Sara handeln konnte. Ich hab dem Kerl fünfhundert Euro gegeben, nur damit er ihre Adresse herausrückt.« Er starrte ins Nichts. »Es war das Schiff, hat sie mir gesagt. Sie konnte einfach nicht auf dem Schiff leben, deshalb ist sie damals verschwunden. Dabei ist das Leben, das sie sich schließlich ausgesucht hat, genauso wie meins: Wir gehören nicht dazu, wir leben in unserer eigenen Welt. Und keiner von denen, die in der angeblich richtigen Welt leben, will etwas mit uns zu tun haben.«

Wieder durchquerte er mit großen Schritten den winzigen Raum, wirkte jetzt aber nicht mehr so angespannt wie noch vor wenigen Minuten. Das Messer im Gürtel schien er vergessen zu haben.

»Sie wollte natürlich wieder nichts davon hören. Heiraten – niemals, hat sie sofort gesagt. Wie wunderbar sie für sich und Melissa sorgen kann und das ganze Blabla, ich kann es wirklich nicht mehr hören.«

Er blieb vor mir stehen, hob hilflos die Schultern, ließ sie wieder sinken, sah zu Melissa hinüber.

»Was bleibt mir anderes übrig? Da muss ich sie eben mit all den anderen teilen. Es ist nicht leicht für mich, das kannst du mir glauben, aber so kann ich sie zumindest alle paar Wochen sehen und in den Armen halten. Meistens bleibe ich einen Tag länger in Regensburg als nötig. Normalerweise treffe ich Sara in der Hostessenwohnung, aber ein paarmal habe ich sie auch schon von zu Hause abgeholt. Sie will das nicht, aber ich wollte schließlich auch dich sehen, Melissa. Zumindest aus der Ferne, du bist doch ihre Tochter.« Sein Blick verdüsterte sich. »Samstagnacht bin ich bei ihr gewesen. Tamás muss mir nachgefahren sein. Aber ich wäre nie auf den Gedanken gekommen, dass er mich verfolgt und sich so an mir rächen will.«

Melissa hatte noch immer nichts gesagt, saß in unveränderter Haltung auf der Pritsche, die Augen zusammengepresst, dann und wann summte sie eine kleine Melodie. Das Lied kam mir bekannt vor. Ein Gute-Nacht-Lied. Wie hieß es nur?

»Warum hat er Ihnen die Schuld am Tod seiner Mutter gegeben?«, fragte ich den Kapitän. Die Fesseln schnitten mir nun so fest in die Haut, dass es schmerzte. »Hören Sie, wollen Sie mich nicht endlich losbinden?«

»Katharina, so hat sie geheißen«, sagte er, ohne auf meine zweite Frage einzugehen. »Acht Jahre nachdem Sara verschwunden war, habe ich sie geheiratet. Ich wollte, ich konnte nicht mehr auf Sara warten, es hat mich fast krank gemacht. Tamás war damals zwölf, immer war er Katharinas Ein und Alles gewesen. Er hatte natürlich Angst, ich würde ihm seine Mutter wegnehmen. Ich hatte keine Chance bei dem Jungen. Das Leben auf dem Schiff fand er okay, und er hat sich auch wirklich geschickt angestellt. Aber mich hat er gehasst, vom ersten Moment an.«

Er strich sich über die Augen, als müsste er die Schatten aus der Vergangenheit fortwischen, und wirkte mit einem Mal unendlich müde.

»Je länger die beiden an Bord waren, desto schwieriger ist es geworden. Katharina hat natürlich gemerkt, dass es da eine andere Frau gab, auch wenn ich damals keinen Kontakt mehr zu Sara hatte. Immer hat Katharina sich nur als Lückenbüßerin gefühlt, und irgendwie hatte sie ja auch recht. Sie hat das Leben an Land vermisst, das Weggehen und Sich-schick-Machen. Und ihre Freundinnen, die waren ja alle in Budapest. In der Winterzeit sind wir immer ein paar Monate lang dort geblieben, wenn die Donau nicht befahrbar war und Tamás in die Schule musste – für die Kinder von Seeleuten gibt es nämlich besondere Schulen mit anderen Unterrichtszeiten –, da ist sie immer aufgeblüht. Aber das ganze restliche Jahr über hatte sie nur Tamás und mich. Und mich hatte sie ja nicht wirklich. Von Tag zu Tag ist sie depressiver geworden.«

Er verstummte, schwieg lang. Wieder hörte ich die kleine leise Kindermelodie aus Melissas Ecke, doch es wollte mir einfach nicht einfallen, woher ich sie kannte.

»Eines Nachts ist dann alles eskaliert«, sagte Sebruvek schließlich und klang noch erschöpfter als zuvor. »Wir lagen in Bukarest am Hafen. Ich hatte den Toyota an Land bringen lassen, weil wir am nächsten Tag Vorräte einkaufen wollten. Katharina hat nicht mehr aufgehört, zu weinen und zu schreien, immer abwechselnd, ich konnte sie einfach nicht beruhigen. Tamás hatte schon geschlafen, aber er ist aufgewacht von dem Lärm. Ich bin in den Nebenraum, um mit ihm zu reden, seine Mutter war ja nicht ansprechbar.« Mit einer verzweifelten Geste fuhr er sich über die Stirn. »Als ich wieder zurückkomme, ist sie nicht mehr da. Im selben Moment höre ich den Motor draußen, und als ich an Deck laufe, sehe ich nur noch die Rücklichter.«

Er holte tief Luft, ließ sich auf den Stuhl vor mir fallen, sah mich ausdruckslos an. Ich konnte seine Wut und Verzweiflung spüren.

»Ich bin ihr nach, sie hat aber nicht angehalten. Ich habe gewartet und gewartet, irgendwann hab ich die Polizei angerufen, doch da war sie schon tot. Sie ist gegen einen Betonpfeiler gerast, nur ein paar Kilometer vom Hafen entfernt. Tamás hat natürlich mir die Schuld gegeben. Ich habe ihm trotzdem vorgeschlagen, er solle bei mir an Bord bleiben, er hatte ja sonst niemanden und war noch nicht mal siebzehn. Aber er wollte ums Verrecken nicht, sondern hat in Budapest bei einer Spedition angefangen. Aber da ist er nicht lang geblieben, und jedes Mal, wenn ich vorbeigekommen bin und nach ihm gesehen habe, hatte er grade die Arbeitsstelle gewechselt oder manchmal auch gar keine. Am liebsten hat er sich in den Kneipen und bei den Nutten herumgetrieben und immer mehr auch mit Leuten, von denen sich jeder anständige Mensch fernhält.«

»Was für Leute?«

»Crystal, Koks, Amphetamine – mit allem Möglichen haben die gedealt. Irgendwann habe ich den Jungen einfach mitgenommen, und dieses Mal hat er sich nicht einmal gewehrt. Letztes Jahr ist das gewesen, im Juli. Ich hab gedacht, endlich, endlich hat er's kapiert. Aber jetzt glaube ich fast, er ist nur mitgekommen, um mir am Ende doch noch alles heimzuzahlen.«

Er warf Melissa einen Seitenblick zu – das Gespräch näherte sich wieder gefährlichem Terrain. Doch das Mädchen war ganz und gar versunken in seine eigene Welt und schien kein Wort von dem zu hören, was der Kapitän sagte.

»Letzten Sonntag, da ist Tamás die ganze Zeit über so seltsam gewesen. Zuerst haben wir die Steuerung repariert, aber er hat sich angestellt wie ein Vollidiot. Sonst ist er nämlich recht talentiert gewesen in solchen Dingen. Und dann habe ich noch von Kamil, das ist ein anderer Partikulierer, erfahren, dass der Junge am Vorabend das Schiff alleingelassen hat. Da bin ich ausgerastet. Wir haben uns angeschrien wie die Verrückten. Auf einmal ist Tamás davongelaufen, auf sein Rad und weg. Zum vereinbarten Zeitpunkt für die Abfahrt ist er natürlich nicht da gewesen. Da war ich erst recht stinksauer und habe überlegt, ob ich ohne ihn ablegen soll. Aber ich habe gewartet und darüber nachgedacht, warum Tamás in der Nacht das Schiff verlassen hat. Ich hatte keine Erklärung dafür, aber jetzt denke ich, dass er mir gefolgt ist. Er hat mir und Sara nachspioniert. War ja ganz einfach. Ich bin mit dem Fahrrad zu ihr gefahren und er mir mit seinem hinterher.«

»Sonntagnacht hat er im Hostessenhaus Sturm geläutet«, sagte ich. »Aber Sara Brauns Kolleginnen haben ihn vertrieben, also ist er zu ihrem Haus und hat dort auf sie gewartet. Als sie auch aufgetaucht ist, hat er sie beschimpft und bedroht. Irgendwie ist es ihr aber gelungen, ihn zu beruhigen. Vielleicht hat er Ihren Namen erwähnt und sie hat ihn deshalb zum Hafen gefahren – sie hat gedacht, sie hätte nichts zu befürchten.«

»Aber dann hat er wieder von vorn angefangen, dieser hinterhältige Kerl«, ergänzte der Kapitän mit düsterer Miene. Er überlegte, wirkte nun sehr konzentriert. »Bis zum Schiff habe ich das Geschrei gehört. Ich habe seine Stimme erkannt und wollte nachsehen, was da los war.«

Seine Hände verkrampften sich, wanderten fahrig zum Gürtel, wo noch immer das Messer steckte, befingerten es nervös. Er warf mir einen schnellen Blick zu.

»Ich habe gedacht, ich sehe nicht recht: Mein eigener Stiefsohn schlägt und tritt meine Sara und zieht sogar ein Messer.« Kurz hielt er inne. »Ich bin dazwischen, er hat auf mich eingeprügelt wie ein Irrer, und plötzlich hatte *ich* dieses verfluchte Messer in der Hand. Und dann – dann habe ich zugestochen. Es war so einfach.«

»Melissa.« Ich sah sie fest an. »Du hast die Szene mit Tamás vor deinem Elternhaus beobachtet und bist deiner Mutter nachgefahren – bis zum Hafen. Hast du alles mitangesehen? Und wie bist du an Bord gekommen?«

Sie hielt die Augen weiter geschlossen, schien mich nicht zu hören. Noch bevor ich nachhaken konnte, antwortete der Kapitän an ihrer Stelle.

»Plötzlich stand sie vor mir. Sie hat geschrien, ist zum Schiff gelaufen, es war ja ganz in der Nähe. Sie muss alles beobachtet haben und wollte sich verstecken. Ich bin ihr nach, ich war ja auch ganz durcheinander, und habe sie an Bord genommen. Und dann habe ich abgelegt.«

Ich glaubte ihm kein Wort. Er hätte Sara – seine Sara und die Liebe seines Lebens – in einer solchen Situation niemals alleingelassen. Außerdem war das Schiff viel zu weit weg gewesen, als dass er dort das Geschrei hätte hören können, noch dazu mitten im schlimmsten Gewitter. Melissa wäre zudem nie mit einem Fremden, der soeben einen anderen Fremden getötet hatte, mitgegangen. Niemals hätte sie ihre verletzte Mutter alleingelassen. Ich öffnete den Mund. Dann aber hörte ich Melissas stockende Stimme.

»Es stimmt nicht. Er lügt, ich bin dazwischen. Plötzlich hatte ich das Messer in der Hand und habe zugestochen. Ich musste meiner Mami helfen, wenigstens einmal musste ich ihr helfen.« Sie befeuchtete die Lippen, sprach dann weiter, aber nicht mehr leise und abgehackt wie gerade noch, sondern in gehetztem Tonfall. »Sie hat sich auch nicht wehren können, als der Papi sie geschlagen hat.

Er hat wohl gedacht, ich schlafe schon, aber ich habe immer alles gehört, jedes Wort und alles. So furchtbar ist das gewesen, warum tut der Papi das, habe ich immer wieder gedacht, und ich habe ihn so gehasst, aber die Mami hat ja nie was gesagt, dann habe ich eben auch nichts gesagt.« Sie sprach jetzt wie im Fieber. »Und in dieser einen Nacht ist es noch schlimmer gewesen als sonst, da hat er gar nicht mehr aufgehört, immer wieder hat er auf sie eingeprügelt, und ich hatte solche Angst, jetzt steht meine Mami nie wieder auf, habe ich gedacht, und dann schlägt er bestimmt auch mich noch tot, aber dann ist der Papi plötzlich eingeschlafen, auf dem Sofa, vor dem sie gelegen hat, und die vielen leeren Flaschen, und ich hab mich endlich ins Zimmer getraut. Gestreichelt hab ich sie, immer wieder gestreichelt, und Bona nox hab ich ihr vorgesummt, das hat sie mir immer zum Einschlafen vorgesungen, aber ganz leise, dass er mich nur ja nicht hört und nicht doch noch totschlägt, und da ist so viel Blut gewesen, auf dem Teppich und auf meiner Mami, aber auf einmal hat sie die Augen aufgemacht und ist aufgestanden, ganz langsam hat sie sich bewegt, aber er hat so fest geschlafen und gar nichts gemerkt und auch nicht, dass sie Sachen in die große Tasche gepackt hat, Mami, hab ich gesagt ich bin so froh dass du nicht tot bist aber sie hat mir den Finger auf den Mund gelegt und gesagt wir müssen leise sein ganz ganz leise und dann hat sie mich an die Hand genommen und die Tasche ins Auto gestellt und wir sind gefahren die ganze Nacht sind wir gefahren … irgendeine kleine Stadt und endlich Regensburg und da war der Papi endlich weit genug weg und dann hatte ich sogar eine Omi wenn meine Mami in die Arbeit musste und ich habe immer alles so gemacht wie meine Mami gesagt hat leise bin ich gewesen ganz ganz leise … nie mehr habe ich darüber geredet mit niemandem …«

Am Ende ihrer langen Erzählung hatte sie ohne Punkt und Komma gesprochen, als wäre sie in Trance, in einer ganz und gar anderen Welt. Und so war es auch, sie war in ihrer eigenen Welt gefangen, wo man nichts sagen durfte, sich nicht Luft machen durfte über das, was dieses kleine Kinderherz verunsicherte, bedrückte, allmählich zerstörte. Wo man aber zuschlagen durfte, so wie der ungeliebte Vater die über alles geliebte Mutter geschlagen hatte.

Und wo man, wenn die Mutter wieder bedroht wurde, auch Jahre später, sogar zustechen musste.

»Ich muss nach Hause«, sagte Melissa nach einer langen Pause, in der Sebruvek und ich sie nur stumm angesehen hatten, und klang mit einem Mal sehr erwachsen. »Ich muss zu meiner Mami. Es macht mich so fertig, dass ich so was Böses zu ihr gesagt habe.« Mit Schwung stellte sie die Füße auf den Boden. »Aber das kann ich nicht mehr ändern, und jetzt braucht sie mich.«

Sebruvek sagte kein Wort, atmete nur schwer, als bekäme er kaum mehr Luft. Er saß noch immer auf dem Stuhl vor mir, die Hand achtlos am Gürtel. Dann aber zog er das Messer hervor, wiegte es in der Hand, als müsste er sein Gewicht abschätzen, betrachtete es aufmerksam, dann Melissa, wieder die Waffe. Und schließlich mich. Sein Blick gefiel mir ganz und gar nicht. Auch nicht, wie er sich langsam erhob und das Messer so fest umklammerte, dass seine Fingerknöchel weiß hervortraten.

Als ich gesagt hatte, seine Sara stünde unter Mordverdacht, hatte er sie sofort in Schutz und die Schuld auf sich genommen. Und auch Melissa wollte er schützen. Dabei hatte er mit alldem nichts zu tun. Alles, was er getan hatte, war, ein fremdes, in Angst und Panik aufgelöstes Mädchen in seine Obhut zu nehmen. Nein, kein fremdes Mädchen. Er hatte selbst gesagt, er hätte Melissa das eine oder andere Mal aus der Ferne gesehen – er war es, der sie beobachtet hatte. Und plötzlich wusste ich, warum er das getan hatte. Warum er auch sie schützen wollte, um jeden Preis. Würde er so weit gehen und dafür sogar einen Mord begehen?

Innerlich wappnete ich mich gegen seinen Angriff, gegen den ich von vornherein keine Chance hatte. Er kam auf mich zu. Aber dann durchschnitt er nur mit schnellen, gezielten Bewegungen die Fesseln. Kabelbinder, wie ich Sekunden später sah. Ich rieb mir die Handgelenke, in die sich tiefe Abdrücke eingegraben hatten, und zeigte nicht, wie erleichtert ich war.

»Sie brauchen sich keine Sorgen um Melissa zu machen«, sagte ich so leise zu ihm, dass das Mädchen es hoffentlich nicht hören konnte. »Sie hat versucht, ihrer Mutter in einer lebensgefährlichen Situation beizustehen und sie vor einem betrunkenen, gewalttätigen Mann zu retten. Dabei ist die ganze Sache aus dem Ruder gelaufen und etwas geschehen, was niemand wollte, am allerwenigsten Melissa. Man nennt das Nothilfe. Jedes Gericht der Welt wird sie freisprechen.«

Er musterte mich stumm, atmete wieder schwer, fasste sich an die Stirn, holte noch einmal Luft, nickte schließlich. »Und Sara? Glauben Sie, dass sie wieder gesund wird?«

»Ich weiß es nicht«, sagte ich ehrlich. »Aber ich weiß, dass sie in der Klinik gut aufgehoben ist und die Ärzte alles für sie tun. Am besten, wir rufen gleich nachher an, okay?«

Wieder nickte er.

»Aber zuvor sollten Sie mit Melissa reden.«

»Wieso – worüber denn?«

»Ich habe es zuerst nicht bemerkt. Aber je länger ich Sie beide ansehe, umso eindeutiger ist es. Wissen Sie nicht, dass sie dieselben Augen hat wie Sie?«

Er sah mich lang an. Schließlich nickte er ein drittes Mal und ging zu Melissa, die noch immer auf dem Bett saß und leise vor sich hin weinte. Unbeholfen strich er ihr mit seiner viel zu großen Hand über die schwarzen Haare, die sie wie die Augenfarbe und den ernsten Blick von ihm geerbt hatte.

23

Freitag, 5. Juni, 16.19 Uhr

»Ich halte das für keine gute Idee«, sagte Paolo zum wiederholten Mal und mit allmählich ungeduldig werdendem Ton am anderen Ende der Leitung. »Ich muss darauf bestehen, dass die Kollegen aus Wien das Mädchen hierherbringen.«

»Melissa hat Vertrauen zu mir«, hielt ich aufgebracht dagegen. »Wenn sie plötzlich mit zwei fremden Polizisten im Auto sitzt, dann haut sie wahrscheinlich bei der erstbesten Gelegenheit ab. Ich bin zwar keine Psychologin, aber es ist doch sonnenklar, dass sie schwer traumatisiert ist seit ihrer frühen Kindheit. Und jetzt erst recht.«

Wir diskutierten noch eine Weile hin und her. Schließlich einigten wir uns darauf, dass die österreichische Streife, die endlich auf dem Weg zu Sebruveks Boot war, Melissa und mich bis zur Grenze bei Passau bringen sollte. Dort würde Paolo uns mit einer weiblichen Kollegin erwarten und nach Regensburg fahren. Endlich war auch Sara Braun ansprechbar, hatte er mir vor wenigen Minuten erzählt. Sie lag noch immer auf der Intensivstation.

Ich ging vor der MS Katharina auf und ab, während ich mit meinem Ex die weiteren Details klärte. Er hatte einen langen Termin beim Staatsanwalt gehabt und anschließend einen Zeitungsredakteur abwimmeln müssen, deshalb hatte er sich nicht gemeldet. Nachdem er meine Nachrichten abgehört hatte und mich zudem nicht erreichen konnte, hatte er sofort die österreichischen Kollegen alarmiert. Inzwischen hatte es aufgehört zu regnen, und die mit aller Macht durch die Wolken brechenden Sonnenstrahlen spiegelten sich in dem stetig kleiner werdenden See auf dem Kai.

Der Kapitän und Melissa waren an Bord. Auch Paolo hielt Sebruvek nicht mehr für verdächtig. Der Bericht vom LKA zu den Hautfetzen unter Tamás Szábos Fingernägeln lag meinem Ex endlich vor, hatte ich zu Beginn unseres Gesprächs erfahren. Das DNA-Material stammte nicht von Sebruvek, sondern von Sara Braun. Der Bootsmann hatte sie geschlagen und getreten, und sie hatte sich gewehrt, deshalb hatte man Spuren von ihr gefunden. Die Frage, ob ihre Tochter oder am Ende vielleicht doch sie selbst den Ungarn getötet hatte, war für Paolo noch nicht endgültig geklärt – schließlich hatte man keinerlei Spuren von Melissa an der Leiche oder am Tatort entdeckt. Ich hingegen wusste genau, dass das Mädchen die Wahrheit gesagt hatte. Ihr Bericht war so eindeutig und intensiv gewesen, dass ich keinen Moment Zweifel an ihrer Rolle in der Tragödie hatte. Der Kapitän war jedenfalls nicht mehr als ein wichtiger Zeuge. Im Moment war es aber ausreichend, wenn er bei der hiesigen Polizei seine Aussage zu Protokoll gab.

Die Zeit, in der wir auf die österreichische Streife warteten, so kurz sie auch sein mochte, würde Sebruvek nutzen, um sich von seiner gerade erst gefundenen Tochter zu verabschieden. Beide hatten kaum etwas über die letzten gemeinsam verbrachten Tage erzählt. Aber die unkomplizierte und vertraute Art, in der sie miteinander umgingen, zeigte, wie wohl Vater und Tochter sich zusammen fühlten. Sie waren sich nicht nur vom Aussehen her ähnlich. Keiner von ihnen verschwendete Worte. Jeder ließ den anderen so, wie er oder sie war. Und genau dadurch veränderte sich alles.

Von Paolo erfuhr ich die neuesten Ermittlungsergebnisse zum Fall Simon Stein. In der letzten Stunde hatte ich keine Zeit mehr gehabt, um auch nur einen Gedanken an ihn zu verschwenden.

Der Einsatz im Kosovo hatte sich über mehrere Jahre erstreckt. In seiner Akte fand sich eine Auszeichnung für einen heldenhaften Einsatz, bei dem er drei Kameraden das Leben gerettet hatte. In zwei bisher unter Verschluss gehaltenen Berichten der Klinik am Bodensee war es schwarz auf weiß zu lesen: Simon Stein, der Kriegsheld aus dem Kosovo und vom Hindukusch, litt an schweren Traumata, psychischen Störungen und einem erhöhten Aggressions- und Gewaltpotenzial.

»Die ersten Beschwerden seitens seiner Kolleginnen in der Hamburger Softwarefirma wurden alle zurückgezogen, vielleicht auf Druck von oben, so genau wollte man mir das nicht sagen, in seinem Fachgebiet als Elektroingenieur scheint er ja ein richtiges Ass zu sein. Erst mal gab es nur eine inoffizielle Abmahnung. Aber irgendwann wollten die betroffenen Frauen doch nicht mehr stillhalten.«

»Hat er sie vergewaltigt?«, fragte ich.

»Das wohl nicht. Aber die Belästigungen waren trotzdem massiv und immer mit Gewalttätigkeit verbunden.«

»Hast du schon herausgefunden, ob Simon bei der Tante in Landsberg wohnt?«

»Da hat er zwar gewohnt, aber vor ein paar Wochen ist er nach München gezogen. Die Tante kennt die Adresse nicht, hat auch keine Telefonnummer von ihm und seither nichts mehr von ihm gehört. Sie ist froh, dass er weg ist, hat sie gesagt, er war ihr unheimlich. Bevor er nach München ist, hat er ihr noch erzählt, er würde dort bei einer Securityfirma anfangen. Meine Leute sind dran.«

Paolos Stimme klang noch immer belegt. Er hustete und schnäuzte sich mehrfach. Die Erkältung schien von Tag zu Tag schlimmer zu werden.

»Aber immerhin wissen wir, dass er sich vor Kurzem einen BMW gekauft und in Landsberg zugelassen hat«, fuhr er schließlich fort. »Einen schwarzen Geländewagen mit verspiegelten Scheiben.«

»Dann war es also tatsächlich sein Auto, das ich vor Sara Brauns Haus und vor dem Hostessenhaus gesehen habe«, sagte ich langsam. Plötzlich fiel mir etwas ein. »Neulich, an der Uni, habe ich auch so einen Wagen gesehen. Da und in Passau hatte ich außerdem ständig das Gefühl, als ob mir jemand nachgehen würde.«

»Das ist sicher Simon Stein gewesen. Jedenfalls passt auch die Beschreibung der zweiten Zeugin, die den Wagen aus der Dornierstraße kommen sah. Bald haben wir ihn, Prinzessin.«

Kaum hatte ich aufgelegt, sang das Handy. Es war Maximilian. Sein Vortrag war gut gelaufen und ausführlich beklatscht worden. Ein Kollege aus den USA, der an einer ähnlichen OP-Methode experimentierte, hatte ihm einen Gastvortrag an der University of Washington in Aussicht gestellt und ihn um einen Gesprächstermin am nächsten Vormittag gebeten. Ich berichtete Maximilian in wenigen Worten, was sich in den letzten Stunden zugetragen hatte.

»Und du glaubst allen Ernstes, ich lasse dich allein nach Regensburg fahren?«, fragte er entrüstet, als ich geendet hatte. »Solange der Irre auf freiem Fuß ist?«

»Ich bin nicht allein, sondern in Dauerbegleitung von mindestens zwei Polizisten. Melissas Wohl geht jetzt vor, *carissimo*. Sie ist erst sechzehn, und es ist mein Job, sie wohlbehalten zu ihrer Mutter zurückzubringen.«

»Dein Job war es, sie zu finden. Und das hast du getan. Den Rest kannst du getrost der Polizei überlassen.«

Wieder musste ich erklären, dass Melissa Vertrauen zu mir gefasst hatte. Und wie wichtig es mir war, dass dieses Vertrauen nicht sofort wieder enttäuscht wurde.

»Dann versprich mir zumindest, dass du nur bis zur Grenze fährst«, meinte er widerstrebend. »Du hast mir tausendmal erklärt, wie vertrauenswürdig und professionell dein Exmann ist. Den Rest wird er dann ja wohl allein hinkriegen.« Er atmete heftig ein und aus. »Aber du fährst auf keinen Fall nach Regensburg, hörst du? Ich habe keine ruhige Minute, solange dieser Verrückte frei herumläuft.«

Ich versicherte ihm, Paolo und seine Leute stünden kurz vor dem Fahndungserfolg. Schließlich versprach ich Maximilian schweren Herzens, nach der Übergabe an der Grenze wieder mit den österreichischen Beamten nach Wien zurückzukehren.

Noch eine Stunde bis zur Grenze.

Ich sah aus dem Fenster des Streifenwagens, an dem wechselnde Momentaufnahmen vorüberzogen. Sattgrüne Wiesen, von schmalen Bächen durchzogen, Felder, da und dort einzelne Gehöfte, Weiler, Städte. Das Wetter spielte auch hier verrückt, mal schien die Sonne, mal regnete es wolkenbruchartig. Und immer wieder sah ich die Donau in der Ferne glitzern.

Seit über zwei Stunden waren wir inzwischen unterwegs. Im Auto war es ruhig. Die beiden österreichischen Polizisten saßen vorn, am Steuer ein bulliger, Kaugummi kauender Zwei-Meter-Mann mit buschigen Augenbrauen, daneben sein sehniger, braun gebrannter Kollege mit Siegerlächeln, der mich an den Bergsteiger Luis Trenker in jungen Jahren erinnerte. Aus dem Radio dudelten leise Schlager, hin und wieder unterbrach ein Funkspruch die Musik. Melissa und ich saßen auf der Rückbank und schwiegen. Dann und wann warf ich ihr einen unauffälligen Blick zu, aber sie war so in ihre Gedanken versunken, dass sie es nicht bemerkte. Meistens kaute sie an den abgenagten Fingernägeln oder starrte auf ihr Handy, das inzwischen wieder eingeschaltet, bis auf einen kurzen Anruf von Paolo auf der Höhe von Sankt Pölten aber stumm geblieben war. Er hatte sich kurz vorgestellt und ihr ein paar aufmunternde Worte zum Zustand ihrer Mutter mitgeteilt. Das war das einzige Mal, dass ich einen Anflug von Hoffnung in ihrem Gesicht gesehen hatte.

Der dunkelblaue Pullover lag auf ihren Knien. Dann und wann berührte sie ihn mit abwesendem Gesicht. Er gehörte ihrem Vater, hatte ich kurz nach der Abfahrt erfahren. Während der Tage auf dem Schiff hatte sie ihn von Sebruvek bekommen. Ansonsten trug sie noch immer die Kleidungsstücke, in denen sie Regensburg Sonntagnacht verlassen hatte.

Immer wieder musste ich an Simon Stein denken. Mit dem hervorragenden Abschluss auf der Polizeischule und seiner großen technischen Begabung hätte er mit Leichtigkeit eine ebenso gut bezahlte wie sichere Stelle beim LKA oder BKA gefunden. Dennoch hatte er sich für zwölf Jahre bei der Bundeswehr verpflichtet und für den freiwilligen Einsatz in Krisengebieten entschieden. Hatte es ihn gelockt, neue Menschen kennenzulernen und fremde Länder zu erforschen? Brauchte er den Nervenkitzel, indem er sich ständig in Lebensgefahr begab?

Der Zwei-Meter-Mann am Steuer bremste scharf und fluchte. Ein uralter grasgrüner VW Kombi mit aufgemalten Gänseblümchen zuckelte gemütlich vor uns dahin. Der Beamte fluchte wieder, drückte aufs Gas, überholte.

»Sie schreibt nicht zurück«, sagte Melissa, als der Streifenwagen wieder einscherte. »Seit du vom Schiff gegangen bist, um mit diesem Polizisten zu telefonieren, hab ich der Mami fünf SMS geschickt. Aber sie schreibt einfach nicht zurück.«

»Bestimmt schläft sie«, versuchte ich, sie zu beruhigen. »Du hast doch gehört, was der Polizist vorhin gesagt hat, er heißt übrigens Paolo. Es geht ihr schon viel besser.«

Sara Brauns Mobiltelefon lag vermutlich noch immer bei den Beweismitteln der Kripo. Aber das wollte ich Melissa nicht sagen.

»Und wenn es ihr auf einmal wieder schlechter geht?«, meinte sie zaghaft.

»Dann hätte man schon längst angerufen.«

Sie atmete laut aus, steckte den Zeigefinger in den Mund, kaute gedankenverloren darauf herum, hielt inne und legte die Hand zurück in den Schoß.

»Dimitri hat gesagt, ich muss nicht ins Gefängnis.«

»Das stimmt. Man wird dir natürlich viele Fragen stellen, und du wirst vielleicht auch nicht gleich nach Hause dürfen.«

Noch als ich die Worte aussprach, wusste ich, dass nichts wieder so sein würde wie früher. Melissa hatte einen Menschen getötet. Aus Nothilfe und in einer für sie emotional extrem belastenden Situation, ja – doch ein solches Erlebnis ließ sich nicht einfach vergessen.

Sie hob wieder die rechte Hand, um sie in den Mund zu stecken. Mitten in der Bewegung hielt sie inne und starrte sie an. Dann verbarg sie beide Hände unter dem dunkelblauen Pullover.

»Da war so viel Blut«, sagte sie so leise, dass ich sie kaum verstand. »Immer wieder hab ich mir die Hände gewaschen. Und trotzdem hab ich ständig gedacht, da ist noch Blut dran, das geht nie ganz ab.«

Ich berührte sanft ihren Arm. Doch sie schüttelte meine Hand ab und starrte aus dem Fenster.

»Ich habe ihn gehasst«, sagte sie zehn Minuten später. Ihr Blick war noch immer auf die vorbeifliegende Landschaft draußen gerichtet, aber ich war sicher, dass sie nichts wahrnahm. »Schon immer. Und am Ende so fest, dass mir schlecht geworden ist, wenn ich nur an ihn gedacht habe.«

»Wen meinst du?«

»Vater.« Sie benutzte nicht das Wort »Papi« wie auf dem Schiff. »Dabei ist er das gar nicht: mein Vater. Dimitri ist ja mein richtiger Papi.« Sie verstummte. »Warum hat die Mami mir das nie gesagt?«

»Das kannst du sie bald selbst fragen.«

»Aber sie hat mir ja auch nicht erzählt, was sie wirklich arbeitet«, sagte sie, als hätte sie mich nicht gehört. »Den Brief vom Gesundheitsamt hab ich aus Versehen aufgemacht, der hat nämlich im Briefkasten gelegen, zusammen mit einem Brief von der Bank, Kontoauszüge, die waren für mich. Warum hast du einen Aidstest machen lassen?, hab ich sie gefragt, du hast doch gar keinen Freund. Zuerst hat sie nur zurückgepampt, wieso ich ihre Post lese und was mich das überhaupt angehe und warum ich die Arschlöcher in der Schule verdroschen hab und ob mir eigentlich klar sei, dass ich dafür einen Direktoratsverweis kriege oder vielleicht sogar von der Schule fliege – also, Arschlöcher hat sie natürlich nicht gesagt, nur blöde Kerle, glaub ich. Aber das war sowieso nur ein Ablenkungsmanöver. Ich hab nicht lockergelassen, und irgendwann hat sie mir die Wahrheit gesagt, sagen müssen, und dann haben wir uns furchtbar gestritten, ich glaube, ich habe sogar Nutte zu ihr gesagt – genau, du dreckige Nutte und Schlampe, und ich weiß nicht, was noch alles.« Sie schwieg, schaute noch immer aus dem Fenster. »Sie hat mich angelogen. Die ganze Zeit über hat sie mich angelogen. Meine eigene Mami.«

»Wann habt ihr euch gestritten?«

»Samstagabend.« Sie senkte den Blick, kaute wieder auf den Fingern, nahm sie schließlich aus dem Mund. »Den ganzen Sonntag haben wir kein Wort miteinander geredet. Nur deshalb hab ich mich mit diesem aufgeblasenen Marcel getroffen, auch so ein Arschloch, aber Hauptsache, ich konnte mit irgendwem reden, über irgendwas. Die Chiara ist ja immer mit ihren bescheuerten Typen an der Donau, und die Omi, mein Gott, die Omi …« Sie schluckte. »Vor fünf Wochen ist sie gestorben.«

»Das muss sehr schwer für dich gewesen sein«, sagte ich. »Aber deine Omi würde sicher nicht wollen, dass du jetzt so unglücklich bist. Und so allein.«

»Was soll ich denn dagegen machen?«

»Chiara ist deine Freundin. Ich habe mit ihr geredet. Sie vermisst dich und wäre sehr froh, wenn du dich wieder bei ihr meldest.«

So unerwartet Melissas Redefluss begonnen hatte, so plötzlich versiegte er wieder. Die ganze restliche Fahrt über sagte sie kein Wort mehr. Erst als die Grenze mit dem ehemaligen Zollgebäude in Sicht kam, vor dem Paolos weißer Volvo stand, fragte sie leise:

»Meinst du wirklich, sie wird wieder gesund?«

»Ja«, sagte ich mit fester Stimme. »Deine Mama wird ganz bestimmt wieder gesund.«

Ich legte ihr die rechte Hand auf die abgenagten Finger und drückte sie. Dieses Mal ließ Melissa ihre Hand dort, wo sie war.

Paolo hatte Wort gehalten und eine Polizeibeamtin mitgebracht. Sie hatte wache Augen, Sommersprossen auf der Himmelfahrtsnase und war Anfang zwanzig. Ein kluger Schachzug, denn so war der Altersunterschied zu unserem Schützling nicht allzu groß.

Nachdem mein Ex die Formalitäten mit den österreichischen Kollegen erledigt hatte, nutzte er die Zeit, in der wir allein waren, und berichtete mir vom aktuellen Ermittlungsstand zum Fall Simon Stein. Die beiden Österreicher warteten vor den Autos, bis Paolo und ich fertig waren. Melissa war zur Toilette gegangen, in der Obhut der jungen Polizistin.

»Stein hat einem Kollegen bei der Softwarefirma in Hamburg von seiner Jugendliebe erzählt, einer gewissen Anna. Nach all der verlorenen Zeit, so hat er wohl gesagt, würde er alles tun, um sie endlich für sich zu gewinnen – und zwar mit seinen eigenen Methoden.« Er hustete einige Male hintereinander, warf mir dann einen unruhigen Blick zu. »Den Nachnamen hat er zwar nicht genannt, aber das klingt doch ziemlich eindeutig.«

Langsam nickte ich. Nun war es also amtlich.

»Der Kollege hat sich erst nichts dabei gedacht«, fuhr mein Ex fort und wischte sich mit einem Taschentuch über die nasse Stirn. Offenbar hatte er Fieber, auch seine Augen glänzten. »Aber als er später von den Hintergründen erfahren hat, die zu Steins Entlassung geführt haben, hat er seinen Vorgesetzten informiert.« Er kramte in der Tasche. »Das ist er.«

Paolo reichte mir ein Foto. Simon Stein war kaum wiederzuerkennen. Aus dem linkischen, unscheinbaren und etwas zu dünnen jungen Kerl war ein durchtrainierter, interessant aussehender Mann mit selbstbewusster Haltung und kühl abschätzendem Blick geworden. Allein die Augen hatten sich nicht verändert. Sie waren noch immer so schmal und stahlgrau wie vor fünfzehn Jahren.

»Heute habe ich lang mit einem Profiler vom LKA telefoniert«, sagte Paolo ernst. »In Steins Kopf, hat er mir erklärt, hat sich was verschoben. Du bist offenbar ein Sinnbild für Stein, vielleicht für irgendetwas in seinem Leben, was es nie gegeben hat. Eine Art heile Welt, in der alles gut ist. Als Kind hat er es nicht leicht gehabt. Zuerst ist die Mutter gestorben, dann hat ihn der Vater von seiner Schwester getrennt und früh zum Schlüsselkind erzogen. Er hat nie Freunde gehabt. Und auf einmal bist du aufgetaucht, hast dich für ihn eingesetzt, warst aber unerreichbar. So ist er in eine andere Leidenschaft geflohen, hat sich von einer Gefahr in die nächste gestürzt, dich über die Jahre aber auf einen immer höheren Sockel gehoben. Meint zumindest der Profiler.« Wieder wischte Paolo sich über die Stirn, er atmete schwer. »Solche Kriseneinsätze sind kein Spaß, da geht es ums nackte Überleben. Im Kosovo war praktisch noch Krieg, als er dort war – ich will gar nicht wissen, was er da alles erlebt hat. Und in Afghanistan hat er mitansehen müssen, wie seine eigenen Leute zerfetzt wurden. Das Töten wird normal, und auch Stein ist offenbar immer besser darin geworden. Ein Kriegsheld. Ist irgendwie verständlich, dass er jetzt in unserer Welt nicht mehr klarkommt.«

Ich hatte Paolo schweigend zugehört. Es war ein milder Abend, die Wolken hatten sich inzwischen komplett verzogen, aber mit jedem seiner Worte wurde mir kälter, und am Ende fröstelte ich. Wie wunderbar. Ein Psychopath, der verrückt nach mir war.

»Was wollte er mit den Morden erreichen?«, fragte ich mehr mich selbst als meinen Ex. »Mir seine Dankbarkeit zeigen und für mich scheinbare Schwierigkeiten aus dem Weg räumen, weil ich ihn früher gegen die anderen verteidigt habe?«

Oder er wollte mir nahe sein, weil er damals verliebt war in mich, fügte ich in Gedanken hinzu. Und vielleicht noch immer war?

»Bald haben wir ihn«, versicherte Paolo mir, als er mein beunruhigtes Gesicht sah. »In Regensburg gibt es bisher zwar keine neue Spur von ihm, er scheint weder in einer Pension noch in einem Hotel abgestiegen zu sein. Aber wir haben die Securityfirma in München ausfindig gemacht. Er hat nur zwei Wochen dort gearbeitet und dann wieder gekündigt. Meine Leute überprüfen gerade die Adresse am Sendlinger Tor, die er bei der Vertragsunterzeichnung als Wohnsitz angegeben hat.«

»Wos ist jetz eigentlich?«, sprach mich der österreichische Luis-Trenker-Verschnitt mit seinem breiten Wiener Dialekt an und schlenderte auf uns zu. »Mir packen's dann. Fahrn Sie wieder mit?«

»Wie, kommst du etwa nicht mit nach Regensburg?«, fragte Paolo überrascht.

Lautes Rufen und dumpfe Töne waren aus der Richtung zu hören, in der die Toilette lag.

Paolo und ich rannten gleichzeitig los.

An der hinteren Seite des Zollhäuschens stand die junge Polizistin vor der Toilettentür, hämmerte dagegen, drückte die Klinke wieder und wieder.

»Sie kommt nicht mehr raus!«, rief sie mit verzweifeltem Gesichtsausdruck. »Und grade hat es geklickt, und jetzt geht die Tür nicht mehr auf. Sie muss zugesperrt haben.«

»Gibt es dadrin ein Fenster?« Paolos Stimme klang scharf, und es war ihm anzusehen, dass er sich nur mühsam beherrschte.

»Ein Fenster?« Die junge Frau zwinkerte. »Warum, ich verstehe nicht –«

»Jetzt sagen Sie bloß, Sie haben sich die verdammte Toilette nicht angeschaut?« Sein Gesicht rötete sich, wütend starrte er seine Mitarbeiterin an. »Herrgott, das gibt's doch nicht!«

»Melissa.« Laut klopfte ich an die Tür. »Melissa, ich bin's – Anna. Alles okay bei dir?«

Keine Reaktion.

»Dein Papi hat mich grade angerufen«, schwindelte ich. »Dimitri. Er wollte wissen, wie's dir geht.«

Wieder nichts.

Paolos Gesicht wurde noch röter und die junge Beamtin immer kleiner.

»Melissa!« Ich klopfte wieder, dieses Mal noch fester. »Was soll ich Dimitri sagen?«

Fünf endlose Sekunden lang geschah nichts. Dann endlich ein metallisches Geräusch: der Schlüssel, der sich langsam im Schloss drehte. Die Tür schwang auf.

Melissa stand vor uns, sah zuerst mich ausdruckslos an, dann die anderen. Ihre Augen waren verquollen, sie hatte wieder geweint.

»Alles okay«, sagte sie leise, senkte den Blick und verknotete sorgfältig den dunkelblauen Pullover, den sie sich um die Schultern gelegt hatte. »Sag ihm, es ist alles okay.«

24

Freitag, 5. Juni, 20.55 Uhr

Als wir den Parkplatz vor dem Kripogebäude in Regensburg erreichten, war die Sonne schon untergegangen.

Die Fahrt war problemlos gewesen. Dennoch spürte ich die Müdigkeit vom langen Sitzen. Seit wir Wien verlassen hatten, waren über vier Stunden vergangen.

Nach dem Vorfall auf der Toilette hatte ich es nicht über mich gebracht, Melissa meinem Exmann und der jungen, heillos überforderten Polizistin zu überlassen. Also waren wir zu viert weitergefahren. Den Nachtzug nach Wien zurück hatte ich mir während der Fahrt mit Hilfe von Paolos Smartphone herausgesucht. Maximilian hatte dennoch kaum etwas gesagt, als ich ihm noch an der Grenze die Planänderung mitgeteilt hatte. Sobald ich im Zug saß, würde ich ihn noch einmal anrufen, dieses Mal aber in Ruhe. Auch ich wollte keine Stunde länger in Regensburg bleiben als unbedingt nötig. Paolo würde mich persönlich zum Bahnsteig bringen und mir notfalls eine Polizeieskorte mitgeben. Doch auch das hatte meinen Liebsten kaum beruhigt.

Wir stiegen aus, ich streckte die Glieder. Dann dachte ich daran, wie ich das letzte Mal von hier weggefahren war und Vincenzo überstürzt vom Wöhrdbad abgeholt hatte. Bei dieser Gelegenheit hatte ich die Wanze im Auto gefunden. Schlagartig kehrte die Angst zurück. Ob *er* mich verfolgte, mir irgendwo auflauerte?

Plötzlich spürte ich eine Berührung im Rücken.

Ich zuckte zusammen.

»Du kommst aber noch mit, oder?«, hörte ich Melissas zaghafte Stimme.

Ich wandte mich um, blickte in ihre weit aufgerissenen Augen.

»Natürlich komme ich mit.« So zuversichtlich wie möglich lächelte ich sie an.

Sie nickte und steckte wieder die Finger in den Mund.

Paolos Handy läutete. Er nahm das Gespräch an, lauschte konzentriert, murmelte einige Jas und Neins, während er zügig voran zum Eingang ging. Der Rest unserer kleinen Truppe folgte ihm.

»Fehlanzeige in der Wohnung beim Sendlinger Tor«, sagte er grimmig, als ich auf gleicher Höhe war. »Stein hat eine falsche Adresse angegeben. Ein Mitarbeiter der Securityfirma will Stein aber einmal in Neuperlach gesehen haben, vor einem Hochhaus. Eine Streife ist schon unterwegs.«

Er steckte die Karte in den Türöffner, es summte, wir betraten das hell erleuchtete Gebäude. Neben mir erklärte die junge Polizistin unserem Schützling, dass eine sehr nette Frau auf sie wartete, die Polizeipsychologin. Dumpf hallten unsere Schritte auf den Fliesen. Melissa fasste nach meiner Hand.

»Wir sollten dann mal los, Prinzessin«, sagte mein Ex kurze Zeit später. »Der Zug fährt in vierzig Minuten, und du hast noch kein Ticket.«

Wir standen auf dem Korridor in der Nähe seines Büros und tranken Automatenkaffee. Draußen wurde es von Minute zu Minute dunkler, und der Himmel hatte sich wieder mit dichten Wolken verdüstert.

Nach den ersten Formalitäten und einer kurzen Kennenlernphase, in der Melissa immer dicht neben mir gesessen hatte, hatte ich sie nun endgültig in die Obhut der Polizeipsychologin übergeben, einer tatsächlich netten und zudem auch unkompliziert wirkenden Frau. Schnell hatte sie das Mädchen in ein Gespräch verwickelt. Morgen würden sie Sara Braun gemeinsam in der Uniklinik besuchen. Doch als Melissa sich schließlich doch von mir verabschieden musste, klammerte sie sich an mich wie ein kleines Kind, und der Abschied fiel mir schwer.

Der Kaffee war zu dünn und lauwarm, offenbar funktionierte der Automat nicht richtig. Ich dachte an Melissa. Gleichzeitig spürte ich noch immer die Angst, die mich draußen auf dem Parkplatz überfallen hatte. Außerdem musste ich zu Maximilian. Vor wenigen Minuten hatte er mir eine SMS geschickt und mir versichert, wie erleichtert er sein würde, wenn ich endlich wohlbehalten zu ihm zurückkäme. Auch ich konnte es kaum noch erwarten. Und nicht zuletzt brauchte ich dringend ein paar ruhige Stunden.

Die Tür am anderen Ende des Korridors flog auf. Ein drahtiger Mann mit Schnauzbart und Halbglatze, den ich noch nie gesehen hatte, kam aus dem Büro gelaufen, das Telefon in der Hand.

»Steins BMW steht vor dem Hochhaus!«, rief er meinem Ex zu.

»In Neuperlach?« Paolo drückte mir seinen Becher in die Hand und ging seinem Kollegen schnell entgegen.

»Ein Zeuge hat Stein anhand der Personenbeschreibung erkannt«, hörte ich noch.

Dann verschwanden sie im Büro des Schnurrbartträgers, die Tür ließen sie offen. Ich folgte ihnen, in der Hoffnung, irgendeine Information aufzuschnappen. Und tatsächlich hörte ich den einen oder anderen Gesprächsfetzen: »… Wohnung im siebten Stock … bewaffnet … sofortiger Zugriff … Gefahr im Verzug …« Mein Herz klopfte wie wild.

Im nächsten Moment sprang die Tür direkt neben mir auf. Ich drehte den Kopf, eine kleine Frau mit brünetter Kurzhaarfrisur und einem Berg Unterlagen in den Armen kam herausgestürmt. Erst im letzten Moment sah sie mich, ich versuchte noch, einen Schritt zur Seite zu machen. Aber schon rempelte sie mich an, und beide noch halb volle Becher fielen mir aus der Hand. Lauwarmer Kaffee ergoss sich über meine Hose. Lautstark fluchte ich auf Italienisch, die kleine Brünette ließ vor Schreck fast die Akten fallen.

Und schon stand Paolo wieder vor mir.

»Stein hat auf die Münchner Kollegen geschossen und sich in der Wohnung in Neuperlach verbarrikadiert«, sagte er atemlos. »Sie haben bereits Verstärkung angefordert, der Zugriff kann jeden Moment erfolgen.«

Erst jetzt sah er die Bescherung. Er erklärte mir, wo sich die Damentoilette befand, während die kleine Brünette mit einem winzigen Taschentuch an meiner cremeweißen Sommerhose herumwischte, was die dunklen Flecken nur noch größer machte, und mir unentwegt versicherte, wie leid ihr alles tue.

»So geht das nicht raus«, urteilte ich. »Am besten, ich hole mir von zu Hause noch schnell was Frisches zum Anziehen.«

»Dann mal los«, brummte Paolo, schon wieder das Handy am Ohr.

Die Villa lag dunkel und verlassen am Ende der Prebrunnallee. Durch die dicht belaubten Baumkronen drang das Licht der Laterne kaum bis zum Haus. Die trüben Wolken raubten dem noch immer warmen Sommerabend die letzte Helligkeit.

Paolo hielt vor dem Gartentor, wir stiegen aus. Erst vor zwei Tagen war ich von hier aufgebrochen. Es erschien mir wie eine halbe Ewigkeit.

»Bin gleich wieder da.« Ich umrundete den Wagen.

»Ich komme mit«, hörte ich Paolo aber sagen. »Solange sie ihn nicht haben, gehst du nirgendwo allein hin.«

Während der Fahrt hatte mein Ex ständig mit dem Leiter der Münchner Sondereinheit telefoniert. Simon Stein war noch immer in der Wohnung, aber es war nur eine Frage von wenigen Minuten, bis der Zugriff erfolgte. Die Münchner Kollegen waren bis an die Zähne bewaffnet. Sobald der siebte Stock und die benachbarten Stockwerke vollständig evakuiert waren, würden sie die Wohnung stürmen.

Ich warf einen Blick auf die Uhr. Noch zweiundzwanzig Minuten bis zur Abfahrt. Ich nickte und holte den Schlüssel aus der Tasche. Wieder wischte Paolo sich über die glänzende Stirn, er musste niesen. Ich wusste so gut wie er, dass er eigentlich ins Bett gehörte, sagte aber nichts.

Mit entsicherter Pistole ging er zum Eingangsportal der Villa, ich dicht hinter ihm. Der Kies knirschte unter unseren Schuhen. Am Portal sperrte ich die Tür auf. Das Schloss war unversehrt. Wir traten ein, ich drückte auf den Lichtschalter.

Auch in der Diele sah alles genauso aus, wie ich es verlassen hatte. Auf dem Vertiko die Tiffanylampe, der Gobelin an der Wand darüber, auch der Stuhl, mit dem ich die Kamera von dort oben heruntergeholt hatte, stand noch an seinem Platz. Kein Laut war zu hören.

Wieder ging Paolo voran, die Treppe hinauf, ich folgte ihm. Langsam und so leise wie möglich stiegen wir die Stufen hoch.

Mitten auf der Treppe lachte das Handy.

Paolo wandte sich um und warf mir einen alarmierten Blick zu.

Die SMS war von Maximilian: *Ich freue mich so auf dich! Gute Fahrt, tausend sehnsüchtige Küsse, M.*

Ich zuckte mit den Schultern, steckte das Handy weg.

Im ersten Stock war es ebenfalls ruhig, die Tür zum Ankleidezimmer stand offen, ebenso die Türen zu Vincenzos und meinem Zimmer. Ich konnte mich nicht erinnern, ob ich die Türen vor zwei Tagen offen gelassen hatte.

Paolo betrat das Ankleidezimmer, die Waffe im Anschlag.

Auch hier war alles so, wie es sein sollte.

Wieder ein Blick auf die Armbanduhr. Nur noch neunzehn Minuten bis zur Abfahrt.

»Bin gleich fertig.« Ich ging an ihm vorbei in Richtung Schrank. »Ich suche mir schnell was raus, im Zug kann ich mich umziehen.«

Paolo blieb an der Tür. In der nächsten Sekunde bekam er einen heftigen Hustenanfall.

Etwas berührte mich.

Ich zuckte zusammen.

Wieder fühlte ich etwas Weiches an den Beinen.

Leises Schnurren.

Semiramis strich an mir vorbei, sie musste uns gefolgt sein, ohne dass wir es bemerkt hatten.

Madonna, mia …

Niemand hatte an sie gedacht. Mona war seit Tagen nicht mehr hier gewesen. Die Katze musste halb verhungert sein. Aber ausgerechnet jetzt hatte ich keine Zeit für sie. Ich machte den nächsten Schritt, hörte ein schnelles, leises Geräusch hinter mir, etwas Schweres fiel zu Boden, ich wandte den Kopf.

Etwas trillerte.

Paolos Handy?

Im selben Moment war er bei mir, packte mich, meine Arme waren gefangen, presste mich an sich. Es ging so schnell, dass ich nicht reagieren konnte.

»Wo bist du so lang gewesen, mein Herz?«, flüsterte er, die Lippen an meiner Wange.

Etwas Kaltes berührte meinen Hals. Ein vertrauter Geruch stieg mir in die Nase.

Simons Geruch.

25

Freitag, 5. Juni, 21.26 Uhr

Mein erster Reflex war, Simon einen Tritt zu verpassen. Aber er stand so breitbeinig hinter mir, dass ich keine Chance hatte.

Ich wand mich wie eine Schlange, versuchte, mich zu befreien, irgendwie zumindest eine Hand freizubekommen. Doch er hielt mich wie im Schraubstock gefangen, und mit einem Mal merkte ich, dass das kalte Metall an meinem Hals auch scharf war.

Ein Messer. Natürlich.

»Machst dich einfach aus dem Staub, lässt mich hier warten, tagelang.« Seine Stimme klang vorwurfsvoll und dennoch voller Sehnsucht. »Warum tust du mir das an, Anna?«

»Was ist mit Paolo?«

Meine Stimme klang fremd und weit weg. Es war so absurd. Ich hatte nur das Schnurren gehört, dieses schnelle Geräusch, etwas – oder jemand – zu Boden fallen. Keinen Atemzug, keinen einzigen Schritt, einfach gar nichts.

»Sogar jetzt denkst du nur an ihn. Wo ich so viel für dich getan habe.«

Der Druck an meinem Hals verstärkte sich.

»Schau her, mein Herz – ich zeige dir, dass ich alles, wirklich alles, für dich tue.«

Eine blitzartige Bewegung, er machte mit mir einen schnellen Halbkreis, hielt mich die ganze Zeit über eisern umklammert.

Ich hatte Angst vor dem, was dort hinter der Tür auf mich wartete.

Paolo.

In der Ecke, auf dem Boden.

Blut.

So viel Blut.

Das rechte Bein war ausgestreckt und zuckte, das andere lag unter seinem Körper, verkrümmt. Sein Anblick lähmte mich. Ich hörte ihn stöhnen, leise, ganz leise, bemerkte erst dann, dass meine

Wange nass war. Ich schluckte, spürte einen salzigen Geschmack auf den Lippen, schluckte wieder.

»Eine Stunde hat er noch«, hörte ich wieder Simons Stimme an meinem Ohr. »Wenn ich gewollt hätte, wäre er schon tot. Aber ich wollte ihm Zeit lassen. Er soll es sehen. Alles soll er sehen, das verstehst du doch?«

Er presste mich noch enger an seinen Körper. Ich war ganz und gar erstarrt, sah nur Paolo auf dem Boden liegen, war auch dann völlig außerstande, mich zu wehren, als Simons linke Hand über meine Brüste fuhr.

»Den anderen krieg ich auch noch. Diesen Scheißkerl, mit dem du's neulich auf der Terrasse getrieben hast.« Er lachte leise. »Keine Sorge, Anna, sobald er die Tür zu seinem Haus aufsperrt, macht es Puff – und dann gibt es ein hübsches kleines Feuerchen.«

Maximilian – mein Gott!

Ich wollte etwas sagen. Aber ich brachte keinen Ton über die Lippen. Vor Ohnmacht und Angst um Maximilian wurde mir so übel, dass ich meinte, mich auf der Stelle übergeben zu müssen. Ich fühlte etwas Hartes zwischen Simons Oberschenkeln, hörte seinen schweren Atem.

»Er ist schon ganz groß, fühlst du es? Er wartet schon so lang auf dich.« Er leckte mir mit der Zunge über das Ohrläppchen. »Du hast keine Ahnung, wie oft ich von diesem Moment geträumt habe, zwischen den Schreien und Maschinengewehrsalven und Detonationen, manchmal waren sie so laut, dass ich stundenlang noch taub war. Und überall nur Blut, Fetzen, Knochensplitter – meine Anna, hab ich in solchen Momenten gedacht, irgendwann werde ich sie haben. Und dann, dann endlich wird sie mich lieben. Mich ganz allein.«

Er zerrte mich durch den Raum, knapp vorbei an Paolo, drückte mich von hinten gegen die Wand, die Klinge noch immer an meinem Hals. Er rieb sich an mir. Seine heißen Finger schoben den Gummizug der Sommerhose nach unten, strichen über meine Schenkel, zerrten am Slip. Und noch immer war ich außerstande, mich auch nur einen einzigen Millimeter zu bewegen.

»Wir machen's hier, gleich hier, dann kann er alles mitansehen, wie findest du das?«

Er drehte meinen Kopf in Paolos Richtung, wieder sah ich das Blut, Paolos zuckendes Bein, hörte sein Stöhnen. Eine Stunde, hatte Simon gesagt. Dann dachte ich an Maximilian. An den Sprengsatz, den Simon in seinem Haus versteckt hatte.

Und endlich, endlich fing mein Hirn wieder an zu funktionieren.

Simon war geübt im Umgang mit dem Messer. Trotz seiner offensichtlichen Erregung klebte die Schneide auch jetzt mit derselben Präzision an meinem Hals wie in jenem ersten Moment, als er mich gepackt hatte, und auch sonst war er völlig Herr der Situation. Er stand so breitbeinig hinter mir, dass ich noch immer nicht die geringste Chance hatte, ihm einen Tritt zu verpassen. Körperlich war er mir weit überlegen. Das Einzige, was mir blieb: Ich musste ihn hinhalten. Paolos Handy hatte getrillert – der Münchner Einsatzleiter wusste wohl inzwischen, dass sie den Falschen belagert hatten. Nachdem er Paolo nicht erreicht hatte, veranlasste er hoffentlich gerade jetzt, dass eine Streife losgeschickt wurde. Vor unserer Abfahrt hatte Paolo seine Kollegen darüber informiert, dass wir noch kurz zur Villa wollten. Die Streife musste in wenigen Minuten da sein.

»Hast du mein Bett drüben gesehen?«, wisperte ich.

»Was?«

Einen winzigen Moment lang ließen der Druck seines Glieds an meinem Gesäß und der des Messers an meinem Hals nach. Ich bemerkte es den Bruchteil einer Sekunde zu spät. Schon war sein Körper wieder voller Anspannung, und ich hatte keine Chance mehr, mich seiner Umklammerung zu entziehen.

»Im Bett ist es bequemer«, lockte ich. »Komm, wir gehen rüber.«

Er schwieg, schien zu überlegen, doch alle seine Muskeln waren hart wie Stein. Auch das Messer blieb, wo es war.

»Da haben wir es schöner.« Ich wandte ihm das Gesicht so weit wie möglich zu, ohne eine Verletzungsgefahr zu riskieren. »Komm, gehen wir.«

»Was soll das?« Seine Stimme klang verwirrt, aber er war sichtlich auf der Hut. »Was hast du vor?«

Ob sie wirklich eine Streife losgeschickt hatten?

»Ich vögle nun mal nicht gern im Stehen. Außerdem will ich dich küssen. So wird das nichts.«

Paolo stöhnte wieder.

»Du willst mich küssen?«

Der Druck an meinem Hals verschärfte sich. Simon presste mich so fest gegen die Wand, dass mir fast die Luft wegblieb. Er drehte meinen Körper um hundertachtzig Grad und drückte mich mit seinem ganzen Gewicht nach unten. Bevor ich mich versah, saß ich in der Hocke, zusammengequetscht, und hatte nicht die geringste Möglichkeit, mich auch nur einen einzigen Millimeter zu bewegen. Das Messer klebte genauso dicht an meinem Hals wie zuvor.

Er spreizte meine Beine, zwang mich der Länge nach auf den Boden, seine Zunge drang mir in den Mund, fuhr mir übers Kinn, mit der freien Hand zerriss er in einem Ruck den Slip.

»Sag es, los, sag es schon!«, keuchte er, nestelte an seinem Hosenbund.

»Hör auf, Simon, nicht hier, ich will das nicht …«

»Mir ist scheißegal, was du willst, kapierst du das?« Er vergrub sein Gesicht in meinem Haar, tat einen tiefen Atemzug. »Mein Gott, so lang habe ich gewartet. Los, sag es!«

»Was – was soll ich sagen?«

»Dass du mich willst, dass du mich liebst!« Er warf den Kopf zurück, schrie mich an: »Los, sag es schon, verdammt noch mal!«

Seine Augen waren dicht vor mir, blutunterlaufen. Sein Blick war irre.

Die Streife – warum kam sie nicht?

Seine heiße Hand fuhr mir in den Schoß.

Ich zuckte zusammen, fast hätte ich aufgeschrien.

»Ich will dich.« Am liebsten hätte ich mir die Zunge abgebissen, aber ich zwang mich, meine Stimme so drängend wie möglich klingen zu lassen. »Aber nicht hier. Bitte, gehen wir rüber.«

Wieder war seine Zunge in meinem Mund, raubte mir fast den Atem, er stöhnte, schob mir die Finger noch tiefer in den Schoß. Ich hätte weinen können.

Wo blieben sie nur?

Und wenn niemand kam?

Plötzlich wurde mir bewusst, dass ich Paolos Stöhnen schon lang nicht mehr gehört hatte. Er war so still. Ich wandte den Kopf. Auch das Bein zuckte nicht mehr.

Eine Stunde, hatte Simon gesagt.

»Sag, dass du mich liebst«, keuchte er. »Komm schon, ich will es hören …«

Motorengeräusch.

Er hob den Kopf.

Ein Auto.

Es hielt vor dem Haus.

Stille.

»Wer ist das?«

Er fixierte mich, mit schmalen, eiskalten Augen.

»Bullen?«

Ich versuchte, seinen Kopf zu mir herunterzuziehen, küsste ihn, hob das Becken. Mir wurde speiübel, doch ich presste mich noch stärker an ihn. Er stieß meine Hand weg, die kaum ihren Weg fand, schlug mir ins Gesicht.

»Die Bullen wissen, wo du bist, du gottverdammte Schlampe?«

Panik flackerte in seinem Blick auf.

»Aber sie kriegen dich nicht. Lebendig kriegen sie dich nicht.«

Er drückte mir die Klinge noch fester an den Hals, ich wagte kaum noch zu atmen. Und plötzlich war die Spitze des Messers über mir, lang und dünn war es, nur wenige Millimeter von meinem Gesicht entfernt. Sein Körper lag auf mir, fast erdrückte er mich, nur der Arm mit dem Messer schwebte über mir.

Ich will nicht sterben.

Ich habe noch nicht genug gelebt.

Vincenzo. Er braucht doch seine Mutter.

Und Maximilian. Auch er braucht mich …

Dort in der Ecke. Dieser leblose Körper.

Überall das viele Blut.

Wer hilft uns?

Wer nur?

Die scharfe Klinge kommt näher.

Sie zittert kein bisschen.

Nur diese irren Augen über mir flackern.

Aber sie kennen kein Erbarmen.

Sekunden, Minuten, Stunden. Tage und Nächte – alles zuckt durch meinen Kopf.

Auch jener Abend, als alles begann.
Gleich wird er zustechen.
Noch als ich das denke, heult er auf wie ein geschundenes Tier.
Schnelle Schritte.
Auf der Treppe.
»Anna. Anna.«
Seine Augen werden trüb. Etwas glänzt darin.
»Anna, mein Herz. Warum – warum nicht ich?«
Er bäumt sich auf, hebt den Arm noch höher, stößt zu.
Ein einziger, dumpfer Laut.
Er zuckt nur kurz, verzieht kaum das Gesicht.
Dann liegt er noch schwerer auf mir.
Alles ist warm. Warm und klebrig.
Sonst fühle ich nichts.
Warum spüre ich keinen Schmerz?
Ich meine zu hören, wie er langsam ausatmet.
Unendlich langsam.
Wieder Schritte. Ganz nah.
»Nehmen Sie die Hände hoch, Polizei!«
Ich kann die Hände nicht hochnehmen.
Er liegt so schwer auf mir.
Auf den Händen, dem Gesicht, meinem ganzen Körper.
Ich kann kaum mehr atmen, so sehr drückt mich sein Gewicht nach unten.
Aber dennoch – ich atme noch.

EPILOG

Irgendwann im Juli

Erst Tage, wenn nicht Wochen später konnte ich begreifen, wie knapp ich dem Tode entronnen war.

In der ersten Zeit klammerte ich die Erinnerung an die letzten Sekunden mit Simon komplett aus. Ein Schutzmechanismus, den ich nicht bewusst steuerte. Hätte ich anfangs zu viel darüber nachgegrübelt, hätte mich der Schock komplett gelähmt.

Es war so viel zu tun. Jeden Tag besuchte ich Paolo in der Klinik. Seine Verletzung war schwer, der Stich hatte den rechten Lungenflügel durchstoßen, die Lunge war kollabiert. Länger als eine, höchstens zwei Stunden hätte er ohne ärztliche Versorgung nicht überlebt. Simon wusste tatsächlich, wie man gezielt tötete. Und was man tun musste, um das Opfer noch eine gewisse Zeit lang am Leben zu erhalten.

An der Eingangstür zu Maximilians Haus hatte sich ein Zeitzünder befunden, der mit einem professionell gebauten Sprengsatz verbunden war. Nur fünf Sekunden nach dem Aufschließen der Eingangstür, sobald Maximilian sich also in der Diele befunden hätte, wäre die Bombe detoniert. Eine Sondereinheit vom LKA entschärfte den Sprengsatz. Alles ging gut. Nur ein übereifriger junger Feuerwehrmann, der den Spezialisten beim Aufräumen assistierte, stolperte über ein Kabel und brach sich den Daumen.

Maximilian sagte alle Gesprächstermine in Wien ab und fuhr noch Freitagnacht zurück nach Regensburg, sehr zum Missfallen seines Kollegen aus den USA. Ich war überglücklich, als er wohlbehalten bei mir ankam. Die ganze folgende Woche über wich er mir kaum von der Seite, und in den Nächten verkroch ich mich in seinen Armen wie ein schutzbedürftiges Kind. Tagsüber machten wir lange Spaziergänge an der Donau und schmiedeten Pläne für unsere gemeinsame und endlich sorgenfreie Zukunft.

Sara Brauns Zustand stabilisierte sich zunehmend, noch im Laufe des Samstags wurde sie auf die normale Station verlegt. Dennoch musste sie weitere drei Wochen in der Klinik bleiben. Solange der Sachverhalt im Fall Tamás Szábo nicht endgültig geklärt war, musste sie sich zur Verfügung halten. Aber sie hätte ohnehin nicht verreisen können, und auch zu diesem frühen Zeitpunkt war schon absehbar, dass die Staatsanwaltschaft keine Anklage wegen Totschlags gegen sie erheben würde. Die Hautfetzen, die man unter den Fingernägeln von Tamás Szábos Leiche gefunden hatte, stammten nicht ausschließlich von ihr, sondern auch von Melissa, stellte sich heraus. Irgendeine Laborantin beim LKA in München hatte nicht aufgepasst und Paolo nur zwei anstelle der drei Anhänge mit den Untersuchungsergebnissen der DNA-Analyse gemailt.

Solange ihre Mutter ärztliche Betreuung benötigte, wurde Melissa von Psychologen und Therapeuten im Bezirkskrankenhaus Regensburg betreut, in einer Abteilung für traumatisierte Kinder und Jugendliche, und auch danach blieb sie noch lange Zeit in ambulanter Behandlung. Es war eine anstrengende Zeit für sie. Immer wieder wurde sie in ihre frühe Kindheit zurückgeworfen, die sie jahrelang verdrängt hatte, und mehr als einmal an die eigenen Grenzen geführt. Durch den Kontakt zu anderen Gleichaltrigen, die ähnliche Erfahrungen wie sie gemacht hatten, konnte sie sich aber endlich den Geschehnissen in ihrer Vergangenheit stellen.

Bei einem meiner Besuche im Bezirkskrankenhaus begegnete ich Chiara. Unschlüssig stand sie vor Melissas Zimmer und traute sich nicht hinein. Erst als sie mich erkannte, fasste sie sich ein Herz und klopfte an. Ich hatte einen Termin bei der Kripo und konnte nicht auf sie warten. Doch ab diesem Zeitpunkt sah ich Chiara immer wieder.

Bald nach Sara Brauns Entlassung aus der Klinik tauchte Dimitri Sebruvek wieder in der Stadt auf. Ich begegnete ihm nicht persönlich, aber Paolo erzählte mir von ihm. Eigentlich war mein Ex noch krankgeschrieben. Trotzdem schaffte er es natürlich nicht, sich völlig aus den abschließenden Ermittlungen herauszuhalten, und instruierte seine Leute auch vom Krankenbett aus. Einmal Bulle, immer Bulle.

Auch Melissa erzählte mir vom Besuch ihres Vaters. Wieder hatte er um die Hand ihrer Mutter angehalten, dieses Mal offenbar hochoffiziell, und wieder hatte er nicht die Antwort bekommen, die er sich ersehnt hatte. Sowohl Vater als auch Tochter fiel es schwer, Sara Brauns Beruf zu akzeptieren. Doch wie es schien, beabsichtigte Melissas Mutter nicht, ihn in absehbarer Zeit aufzugeben. Nach wie vor war sie auf ein eigenes Einkommen angewiesen, um das Darlehen für das neue Haus zu tilgen. Dennoch hatte sich etwas verändert. Zum einen musste sie nicht mehr lügen, wenn die Sprache darauf kam, wie sie zu ihrem vielen Geld kam. Zum anderen gab es für Melissa nicht mehr nur die Zweisamkeit mit ihrer Mutter, sondern auch noch einen vom Himmel gefallenen Vater, den sie während der gemeinsamen Tage auf dem Schiff sehr ins Herz geschlossen hatte, und irgendwann vielleicht sogar so etwas wie ein ganz normales Familienleben. Melissa plante, den Großteil ihrer bevorstehenden Sommerferien auf dem Schiff zu verbringen.

Anfangs verstand ich nicht, warum sie mich in all diese persönlichen Details einweihte. Aber dann wurde mir klar, dass ich vom ersten Moment an eine unsichtbare Grenze überschritten hatte. Ich war ihr nahegekommen. Sie hatte noch nie zuvor über das Trauma in ihrer Kindheit gesprochen, nicht einmal mit Dimitri Sebruvek während der Tage auf dem Schiff. Dadurch entwickelte sie ein geradezu unerschütterliches Vertrauen zu mir. Ich ging sehr behutsam damit um.

Vincenzo blieb während der ganzen Pfingstferien in der Toskana. Wie erwartet, vermisste er mich keine Sekunde lang. Als ich ihn am Ende der Ferien wieder abholte, empfing er mich an Leonardos Seite mit langem Gesicht. Erst als er erfuhr, dass sein Lieblingscousin uns im kommenden Wintersemester besuchen würde, hellte sich seine Miene ein wenig auf. Leonardo hatte sich für ein Auslandssemester an der Münchner Universität beworben. Natürlich war ich einverstanden, dass mein Neffe sich über den Winter bei uns einquartieren würde. Schließlich musste *la famiglia* zusammenhalten, in Bayern genauso wie in der Toskana. Nachdem wir das geklärt hatten, verbrachten wir dann doch noch zwei, drei gemeinsame friedliche Tage bei unseren Verwandten im Süden. Sogar meine Eltern, die sich zwischen ihren vielen Reisen nur selten nach Italien verirrten, nahmen unseren Aufenthalt zum Anlass, sich immerhin einen ganzen Tag lang im *Castello* blicken zu lassen. Am nächsten Morgen fuhren sie weiter nach Brindisi und setzten mit der Fähre nach Griechenland über, auf dem Weg zu einem Segeltörn.

Es dauerte Tage, bis ich endlich alle meine Zeugenaussagen zu Protokoll gegeben hatte. Immerhin befragte man mich zu zwei parallel laufenden Fällen, die letztendlich nichts miteinander zu tun hatten. Ich schilderte alle Vorkommnisse so genau wie möglich und versuchte, mich an jedes noch so kleine Detail zu erinnern. Nur ein winziges Detail während der letzten Sekunden mit Simon klammerte ich auch hier kategorisch aus. Das änderte sich erst, als ich von seiner Wohnung erfuhr.

Noch heute erinnere ich mich so genau an diesen Moment, als wäre es erst gestern gewesen. Ich saß zu Hause auf der Veranda, vor mir eine Tasse Tee, Vincenzo war in der Schule. Die schwüle Hitze, Gewitter und Wolkenbrüche des Frühsommers waren einer frischen, aber warmen Sommerbrise gewichen, wie sie selten im Donautal anzutreffen ist. Paolo hatte mich vor wenigen Minuten angerufen, und wieder einmal sprachen wir über jenen unheilschwangeren Freitagabend.

»Den BMW hat er absichtlich in Neuperlach abgestellt«, sagte mein Ex. »Nach dem Anschlag auf Frau Braun musste er damit rechnen, dass jemand das Auto gesehen hatte. Dieses Mal hatte er wohl nicht alles im Detail geplant wie bei den beiden ersten Morden, sondern sich spontan entschieden, sofort zuzuschlagen. Schließlich warst du im Anmarsch, und er musste Frau Braun in der Hostessenwohnung überraschen.«

Etwas raschelte, sicher wühlte Paolo sich wieder einmal durch seine Unterlagen. Nach dem bewaffneten Mann, der sich in dem Hochhaus in Neuperlach verbarrikadiert hatte, war ebenfalls gefahndet worden, hatte ich inzwischen erfahren. Zwei Tage vor den Ereignissen hatte er eine Sparkassenfiliale in Mühldorf am Inn überfallen, sich nach München abgesetzt und sein Äußeres derart verändert, dass er ausgerechnet Simon Stein zum Verwechseln ähnlich sah.

»Den Mietwagen, den Stein sich dann auf die Schnelle besorgt hat, haben wir in seiner Garage gefunden«, sagte Paolo. »In Regensburg, in der Wittelsbacherstraße.«

»Wo, bitte schön?« Einen Moment lang war ich sprachlos. »Er hatte eine Garage gleich um die Ecke?«

»Wieso – weißt du das etwa noch nicht?« Wieder raschelte es. »Hier funktioniert offenbar nichts, wenn der Chef krank ist. Ja, der Kerl hatte in der Straße direkt hinter deinem Haus eine Wohnung angemietet. Optimaler Standort – die Rückseite der Villa konnte er mit dem Fernrohr problemlos einsehen.«

»Ist das etwa die Wohnung, wo diese Familie ausgezogen ist?« Ich schnappte nach Luft. »Die alleinerziehende Mutter mit Benny und seinem Bruder? *Madonna*, die beiden haben mit Vincenzo so oft Fußball gespielt …«

Im ersten Moment wusste Paolo nicht, wer die Wohnung in der Wittelsbacherstraße zuvor bewohnt hatte. Aber ich war auch so sicher, dass ich mich nicht täuschte. Mir wurde flau im Magen. Keine dreißig Meter von meinem Haus entfernt hatte Simon sich aufgehalten, Tag und Nacht, und ich hatte nichts davon bemerkt. Und plötzlich fügte sich eines zum anderen. Er hatte genau gewusst, wann ich zu Hause war, auch noch bevor er die Kameras und die Wanzen installiert hatte. Sieben Kameras hatte er im Haus verteilt, so wusste ich inzwischen, das Festnetztelefon verwanzt und nicht nur meine Unterwäsche entwendet, sondern auch einen Plan meines Hauses skizziert. Bei allem hatte er mich beobachtet, auf Schritt und Tritt verfolgt. In jedem Zimmer und bei jeder Tätigkeit, beim Aufstehen ebenso wie im Bad, beim Ankleiden, Telefonieren, Kochen oder Schlafen.

Noch lang nach dem Telefonat mit Paolo musste ich immer wieder darüber nachdenken, wie nahe Simon mir die ganze Zeit über gewesen war. Er war verrückt nach mir gewesen, jahre-, nein, jahrzehntelang, und dadurch schließlich wirklich verrückt geworden. Deshalb wollte er, in dieser über die Maßen grotesken Situation, dass ich das aussprach, was ich niemals ausgesprochen hätte, er selbst aber schon immer für mich empfunden hatte.

Auch die sechsundsechzig roten Rosen passten in dieses Bild, wie ich mich inzwischen erinnerte. »Simple Simon says: Lauf sechsundsechzig Mal über den Platz!«, hatte eine von Connys idiotischen Anweisungen gelautet. Und Simon hatte nicht aufgehört, bis er die sechsundsechzig Runden auf dem Sportplatz endlich geschafft hatte. Nicht Conny, nicht den anderen, nicht einmal den Ausbildern wollte er damit imponieren. Nur mir.

Und mit einem Mal kamen die letzten Sekunden mit ihm schlagartig zurück – auch jenes winzige Detail, das ich verdrängt hatte. Simon hatte mich mit einer solchen Besessenheit geliebt, dass ich ihm am Ende sogar wichtiger gewesen war als er sich selbst. Zwei Menschenleben hatte er wegen mir ausgelöscht und beinahe noch zwei weitere. Aber nie, einfach niemals, hätte er mich töten können. Bevor er sich selbst getötet hatte, mit diesem einen gezielten Stich, den er in vielen Kriegen perfektioniert haben musste, war ihm das plötzlich klar geworden. Auch wenn ich seine Gefühle nicht erwidern konnte, auch wenn ich ihn – aus seiner Sicht – verraten und verkauft hatte. Der einzige Weg, der ihm blieb, war, mich zu verschonen.

Auf seine Weise hatte er mich geliebt. Irgendwie musste ich mit diesem Wissen weiterleben. Und mit der Erinnerung an die Tränen in seinen Augen.

Vögel zwitscherten in den alten Bäumen im Garten, von der Allee wehten helle Kinderstimmen zur Veranda, irgendwo klingelte eine Fahrradglocke. Der Duft der noch immer blühenden Rosen strich an mir vorbei.

Das Leben war schön.

Und ohne diese Ängste, die mich während des Alptraums der hinter mir liegenden Wochen ständig verfolgt hatten, so unvergleichlich viel schöner.

Mein Handy begann zu singen.

Es war Maximilian. »Hast du mich vermisst, meine Schöne?«